[Memoires du Comte de Grammont
Par Antoine Hamilton,
Edition ornée de 72 (7?) portraits,
gravés d'après les tableaux originaux.
Londres, Edwards (1792)]

17) et 1 planche

[manque le titre ; celui-ci a été pris dans Brunet.]

L.793.

AVERTISSEMENT

SUR CETTE

NOUVELLE EDITION.

LE Public a fi favorablement accueilli ces mémoires que nous avons cru devoir en donner une nouvelle édition, avec tous les agrémens dont l'ouvrage fût fufceptible. Ce livre unique n'a pas befoin d'éloges; il eft, pour ainfi dire, devenu claffique dans tous les pays de l'Europe.

Outre les avantures du Comte de Grammont, très piquantes par elles mêmes, ces mémoires contiennent l'Hiftoire Amoureufe de la Cour d'Angleterre, fous le regne de Charles II. Ils font d'ailleurs écrits d'une maniere fi vive et fi ingénieufe, qu'ils ne laifferoient pas de plaire infiniment, quand même la matiere en feroit moins intéreffante.

Les portraits dont on a enrichi cette édition ont été gravés d'après les originaux confervés dans les familles de leurs defcendans qui les ont communiqué avec beaucoup d'anecdotes particulières. De plus, on a puifé dans tous les ouvrages hiftoriques contemporains pour donner des notes auffi effentielles à l'hiftoire du temps, que néceffaires pour jouir pleinement de l'efprit de l'auteur.

S.Harding del.   W.N.Gardiner sculp.

Pub.ᵈ Octʳ 1. 1792. by E. & S.Harding, Pall Mall.

LE COMTE ANTOINE HAMILTON

LE COMTE ANTOINE HAMILTON.

MÉMOIRES

DU COMTE

DE

GRAMMONT.

CHAPITRE PREMIER.

COMME ceux qui ne lisent que pour se divertir, me pa-
roifsent plus raisonnables que ceux qui n'ouvrent un livre
que pour y chercher des défauts ; je déclare que, sans me
mettre en peine de la sévère érudition de ces derniers, je
n'écris que pour l'amusement des autres.

Je déclare de plus, que l'ordre des tems, ou la disposition des faits, qui coûtent plus à l'écrivain, qu'ils ne diver-
tifsent le lecteur, ne m'embarafseront guères dans l'arrangement de ces mémoires.

Dans le defsein de donner une idée de celui pour qui
j'écris, les choses qui le distinguent auront place dans ces
fragmens, selon qu'elles s'offriront à mon imagination, sans
égard à leur rang.

Qu'importe, aprés tout, par où l'on commence un portrait, pourvu que l'afsemblage des parties forme un tout qui
rende parfaitement l'original ? Le fameux Plutarque, qui
traite ses héros comme ses lecteurs, commence la vie des
uns comme bon lui semble, et promene l'attention des autres

sur de curieuses antiquités, ou d'agréables traités d'érudition, qui n'ont pas toujours rapport à son sujet.

Démétrius le preneur de villes n'étoit pas à beaucoup près
si grand que son pere Antigonus, à ce qu'il nous dit. En
récompense il nous apprend que son pere Antigonus n'étoit
que son oncle ; mais tout cela n'eſt qu'après avoir commencé
sa vie par un abregé de sa mort, par un sommaire de ses divers exploits, de ses bonnes et de ses mauvaises qualités, où
il fait entrer le pauvre Marc-Antoine, par compaſsion pour
toutes ses foiblesſes.

Dans la vie de Numa Pompilius, il entre en matière par une
diſsertation sur son précepteur Pythagore ; et comme il croit
qu'on eſt fort en peine de savoir si c'eſt l'ancien philosophe,
ou bien un certain Pythagore, qui après avoir gagné le prix
de la course aux jeux olympiques, vint à toutes jambes
trouver Numa, pour lui enseigner la philosophie, et lui aider
à gouverner son royaume ; il se tourmente beaucoup pour
éclaircir cette difficulté, qu'il laiſse enfin là.

Ce que j'en dis n'eſt pas pour reprocher quelque chose à
l'hiſtorien de toute l'antiquité auquel on doit le plus ; c'eſt
seulement pour autoriser la manière dont j'écris une vie plus
extraordinaire que toutes celles qu'il nous a laiſsées.

Il eſt queſtion de représenter un homme, dont le caractère
inimitable efface des défauts qu'on ne prétend point déguiser ; d'un homme illuſtre par un mélange de vices et de
vertus, qui semblent se soutenir dans un enchaînement né-
ceſsaire, rares dans leur parfait accord, brillantes par leurs
oppositions.

PHILIBERT COMTE DE GRAMMONT.

C'eſt ce relief incompréhensible qui, dans la guerre, l'amour, le jeu et les divers états d'une longue vie, a rendu le comte de Grammont l'admiration de son siècle. C'eſt par-là qu'il a fait les délices de tous les pays où il a promené ses agrémens et son inconſtance ; de ceux où la vivacité de son esprit a répandu de ces mots heureux qu'une approbation universelle transmet à la poſtérité ; de tous les endroits enrichis des profusions de sa magnificence ; et de ceux enfin où il a conservé la liberté de son jugement, dans les périls les plus preſsans, tandis que le badinage de son humeur au milieu des dangers les plus sérieux de la guerre, marquoit une fermeté qui n'appartient pas à tout le monde.

Je ne ferai point son portrait. A l'égard de sa figure, Buſsi et Saint-Evremont, auteurs plus agréables que fideles, en ont écrit. Le premier a peint le chevalier de Grammont artificieux, volage, et même un peu perfide en amour, infatigable et cruel sur la jalousie. Saint-Evremont s'eſt servi d'autres couleurs pour exprimer le génie, et pour tracer en général les manières du comte. Mais l'un et l'autre s'eſt fait plus d'honneur dans ces différentes peintures, qu'il n'a rendu de juſtice à son héros.

C'eſt donc lui même qu'il faut écouter dans ces récits agréables de siéges et de batailles, où il s'eſt diſtingué à la suite d'un autre héros ; et c'eſt lui qu'il faut croire dans des événemens moins glorieux de sa vie, quand la sincérité, dont il étale son adreſse, sa vivacité, ses supercheries, et les divers ſtratagêmes dont il s'eſt servi, soit en amour, soit au jeu, exprime naturellement son caractére.

C'eft lui-même, dis-je, qu'il faut écouter dans cet écrit, puisque je ne fais que tenir la plume à mesure qu'il me dicte les particularités les plus singulières et les moins connues de sa vie.

CHAPITRE II.

EN ces tems-là, il n'en alloit pas en France, comme à présent. Louis XIII regnoit encore, et le cardinal de Richelieu gouvernoit le royaume. De grands hommes commandoient de petites armées, et ces armées faisoient de grandes choses. La fortune des grands de la cour dépendoit de la faveur du miniftre ; les établifsemens n'y étoient solides qu'à mesure qu'on lui étoit dévoué. De vaftes projets jettoient au cœur des états voisins les fondemens de cette grandeur redoutable, où l'on voit celui-ci. La police étoit un peu négligée ; les grands chemins étoient impraticables de jour, et les rues durant la nuit ; mais on voloit encore plus impunément ailleurs. La jeunefse en entrant dans le monde, prenoit le parti que bon lui sembloit. Qui vouloit se faisoit chevalier ; abbé, qui pouvoit ; j'entends, *abbé à bénéfice*. L'habit ne diftinguoit point le chevalier de l'abbé ; et je crois que le chevalier de Grammont étoit l'un et l'autre au siége de Trin. Ce fut sa premiere campagne, et il y porta ces dispositions heureuses qui préviennent favorablement, et qui font qu'on n'a besoin ni d'amis pour être introduit, ni de recommandations pour être agréablement reçu partout.

Pub.Aug.4.1792.by R. & S. Harding Pall Mall.   Van Den Borghe Sc.

CARDINAL RICHELIEU.

Le siége étoit formé quand il arriva ; cela lui épargna quelques témérités ; car un volontaire ne dort pas en repos, s'il n'a efsuyé les premiers coups qu'on tire. Il alla donc re- connoître les généraux, n'y ayant plus rien à faire à l'égard de la place sur cet article. Le prince Thomas commandoit l'armée ; et comme la charge de lieutenant général n'étoit pas encore connue, du Plefsis Pralin et le fameux vicomte de Turenne étoient ses maréchaux de camp.

On portoit quelque respect aux places de guerre, avant qu'une puifsance, à laquelle rien ne peut résifter, eût trouvé moyen de les abymer par une grêle affreuse de bombes, et par le ravage de cent pièces de canon en batterie. Avant ces fu- rieux orages, qui réduisent le gouverneur aux souterrains, et la garnison en poudre, de fréquentes sorties vivement re- poufsées, de vigoureuses attaques vaillamment soutenues, sig- naloient l'art des afsiégeans et le courage des afsiégés ; et par conséquent les siéges étòient d'une longueur raisonnable ; et les jeunes gens avoient le tems d'y apprendre quelque chose.

Il y eut de belles actions de part et d'autre dans celui de Trin. On y efsuya des fatigues, on souffrit des pertes ; mais on ne s'ennuya plus dans l'armée, depuis que le chevalier de Grammont y fut ; plus de fatigue dans la tranchée ; plus de sérieux chez les généraux ; plus d'ennui dans les troupes depuis son arrivée. Il cherchoit et portoit par tout la joie.

Parmi les officiers de l'armée, comme par-tout ailleurs, on voyoit des gens de mérite, ou des gens qui en vouloient avoir. Les derniers imitoient le chevalier de Grammont dans les

choses qui le faisoient briller, et n'y réufsifsoient pas ; les autres admiroient ses talens, et recherchoient son amitié. Matta
fut de ce nombre. Il étoit agréable par sa figure, plus encore
par le caractère de son esprit. Il l'avoit simple et naturel, mais
avec le discernement et la délicatefse des plus fins et des plus
déliés.   Plein de franchise et de probité dans toutes ses manières, le chevalier de Grammont ne fut pas long-tems à démêler les qualités qui le diftinguoient.   Ainsi la connoifsance
fut bientôt faite, & l'amitié bientôt liée entr'eux.

Matta voulut absolument que le chevalier de Grammont
vint s'établir chez lui. Il n'y consentit qu'à condition qu'il
partageroit la dépense. Comme ils avoient l'humeur libé-
rale et magnifique, ce fut à frais communs qu'ils donnèrent
les repas les mieux entendus, et les plus délicats qu'on eut
encore vus. Le jeu rendoit à merveille dans les commencemens, et le chevalier rendoit en cent façons ce qu'il ne prenoit que d'une seule.

Les généraux tour à tour régalés, admirèrent leur magnificence, et voulurent mal à leurs officiers de ce qu'ils n'é-
toient pas si bien servis. Le chevalier avoit le don de faire
valoir les choses les plus communes ; son esprit étoit tellement à la mode, que c'étoit se deshonorer que de ne se pas
soumettre à son goût.   Matta lui laifsoit le soin de louer la
table, et d'en faire les honneurs ; et charmé d'un applau-
difsement universel, il se persuada qu'il n'y avoit rien de si
beau que de vivre comme ils faisoient, et rien de plus aisé que
de continuer : mais il s'apperçut bien-tôt que les plus grandes prospérités ne sont pas les plus durables.

Une grofse chère, une petite économie, des domeftiques infideles, une fortune ennemie, tout cela s'unifsant pour déranger le ménage, la table s'alloit réformer tout doucement d'elle-même, quand le génie du chevalier, fertile en refsources, entreprit de soutenir son premier honneur par l'expédient qu'on va voir.

Ils ne s'étoient point parlé de l'état de leurs affaires, quoique celui qui en avoit le soin les en eut séparément avertis, prêt à recevoir de l'argent pour continuer la dépense, ou à rendre ses comptes pour le pafsé. Un jour que le chevalier de Grammont étoit revenu plutôt qu'à l'ordinaire, il trouva Matta tranquillement endormi dans un fauteuil ; et ne voulant pas interrompre son repos, il se mit à rêver à son projet. Matta s'éveilla sans qu'il s'en apperçut, et ayant quelque tems admiré la contemplation où il paroifsoit enseveli, et ce profond silence entre deux hommes qui ne l'avoient jamais gardé un moment ensemble, il le rompit par un soudain éclat de rire, qui ne fit qu'augmenter à mesure que l'autre le regardoit. " Voilà, dit le chevalier, un réveil afsez gai, et afsez bouf-" fon ; et à qui en as-tu donc ? ou si c'eft aux anges que tu " ris ? Ma foi, chevalier, dit Matta, je ris d'un songe que je " viens de faire, si naturel et si plaisant, qu'il faut que je t'en " fafse rire aufsi. Je rêvois que nous avions renvoyé Mons. " le maître d'hôtel, M. le chef de cuifine, et M. notre of-" ficier, résolus pour le refte de la campagne d'aller manger " chez les autres, comme les autres étoient venus manger " chez nous." Voilà mon songe ; et toi, chevalier, à quoi rêvois-tu ?

" Pauvre esprit, dit le chevalier, en hauſsant les épaules,
" te voilà d'abord sur le côté ; te voilà dans la conſternation
" et l'humilité, pour quelques mauvais propos que le maître
" d'hôtel t'aura tenus comme à moi. Quoi ! après la figure
" que nous avons faite, à la barbe des grands et des étran-
" gers de l'armée, quitter la partie comme des sots, et plier
" bagage comme des croquans, au premier épuisement de
" finance ! Tu n'as point de sentiment. Où eſt l'honneur
" de la France ? Et où eſt l'argent, dit Matta ? Car mes gens
" se donnent au diable qu'il n'y a pas dix écus dans la mai-
" son ; et je crois que les tiens ne t'en gardent guères davan-
" tage : car il y a plus de huit jours que je ne t'ai vu, ni tirer
" ta bourse, ni compter ton argent ; amusement qui t'occupoit
" volontiers en prospérité.

" Je conviens de tout cela, dit le chevalier. Mais je veux
" te faire convenir, que tu n'es qu'une poule mouillée dans
" cette occasion ; et que seroit-ce de toi, si tu te voyois dans
" l'état où je me suis trouvé à Lyon quatre jours avant d'arri-
" ver ici ? Je t'en veux faire le récit."

CHAPITRE III.

" VOICI, dit Matta, qui fent bien le Roman, hors qu'il
" faudroit que ce fût ton écuyer qui me contât ton hiftoire.
" C'eft l'ordre, dit le chevalier. Cependant je pourrai te par-
" ler de mes premiers exploits, fans blefser ma modeftie :
" outre que mon écuyer a l'accent un peu burlefque pour un
" récit héroïque.

" Tu sauras donc qu'en arrivant à Lyon." Eft-ce comme
cela qu'on commence? dit Matta : Prends ton hiftoire d'un
peu plus loin ; les moindres particularités d'une vie comme
la tienne méritent d'être contées : mais fur-tout la maniere
dont tu saluas le cardinal de Richelieu la premiere fois. On
m'en a fait rire. Au refte, je te difpense de me parler des
gentillefses de ton enfance, de la généalogie, du nom et de
la qualité de tes ancêtres ; car tu n'en sais pas un mot.

" Ah ! que tu fais le mauvais plaisant ! Tu crois que tout
" le monde eft de ton ignorance. Tu t'imagines donc que
" je ne connois pas les Mendores, ni les Corisandes, moi ! Je
" ne sais peut-être pas qu'il n'a tenu qu'à mon pere d'être fils
" d'Henri IV. Le roi vouloit à toute force le reconnoître,
" et jamais ce traître d'homme n'y voulut consentir. Vois
" un peu ce que ce seroit que les Grammont sans ce beau
" travers ? Ils auroient le pas devant les Céfars de Vendôme.
" Tu as beau rire, c'eft l'Evangile. Mais venons à notre fait.

" On me mit au collége de Pau, dans la vue de me faire
" d'Eglife : mais comme j'avois bien d'autres vues, je n'avois

" garde d'y profiter : j'avois tellement le jeu dans la tête, que
" le précepteur et les régens perdoient leur latin, en me le
" voulant apprendre. Le vieux Brinon, qui me servoit de
" valet-de-chambre et de gouverneur, avoit beau me me-
" nacer de ma mere, je n'étudiois que quand il me plaisoit,
" c'eſt-à-dire presque jamais. Cependant on me traitoit en
" écolier de ma qualité ; j'eus toutes les dignités de la claſse,
" sans les avoir méritées, et sortis du collége à peu-près
" comme j'y étois entré. On trouva que j'en savois encore
" de reſte pour l'abbaye que mon frere avoit demandée
" pour moi.

" Il venoit d'épouser la niece d'un miniſtre devant qui tous
" genoux fléchiſsoient. Il voulut me présenter à lui. J'eus
" peu de peine à quitter mon pays, et beaucoup d'impatience
" d'arriver à Paris. Mon frere m'ayant tenu quelque tems
" auprès de lui pour me dégourdir, il me lâcha par la ville
" pour perdre l'air de la campagne, et trouver celui du monde.
" Je l'attrappai si bien que je ne voulus plus m'en défaire
" quand il fut queſtion de me présenter à la Cour en équipage
" d'Abbé. Tu sais comme on se mettoit alors. Tout ce qu'on
" obtint de moi fut de mettre une soutane par-deſsus mes
" habits ; et mon frere, mourant de rire de mon habillement
" ecclésiaſtique, voulut en faire rire les autres. J'avois la plus
" belle tête du monde, bien poudrée et bien frisée, par-deſsus
" ma soutane ; et par-deſsous, des bottines blanches et des
" éperons dorés. Le cardinal qui avoit l'esprit pénétrant,
" n'avoit garde de rire. Cette élévation de sentiment lui
" donna de l'ombrage. Il jugea de ce que seroit un génie,

" qui à cet âge se moquoit de la tonsure, et méprisoit le petit
" collet.

"Quand mon frere m'eut remené chez lui : *or ça notre*
" *petit collet, me dit-il, cela s'eſt paſsé à merveille, et votre ajuſte-*
" *ment mi parti de Rome et d'épée, a beaucoup réjoui la Cour :*
" *mais ce n'eſt pas tout : il faut opter, mon petit Cavalier.*
" *Voyez donc, si, vous en tenant à l'église, vous voulez poſséder*
" *de grands biens, et ne rien faire ; ou, avec une petite légitime,*
" *vous faire caſser bras et jambes, pour être le* Fructus Belli
" *d'une Cour insensible, et parvenir sur la fin de vos jours à la dig-*
" *nité de maréchal de camp avec un œil de verre et une jambe de bois.*

"*Je sais,* lui dis-je, *qu'il n'y a aucune comparaison entre ces*
" *deux états, pour la commodité de la vie: mais comme il faut*
" *chercher son salut, préférablement à tout, je suis résolu de*
" *renoncer à l'église, pour tâcher de me sauver ; à condition*
" *néanmoins que je garderai mon Abbaye.* Les remontrances
" et l'autorité de mon frere furent inutiles pour m'en détour-
" ner, et il fallut bien me paſser ce dernier article pour m'en-
" tretenir à l'Académie.

"Tu sais que je suis le plus adroit homme de France ; ainsi
" j'eus bientôt appris tout ce qu'on y montre : et chemin
" faisant, j'appris encore ce qui perfectionne la jeuneſse, et
" rend honnête-homme ; car j'appris encore toutes ſortes de
" jeux aux cartes et aux dés. La vérité eſt que je m'y crus
" d'abord plus savant que je ne l'étois ; comme je l'ai dans la
" suite éprouvé.

"Ma mere, qui sut le parti que je prenois, pleura la pro-
" feſsion que j'avois quittée, et ne put se consoler de celle

" que j'avois prise. Elle avoit compté que dans l'église je
" serois un saint ; elle compta que je serois un diable dans le
" monde, ou tué à la guerre. Je mourois d'envie d'y aller :
" mais comme j'étois encore trop jeune, il fallut faire une
" campagne à Bidache, avant que d'en faire une à l'armée.

" Quand je fus de retour auprès de ma mere, j'avois telle-
" ment l'air de la Cour et du monde, qu'elle eut du respect
" pour moi, au lieu de me gronder de mon entêtement pour
" les armes. J'étois son idole, et me trouvant inébranlable,
" elle ne songea qu' à me garder le plus qu'elle pourroit, en
" attendant qu'on fît mon petit équipage.

" Le fidele Brinon, qui me fut donné pour valet-de-cham-
" bre, devoit encore faire la charge de gouverneur et d'écuyer:
" parce que c'eſt peut-être le gascon unique, qu'on verra ja-
" mais sérieux et rébarbatif au point où il l'eſt. Il répondit
" de ma conduite sur la bienséance et la morale, et promit à
" ma mere qu'il rendroit bon compte de ma personne dans
" les dangers de la guerre. J'espere qu'il tiendra mieux sa
" parole à l'égard de ce dernier article, qu'il n'a fait sur les
" autres.

" On fit partir mon équipage huit jours avant moi. C'étoit
" toujours autant de tems que ma mere gagnoit, pour me faire
" des exhortations. Enfin, après m'avoir bien conjuré d'avoir
" la crainte de Dieu devant les yeux, et l'amour du prochain
" en recommandation, elle me laiſsa partir sous la garde du
" seigneur et du ſage Brinon.

" Dès la seconde poſte nous prîmes querelle. On lui
" avoit mis quatre cents louis entre les mains pour ma cam-

" pagne. Je les voulus avoir. Il s'y opposa fortement.
" *Vieux Faquin*, lui dis-je, *eft-ce à toi cet argent, ou, si on te*
" *l'a donné pour moi ? A ton avis, il me faudroit un tréforier*
" *pour ne payer que par ordonnance.* Je ne sais si ce fut par
" preffentiment qu'il s'attrifta : mais ce fut avec des violences
" et des convulsions extrêmes qu'il se vit contraint de céder.
" On eût dit que je lui arrachois le cœur.

" Je me sentis plus léger et plus gai depuis le dépôt dont
" je l'avois soulagé ; lui au contraire parut si accablé, qu'on
" eût dit que je lui avois mis quatre cents livres de plomb sur
" le dos en lui ôtant ces quatre cents piftoles. Il fallut fou-
" etter son cheval moi-même, tant il alloit pésamment ; et se
" retournant de tems en tems : *M. le Chevalier*, me disoit-il,
" *ce n'eft pas ainsi que Madame l'entend.* Ses réflexions et ses
" douleurs se renouvelloient à chaque pofte ; car au lieu de
" donner dix sols au poftillon, j'en donnois trente.

" Nous arrivâmes enfin à Lyon. Deux soldats nous arrê-
" terent à la porte de la ville pour nous mener chez le Gou-
" verneur. J'en pris un pour me conduire à la meilleure
" Hôtellerie, et mis Brinon entre les mains de l'autre, pour
" aller rendre compte au Commandant de mon voyage, et de
" mes deffeins.

" Il y a d'auffi bons traiteurs à Lyon qu'à Paris : mais mon
" soldat, selon la coutume, me mena chez ses amis, dont il
" me vanta la maison, comme le lieu de la ville où l'on faifoit
" la chere la plus délicate, et où l'on trouvoit la meilleure
" compagnie. L'hôte de ce palais étoit gros comme un
" muïd ; il s'appelloit Cerife. Il étoit Suiffe de nation, em-

" poisonneur de profeſsion, et voleur par habitude. Il me
" mit dans une chambre aſsez propre, et me demanda si je
" voulois manger en compagnie, ou seul. Je voulus être de
" l'auberge, à cause du beau-monde que le soldat m'avoit
" promis dans cette maison.

" Brinon, que les queſtions du Gouverneur avoient impa-
" tienté, revint plus réfrogné qu'un vieux singe, et voyant
" que je me peignois un peu pour descendre : *Et que voulez-*
" *vous donc, Monsieur ?* me dit-il : *Aller trotter par la ville ?*
" *Non pas ? n'eſt-ce pas aſsez trotté depuis le matin ? mangez*
" *un morceau, et couchez-vous à bonne heure, pour être du matin*
" *à cheval à la pointe du jour.* Monsieur le contrôleur, lui dis-
" je, *je ne veux ni trotter par la ville, ni manger seul, ni me*
" *coucher à bonne heure. Je veux souper en compagnie là-bas.*
" *En pleine auberge ?* s'écria-t-il : *Hé ! Monsieur, vous n'y*
" *ſongez pas. Je me donne au diable, s'ils ne sont une dou-*
" *zaine de baragouineurs à jouer cartes et dés, qu'on n'enten-*
" *droit pas Dieu tonner.*

" J'étois devenu insolent depuis que je m'étois emparé de
" l'argent ; et voulant commencer à me souſtraire de la domi-
" nation de mon Gouverneur : *Savez-vous bien, Monsieur*
" *Brinon,* lui dis-je, *que je n'aime pas qu'un Sot faſse le raison-*
" *neur ? Allez-vous en souper, s'il vous plaît, et que j'aie ici*
" *des chevaux de poſte avant le jour.*

" J'avois ſenti pétiller mon argent au moment qu'il avoit
" lâché le mot de Cartes et Dés. Je fus un peu ſurpris de
" trouver la ſalle où l'on mangeoit remplie de figures extra-
" ordinaires. Mon hôte, après m'avoir présenté, m'aſsura

" qu'il n'y avoit que dix-huit ou vingt de ces Meſsieurs qui
" auroient l'honneur de manger avec moi. Je m'approchai
" d'une table où l'on jouoit, je faillis à mourir de rire. Je
" m'étois attendu à voir bonne compagnie et gros jeu ; et
" c'étoient deux Allemands qui jouoient au trictrac. Jamais
" chevaux de carroſse n'ont joué comme ils faiſoient : mais
" leur figure, sur-tout, paſsoit l'imagination. Celui auprès de
" qui j'étois étoit un petit Ragot, graſsouillet et rond comme
" une boule. Il avoit une fraise avec un chapeau pointu
" haut d'une aune. Non, il n'y a perſonne, qui d'un peu
" loin, ne l'eût pris pour le dôme de quelque église avec un
" clocher deſsus. Je demandai à l'hôte ce que c'étoit ? *Un*
" *marchand de Bâle,* me dit-il, *qui vient vendre ici des che-*
" *vaux : mais je crois qu'il n'en vendra guere de la maniere*
" *qu'il s'y prend ; car il ne fait que jouer. Joue-t-il gros jeu,*
" lui dis-je ? *Non pas à présent,* dit-il ; *ce n'eſt que pour leur*
" *écot, en attendant le souper : mais quand on peut tenir le*
" *petit marchand en particulier, il joue beau jeu. A-t-il de*
" *l'argent,* lui dis-je ? *Oh, oh,* dit le perfide Cerise, *plût à Dieu*
" *que vous lui eussiez gagné mille piſtoles et en être de moitié,*
" *nous ne serions pas long-tems à les attendre.*

" Il ne m'en fallut pas davantage pour méditer la ruine du
" *chapeau pointu.* Je me remis auprès de lui pour l'étudier.
" Il jouoit tout de travers, écoles sur écoles, Dieu sait. Je
" commençois à me sentir quelques remords sur l'argent
" que je devois gagner à une *petite citrouille* qui en savoit
" si peu. Il perdit son écot, on servit, et je le fis mettre
" auprès de moi. C'étoit une table de réfectoire, où nous

" étions pour le moins vingt-cinq, malgré la promesse de
" mon hôte.

" Le plus maudit repas du monde fini, toute cette cohue
" se dispersa, je ne sais comment, à la réserve du petit Suifse,
" qui se tint auprès de moi, et l'hôte, qui se vint mettre de
" l'autre côté. Ils fumoient comme des dragons, et le Suifse
" me disoit de tems en tems : *Demande pardon à Monsieur de*
" *la liberté grande* ; et làdefsus m'envoyoit des bouffées de
" tabac à m'étouffer. Monsieur Cerise de l'autre côté me
" demanda la liberté de me demander si j'avois jamais été
" dans son pays, et parut surpris de me voir afsez bon air,
" sans avoir voyagé en Suifse.

" Le petit Ragot, à qui j'avois à faire, étoit aufsi queftion-
" neur que l'autre. Il me demanda si je venois de l'armée de
" Piémont ; et lui ayant dit que j'y allois, il me demanda si
" je voulois acheter des chevaux, qu'il en avoit bien deux
" cents, dont il me feroit bon marché. Je commençois à
" être enfumé comme un jambon ; et m'ennuyant du tabac et
" des queftions, je proposai à mon homme de jouer une petite
" piftole au trictrac, en attendant que nos gens eufsent soupé.
" Ce ne fut pas sans beaucoup de façons qu'il y consentit, en
" me demandant pardon de la *liberté grande*.

" Je lui gagnai partie, revanche, et le tout, dans un clin-d'œil ;
" car il se troubloit, et se laifsoit enfiler, que c'étoit une béné-
" diction. Brinon arriva sur la fin de la troisieme partie,
" pour me mener coucher. Il fit un grand signe de croix, et
" n'eut aucun égard à tous ceux que je lui faisois de sortir.
" Il fallut me lever pour lui en aller donner l'ordre en par-

" ticulier. Il commença par me faire des reprimandes de ce
" que je m'encanaillois avec un vilain monſtre comme cela.
" J'eus beau lui dire que c'étoit un gros marchand qui avoit
" force argent, et qui ne jouoit non plus qu'un enfant. *Lui,*
" *marchand!* s'écria-t-il: *Ne vous y fiez pas, Monsieur le Che-*
" *valier. Je me donne au diable, si ce n'eſt quelque sorcier.*
" *Tais-toi, vieux fou,* lui dis-je, *il n'eſt non plus sorcier que*
" *toi; c'eſt tout dire: et pour te le montrer, je lui veux gagner*
" *quatre ou cinq cents piſtoles avant de me coucher.* En disant
" cela, je le mis dehors, avec défense de rentrer, ou de nous
" interrompre.

" Le jeu fini, le petit Suiſse déboutonna son haut-de-
" chauſse, pour tirer un beau quadruple d'un de ses gouſsets,
" et me le présentant, il me demanda pardon de la *liberté*
" *grande,* et voulut se retirer. Ce n'étoit pas mon compte.
" Je lui dis que nous ne jouions que pour nous amuser; que
" je ne voulois point de son argent; et que s'il vouloit je lui
" jouerois ses quatre piſtoles dans un tour unique. Il en fit
" quelque difficulté, mais se rendit à la fin, et les regagna.
" J'en fus piqué. J'en rejouai une autre; la chance tourna,
" le dé lui devint favorable, les écoles ceſserent, je perdis
" partie, revanche et le tout: les moitiés suivirent, le tout en
" fut. J'étois piqué, lui beau joueur il ne me refusa rien, et
" me gagna tout, sans que j'euſse pris six trous en huit ou
" dix parties. Je lui demandai encore un tour pour cent
" piſtoles: mais comme il vit que je ne mettois pas au jeu, il
" me dit qu'il étoit tard; qu'il falloit qu'il allât voir ses che-
" vaux, et se retira, me demandant pardon de la *liberté*

c

" *grande.* Le sang-froid dont il me refusa, et la politeſse
" dont il me fit la révérence me piquerent tellement, que je
" fus tenté de le tuer. Je fus si troublé de la rapidité dont je
" venois de perdre jusqu' à la derniere piſtole, que je ne fis
" pas d'abord toutes les réflexions qu'il y a à faire sur l'état
" où j'étois réduit.

   " Je n'osois remonter dans ma chambre, de peur de Brinon.
" Par bonheur s'étant ennuyé de m'attendre, il s'étoit couché.
" Ce fut quelque consolation: mais elle ne dura pas. Dès
" que je fus au lit, tout ce qu'il y avoit de funeſte dans mon
" avanture se présenta à mon imagination. Je n'eus garde
" de m'endormir. J'envisageois toute l'horreur de mon dé-
" saſtre, sans y trouver de remede; et j'eus beau tourner mon
" esprit de toutes façons, il ne me fournit aucun expédient.
" Je ne craignois rien tant que l'aube du jour: elle arriva
" pourtant, et le cruel Brinon avec elle. Il étoit botté jusqu'
" à la ceinture, et faisant claquer un maudit fouet qu'il tenoit
" à la main: *Debout, M. le Chevalier,* s'écria-t-il en ouvrant
" mes rideaux: *les chevaux sont à la porte, et vous dormez*
" *encore! Nous devrions avoir déja fait deux poſtes ; ça, de*
" *l'argent, pour payer dans la maison.* Brinon, lui dis-je d'une
" voix humiliée, *fermez le rideau. Comment !* s'écria-t-il,
" *fermez le rideau! Vous voulez donc faire votre campagne à*
" *Lyon! Apparemment vous y prenez goût. Et le gros mar-*
" *chand, vous l'avez dévalisé ? Non pas, M. le Chevalier, cet*
" *argent ne vous profitera pas. Ce malheureux a peut-être une*
" *famille; et c'eſt le pain de ses enfans qu'il a joué, et que vous*
" *avez gagné. Cela valoit-il la peine de veiller toute la nuit?*

" *Que diroit Madame, si elle voyoit ce train? Monsieur Bri-*
" *non,* lui dis-je, *fermez, s'il vous plaît, le rideau.* Mais au
" lieu de m'obéir, on eût dit que le diable lui fouroit dans
" l'esprit ce qu'il y avoit de plus sensible et de plus piquant
" dans un malheur comme le mien. *Et combien?* me disoit-
" il; *Les cinq cents? Que fera ce pauvre homme? Souvenez-*
" *vous que je vous l'ai dit, Monsieur le Chevalier, cet argent*
" *ne vous profitera pas. Eft-ce quatre cents? trois? deux?*
" *Quoi! ce ne seroit que cent louis?* poursuivit-il, voyant que
" je branlois la tête à chaque somme qu'il avoit nommée.
" *Il n'y a pas grand mal à cela, cent piftoles ne le ruineront*
" *pas, pourvu que vous les ayez bien gagnées. Brinon, mon*
" *ami,* lui dis-je avec un grand soupir, *fermez le rideau, je*
" *suis indigne de voir le jour.*

" Brinon trefsaillit à ces triftes paroles: mais il pensa
" s'évanouir quand je lui contai mon aventure. Il s'arracha
" les cheveux, fit des exclamations douloureuses, dont le re-
" frain étoit toujours: *Que dira Madame!* Et après s'être
" épuisé en regrets inutiles: *ça donc, M. le Chevalier,* me dit-il,
" *que prétendez-vous devenir? Rien,* lui dis-je, *car je ne suis bon*
" *à rien.* Ensuite, comme j'étois un peu soulagé de lui avoir
" fait ma confefsion, il me pafsa quelques projets dans la tête,
" que je ne pus lui faire approuver. Je voulois qu'il allât
" en pofte joindre mon équipage, pour vendre quelqu'un de
" mes habits. Je voulois encore proposer au marchand de
" chevaux de lui en acheter bien cher à crédit, pour les re-
" vendre à bon marché. Brinon se moqua de toutes ces
" propositions; et après avoir eu la cruauté de me laifser

" long-tems tourmenter, il me tira d'affaire. Les parens font
" toujours quelque vilenie à leurs pauvres enfans. Ma mere
" avoit eu defsein de me donner cinq cents louis; elle en
" avoit retenu cinquante, tant pour quelques petites répara-
" tions à l'Abbaye, que pour faire prier Dieu pour moi.
" Brinon étoit chargé de cinquante autres, avec ordre de ne
" m'en point parler, que dans quelque prefsante nécefsité.
" Elle arriva bientôt, comme tu vois.

   " Voilà, pour abréger le dénouement de cette premiere
" intrigue. Le jeu m'a favorisé jusqu'ici; car je me suis vu
" quinze cents louis, tous frais faits depuis mon arrivée. La
" fortune eft redevenue mauvaise, il la faut corriger. Notre
" argent eft au bas; eh bien, il faut y remédier."

   Rien n'eft plus aisé, dit Matta. Il n'y a qu'à trouver quelque marchand de chevaux aufsi dupe que celui de Lyon.
Mais, à propos, le fidele Brinon n'auroit-il point encore quelque reserve pour la derniere extrémité? La voilà ma foi
venue, et nous ne ferions pas mal de nous en servir.

   La plaisanterie seroit de saison, lui dit le Chevalier, si tu
savois où donner de la tête. Il faut de l'esprit de refte, pour
en vouloir fourer par-tout, comme tu prétends faire. Que
diable! tu veux toujours badiner, sans songer que la conjoncture eft des plus sérieuses pour nous. Ecoute, je vais
demain au quartier général, je dînerai chez le comte de
Caméran, et je le prierai de souper.... Et où? dit Matta.
Ici dit le Chavalier. Tu es fou, mon pauvre ami, dit l'autre.
Voici, apparemment, un de ces projets de Lyon, tu sais que

nous n'avons ni argent, ni crédit; pour raccommoder nos affaires, tu veux donner à souper!

Esprit bouché, dit le chevalier, eſt-il poſsible, que depuis le temps, que nous sommes ensemble il ne te soit pas venu le moindre brin d'imagination? Le comte de Caméran joue au quinze, et moi auſsi; nous avons beſoin d'argent; il n'en sait que faire; je commanderai un excellent repas, il le paiera. Fais-moi parler à ton maître-d'hôtel, et ne te mets en peine de rien, hormis de quelques précautions, qu'il eſt bon de prendre dans une occasion comme celle ci. Comme quoi? dit Matta. Voici comme quoi, dit le chevalier; car je vois bien qu'il te faut expliquer jusques aux choses les plus claires.

Tu commandes ici les compagnies des Gardes, n'eſt-il pas vrai? dès que la nuit sera venue, tu feras prendre les armes à quinze ou vingt soldats commandés par La Place, ton ſergent, et tu les poſteras ventre à terre entre ci et le quartier général... Comment, Mor!.... s'écria Matta, une ambuscade! Je crois, Dieu me pardonne, que tu prétends voler ce pauvre Savoyard. Si c'eſt là ton deſsein, je te déclare que je n'en suis pas.... Pauvre esprit, dit le chevalier, voici le fait. Il y a de l'apparence, que nous lui gagnerons son argent. Les Piémontois, honnêtes gens d'ailleurs, sont soupçonneux volontiers et défiants. Celui-ci commande la cavalerie. Tu sais que tu ne saurois te taire, et tu es homme à lâcher quelque mauvaise plaisanterie pour l'inquiéter. S'il s'alloit mettre dans la tête qu'on l'a trompé, et qu'il vînt à s'en repentir, que sait-on ce qu'il pourroit faire? Car il eſt d'ordinaire accompagné de huit ou dix hommes à cheval. C'eſt pourquoi, quelque reſſentiment que la perte lui cause, il eſt bon de se mettre en état de n'en avoir point le démenti.

Embraſſe-moi, cher chevalier, dit Matta, se tenant les côtés: embraſſe-moi; car tu es trop merveilleux. J'étois un bon sot, moi, de croire, quand tu m'as parlé de prendre des précautions, qu'il n'y avoit qu'à faire préparer une table et des cartes, ou peut-être faire provision de quelques dés de mauvaise foi. Je ne me serois jamais avisé de faire soutenir un homme qui joue un quinze, par un détachement d'infanterie; il faut avouer que tu es déjà grand homme de guerre.

Le lendemain venu, tout alla de point en point comme le chevalier de Grammont l'avoit projeté; l'infortuné Caméran donna dans le piége. On soupa le plus agréablement du monde. Matta but cinq ou six grands coups pour étouffer un reſte de délicateſſe qui l'inquiétoit. Le chevalier de Grammont, brillant à son ordinaire, pensa faire mourir de rire un convié, qu'il alloit bientôt rendre très-sérieux ; et le bon Caméran mangeoit comme un homme dont les affections étoient partagées entre la bonne-chere et l'amour du jeu; c'eſt-à-dire qu'il se hâtoit de manger, pour ne rien dérober au temps précieux qu'il deſtinoit au quinze.

Le repas fini, le sergent La Place poſta son embuscade; et le chevalier de Grammont entreprit son homme. Il avoit encore sur le cœur la perfidie du suiſſe, Cerise, et du chapeau pointu. Cela fit qu'il s'arma d'insensibilité contre de foibles remords et quelques scrupules qui s'élevoient dans son ame. Matta, ne voulant point être spectateur de l'hospitalité violée, se mit dans un fauteuil pour tâcher de dormir, tandis qu'on couperoit la gorge au pauvre Caméran.

Ils ne cavoient d'abord que trois ou quatre piftoles, comme pour badiner, mais Caméran ayant été trois ou quatre fois de refte, il cava au plus fort, et le jeu devint plus sérieux. Il fut encore de refte; et il devint orageux; les cartes volerent par la chambre, et les exclamations éveillerent Matta.

Comme il avoit la tête embrouillée de sommeil et chaude de vin, il se mit à rire des transports du Piémontois; et au lieu de le consoler: Ma foi, mon pauvre comte, lui dit-il, si j'étois dans votre place je ne jouerois plus. Et pourquoi? dit l'autre. Je ne sais, dit-il, mais le cœur me dit que votre guignon ne changera pas. Il faut voir, dit Caméran, en demandant des cartes. Voyez donc, dit Matta, et se rendormit. Mais ce ne fut pas pour long-temps. Toutes les cartes étoient également malheureuses pour le perdant. Il n'y rencontroit que des lardons; et en dernier, il avoit beau montrer quinze, cela ne servoit de rien. Nouvelles exclamations. Ne vous l'avois-je pas dit? s'écria Matta, qui s'étoit réveillé en sursaut. Vous avez beau tempéter; tant que vous jouerez, vous perdrez. Croyez-moi, les plus courtes folies sont les meilleures. Quittez, car je me donne au diable, s'il eft pofsible que vous gagniez. Et d'où vient? dit Caméran, qui commençoit à s'impatienter. Voulez-vous le savoir? dit Matta. Ma foi, c'eft que nous vous trompons.

Le chevalier de Grammont, outré d'une raillerie d'autant plus mal placée, qu'elle avoit quelqu'air de vérité: Monsieur Matta, lui dit-il, trouvez-vous qu'il soit fort agréable pour un

homme qui joue aufsi malheureusement que M. le Comte, de
lui rompre la tête de vos froides plaisanteries? pour moi,
j'en suis si ennuyé, que je quitterois dans le moment, s'il ne
perdoit pas tant qu'il fait. Un homme piqué ne craint rien
tant qu'une telle menace; et le seigneur Caméran, se radou-
cifsant, lui dit qu'il n'y avoit qu'à laifser parler M. Matta, si
cela ne l'offensoit pas; que pour lui, cela ne lui faisoit aucune peine.

Le chevalier de Grammont en usa bien plus honnêtement
que le suifse de Lyon n'avoit fait à son égard; car il joua sur
sa parole tant qu'il voulut. Caméran lui en sut si bon gré,
qu'il perdit jusqu' à quinze cents piftoles, et les paya dès le
lendemain. Pour Matta, il fut grondé de la belle maniere de
son intémperance de langue. Toute la raison qu'en eut celui
qui le réprimandoit, fut qu'il y avoit de la conscience à
laifser tromper le pauvre Savoyard, sans l'en avertir; outre,
disoit-il, qu'il eût été bien aise de voir son infanterie aux
mains avec la cavalerie de Caméran, en cas qu'il eût voulu
faire le mauvais.

Cette aventure les ayant remis en fonds, la fortune se déclara pour eux pendant le refte de la campagne, et le chevalier de Grammont, pour faire voir qu'il ne s'étoit saisi des
effets du Comte, que par droit de repréfailles, et pour se
dédommager de la perte qu'il avoit faite à Lyon, commença
dès ce temps-là à faire l'usage de son argent qu'on lui a vu
faire depuis dans toutes les occasions. Il déterroit les malheureux, pour les secourir; les officiers qui perdoient leurs
équipages à la guerre, ou leur argent au jeu; les soldats

MARECHAL DE TURENNE.

eſtropiés dans la tranchée : enfin tout éprouvoit sa libéralité ; mais sa maniere d'obliger surpaſsoit encore ses bienfaits. Tout homme qu'on admire par ces endroits réuſsit par-tout. Connu des soldats, il en étoit adoré. Les généraux le trouvoient dans toutes les occasions, où il y avoit quelque chose à faire, et le cherchoient dans les autres. Dès qu'il vit la fortune déclarée pour lui, son premier soin fut de faire reſtitution, en mettant Caméran de part avec lui dans toutes les bonnes parties.

Un fonds inépuisable de bonne humeur et de vivacité lui fourniſsoit toujours quelque chose de nouveau dans les discours et dans les actions. Je ne sais par quelle occasion M. de Turenne commanda sur la fin du siége un corps séparé. Le chevalier de Grammont le fut voir dans ses nouveaux quartiers. Il y trouva quinze ou vingt officiers. M. de Turenne aimoit naturellement la joie : la seule présence du Chevalier l'inspiroit. Il fut charmé de sa visite ; et par reconnoiſsance, il voulut le faire jouer. Le chevalier de Grammont lui dit, en le remerciant, qu'il avoit appris de son précepteur, que quand on alloit chez ses amis, il n'étoit pas prudent d'y laiſser son argent, ni honnête d'emporter le leur. Effectivement, dit M. de Turenne, il ne trouveroit ni gros jeu, ni grand argent parmi nous ; mais afin qu'il ne soit pas dit que l'on le laiſse aller sans avoir joué, jouons chacun un cheval.

Le chevalier de Grammont y consentit. La fortune, qui l'avoit suivi dans un lieu où il n'avoit pas compté qu'il en auroit besoin, lui fit gagner quinze ou seize chevaux en badinant; et voyant qu'il y avoit quelques visages confternés de la perte: Mefsieurs, leur dit-il, je serois fâché de vous voir retourner à pied de chez votre Général ; il suffit que vous m'envoyiez tous vos chevaux demain, à la reserve d'un que je donne pour les cartes. Le valet-de chambre crut qu'il se moquoit. Je vous parle sérieusement, dit le Chevalier: je vous donne un cheval pour les cartes ; et qui plus eft, prenez celui que vous voudrez, excepté le mien. Effectivement, dit M. de Turenne, j'en suis charmé, pour la nouveauté du fait; car je ne crois pas qu'on ait vu jusqu' à présent donner un cheval pour les cartes.

Trin se rendit enfin. Le baron de Batteville, qui l'avoit vaillamment défendue, et long-temps, eut une capitulation digne de sa résiftance. Je ne sais si le chevalier de Grammont eut quelque part à la prise de cette place; mais je sais bien, que sous un regne plus glorieux, et des armes par-tout victorieuses, sa hardiefse et son adrefse en ont fait prendre quelques-unes depuis, à la vue de son Maître. C'eft ce qu'on verra dans la suite de ces Mémoires.

CHAPITRE IV.

LA gloire dans les armes n'eſt tout au plus que la moitié du brillant qui diſtingue les héros : Il faut que l'amour mette la derniere main au relief de leur caractere, par les travaux, la témérité des entreprises, et la gloire des succès. Nous en avons des exemples, non-seulement dans les romans, mais dans l'hiſtoire véritable des plus fameux guerriers, et des plus célebres conquérans.

Le chevalier de Grammont et Matta, qui ne songeoient gueres à ces exemples, ne laiſserent pas de songer qu'il étoit bon de s'aller délaſser des fatigues du siége de Trin, en formant quelque siége aux dépens des beautés et des époux de Turin. Comme la campagne avoit fini de bonne heure, ils crurent qu'ils auroient le temps d'y faire quelques exploits, avant que la fin des beaux jours les obligeât à repaſser les monts.

Ils se mirent donc en chemin, tels-a-peuprès qu' Amadis, ou Dom Galaor, apres avoir reçu l'accollade et l'ordre de chevalerie, cherchant les aventures, et courant après l'amour, la guerre, et les enchantemens. Ils valoient bien ces deux freres; car s'ils ne savoient pas autrement *pourfendre géans, dérompre harnois et porter en croupe belles Damoiselles, sans leur parler de rien*, ils savoient jouer, et les autres n'y connoiſsoient rien.

Ils arriverent à Turin, furent agréablement reçus, et fort diſtingués à la Cour. Cela pouvoit-il manquer? Ils étoient jeunes, bien faits; ils avoient de l'esprit, et faisoient de la dépense. Dans quel pays du monde ne réufsit-on pas avec de tels avantages? Comme Turin étoit alors celui de l'amour et de la galanterie, deux étrangers de cet air, qui n'aimoient pas à s'ennuyer, n'avoient garde d'ennuyer les Dames de la Cour.

Quoique les hommes y fufsent faits à peindre, ils n'avoient pas trop le don de plaire. Ils avoient du respect pour leurs femmes, et de la considération pour les étrangers; et leurs femmes, encore mieux faites, avoient pour le moins autant de considération pour les étrangers, et n'en avoient que médio-crement pour eux.

Madame Royale, digne fille de Henry IV, rendoit sa petite cour la plus agréable du monde. Elle avoit hérité des vertus de son pere, à l'égard des sentimens qui conviennent au sexe: et à l'égard de ce qu'on appelle la foiblefse des grands cœurs, Son Altefse n'avoit pas dégénéré.

Le comte de Tanes étoit son premier miniftre. Les affaires d'état n'étoient pas difficiles à manier durant son miniftere. Personne ne s'en plaignoit; et cette Princefse paroifsoit con-tente de sa capacité sur les autres: et voulant que tout ce qui composoit sa cour le fût aufsi, l'on y vivoit afsez selon l'usage et les coutumes de l'ancienne chevalerie.

Les dames avoient chacune un amant d'obligation, sans les volontaires, dont le nombre n'étoit point limité. Les cheva-liers déclarés portoient les livrées de leurs maîtrefses, leurs armes, et quelquefois leurs noms. Leur fonction étoit de ne les point quitter en public, et de n'en point approcher en

MADAME ROYALE.

DAUGHTER OF HENRY IVᵗʰ OF FRANCE.

particulier; de leur servir par-tout d'ecuyer, et dans les car-
rousels de chamarer leurs lances, leurs houfses et leurs habits,
des chiffres et des couleurs de chaque Dulcinée.

Matta n'étoit point ennemi de la galanterie; mais il l'auroit
souhaitée plus simple, que celle qu'on pratiquoit à Turin.
Les formes ordinaires ne l'auroient pas choqué; mais il trouvoit de la superſtition dans le culte et les cérémonies que
l'amour sembloit exiger mal-à-propos: cependant, comme il
avoit soumis sa conduite aux lumieres du chevalier de Grammont sur cet article, il fallut suivre son exemple, et se conformer aux coutumes du pays.

Ils s'enrôlerent en même-temps au service de deux beautés,
que les premiers chevaliers-d'honneur céderent aufsi-tôt par
politeſse. Le chevalier de Grammont choisit mademoiselle
de Saint-Germain, et dit à Matta d'offrir ses services à madame de Sénantes. Matta le voulut bien, quoiqu'il eût
mieux aimé l'autre. Mais le chevalier de Grammont lui fit
entendre que madame de Sénantes lui convenoit mieux.
Comme il s'étoit bien trouvé de la capacité du Chevalier dans
les premiers projets qu'ils avoient formés ensemble, il suivit
ses inſtructions en amour, comme il avoit fait ses conseils
sur le jeu.

Mademoiselle de Saint-Germain, dans le premier printemps
de son âge, avoit les yeux petits, mais fort brillans et fort
éveillés. Ils étoient noirs comme ses cheveux. Elle avoit
le teint vif et frais, quoiqu'il ne fût pas éclatant par sa blancheur. Elle avoit la bouche agréable, les dents belles, la
gorge comme on la demande, et la plus aimable taille du

monde. Elle avoit les bras bien formés, une beauté singuliere dans le coude, qui ne lui servoit pas de grand chose:
ses mains étoient pafsablement grandes; et la belle se conso-
loit de ce que le temps de les avoir blanches n'étoit pas encore venu.   Ses pieds n'étoient pas des plus petits, mais ils
étoient bien tournés.   Elle laifsoit aller cela tout comme il
plaisoit au Seigneur, sans employer l'art pour faire valoir ce
qu'elle tenoit de la nature; mais malgré cette nonchalance
pour ses attraits, sa figure avoit quelque chose de si piquant,
que le chevalier de Grammont s'y laifsa prendre d'abord.
Son esprit et son humeur étoient faits pour afsortir le refte.
Tout y étoit naturel, et tout en étoit agréable.   C'étoit de
l'enjoûment, de la vivacité, de la complaisance et de la politefse.   Tout cela couloit de source; point d'inégalité.

Madame la marquise de Sénantes pafsoit pour blonde.   Il
n'eût tenu qu'à elle de pafser pour roufse; mais elle aimoit
mieux se conformer au goût du siecle, que de respecter celui
des anciens.   Elle avoit tous les avantages dont les cheveux
roux sont accompagnés, sans aucun de leurs dégoûts.   Une
attention continuelle corrigeoit ce qu'il pouvoit y avoir de
trop à ces agrémens.   Qu'importe, après tout, quand on eft
propre, si c'eft par art, ou naturellement: il faut être bien
malin pour y regarder de si près.   Elle avoit beaucoup
d'esprit, autant de mémoire, plus de lecture, et beaucoup
plus de penchant à la tendrefse.

Elle avoit un mari, que la sagefse même eût fait conscience d'épargner. Il se piquoit d'être Stoïcien, et faisoit gloire
d'être salope et dégoûtant, en honneur de sa profefsion.   Il

y réuiſsiſsoit parfaitement; car il étoit fort gros, et suoit en hiver comme en été.

L'érudition et la brutalité sembloient être ses talents favoris: L'une et l'autre brilloient dans sa conversation, tantôt ensemble, tantôt tour-à-tour; mais toujours mal-a-propos. Il n'étoit point jaloux; cependant, il ne laiſsoit paſ d'être incommode. Il vouloit bien qu'on eût de l'attention pour sa femme, pourvu qu'on en eût davantage pour lui.

Dès que nos aventuriers furent déclarés, le chevalier de Grammont prit le verd, et farcit Matta de bleu. C'étoient les couleurs que donnoient leurs nouvelles maîtreſses. Ils entrerent d'abord en fonction. Le chevalier de Grammont apprit et pratiqua tout le cérémonial de cette galanterie, comme s'il n'eût jamais fait autre chose. Matta d'ordinaire en oublioit une moitié, et ne s'acquittoit pas trop bien de l'autre. Il ne pouvoit se souvenir que sa charge étoit de servir à la gloire, et non pas à l'utilité de sa maîtreſse.

Madame de Savoie donna dès le lendemain une fête à la Vénerie. Toutes les dames en étoient. Le chevalier de Grammont disoit tant de choses agréables et divertiſsantes à sa maîtreſse, qu'elle en rioit à gorge déployée. Matta, menant la sienne à son carroſse, lui serra la main; et au retour de cette promenade, il la pria d'avoir pitié de ses souffrances. C'étoit aller un peu vîte; et quoique madame de Sénantes ne fût pas plus inhumaine qu'une autre, elle ne laiſsa pas d'être choquée, qu'on s'y prît si cavaliérement. Elle se crut obligée d'en témoigner quelque peu de reſsentiment; et retirant sa main, qu'on lui serroit de plus belle à cette déclaration, elle monta chez madame Royale, sans regarder son nouvel amant. Matta, sans s'imaginer qu'il l'eût offensée, la laiſsa faire, et fut chercher quelqu'un dans la ville, qui voulût souper avec lui. Rien n'étoit plus facile pour un homme de son caractere. Il trouva bientôt ce qu'il cherchoit, fut long-temps à table, pour se remettre des fatigues de l'amour, et se coucha fort content de sa journée.

Pendant tout cela, le chevalier de Grammont faisoit parfaitement son devoir auprès de mademoiselle de Saint-Germain; et sans préjudice à ses afsiduités, il trouvoit le moyen de briller en chemin faisant, par mille petits récits, qu'il mêloit à la conversation générale.

Madame de Savoie les écoutait avec plaisir, et la solitaire Sénantes y donnoit son attention. Il s'en apperçut, et quitta sa maîtreſse, pour lui demander ce qu'elle avoit fait de Matta. *Moi!* dit-elle, *je n'en ai rien fait ; mais, je ne sais ce qu'il n'auroit point fait de moi, si j'avois eu la bonté d'écouter ses très-humbles propositions :* et là-deſsus elle se mit à lui conter de quelle manière son ami l'avoit traitée, dès le second jour de leur connoiſsance.

Le chevalier de Grammont ne put s'empêcher d'en rire. Il lui dit qu'il étoit un peu naîf; mais qu'elle en seroit contente dans la suite: et pour la consoler il l'afsura qu'il n'auroit pas autrement parlé, quand Son Alteſse Royale eût été dans sa place; mais qu'il ne laiſseroit pas de lui en laver la tête.

Il fut le lendemain dans sa chambre pour cela ; mais il étoit parti dès le matin, pour une partie de chaſse, où ses connoiſsances de table l'avoient engagé la veille.

A son retour, il prit deux perdrix de sa chafse, et fut chez sa maîtrefse. On lui demanda, si c'étoit Monsieur qu'il venoit voir: il dit que non; et le suifse lui dit que Madame n'y étoit pas. Matta lui laifsa ses deux perdrix, et le pria de lui en faire présent de sa part.

La Sénantes étoit à sa toilette, qui se coëffoit de toute sa force en faveur de Matta, tandis qu'on lui refusoit la porte. Elle n'en savoit rien; mais Monsieur son mari le savoit à merveille. Il avoit trouvé fort mauvais que la premiere vi-site ne fût pas pour lui. C'est pourquoi, résolu qu'elle ne seroit pas pour sa femme, le suifse en avoit reçu ses ordres, et pensa bien être battu pour le présent qu'on avoit laifsé. Les perdrix furent renvoyées sur l'heure; et Matta, sans exa-miner pourquoi, ne fut pas fâché de les revoir. Il partit pour la cour, sans changer d'habit. Il n'avoit garde de songer qu'il n'y falloit pas paroître sans les couleurs de sa Dame. Il l'y trouva parée. Ses yeux lui parurent brillans, et sa per-sonne ragoûtante. Il commença dès ce jour à se savoir bon gré de sa complaisance pour le chevalier de Grammont; ce-pendant il remarqua qu'elle avoit l'air afsez froid pour lui. Cela lui parut extraordinaire, après avoir tant fait pour elle. S'imaginant qu'elle ignoroit toutes ces obligations, il fut l'en entretenir, et la gronda fort d'avoir renvoyé ses perdrix avec tant d'indifférence.

Elle ne savoit ce qu'il vouloit dire; et choquée de ce qu'il ne s'humilioit pas, après la réprimande qu'elle comptoit qu'on lui eût faite, elle lui dit, qu'il falloit qu'il eût trouvé des per-sonnes de bonne compofition en son chemin, puisqu'il prenoit

e

des manieres auxquelles on n'étoit pas encore accoutumé chez elle. Matta lui demanda comme quoi ses manieres étoient donc si nouvelles. *Comme quoi!* dit-elle: *Le second jour que vous m'honorez de votre attention, vous me traitez comme si j'étois à votre service depuis mille ans. La premiere fois que je vous donne la main, vous me la serrez de toute votre force. Après ce début je monte en carrofse, et vous à cheval; mais loin de vous tenir à la portiere comme les autres, il ne part pas un lievre que vous ne poufsiez après: et vous étant bien amusé durant la promenade à prendre du tabac, sans songer à moi, vous ne vous en souvenez au retour que pour me prier de mon déshonneur en termes honnêtes, mais fort intelligibles. Aujourd'hui vous me parlez de chafse, de perdrix, et d'une visite, que vous avez apparemment rêvée comme tout le reste.*

Le chevalier de Grammont arriva, comme ils en étoient là. Matta fut grondé de ses emprefsemens. Son ami se tuoit de lui dire qu'ils étoient insolens, plutôt que familiers. Matta s'excusoit du mieux qu'il pouvoit; mais toujours fort mal. Sa maîtrefse en eut pitié, voulut bien recevoir ses excuses sur la maniere, plutôt que son repentir sur le fait, et témoigna qu'il n'y avoit que l'intention qui pût juftifier ou condamner ces trangrefsions; qu'on pardonnoit ce que les mouvemens de tendrefse faisoient hasarder; mais qu'on ne pardonnoit point les témérités qui n'étoient fondées que sur la facilité qu'on se promettoit de trouver. Matta jura qu'il ne lui avoit serré la main que par un excès d'amour, et qu'il ne lui avoit demandé du secours que par nécefsité; qu'il ne savoit pas la maniere de demander des graces; qu'il ne la trouveroit pas plus digne d'être aimée au bout d'un mois de service, qu'elle le paroifsoit dans ce moment, et qu'il la prioit de se souvenir de lui quand l'occasion s'en présenteroit. La Sénantes ne s'en offensa pas. Elle vit bien qu'il ne falloit pas s'arrêter aux formalités de la sévere bienséance, en écoutant un homme de son caractere; et le chevalier de Grammont, après cette espece de raccommodement, fut songer à ses propres affaires auprès de mademoiselle de Saint Germain.

Ce n'étoit pas tout-à-fait son bon naturel, qui le portoit à se mêler de celles de Matta. Bien au contraire, dès qu'il s'apperçut que les penchans de madame de Sénantes devenoient favorables pour lui même, comme cette conquête lui parut plus facile que l'autre, il crut qu'il falloit s'en saisir, de peur qu'on ne la laifsât échapper, et pour ne pas perdre tout son tems, en cas qu'il ne pût rien gagner auprès de la petite Saint-Germain.

Cependant, dès le même soir, pour conserver l'air de supériorité qu'il avoit usurpé sur la conduite de son ami, malgré qu'il en eût, il lui fit des reproches d'avoir bien osé se montrer à la cour en habit de campagne, et sans les couleurs de sa maîtrefse; de n'avoir pas eu l'esprit ou la prudence de rendre la premiere visite à monsieur de Sénantes, au lieu de s'amuser à demander Madame; et pour toute conclusion lui demanda, de quoi diable il s'avisoit de lui faire présent de deux méchantes perdrix rouges. Et pourquoi non? lui dit Matta: Ne faudroit-il point qu'elles fufsent bleues aufsi, à caufe de la cocarde et du nœud d'épée bleu que tu m'avois l'autre jour mis? Et va te promener, mon pauvre Chevalier, avec tes niaiseries. Je me donne au diable, si dans quinze jours tu ne deviens plus sot que tous les benets de Turin. Mais pour répondre à toutes tes questions, je n'ai point été voir le mari de madame de Sénantes, parce que je n'ai que faire à lui; que c'eſt un animal qui me déplaît, et me déplaira toujours. Pour toi, te voilà ravi d'être empanaché de verd, d'écrire des billets à ta maîtreſse, d'emplir tes poches de cédrats, de piſtaches et d'autres rogatons, dont tu farcis la pauvre fille, malgré qu'elle en ait. Tu crois trouver la pie au nid; qu'en lui chantant quelque chanson faite du tems de Corisande, et d'Henri IV, tu peux lui jurer que tu l'as faite pour elle. Heureux de pouvoir mettre le cérémonial de la galanterie en pratique, tu n'as point d'ambition pour l'eſſentiel. A la bonne heure, chacun a sa façon de faire, auſſi-bien que son goût. Le tien est de baguenauder en amour; et pourvu que tu faſſes bien rire la Saint-Germain, tu ne lui en demandes pas davantage. Pour moi, qui suis persuadé que les femmes sont ici ce qu'elles sont ailleurs, je ne croirai jamais qu'elles s'offensent qu'on quitte quelquefois la bagatelle, pour en venir au sérieux. En tout cas, si madame de Sénantes n'eſt pas de cette humeur, elle n'a qu'à se pourvoir ailleurs; car je lui réponds bien que je ne ferai pas long-tems le personage d'eſtafier auprès de sa personne.

Cette menace étoit des plus inutiles. Madame de Sénanttes le trouvoit à son gré, pensoit à-peu-près de même, et ne demandoit pas mieux que d'en venir aux preuves. Mais Matta s'y prit tout de travers. Il étoit prévenu d'une telle aversion pour son mari, qu'il ne pouvoit se vaincre sur la moindre avance pour l'apprivoiser. On lui faisoit entendre qu'il falloit commencer par endormir le dragon, avant de pofséder le tré- sor: cela fut inutile, quoiqu'il ne pût voir madame de Sé- nantes que dans les afsemblées publiques. Il en étoit impa- tient, et lui faisant un jour ses plaintes: " Ayez la bonté, " Madame, lui dit-il, de me faire savoir où vous logez. Il " n'y a point de jour que je n'aille trois fois chez vous, pour " le moins, sans vous y avoir encore pu trouver. J'y couche " pourtant d'ordinaire, lui dit-elle en riant; mais je vous " avertis que vous ne m'y trouverez jamais que vous n'y ayez " trouvé monsieur de Sénantes: je n'en suis pas la maîtrefse. Je " ne vous le donne pas, poursuivit-elle, pour un homme dont " on voulût rechercher le commerce pour son agrément. Au " contraire, je conviens que son humeur eft afsez bizarre, et " ses manieres peu gracieuses; mais il n'y a rien de si farouche " qu'on ne puifse familiariser avec un peu de soin et de com- " plaisance. Il faut que je vous répete des vers à ce sujet: " Je les ai retenus, parce qu'ils donnent un petit conseil, dont " vous userez comme il vous plaira.

RONDEAU.

Mettez-vous bien dans la mémoire,
Et retenez ces documens,
Vous qui vous piquez de la gloire,
De réufsir en faits galans,
Ou qui voulez le faire croire.

En équipage, en airs bruyans,
En lieux communs, en faux sermens,
En habits, bijoux, dents d'ivoire,
    Mettez-vous bien.

Ayez, pour plaire aux vieux parens,
Toujours en mains nouvelle hiftoire,
Pour les valets force présens;
Mais eût-il l'humeur fombre et noire,
Avec l'époux, malgré ses dents,
    Mettez-vous bien.

Ma foi, Madame, dit Matta, le rondeau dira ce qu'il lui plaira; mais il n'y a pas moyen, l'époux eft trop fot. Quelle diable de cérémonie, poursuivit-il. Quoi! dans ce pays-ci l'on ne sauroit voir la femme, sans être amoureux du mari?

Madame de Sénantes trouva cette maniere de répondre très-offensante; et comme elle crut en avoir afsez fait pour le mettre dans le bon chemin, s'il en eût été digne, elle jugea qu'il ne valoit pas la peine qu'elle s'expliquât davantage, puisqu'il ne pouvoit se contraindre sur si peu de chose; et dès ce moment elle eut fait avec lui.

Le chevalier de Grammont avoit donné congé à sa maîtrefse à-peu-près dans le même tems; il étoit tout-à-fait refroidi sur cette poursuite. Ce n'eft pas que mademoifelle de Saint-Germain ne fût plus digne que jamais de sa persévérance. Au contraire, ses agrémens se multiplioient à vue d'œil: Elle se couchoit avec mille charmes, et le lendemain paroifsait avec quelque chose de nouveau. La phrase de croître et d'embellir sembloit n'avoir été faite que pour elle. Le chevalier de Grammont ne pouvoit disconvenir de ces vérités; mais il n'y trouvoit pas son compte. Un peu moins de mérite, avec un peu moins de sagefse, eût été plus son fait. Il s'apperçut qu'elle l'écoutoit avec plaisir, qu'elle rioit tant qu'il vouloit de ses contes, et qu'elle recevoit ses billets et ses présens sans scrupule; mais qu'elle en vouloit demeurer là. Son adrefse l'avoit tournée de toutes les manieres, sans avoir pu lui tourner la tête. Sa femme-de-chambre étoit gagnée; ses parens, charmés de ses bons mots et de son afsiduité, n'étoient jamais plus aises que quand ils le voyoient chez eux; bref, il avoit mis les préceptes du rondeau de la Sénantes en usage, et tout livroit la petite Saint-Germain à ses embûches, si la petite Saint-Germain eût été d'humeur à se livrer; mais elle ne le voulut jamais. Il avoit beau lui dire, que la grace qu'il lui demandoit ne lui coûteroit rien; que puisque ces trésors se trouvoient rarement compris dans le bien qu'une fille apporte en mariage, elle ne trouveroit personne, qui par une tendrefse éternelle, et par une discrétion inviolable, en fût plus digne que lui. Il lui contoit ensuite, que jamais mari n'avoit su donner la moindre idée de ce que l'amour a d'agréable, et qu'il n'y avoit rien de si différent que les emprefsemens d'un amant toujours tendre, toujours pafsioné, mais toujours respectueux, et la nonchalante indifférence d'un époux.

Mademoiselle de Saint-Germain ne voulant pas prendre la chose sérieusement, pour n'être pas obligée de s'en offenser, lui dit, que comme c'étoit afsez la coutume dans son pays de

se marier, elle seroit bien aise d'en pafser par-là devant que
de prendre connoifsance de ces diftinctions, et de ces détails
merveilleux, qu'elle ne comprenoit pas extrêmement, et dont
elle ne vouloit pas de plus grandes explications: qu'elle l'avoit
bien voulu écouter pour cette fois; mais qu'elle le supplioit
de ne lui plus parler sur ce ton, puisque ces sortes de conversations n'étoient point divertifsantes pour elle, et qu'elles seroient très-inutiles pour lui.   La Belle, qui rioit plus volontiers
qu'une autre, savoit prendre un air fort sérieux dès qu'il en
étoit queftion.   Le chevalier de Grammont vit bien qu'elle
lui parloit tout de bon; et voyant qu'il lui faudroit un tems
infini pour lui faire changer de sentiment, il s'étoit tellement
rallenti sur cette poursuite, qu'il ne la servoit plus que pour
cacher les defseins qu'il avoit sur madame de Sénantes.

Il voyoit cette Princefse fort choquée du peu de complaisance de Matta.   Cette apparence de mépris pour elle rebuta
ce qu'elle avoit eu de plus favorable pour lui.   Dans ces intentions, le chevalier de Grammont lui dit qu'elle avoit raison,
exagéra la perte que son ami faisoit, la mit mille fois au-defsus
des charmes de la petite Saint-Germain, et demanda grace
pour lui-même, puisque son ami ne la méritoit pas.   Il fut
bientôt écouté favorablement sur cette proposition; et dès
qu'ils furent d'accord, ils songerent aux mesures qu'il falloit
prendre, l'une pour tromper son époux, et l'autre son ami.
Cela n'étoit pas fort difficile: Matta n'étoit point défiant, et
le gros Sénantes, auprès de qui le chevalier de Grammont
avoit déja fait tout ce que l'autre n'avoit pas voulu faire, ne
pouvoit se pafser de lui.   C'étoit beaucoup plus qu'il ne lui

demandoit; car dès que le chevalier de Grammont étoit chez madame, son mari s'y trouvoit par politeſse; et pour chose au monde, il ne les auroit laiſsés ensemble, de peur qu'ils ne s'ennuyaſsent sans lui.

Matta, qui ne savoit cependant pas qu'il fût disgracié, continuoit à servir sa maîtreſse à sa maniere. Elle étoit convenue avec le chevalier de Grammont, que les choses iroient en apparence selon le premier établiſsement; et de cette maniere, la cour croyoit toujours que madame de Sénantes ne songeoit qu'a Matta, tandis que son ami ne songeoit qu'a mademoiselle de Saint-Germain.

On faisoit de tems en tems de petites loteries de bijoux. Le chevalier de Grammont y mettoit toujours, en retiroit par hasard quelque chose; et sous prétexte des lots qu'il gagnoit, il achetoit mille choses qu'il donnoit imprudemment à la Sénantes, et la Sénantes les recevoit encore plus imprudemment. La petite Saint-Germain n'en tâtoit plus que bien rarement. Il y a des tracaſsiers par-tout. On fit des remarques sur ce procédé. Ceux qui les firent les communiquerent à mademoiselle de Saint-Germain : elle fit semblant d'en rire; mais elle ne laiſsa pas d'en être piquée. Rien n'eſt si commun au beau-sexe, que de ne vouloir pas qu'une autre profite de ce qu'on refuse. Elle n'en sut pas bon gré à madame de Sénantes. D'un autre côté, on fut demander à Matta s'il n'étoit pas aſsez grand pour faire lui-même ses présens à madame de Sénantes, sans les envoyer par le chevalier de Grammont. Cela le réveilla; car il ne s'en seroit jamais apperçu. Il n'en eut pourtant que des soupçons aſsez légers: et voulant s'en

f

éclaircir; il faut avouer, dit-il au chevalier de Grammont,
que l'amour se fait ici d'une façon toute nouvelle. On y sert
sans gages; on s'adrefse au mari, quand on eft amoureux de
la femme; et l'on fait des préfens à la maîtrefse d'un autre,
pour se mettre bien avec la sienne. Madame de Sénantes t'eft
fort obligée de..... C'eft toi-même, répondit le chevalier de
Grammont, puifque c'eft sur ton compte. J'étois honteux de
voir que tu ne t'étois jamais avisé de lui faire le moindre petit
présent. Sais-tu bien que les gens sont faits si extraordinairement à cette cour, qu'on croit que c'eft plutôt par vilenie que
par inadvertance, que tu n'as pas eu le courage de donner la
moindre bagatelle à ta maîtrefse? Fi, que cela eft ridicule,
qu'il faille qu'on songe toujours pour toi!

Matta se laifsa gronder, sans qu'il en fût autre chose, persuadé qu'il l'avoit un peu mérité, outre qu'il n'étoit, ni afsez
défiant, ni afsez épris pour y avoir plus de réfléxion. Cependant, comme il convenoit aux affaires du chevalier de Grammont qu'il fît connoifsance avec monsieur de Sénantes, il en
fut tellement persécuté qu'il le fit à la fin. Son ami fut l'introducteur de cette première visite. Sa maîtrefse lui sut bon
gré de cet effort de complaisance, résolue pourtant qu'il n'en
profiteroit pas; et l'époux ayant l'esprit en repos sur une civilité qu'il attendoit depuis long-tems, voulut dès le même soir
leur donner à souper dans une petite maison, qu'il avoit à la
campagne, au bord de la rivière, à deux pas de la ville.

Le chevalier de Grammont répondit pour tous deux, accepta l'offre; et comme c'étoit la seule que Matta n'eût pas
refusée de Sénantes, il y consentit. Le mari vint chez eux,

pour les prendre à l'heure marquée; mais il n'y trouva que
Matta. Le chevalier de Grammont s'étoit mis à jouer tout
exprès pour les laisser partir sans lui. Matta vouloit l'attendre, tant il avoit peur de se trouver seul avec monsieur de Sénantes; mais le chevalier de Grammont les ayant envoyé
prier d'aller toujours devant, et qu'il seroit à eux dès que son
jeu seroit fini, le pauvre Matta fut obligé de s'embarquer avec
l'homme du monde qui lui revenoit le moins. Ce n'étoit pas
l'intention du chevalier de Grammont de le tirer sitôt de cet
embarras, et le perfide ne le sut pas plutôt en campagne, qu'il
fut chez madame de Sénantes, sous prétexte d'y trouver encore
son mari, pour aller ensemble où ils devoient souper.

La trahison étoit en beau train; et comme il paroissoit à
madame de Sénantes que l'indifférence de Matta ne méritoit
pas autre chose de sa part, elle n'avoit pas de scrupule d'en
être. Elle attendoit donc le chevalier de Grammont avec des
intentions d'autant plus favorables, qu'il y avoit long-tems
qu'elle l'attendoit, et qu'elle avoit quelque curiosité pour une
visite de sa part, dont son mari ne fût pas. Il est donc à
croire que cette première occasion ne se fût pas perdue, si
mademoiselle de Saint-Germain, qu'elle n'attendoit pas, ne fût
arrivée presque en même tems que celui qu'elle attendoit.

Elle étoit plus jolie et plus enjouée ce jour-là qu'elle ne l'a-
voit été de sa vie; cependant on ne laissa pas de la trouver
fort laide et fort ennuyante. Elle s'apperçut bientôt qu'elle
importunoit; et ne voulant pas que ce fût pour rien qu'on
lui voulût du mal, après avoir passé plus d'une grosse demi-
heure à se divertir de leur inquiétude, et à faire mille petites

singeries, qu'elle voyoit ne pouvoir être plus mal placées, elle
ôta ses coëffes, son écharpe, et tout l'attirail dont on se défait,
quand on prétend s'établir familiérement quelque part, pour
le refte du jour. Le chevalier de Grammont la maudifsoit
intérieurement, tandis qu'elle ne cefsoit de lui faire la guerre
sur la méchante humeur dont il étoit en si bonne compagnie:
madame de Sénantes, qui ne se pofsédoit pas mieux que lui,
dit afsez séchement qu'elle étoit obligée d'aller chez madame
Royale. Mademoiselle de Saint-Germain lui dit, qu'elle auroit l'honneur de l'accompagner, si cela ne lui faisoit point de
peine. On ne lui répondit pas grand'-chose, et le chevalier
de Grammont, voyant qu'il étoit inutile de poufser sa visite
plus loin, sortit de belle humeur.

Dès qu'il fut dehors, il fit partir un de ses grisons, pour
prier monsieur de Sénantes de vouloir bien se mettre à table
avec sa compagnie, sans l'attendre, parce que le jeu ne finiroit
peut-être pas sitôt, mais qu'il seroit à lui avant la fin du repas.
Après avoir dépêché ce courrier, il mit une sentinelle à la
porte de madame de Sénantes, dans l'espérance que l'éternelle
Saint-Germain en sortiroit avant elle; mais ce fut inutilement,
et son espion lui vint dire au bout d'une heure d'impatience et
d'agitations, qu'elles étoient sorties ensemble. Il vit bien qu'il
n'y auroit pas moyen de se voir ce jour-là, tout allant de travers pour ses defseins. Il fallut donc se pafser de madame,
pour aller trouver monsieur.

Pendant que ces choses se pafsoient à la ville, Matta ne se
divertifsoit pas beaucop à la campagne. Comme il étoit prévenu contre le seigneur de Sénantes, tout ce que le seigneur de

Sénantes lui disoit, ne faisoit que lui déplaire. Il maudissoit de bon cœur le chevalier de Grammont du tête-à-tête qu'il lui procuroit. Il fut sur le point de s'en retourner, quand il vit qu'il falloit se mettre à table sans un troisieme.

Cependant, comme son hôte étoit assez délicat sur la bonne chere, qu'il avoit le meilleur cuisinier de tout le Piémont, la vue du premier service le radoucit: et mangeant fort et ferme, sans faire attention à Sénantes, il se flatta que le souper finiroit sans avoir rien à démêler avec lui; mais il se trompa.

Dans le tems que le chevalier de Grammont vouloit le mettre bien avec monsieur de Sénantes, il en avoit fait un portrait fort avantageux, pour lui donner envie de le connoître: dans l'étalage de mille autre qualités, connoissant l'entêtement qu'il avoit pour le nom d'érudition, il l'avoit assuré que c'étoit un des savans hommes de l'Europe.

Sénantes avoit donc attendu quelque trait de lecture, dès le commencement du souper, de la part de Matta, pour mettre la sienne en jeu; mais il étoit bien loin de son compte. Personne n'avoit moins lu, personne aussi ne s'en soucioit moins, et personne n'avoit si peu parlé, pendant un repas, que lui. Comme il ne vouloit point entrer en conversation, sa bouche ne s'étoit ouverte que pour manger, ou pour demander à boire.

L'autre, s'offensant d'un silence qui lui paroissoit affecté, las de l'avoir inutilement agacé sur d'autres sujets, crut qu'il en auroit quelque raison en le mettant sur l'amour et la galanterie, et l'attaqua de cette maniere, pour entamer le sujet.

" Comme vous êtes le galant de ma femme.... Moi! lui dit " Matta, qui vouloit faire le discret: ceux qui vous l'ont dit,

" en ont menti: Morbleu.... Monsieur, dit Sénantes, vous le
" prenez-là d'un ton qui ne vous convient gueres; car je veux
" bien vous apprendre, malgré vos airs de mépris, que ma-
" dame de Sénantes en eſt peut-être auſsi digne qu'aucune de
" vos dames de France; et que nous en avons vu, qui vous
" valoient bien, qui se sont fait un honneur de la servir.   A
" la bonne-heure, dit Matta : Je l'en crois très-digne, et puis-
" que vous le voulez ainsi, je suis son serviteur, et son galant
" pour vous obliger."

Vous croyez peut-être, poursuivit l'autre, qu'il en va dans
ce pays-ci comme dans le vôtre, et que les Belles n'ont des
amans que pour accorder des faveurs: désabusez-vous de cela,
s'il vous plaît, et sachez que quand même il en seroit quelque
chose dans cette cour, je n'en aurois aucune inquiétude.   Rien
n'eſt plus honnête, disoit Matta; mais pourquoi n'en avoir
aucune inquiétude?   Voici pourquoi, reprit-il: Je connois la
tendreſse de madame de Sénantes pour moi ; je connois sa sageſse envers tout le monde ; et plus que tout cela, je connois
mon propre mérite.

Vous avez là de belles connoiſsances, monsieur le Marquis,
dit Matta: je les salue toutes trois.   A votre santé.   Sénantes
en fit raison; mais voyant que la conversation tomboit d'abord
qu'on ne buvoit plus, après deux ou trois santés de part et
d'autre, il voulut faire une seconde tentative, et provoquer
Matta par son fort; c'eſt-à-dire du côté de l'érudition.

Il le pria donc de lui dire en quel tems il croyoit que les
Allobroges fuſsent venus s'etablir dans le Piémont.   Matta,
qui le donnoit au diable avec ses Allobroges, lui dit, qu'il

falloit que ce fût du tems des guerres civiles. J'en doute, dit l'autre. Tant qu'il vous plaira, dit Matta. Sous quel consulat? poursuivit Sénantes..... Sous celui de la ligue, quand les Guises firent venir les Lansquenets en France, dit Matta. Mais, que diable cela fait-il?

Monsieur de Sénantes étoit paſsablement prompt, et volontiers brutal; ainsi dieu sait de quelle maniere la conversation se seroit tournée, si le chevalier de Grammont ne fût survenu pour y mettre ordre. Il eut aſsez de peine à comprendre ce que c'étoit que leur débat; mais l'un oublia les queſtions qui l'avoient choqué; l'autre les réponses, pour reprocher au chevalier de Grammont cette fureur éternelle pour le jeu, qui faisoit qu'on ne pouvoit jamais compter sur lui. Le chevalier de Grammont, qui se sentoit encore plus coupable qu'ils ne disoient, prit le tout en patience, et se donna plus de tort qu'ils ne voulurent. Cela les appaisa. Le repas finit plus tranquillement qu'il n'avoit commencé: L'ordre fut rétabli dans la conversation; mais il n'y put mettre la joie, comme il avoit coutume. Il étoit de très-mauvaise humeur; et comme il les preſsoit à tout moment de sortir de table, monsieur de Sénantes jugea qu'il avoit beaucoup perdu. Matta dit au contraire, qu'il avoit beaucoup gagné; mais que la retraite avoit peut-être été malheureuse, faute de précautions, et demanda s'il n'avoit pas eu besoin du sergent la Place avec son embuſcade.

Ce trait d'hiſtoire paſsoit l'érudition de Sénantes; et de peur que Matta ne s'avisât de l'expliquer, le chevalier de Grammont changea de discours, et voulut sortir de table; mais Matta ne le voulût pas. Cela le raccommoda dans l'esprit de

Sénantes : Il prit cette complaisance pour son compte ; cependant, ce n'étoit pas lui, mais son vin que Matta trouvoit à
son gré.

Madame Royale, qui connoifsoit le caractere de Sénantes,
fut charmée du récit que le chevalier de Grammont lui fit de
cette fête et de cette conversation : Elle appella Matta pour
en savoir la vérité de lui-même. Il avoua que devant qu'il fût
queftion des Allobroges, monsieur de Sénantes l'avoit voulu
quereller, parce qu'il n'étoit pas amoureux de sa femme.

Cette premiere connoifsance faite de cette maniere, il sembloit que toute la bonne volonté que Sénantes avoit d'abord
eue pour le chevalier de Grammont se fût tournée vers Matta :
Il étoit tous les jours à sa porte, et Matta tous les jours chez
sa femme. Cela ne convenoit point au chevalier de Grammont. Il se repentit des réprimandes qu'il s'étoit avisé de
faire à Matta, le voyant d'une afsiduité qui rompoit toutes ses
mesures. Madame de Sénantes en étoit encore plus embarrafsée. Quelque esprit qu'on ait, on n'eft point plaisant pour
ceux qu'on importune : elle eût été bien aise de n'avoir pas
fait de certaines démarches inutilement.

Matta commençoit à trouver des charmes dans sa personne :
Il en eût trouvé dans son esprit, si elle l'avoit voulu ; mais il
n'y a pas moyen d'être de bonne humeur avec ceux qui tra-
versent nos defseins. Tandis que son goût augmentoit pour
elle, le chevalier de Grammont n'étoit occupé que des moyens
qui pouvoient mettre son aventure à fin. Voici le ftratagême
dont il se servit enfin pour avoir la scène libre, en éloignant
l'amant et le mari tout à la fois.

Il fit entendre à Matta qu'il falloit donner à souper chez eux à monsieur de Sénantes, et se chargea de pourvoir à tout. Matta lui demanda, si c'étoit pour jouer au quinze, et l'afsura qu'il auroit beau faire, qu'il mettroit ordre pour cette fois qu'il ne s'engageât pas au jeu, pour le laifser tête-à-tête avec le plus sot gentil-homme de l'Europe. Le chevalier de Grammont n'avoit garde d'y songer, persuadé qu'il seroit impofsible de profiter de cette occasion, de quelque maniere qu'il s'y prît, et qu'on les relâcheroit dans tous les coins de la ville plutôt que de le laifser en repos. Toute son attention fut donc de rendre le repas agréable, de le faire durer, et d'y faire survenir quelques conteftations entre Sénantes et Matta. Pour cet effet, il se mit d'abord de la plus belle humeur du monde: les autres s'y mirent à force de vin.

Le chevalier de Grammont témoigna qu'il étoit bien malheureux de n'avoir pu donner un petit concert de musique à monsieur de Sénantes, comme il l'avoit résolu le matin; mais que les musiciens s'étoient engagés. Le marquis de Sénantes se fit fort de les avoir à sa maison de campagne le lendemain au soir, et pria la compagnie d'y souper. Matta leur demanda, que diable ils vouloient faire de musique, et soutint que cela n'étoit bon dans ces occasions que pour des femmes, qui avoient quelque chose à dire à leur amans pendant que les violons étourdifsoient les autres, ou pour des sots, qui ne savoient que dire quand les violons ne jouoient pas. On se moqua de ses raisonnemens: la partie fut liée pour le lendemain, et les violons pafserent à la pluralité des voix. Sénantes, pour en consoler Matta, comme pour faire honneur

g

au repas, porta force santés. Il aima mieux lui faire raison de cette maniere, que sur la dispute: le chevalier de Grammont, voyant qu'il ne falloit pas grand'chose pour leur échauffer la tête, ne demandoit pas mieux que de les voir aux mains par quelque nouvelle difsertation. Il avoit inutilement jetté de tems en tems quelque propos dans la conversation, pour parvenir à ses fins. S'étant heureusement avisé de lui demander le nom de famille de madame son épouse; Sénantes, fort en généalogié, comme sont tous les sots qui ont de la mémoire, se mit à celle de madame de Sénantes, par un embrouillement de filiations qui ne finifsoit point. Le chevalier de Grammont fit semblant de l'écouter avec une grande attention; et voyant que Matta commençoit à perdre patience, il le pria d'écouter bien ce que monsieur disoit, et qu'il n'y avoit rien de plus beau. Cela eft bien galant, dit Matta; mais pour moi j'avoue que si j'étois marié, j'aimerois mieux m'informer du véritable pere de mes enfans, que de savoir quels sont les grands peres de ma femme. Sénantes se moquant de sa grofsiéreté, ne cefsa point qu'il n'eût conduit les ancêtres de son épouse, de branche en branche, jusques à Yolande de Sénantes. Cela fait, il offrit de faire voir en moins d'une demi-heure, que les Grammont venoient d'Espagne. Eh, que nous importe d'où les Grammont viennent? lui dit Matta: Savez-vous bien, monseigneur le Marquis, qu'il vaut mieux ne rien savoir, que de savoir trop de choses?

L'autre lui soutint le contraire avec chaleur, et préparoit un argument en forme, pour prouver qu'un ignorant eft un sot. Mais le chevalier de Grammont, qui connoifsoit Matta, ne douta point qu'il n'envoyât promener le logicien, s'il en venoit à la conclusion du syllogisme : C'eſt pourquoi se mettant entre deux, comme leurs voix commençoient à s'élever, il leur dit, que c'étoit se moquer que de s'échauffer ainsi pour rien, et traita la chose sérieusement, afin qu'elle fût plus marquée. Le souper finit donc tranquillement, par le soin qu'il eut de supprimer les disputes, et d'admettre force vin en leur place.

Le lendemain, Matta fut à la chaſse, le chevalier de Grammont chez le baigneur, et Sénantes à sa maison de campagne : Tandis qu'il y préparoit toutes choses, sans oublier les violons, et que Matta chaſsoit dans la plaine pour gagner de l'appétit, le chevalier de Grammont pensoit à l'exécution de son projet.

Dès que la maniere en fut réglée dans sa tête, on fut avertir sous main l'officier des gardes, qui servoit auprès de son Alteſse, que monsieur de Sénantes avoit eu quelques paroles avec monsieur de Matta la nuit précédente en soupant ; que l'un étoit sorti dès le matin, et qu'on ne trouvoit point l'autre dans la ville.

Madame Royale, alarmée de cet avis, envoya proptement chercher le chevalier de Grammont. Il parut surpris, quand son Alteſse en parla. Il avoua bien qu'ils avoient eu quelques paroles ; mais qu'il n'avoit pas cru que l'un ou l'autre s'en fût souvenu le jour d'après. Il dit, que si le mal n'étoit déja fait, le plus court seroit de s'en aſsurer jusqu'au lendemain ; et que si l'on pouvoit les trouver, il se faisoit fort de les raccommoder, sans qu'il en fût autre chose. Cela n'étoit pas difficile.

On apprit chez monsieur de Sénantes qu'il étoit à sa maison
de campagne. On y fut: on le trouva: l'officier lui donna
des gardes, sans lui dire autre chose, et le laiſsa fort étonné.

Dès que Matta fut revenu de sa chaſse, madame Royale
envoya ce même officier le prier de lui donner sa parole,
qu'il ne sortiroit pas jusqu'au lendemain. Ce compliment le
surprit. On ne lui en rendit aucune raison. Un bon repas
l'attendoit: il mouroit de faim; et rien ne lui paroiſsoit si dé-
raisonnable, que de l'obliger à la résidence dans cette conjoncture; mais il avoit donné sa parole; et ne sachant ce que tout
cela vouloit dire, toute sa reſsource fut d'envoyer chercher son
ami; mais son ami ne le vint trouver qu'au retour de la campagne. Il y avoit trouvé Sénantes au milieu de ses violons,
fort indigné de se voir prisonnier dans sa maison, sur le
compte de Matta qu'il attendoit pour faire bonne chere. Il
s'en plaignit aigrement au chevalier de Grammont, et lui dit,
qu'il ne croyoit pas l'avoir offensé; mais que s'il aimoit tant
le bruit, il le prioit de l'aſsurer que pour peu que le cœur lui
en dit, il auroit contentement à la premiere occasion. Le
chevalier de Grammont l'aſsura que Matta n'y avoit jamais
songé; qu'il savoit au contraire qu'il l'eſtimoit infiniment;
qu'il falloit que ce fût la tendreſse extrême de madame sa
femme, qui s'étant alarmée sur le rapport des laquais qui les
avoient servis à table, seroit allée chez madame Royale, pour
prévenir quelque accident funeſte; qu'il le croyoit d'autant
plus, qu'il avoit souvent dit à madame de Sénantes, en parlant de Matta, que c'étoit la plus rude épée de France; comme

en effet, ce pauvre garçon ne se battoit jamais, sans avoir le malheur de tuer son homme.

Monsieur de Sénantes, un peu radouci, dit qu'il étoit fort son serviteur, qu'il gronderoit bien sa femme de son impertinente tendrefse, et qu'il mouroit d'envie de se revoir avec le cher Matta.

Le chevalier de Grammont l'afsura, qu'il y alloit travailler, et recommanda bien à ses gardes de ne point le laifser échapper, qu'ils n'eufsent des ordres de la Cour, parce qu'il paroifsoit qu'il mouroit d'envie de se battre, et qu'ils en répondroient. Il n'en fallut pas davantage pour le faire garder à vue, quoiqu'il n'en fût pas besoin.

Son homme étant en toute afsurance de cette maniere, il fallut pourvoir à ses sûretés à l'égard de l'autre. Il regagna la ville ; et dès que Matta le vit : " Que diable eft-ce, lui dit-
" il, que cette belle farce qu'on me fait jouer ? Pour moi je
" ne connois plus rien aux sottes manieres de ce pays-ci. D'où
" vient qu'on me met prisonnier sur ma parole ? D'où
" vient ? dit le chevalier de Grammont : C'eft que tu es en-
" core plus extraordinaire toi-même que tout cela. Tu ne
" saurois t'empêcher d'entrer en dispute avec un bourru, dont
" tu ne devrois faire que rire. Quelque valet officieux aura
" sans doute été redire le beau démêlé d'hier au soir. On t'a
" vu sortir de la ville dès le matin ; Sénantes quelque temps
" après : en faut-il davantage pour que son Altefse Royale se
" soit cru obligée de prendre ces précautions ? Sénantes eft
" aux arrêts : on ne te demande que ta parole : ainsi, bien loin
" de prendre la chose comme tu fais, j'enverrois très-humble-

" ment remercier son Altefse de la bonté qu'elle a de te faire
" arrêter, puisque ce n'eft qu'à ta considération qu'elle s'inté-
" refse dans la chose. Je m'en vais faire un tour au palais, où
" je tâcherai d'éclaircir ce myftere : Cependant, comme il n'y
" a guere d'apparence que cela se puifse raccommoder de cette
" nuit, tu feras bien de commander à souper ; car je suis à toi
" dans un moment."

Matta le chargea de ne pas manquer à témoigner sa très-
humble reconnoifsance à madame Royale de ses bontés, quoiqu'il ne craignît pas plus Sénantes qu'il ne l'aimoit ; c'eft tout
dire.

Le chevalier de Grammont revint au bout d'une demi-
heure, avec deux ou trois des connoifsances que Matta s'étoit
faites à la chafse. Ces mefsieurs avoient voulu venir sur le
bruit de la querelle, et chacun offrit ses services séparément à
Matta contre l'unique et paisible Sénantes. Matta les ayant
remerciés les retint à souper, et se mit en robe de chambre.

Sitôt que les choses furent dans le train que souhaitoit le
chevalier de Grammont, et que vers la fin du repas il vit trotter les santés à la ronde, il se tint afsuré de son homme jusqu'au lendemain. Ce fut alors que le tirant à l'écart, avec la
permifsion des conviés, il lui fit une faufse confidence, pour
déguiser une trahison véritable ; et lui dit, après avoir exigé
plusieurs sermens de n'en jamais parler, qu'il avoit enfin obtenu de la petite Saint-Germain, qu'elle le verroit cette nuit.
C'eft pourquoi il alloit quitter la compagnie, sous prétexte
d'aller jouer à la cour ; qu'il le prioit de leur bien faire entendre qu'il ne les quittoit que pour cela ; parce que les Piémon-

tois étoient volontiers soupçonneux. Matta lui promit de s'en acquitter discrétement; lui dit qu'il feroit ses excuses, sans qu'il fût besoin de prendre congé de la compagnie; et l'ayant embrafsé, pour le féliciter sur l'heureux état de ses affaires, il le congédia le plutôt et le plus secrétement qu'il put, tant il eut peur qu'il ne manquât cette occasion.

Il se remit à table, charmé de la confidence qu'on venoit de lui faire, et de la part qu'il avoit au succès de cette aventure. Il fit fort le plaisant pour donner le change à ses hôtes; fit mille invectives contre la fureur du jeu, qui pofsédoit telle-ment ceux qui s'y livroient, qu'ils quittoient tout pour y paf-ser les nuits. Il se moquoit tout haut de la folie du chevalier de Grammont sur cet article; et tout bas, de la crédulité des Piémontois, qu'il trompoit si finement.

Le repas ne finit que bien avant dans la nuit; et Matta se coucha très-content de ce qu'il avoit fait pour son ami. Cet ami cependant jouifsoit du fruit de sa perfidie, s'il faut croire les apparences. La tendre Sénantes l'avoit reçu chez elle dans l'état où se met une personne qui veut rehaufser le prix de sa reconnoifsance. Ses charmes n'étoient point négligés; et s'il y a des occasions où l'on détefte le traître, tandis que l'on profite de la trahison, celle là n'en étoit pas; et quelque discret que fût le chevalier de Grammont sur ses bonnes for-tunes, il ne tint pas à lui qu'on ne crût le contraire. Quoi qu'il en soit, persuadé qu'en amour on gagne toujours de bonne guerre ce qu'on peut obtenir par adrefse, on ne voit pas qu'il ait jamais témoigné le moindre repentir de cette supercherie. Mais il eſt tems que nous le tirions de la cour de Savoie, pour le faire briller dans celle de France.

CHAPITRE V.

LE chevalier de Grammont, de retour en France, y soutint merveilleusement la réputation qu'il avoit acquise ailleurs. Alerte au jeu, actif et vigilant en amour; quelquefois heureux, et toujours craint dans les tendres commerces; à la guerre, égal dans les événemens de l'une et de l'autre fortune; d'un agrément inépuisable dans la bonne; plein d'expédiens et de conseils dans la mauvaise.

Attaché d'inclination à monsieur le prince; témoin, et si on ose le dire, compagnon de la gloire qu'il avoit acquise aux fameuses journées de Lens, de Norlingues et de Fribourg, les récits qu'il en a si souvent faits, n'ont rien diminué de leur éclat.

Tant qu'il n'eut que quelques scrupules de devoirs, et plusieurs avantages à sacrifier, il quitta tout pour suivre un homme, que de preſsans motifs et des reſsentimens, qui sembloient en quelque sorte excusables, ne laiſsoient pas d'écarter du bon chemin. Il l'a suivi dans la premiere disgrace de sa fortune, d'une conſtance dont on voit peu d'exemples; mais il n'a pu tenir contre les sujets de plainte qu'il lui a donnés dans la suite, et que ne méritoit pas cet attachement invincible pour lui. C'eſt pourquoi, sans craindre aucun reproche

Nugent Sculp.

LE PRINCE DE CONDE

CARDINAL MAZARIENE.

sur une conduite qui se juſtifioit aſsez d'elle-même, comme il
étoit un peu sorti de son devoir, pour entrer dans les intérêts
de monsieur le prince, il crut pouvoir en sortir, pour rentrer
dans son devoir.

Sa paix fut bientôt faite à la cour. De plus coupables y
rentroient en grace, dès qu'ils le vouloient. La reine, encore
effrayée du péril où les troubles avoient mis l'état au commencement de sa régence, ne cherchoit qu'à ramener les esprits par la douceur. La politique du miniſtre n'étoit ni
sanguinaire, ni vindicative. Ses maximes favorites étoient
d'aſsoupir, plutôt que d'employer les derniers remedes; de se
contenter de ne rien perdre dans la guerre, sans se mettre en
frais pour gagner quelque chose sur les ennemis; de souffrir
qu'on dît beaucoup de mal de lui, pourvu qu'il amaſsât beaucoup de bien, et de pouſser la minorité tout auſsi loin qu'il lui
seroit poſsible.

Cette avidité d'amaſser ne se bornoit pas à mille moyens que
lui en fournifsoit l'autorité dont il étoit revêtu : son induſtrie
n'avoit pour objet que le gain. Il aimoit naturellement le jeu;
mais il ne jouoit que pour s'enrichir, et trompoit tant qu'il
pouvoit pour gagner.

Le chevalier de Grammont, à qui il trouvoit beaucoup
d'esprit, et auquel il voyoit beaucoup d'argent, fut bientôt de
son goût et de son jeu. Il s'apperçut des subtilités et de la
mauvaise foi du cardinal, et crut qu'il lui étoit permis de mettre en usage les talens que la nature lui avoit donnés, non-
seulement pour s'en défendre, mais pour l'attaquer dans les
occasions. Ce seroit ici le lieu de parler de ces aventures;

h

mais qui peut les conter avec aſsez d'agrément et de légéreté,
pour remplir l'attente de ceux qui en auroient déja entendu
parler ?   C'eſt en vain qu'on écriroit mot pour mot ces narrations divertiſsantes: il semble que leur sel s'évapore sur le
papier ; et de quelque maniere qu'elles y soient placées, la
vivacité ne s'y trouve plus.

Il suffira donc de dire, que dans les occasions où l'addreſse
fut réciproquement employée, le chevalier emporta l'avantage; et que s'il fit mal sa cour au miniſtre, il eut la consolation de voir que ceux qui s'étoient laiſsé gagner, ne retirerent
pas dans la suite de grandes utilités de leur complaisance.   Cependant ils reſterent toujours dans une soumiſsion rampante,
tandis que dans mille rencontres, le chevalier de Grammont
ne se contraignoit gueres sur son chapitre.   En voici une.

L'armée d'Espagne, commandée par monsieur le prince et
par l'archiduc, aſsiégeoit Arras.   La cour s'étoit avancée
juſqu'à Peronne.   Les troupes ennemies auroient donné, par
la prise de cette place, de la réputation à leur armée.   Elles
en avoient besoin; car celles de France étoient depuis quelque tems en poſseſsion d'avoir par-tout de l'avantage sur elles.

Monsieur le prince soutenoit un parti chancelant, autant
que leurs lenteurs et leurs irrésolutions ordinaires le permettoient; mais comme aux événemens de la guerre, il faut
agir indépendamment dans de certaines occasions, qui ne se
retrouvent plus lorsqu'on les laiſse échapper, toute sa capacité leur étoit souvent inutile.   L'infanterie Espagnole ne
s'étoit jamais relevée, depuis la bataille de Rocroi; et celui
qui l'avoit ruinée par cette victoire, en combattant contre

eux, étoit le seul qui, commandant alors pour eux, pût ré-
parer le mal qu'il leur avoit fait. Mais la jalousie des chefs,
et la méfiance du conseil lui lioient les mains.

Cependant Arras ne laifsoit pas d'être vivement attaqué.
Le cardinal voyoit afsez la honte qu'il y avoit à laifser prendre
cette place à sa barbe, et presque à la vue du roi. D'un autre côté, c'étoit beaucoup hasarder que d'en tenter le secours.
Monsieur le prince n'étoit pas homme à négliger la moindre
précaution, pour la sûreté de ses lignes. Quand on en attaque,
sans les forcer, on ne se retire pas comme on veut. Plus les
efforts sont vifs, plus le désordre éft grand dans la retraite; et
monsieur le prince étoit l'homme du monde qui savoit le
mieux profiter de ses avantages. L'armée, que commandoit
M. de Turenne, plus foible de beaucoup que celle des ennemis, étoit pourtant la seule refsource qu'on eût de ce côté-la.
Cette armée battue, la prise d'Arras n'étoit pas la seule disgrace qu'on eût à craindre.

Le génie du cardinal, heureux pour les conjonctures où des
négociations peu sinceres tiroient d'un mauvais pas, s'effrayoit
à la vue d'un péril prefsant, et d'un événement décisif. Il
crut, que faisant le siége de quelqu'autre place, sa prise dé-
dommageroit de celle d'Arras; mais M. de Turenne, qui
pensoit tout autrement que le cardinal, prit la résolution de
marcher aux ennemis, et ne lui en donna l'avis, qu'après
s'être mis en marche. Le courier arriva au fort de ses inquiétudes, et redoubla ses alarmes; mais il n'y avoit plus moyen
de s'en dédire.

Le Maréchal, dont la haute réputation lui avoit acquis la confiance des troupes, n'avoit pas manqué de prendre son parti, devant qu'un ordre précis de la cour pût l'interdire. L'occasion étoit de celles où les difficultés rehaufsent la gloire du succès. Quoique la capacité du général rafurât un peu la cour, on étoit à la veille d'un événement qui devoit terminer, de maniere ou d'autre, les alarmes et les espérances; et tandis que le refte des courtisans raisonnoit diversement sur ce qui devoit arriver, le chevalier de Grammont se mit en tête de s'en éclaircir par lui-même. Sa résolution surprit assez la cour. Ceux qui avoient autant vu d'occasions que lui, sembloient dispensés de ces sortes d'emprefsemens; mais ses amis lui en parlerent en vain.

Le roi lui en sut bon gré. La reine n'en parut pas moins contente. Il l'afsura qu'il lui rapporteroit de bonnes nouvelles. Elle lui promit de l'embrafser, s'il tenoit parole. Le cardinal lui en promit autant. Il ne fit pas grand cas de cette promefse; mais il la crut sincere, parce qu'elle ne devoit rien coûter.

Il partit à l'entrée de la nuit, avec Caseau, que monsieur de Turenne avoit dépêché vers leurs majeftés. Le duc de York, et le marquis d'Humieres, commandoient sous ses ordres. Le dernier étoit de jour; et à peine paroifsoit-il, quand le chevalier arriva. Le duc de York ne le reconnut pas d'abord; mais le marquis d'Humieres courant à lui les bras ouverts: " Je me doutois bien, dit-il, que si quelqu'un " nous venoit voir de la cour, dans une occasion comme celle- " ci, ce seroit le chevalier de Grammont. Eh bien, poursuivit-

LE MARESCHAL DE HUMIERES.

" il, que fait-on à Péronne? On y a grand peur, dit le che-
" valier. Et que croit-on de nous? On croit, poursouivit-
" il, que si vous battez monsieur le prince, vous n'aurez fait
" que votre devoir : si vous êtes battus, on croira que vous
" êtes des fous et des ignorans d'avoir tout rifqué, sans égard
" aux conséquences. Voilà, dit le marquis d'Humieres, une
" nouvelle bien consolante que tu nous apportes. Veux-tu
" que nous te menions au quartier de monsieur de Turenne,
" pour lui en faire part, ou si tu aimes mieux te reposer dans
" le mien; car tu as couru toute la nuit, et peut-être n'as-tu
" pas eu plus de repos la précédente. Où prends-tu que le
" chevalier de Grammont ait jamais eu besoin de dormir? lui
" répondit-il. Fais-moi seulement donner un cheval, afin que
" j'aie l'honneur d'accompagner monsieur le duc de York ; car
" apparemment il n'eft en campagne de si bon matin, que pour
" visiter quelques poftes."

La garde avancée n'étoit qu'à la portée du canon de celle
des ennemis. Dès qu'ils y furent: " J'aurois envie, dit le
" chevalier de Grammont, de poufser jusqu'à la vedette,
" qu'ils ont avancée sur cette hauteur: J'ai des amis et des
" connoifsances dans leur armée, dont je voudrois bien de-
" mander des nouvelles: monsieur le duc de York voudra bien
" me le permettre." A ces mots, il s'avança. La vedette, le
voyant venir droit à son pofte, se mit sur ses gardes. Le
chevalier s'arrêta dès qu'il en fut à portée. La vedette répondit au signe qu'il lui fit, et en fit un autre à l'officier, qui
s'étant déja mis en marche sur les premiers mouvemens qu'il
avoit vu faire au chevalier, fut bientôt à lui. Voyant le che-

valier de Grammont seul, il ne fit point de difficulté de le
laiſser approcher. Il pria cet officier de faire en sorte qu'il pût
avoir des nouvelles de quelques parens qu'il avoit dans leur
armée, et en même-temps lui demanda si le duc d'Arscot étoit
au siége. "Monsieur, lui dit-il, le voilà qui vient de mettre
" pied à terre sous ces arbres que vous voyez sur la gauche de
" notre grande garde. Il n'y a qu'un moment qu'il étoit ici
" avec le prince d'Aremberg son frere, le baron de Limbec et
" Louvigny. Pourrois-je les voir sur ma parole? lui dit le
" chevalier. Monsieur, dit-il, s'il m'étoit permis de quitter
" mon poſte, j'aurois l'honneur de vous y accompagner; mais
" je vais leur envoyer dire que monsieur le chevalier de
" Grammont souhaite de leur parler: et après avoir détaché
" un cavalier de sa garde vers eux il revint. Monsieur, lui
" dit le chevalier de Grammont, puis-je vous demander com-
" ment je suis connu de vous?" Eſt-il poſsible, lui dit l'autre,
que monsieur le chevalier de Grammont ne reconnoiſse pas la
Motte, qui a eu l'honneur de servir si long-temps dans son
régiment? "Quoi! c'eſt toi, mon pauvre la Motte! Vrai-
" ment, j'ai eu tort de ne te pas reconnoître; quoique tu sois
" dans un équipage bien différent de celui que je te vis la pre-
" miere fois à Bruxelles, lorsque tu montrois à danser les
" triolets à madame la duchefse de Guise: et j'ai peur que tes
" affaires ne soient pas en aufsi bon état qu'elles étoient la cam-
" pagne d'après que je t'eus donné cette compagnie dont tu
" parles." Ils en étoient là, quand le duc d'Arscot, suivi de
ceux dont on vient de parler, arriva au galop. Le chevalier
de Grammont fut embraſsé de toute la troupe avant que de

ALBERT, PRINCE AREMBERG.

pouvoir leur parler. Bientôt arriverent une infinité d'autres connoifsances, avec autant de curieux des deux partis, qui, le voyant sur la hauteur, s'y afsembloient avec tant d'emprefse-ment, que les deux armées, sans defsein, sans treve, et sans supercherie, s'alloient mêler en conversation, si par hasard monsieur de Turenne ne s'en fût apperçu de loin. Ce spectacle le surprit : Il y accourut ; et le marquis d'Humieries lui con-ta l'arrivée du chevalier de Grammont, qui avoit voulu parler à la vedette, avant que d'aller au quartier général. Il ajouta qu'il ne comprenoit pas comment diable il avoit fait pour ras-sembler les deux armées autour de lui, depuis un moment qu'il les avoit quittés. " Effectivement, dit monsieur de Tu-" renne, voilà un homme bien extraordinaire. Mais il eft " jufte qu'il nous vienne un peu voir, après avoir rendu sa " premiere visite aux ennemis:" et à ces mots, il fit partir un aide-de-camp, pour rappeller les officiers de son armée, et pour dire au chevalier de Grammont l'impatience qu'il avoit de le voir.

Cet ordre arriva dans le temps qu'il en vint un semblable aux officiers des ennemis. Monsieur le prince, averti de cette paisible entrevue, n'en avoit point été surpris, d'abord qu'on lui eut dit que c'étoit le chevalier de Grammont. Il avoit seulement ordonné à Lufsan de rappeller les officiers, et de prier le chevalier qu'il pût lui parler le lendemain sous ces mêmes arbres. Il le promit en cas que monsieur de Turenne le trouvât bon, comme il n'en doutoit point.

On le reçut aufsi agréablement dans l'armée du roi, qu'on avoit fait dans celle des ennemis. Monsieur de Turenne efti-

moit sa franchise, autant qu'il étoit charmé de son esprit. Il
lui sut bon gré d'être le seul des courtisans qui le fût venu voir
dans une conjoncture comme celle-là. Les queftions qu'il lui
fit sur la cour, étoient moins pour apprendre des nouvelles,
que pour se divertir de la maniere dont il lui conteroit les inquiétudes et les différentes alarmes. Le chevalier de Grammont lui conseilla de battre les ennemis, s'il ne vouloit être
chargé de l'événement d'une entreprise qu'il voyoit que le
cardinal ne lui avoit pas ordonnée. Monsieur de Turenne
lui promit de faire de son mieux pour suivre cet avis, et lui
promit de plus, qu'en cas qu'il réufsît, il lui feroit tenir parole
par la reine. Il ajouta qu'il n'étoit pas fâché que monsieur le
prince eût souhaité de lui parler. Ses mesures étoient prises
pour l'attaque des lignes. Il en entretint le chevalier de
Grammont en particulier, et ne lui cacha que le jour de l'exécution. Cela fut inutile. Il avoit trop vu, pour ne pas juger, par ses lumieres et les observations qu'il fit, que dans le
pofte qu'il avoit pris, la chose ne pouvoit plus différer.

Il partit le lendemain pour son rendez-vous, accompagné
d'un trompette; et à l'endroit que monsieur de Lufsan lui
avoit marqué la veille, il trouva monsieur le prince. Dès
qu'il eut mis pied à terre: " Eft-il pofsible, lui dit-il, en l'em-
" brafsant, que ce soit le chevalier de Grammont; et que je
" le voie dans le parti contraire? C'eft vous-même, que j'y
" vois, répondit le chevalier de Grammont, et je m'en rap-
" porte à vous, monseigneur, si c'eft la faute du chevalier de
" Grammont, ou la vôtre, que nous ne soyons plus dans le
" même parti. Il faut l'avouer, dit monsieur le prince, s'il y

" en a qui m'ont abandonné comme des ingrats et des miséra-
" bles, tu m'as quitté comme j'ai quitté moi-même, en honnête-
" homme, qui croit avoir raison. Mais oublions tous sujets
. " de refsentiment, et dis moi ce que tu viens faire ici, toi, que
" je croyois à Péronne avec la cour? Le voulez-vous savoir?
" dit-il : Je viens, ma foi, vous sauver la vie : Je vous con-
" nois : vous ne sauriez vous empêcher d'être au milieu des
" ennemis dans un jour d'occasion : il ne vous faudroit
" qu'avoir votre cheval tué sous vous, et être pris les armes à
" la main, pour être traité par ce cardinal-ci, comme votre
" oncle de Montmorency le fut par l'autre : Je viens donc
" vous tenir un cheval tout prêt, en cas de semblable malheur,
" afin qu'on ne vous coupe pas la tête. Ce ne seroit pas la
" premiere fois, dit monsieur le prince, en riant, que tu m'au-
" rois rendu de ces services ; quoique le danger alors fût moins
" grand qu'il pourroit l'être à présent, si j'étois pris."

De cette conversation ils tomberent sur des discours moins
sérieux. Monsieur le prince le queftionna sur la cour, sur les
dames, sur le jeu, sur l'amour ; et revenant insensiblement à la
conjoncture dont il étoit queftion, le chevalier de Grammont,
ayant demandé des nouvelles des officiers de sa connoifsance,
qui étoient reftés auprès de lui, M. le prince lui dit, qu'il ne
tiendroit qu'à lui d'aller jusques aux lignes, où il pourroit
voir, non-seulement ceux dont il demandoit des nouvelles,
mais la disposition des quartiers et tous les retranchemens.
Le chevalier de Grammont y consentit, et monsieur le prince,
après lui avoir tout montré, l'ayant ramené jusqu'à leur rendez-vous : " Hé bien, chevalier, lui dit-il, quand crois-tu que

i

" nous te revoyons? Ma foi, lui dit-il, vous venez d'en user
" si galamment, que je ne veux point vous le cacher : Tenez-
" vous prêt une heure avant le jour ; car vous pouvez comp-
" ter que nous vous attaquerons demain au matin. Je ne
" vous en avertirois peut-être pas, si on m'en avoit fait confi-
" dence; mais quoi qu'il en soit, fiez-vous à ma parole." Non,
tu ne te démens point, dit monsieur le prince, en l'ayant encore embrassé. Le chevalier de Grammont regagna le camp
de monsieur de Turenne à l'entrée de la nuit : Tout s'y dis-
posoit à l'attaque des lignes; et ce n'étoit plus un secret parmi
les troupes.

" Eh bien, monsieur le chevalier, on a été bien aise de vous
" voir, lui dit monsieur de Turenne: et monsieur le prince
" vous aura bien fait des queftions et des amitiés? Il en a usé
" le plus civilement du monde, lui dit le chevalier de Gram-
" mont ; et pour me faire voir qu'il ne me prenoit pas pour
" un espion, il m'a mené jusqu'aux retranchemens, et aux
" lignes, où il m'a fait voir de quoi vous bien recevoir. Et
" qu'en croit-il? Il eft persuadé que vous l'attaquerez cette
" nuit, ou demain à la petite pointe du jour ; car vous autres
" grands capitaines, poursuivit le chevalier, vous connoifsez
" la manœuvre les uns des autres, que c'eft une merveille."

Monsieur de Turenne reçut volontiers cette louange d'un
homme qui n'en donnoit pas indifféremment à tout le monde.
Il lui communiqua la disposition des attaques, en lui témoig-
nant, qu'il étoit bien-aise qu'un homme, qui avoit vu tant d'occasions, fût témoin de celle-là, et qu'il comptoit pour beaucoup de l'avoir auprès de lui. Mais comme il crut qu'il n'avoit

pas trop du refte de cette nuit pour se reposer, après avoir
pafsé l'autre sans dormir, il le laifsa au marquis d'Humieres,
qui lui donnoit à souper, et qui le logeoit.

La journée suivante fut celle des lignes d'Arras, où monsieur
de Turenne victorieux vit ajouter un nouvel éclat à sa gloire;
et dans laquelle le prince de Condé, quoique vaincu, ne perdit rien de celle qu'il avoit acquise ailleurs.

Il y a tant de relations de cette fameuse journée, qu'il seroit
superflu d'en parler ici. Le chevalier de Grammont, à qui,
comme volontaire, il étoit permis de se trouver partout, en a
rendu meilleur compte que pas un autre : Monfieur de
Turenne se trouva bien d'une activité qui ne l'abandonnoit
ni en paix ni en guerre, et d'une présence d'esprit qui lui fit
porter des ordres comme venant du général, si à propos, que
monsieur de Turenne, délicat d'ailleurs sur ces matieres, l'en
remercia, quand l'affaire fut finie, en présence de tous les
officiers, et le chargea d'en porter la premiere nouvelle à la
cour.

Il ne faut d'ordinaire, pour ces expéditions, que trouver
les poftes bien fournies, être en haleine, ou s'être pourvu de
relais ; mais il eut bien d'autres obftacles à surmonter. En premier lieu, des partis d'ennemis, répandus de tous côtés, s'opposoient à son pafsage : Ensuite des courtisans avides et
officieux, qui, dans ces occasions, se poftent sur les avenues
pour escamoter la nouvelle d'un pauvre courier ; cependant,
son addrefse le sauva des uns, et trompa les autres.

Il avoit pris, pour l'escorter jusqu'à moitié chemin de Bapaume, huit ou dix maîtres, commandés par un officier de sa

connoifsance ; persuadé que le plus grand danger seroit entre
le camp et la premiere pofte. Il n'eut pas fait une lieue qu'il
en fut convaincu : L'officier le suivoit de près ; et se retournant vers lui : " Si vous n'êtes pas bien monté, dit-il, je vous
" conseille de regagner le camp ; car moi, je vais bientôt
" pafser à toute bride. Monsieur, lui dit l'officier, j'espere
" vous tenir compagnie, quelque train que vous alliez, jusqu'à
" ce que vous soyez en lieu de sûreté. J'en doute, lui dit-il ;
" car voilà des mefsieurs qui se disposent à vous venir voir.
" Eh! ne voyez-vous pas, lui répondit cet officier, que ce
" sont de nos gens, qui font repaître leurs chevaux ? Non :
" mais je vois fort bien que ce sont des cravates de l'armée
" ennemie :" et là-defsus, lui ayant fait remarquer qu'ils mon-
toient à cheval, il ordonna aux cavaliers qui l'escortoient, de
se disposer pour faire diversion, et donna des deux vers Bapaume.

Il montoit un anglois fort vîte ; mais s'étant enfourné dans
un chemin creux, dont le terrein étoit mou et bourbeux, il eut
à ses troufses mefsieurs les cravattes, qui, jugeant que c'étoit
quelque officier de considération, n'avoient eu garde de prendre le change, et s'étoient attachés à le poursuivre, sans se
mettre en peine des autres. Le mieux monté du parti commençoit à l'approcher ; car les chevaux anglois, qui vont vîte
comme le vent en terrein uni, se démêlent afsez mal des mauvais chemins. Le cravatte avoit le mousqueton haut, et lui
crioit de loin, bon quartier. Le chevalier de Grammont, qui
voyoit qu'on gagnoit sur lui, et que quelques efforts que fît
son cheval dans un terrein pesant, il seroit joint à la fin, quitta

tout à coup le chemin de Bapaume, pour se jetter dans une chaufsée à droite qui s'en éloignoit. Dès qu'il y fut, s'arrê-tant, comme pour écouter la proposition du cravatte, il laifsa prendre un peu d'haleine à son cheval, tandis que l'autre, qui croyoit qu'il ne l'attendoit que pour se rendre, faisoit tous ses efforts pour s'en mettre en pofsefsion, et crevoit son cheval, pour arriver avant le refte de ses compagnons, qui suivoient la file.

Un moment de réflexion fit envisager au chevalier de Gram-mont la désagréable aventure que ce seroit, au sortir d'une victoire si glorieuse, et des périls d'un combat si bien disputé, d'être pris par des coquins, qui ne s'y étoient point trouvés ; et au lieu d'être reçu en triomphe, d'être embrafsé d'une grande reine pour la nouvelle importante dont il étoit chargé, de se voir traîné en chemise par les vaincus.

Pendant cette courte méditation, le cravatte éternel s'étoit approché jusques à la portée de sa carabine, qu'il présentoit toujours, en lui offrant bon quartier ; mais le chevalier de Grammont, à qui cette offre, et la maniere dont on la faisoit, déplaisoient également, fit un petit signe de la main, pour qu'on cefsât de le coucher en joue ; et sentant son cheval en haleine, il baifsa la main, partit comme un éclair, et laifsa son cravatte si étonné, qu'il ne s'avisa pas seulement de lui tirer son coup.

Dès qu'il eut gagné Bapaume, il prit des chevaux frais. Celui qui commandoit dans la place avoit toutes sortes d'égards pour lui : Il l'afsura que personne n'avoit encore pafsé ; qu'il lui seroit fidele, et qu'il arêteroit tous ceux qui

viendroient après lui, excepté les couriers de monsieur de
Turenne.

Il ne lui reſtoit plus qu'à se garantir de ceux qui devoient se
mettre à l'affut aux environs de Peronne, pour courir d'auſsi
loin qu'ils le verroient, et porter sa nouvelle à la cour, sans
la savoir. Il savoit que le maréchal Du-Pleſsis, celui de Vil-
leroy, et Gaboury, s'en étoient vantés à monsieur le cardinal
avant son départ. Ce fut donc pour éluder cette embuscade
qu'il prit deux cavaliers bien montés à Bapaume; et dès qu'il
fut à une lieue de la ville, après leur avoir donné à chacun
deux louis d'or, pour êtres fideles, il leur ordonna de prendre
les devans, de faire fort les effrayés, de dire à ceux qui les
queſtionneroient : " Que tout étoit perdu ; que le chevalier
" de Grammont étoit reſté à Bapaume, n'étant pas preſsé de
" porter une mauvaise nouvelle ; et que, pour eux, ils avoient
" été poursuivis par des cravattes répandus par-tout depuis la
" défaite."

Tout réuſsit comme il l'avoit projetté : Les cavaliers furent
interceptés par Gaboury, dont l'empreſsement avoit devancé
les deux maréchaux; mais quelques queſtions qu'on leur fît,
ils jouerent si bien leur rôle, que la conſternation avoit déja
gagné Péronne, et que des bruits incertains de la défaite se
disoient à l'oreille parmi les courtisans, lorsque monsieur le
chevalier de Grammont arriva.

Rien ne rehauſe tant le prix d'une bonne nouvelle, que la
fauſe alarme d'une mauvaise : Cependant, quoique la sienne
fût accompagnée de ce relief, il n'y eut que leurs majeſtés qui
la reçurent avec les transports de joie qu'elle méritoit.

ANNE D'AUTRICHE

La reine lui tint parole de la meilleure grace du monde:
Elle l'embrafsa devant tous les courtisans.   Le roi n'y parut
pas moins sensible; mais le cardinal, soit pour diminuer le
mérite d'une nouvelle, qui demandoit une récompense de quelque prix, soit par le retour de cette insolence que lui donnoit
la prospérité, fit femblant de ne le pas écouter d'abord; et
ayant appris ensuite, que les lignes avoient été forcées, que
l'armée d'Espagne étoit battue, et qu' Arras étoit secouru :
Et monsieur le prince, dit-il, eft-il pris?   Non, dit le chevalier de Grammont.   Il eft donc mort?. ajouta le cardinal.
Encore moins, répondit le chevalier de Grammont.   Belle
nouvelle! dit le cardinal, d'un air de mépris; et à ces mots, il
pafsa dans le cabinet de la reine, avec leurs majeftés.   Il le fit
heureusement pour le chevalier de Grammont, qui n'auroit
pas manqué de lui faire quelque réponse emportée, dans l'indignation que lui donnoient ces deux belles queftions, et la
conclusion qu'il en avoit tirée.

La cour étoit remplie des espoins de son éminence.   Une
foule de courtisans et de curieux l'ayant environné, selon la
coutume, il fut bien aise de dire, devant les esclaves du cardinal, une partie de ce qu'il avoit sur le cœur, et qu'il lui auroit peut-être dit à lui-même, en reprenant son air ironique.
" Ma foi, mefsieurs, dit-il, rien n'eft tel que d'avoir du zele
" et de l'emprefsement pour les rois et les grands princes, dans
" les services qu'on leur rend : Vous avez vu l'air gracieux
" que sa majefté m'a fait : vous êtes témoins comme la reine
" m'a tenu parole; mais pour monsieur le cardinal, il a reçu

" ma nouvelle, comme s'il n'y gagnoit pas plus qu'il n'a fait à
" la mort de Pierre Mazarin."

Il y avoit là de quoi faire évanouir des gens qui se seroient
intérefsés sincérement pour lui; et la fortune la mieux établie
eût été ruinée par une plaisanterie beaucoup moins sensible
dans d'autres tems; car il la faisoit en préfence de témoins
qui n'attendoient que l'occasion de la pouvoir rendre dans
toute sa malignité, pour se faire un mérite de leur vigilance
auprès d'un miniftre puifsant et absolu.　Le chevalier de
Grammont en étoit trop persuadé; cependant, quelque incon-
vénient qu'il en prevît, il ne laifsa pas de s'en applaudir.

Les rapporteurs s'acquitterent dignement de leur devoir;
Cependant, l'affaire tourna tout autrement qu'ils ne l'avoient
espéré.　Le lendemain, comme le chevalier de Grammont
étoit au dîner de leurs majeftés, le cardinal y vint, et s'approchant de lui, comme tout le monde s'en éloignoit par respect:
" Chevalier, lui dit-il, la nouvelle que vous avez apportée eft
" bonne: Leurs majeftés en sont contentes; et pour vous
" montrer que je crois y gagner beaucoup plus qu'a la mort
" de Pierre Mazarin, si vous voulez venir dîner chez moi,
" nous jouerons; car la reine nous veut donner de quoi: et
" cela par-defsus le premier marché."

Voilà de quelle maniere le chevalier de Grammont avoit
osé choquer un si puifsant miniftre; et voilà tout le refsentiment qu'en témoigna le moins vindicatif de tous les miniftres.
Il y avoit véritablement quelque chose de grand à un homme
de son âge, de ne respecter l'autorité des miniftres qu'autant
qu'ils étoient respectables par leur mérite.　Il s'en applaudifsoit

avec toute la cour, et se laifsoit agréablement flatter d'avoir seul osé conserver quelque espece de liberté dans une servitude générale ; mais ce fut peut-être l'impunité de cette insulte au cardinal, qui lui attira depuis quelques inconvéniens sur des témérités moins heureusement hasardées.

Cependant, la cour revint : Le cardinal, qui sentoit bien qu'il n'y avoit plus moyen de tenir son maître en tutelle, accablé de soins et de maladies, comblé de trésors, dont il ne savoit que faire, et raisonnablement chargé de la haine publique, tourna toutes ses pensées à terminer, le plus utilement qu'il pourroit pour la France, un miniflere qui l'avoit si cruellement agitée. Ainsi, tandis qu'il mettoit sur pied les commencemens sinceres d'une paix ardemment desirée, les plaisirs et l'abondance commençoient à régner dans la cour.

Les fortunes du chevalier de Grammont y furent long-tems diverses dans l'amour et dans le jeu : Eflimé des courtisans, recherché des beautés qu'il ne servoit pas, redoutable à celles qu'il servoit, mieux traité de la fortune que de l'amour ; mais se dédommageant de l'une par l'autre, toujours gai, toujours vif, et dans les commerces efsentiels toujours honnêtehomme.

C'eft dommage qu'il faille interrompre ici la suite de son hiftoire par un intervalle de quelques années, comme on a déja fait dans le commencement de ces mémoires. Il n'y a point de vuide qu'on ne doive regretter dans une vie dont les moindres particularités ont eu quelque chose de divertifsant ou de singulier ; mais soit qu'il ne les ait pas cru dignes d'occuper une place parmi les autres événemens, ou qu'il n'en ait conservé

k

qu'une idée confuse, il faut pafser à des endroits de ces fragmens plus éclaircis, pour en venir au sujet de son voyage en
Angleterre.

La paix des Pyrennées, le mariage du roi, le retour de
monsieur le prince, et la mort du cardinal, donnoient une
autre face à l'état. Toute la France avoit les yeux sur son
roi : rien ne l'égaloit ni par les graces de sa personne, ni pour
la grandeur de son air ; mais on ne lui connoifsoit pas encore
ce génie supérieur, qui, remplifsant ses sujets d'admiration,
l'a dans la suite rendu si redoutable à toute l'Europe. L'a-
mour et l'ambition, refsorts invisibles des intrigues et des mouvemens de toutes les cours, étoient attentifs aux premieres
démarches qu'il feroit. Les plaisirs se promettoient un empire
souverain sur un prince tenu dans l'éloignement des connoifs-
sances nécefsaires pour gouverner, et l'ambition ne se flattoit
de régner dans la cour que sur l'esprit de ceux qui pouvoient
se disputer le miniftere ; mais on fut surpris de voir tout-à-
coup briller des lumieres qu'une prudence en quelque façon
nécefsaire avoit si long-tems difsimulées.

Une application, ennemie des délices qui s'offrent à cet âge,
et qu'une puifsance illimitée refuse rarement, l'attacha tout
entier aux soins du gouvernement : Tout le monde admira
ce changement merveilleux ; mais tout le monde n'y trouva
pas son compte. Les grands devinrent petits devant un maître
absolu ; les courtisans n'approchoient qu'avec vénération du
seul objet de leurs respects, et du seul arbitre de leur fortune.
Ceux, qui nagueres étoient de petits tyrans dans leurs provinces,
ou dans les places frontieres, n'en étoient plus que les gouver-

LOUIS.XIV.

neurs. Les graces, selon le bon plaisir du maître, s'accord-
oient tantôt aux mérites, tantôt aux services. Il n'étoit plus
queſtion d'importuner ou de menacer la cour pour en obtenir.

Le chevalier de Grammont regardoit comme un prodige
l'attention de son maître pour les soins de son état. Il ne
pouvoit comprendre qu'on voulût l'aſsujetir à cet âge aux
regles qu'il s'étoit prescrites, qu'on ôtât tant d'heures aux
plaisirs, pour les donner aux devoirs ennuyeux, et aux fonctions fatigantes du gouvernement ; mais il louoit le seigneur
de ce qu'on n'avoit désormais plus d'hommages à rendre, ni
plus de cour à faire, qu'à celui auquel ils étoient légitimement
dûs. Impatient des cultes serviles qu'on rend à la fortune d'un
miniſtre, il n'avoit pas fléchi devant l'autorité des cardinaux, qui
s'étoient succédés : Jamais il n'avoit encensé le pouvoir ar-
bitraire du premier, ni donné ses suffrages aux artifices de
l'autre ; mais auſsi jamais il n'avoit tiré du cardinal de Richelieu qu'une Abbaye, qu'on ne pouvoit refuser à sa qualité, et
jamais il n'avoit eu de Mazarin que ce qu'il lui avoit gagné
au jeu.

L'expérience de plusieurs années, à la suite d'un grand capitaine, lui avoit donné de la capacité pour la guerre ; mais
dans une paix universelle, il n'en étoit plus queſtion : Il jugea
qu'au milieu d'une cour floriſsante en beautés, et abondante
en argent, il ne devoit s'occuper que du soin de plaire à son
maître, de faire valoir les avantages que la nature lui avoit
donnés pour le jeu, et de mettre en usage de nouveaux ſtratagêmes en amour.

Il réufsit afsez bien dans les deux premiers de ces projets ; et comme il s'étoit dès-lors établi, pour maxime de sa conduite, de s'attacher uniquement au roi dans toutes les vues de son établifsement ; de ne respecter la faveur que lorsqu'elle seroit soutenue du mérite ; de se faire aimer des courtisans, et craindre des miniftres ; de tout oser pour rendre de bons offices, et de ne rien entreprendre aux dépens de l'innocence, il se vit bientôt des plaisirs du roi, sans que l'envie des courtisans en parût révoltée. Le jeu lui fut favorable ; mais l'amour ne le fut pas, ou pour mieux dire, l'inquiétude et la jalousie l'emporterent sur sa prudence naturelle, dans une conjoncture où il en avoit le plus de besoin.

La Motte Houdancourt étoit une des filles de la reine mere. Quoique ce ne fût pas une beauté éclatante, elle avoit ôté des amans à la célebre Meneville. Il suffisoit alors que le roi jetât les yeux sur une jeune personne de la cour, pour ouvrir son cœur aux espérances, et souvent à la tendrefse ; mais s'il lui parloit plus d'une fois, les courtisans se le tenoient pour dit, et ceux qui avoient eu des prétentions ou de l'amour, retiroient très-humblement l'une et l'autre, pour ne lui offrir plus que des respects ; mais le chevalier de Grammont s'avisa de faire tout le contraire, peut-être, pour conserver un caractere de singularité, qui ne valoit rien dans cette occasion.

Il n'avoit jamais songé à elle ; mais dès qu'il la crut honorée de l'attention de son maître, il crut qu'elle méritoit la sienne, et s'étant mis sur les rangs, il lui devint bientôt fort incommode, sans lui persuader qu'il fût fort amoureux. Elle se lafsa de ses persecutions. Il ne se rebuta point pour ses mau-

Pub.ᵈ Octᵇʳ 1793, by E. & S. Harding, Pall Mall.

OLIVER CROMWELL.

vais traitemens, ni pour ses menaces : Ses premieres tracafseries ne firent pas beaucoup d'éclat, parce qu'elle espéra qu'il
s'en corrigeroit ; mais s'étant témérairement obftiné dans ses
manieres, elle s'en plaignit. Ce fut alors qu'il s'apperçut que
si l'amour rend les conditions égales, ce n'est pas entre rivaux.
Il fut banni de la cour ; et ne trouvant aucun lieu en France
qui pût le consoler de ce qu'il y regrettoit le plus, la présence
et la vue de son maître, après avoir fait quelques légeres réflexions sur sa disgrace, et quelques petites imprécations contre
celle qui la causoit, il prit enfin la résolution de pafser en
Angleterre.

CHAPITRE VI.

LA curiosité de voir un homme également fameux par ses
forfaits et par son élévation, avoit déja fait pafser une premiere fois le chevalier de Grammont en Angleterre. La raison d'état se donne de beaux priviléges : Ce qui lui paroît
utile devient permis ; et tout ce qui est nécefsaire est honnête
en fait de politique. Tandis que le roi d'Angleterre cherchoit la protection de l'Espagne dans les Pays-Bas, ou celle
des etats en Hollande, d'autres puifsances envoyoient une célebre ambafsade à Cromwell.

Cet homme, dont l'ambition s'étoit ouvert le chemin à la
puifsance souveraine par de grands attentats, s'y maintenoit
par des qualités dont l'éclat sembloit l'en rendre digne. La

nation la moins soumise qui soit en Europe subifsoit partiem-
ment un joug qui ne lui laifsoit pas seulement l'ombre d'une
liberté dont elle eft si jalouse; et Cromwell, maître de la ré-
publique, sous le titre de protecteur, craint dans le royaume,
plus redoutable encore au dehors, étoit au plus haut point
de gloire lorsque le chevalier de Grammont le vit; mais il ne
lui vit aucune apparence de cour.   Une partie de la noblefse
proscrite, l'autre éloignée des affaires, une affectation de pu-
reté dans les mœurs, au lieu du luxe que la pompe des cours
étale; tout cela n'offroit que des objets triftes et sérieux dans
la plus belle ville du monde; et le chevalier de Grammont ne
remporta de ce voyage que l'idée du mérite d'un scélérat, et
l'admiration de quelques beautés cachées qu'il n'avoit pas laifsé
de déterrer.

Ce fut toute autre chose au voyage dont nous allons parler.
La joie du rétablifsement de la royauté paroifsoit encore par-
tout : la nation, avide de changement et de nouveauté, goût-
oit le plaisir d'un gouvernement naturel, et sembloit respirer
au sortir d'une longue opprefsion.   Enfin, ce même peuple,
qui, par une abjuration solemnelle, avoit exclus jusqu'à la
poftérité de son prince légitime, s'épuisoit en fêtes et en réjouifsances pour son retour.

Il y avoit près de deux ans qu'il étoit rétabli, lorsque le
chevalier de Grammont arriva: La réception qu'il eut dans
cette cour lui fit bientôt oublier l'autre; et les engagemens,
qu'il prit dans la suite en Angleterre, adoucirent le regret
d'avoir quitté la France.

C'étoit une belle retraite pour un exilé de son caractere : tout flattoit son goût; et si les aventures qu'il y eut ne furent pas les moins considérables, ce furent sans doute les plus agréables qu'il ait eues ; mais avant que d'en parler, il ne sera pas hors de propos de donner une idée de la cour d'Angleterre, telle qu'elle étoit alors.

La nécefsité des affaires avoit exposé Charlés II. dès sa premiere jeunefse, aux travaux et aux périls d'une guerre sanglante : L'étoile du roi son pere ne lui avoit laifsé pour héritage que sa mauvaise fortune et ses disgraces : Elles l'accueillirent par-tout; mais ce ne fut qu'après avoir lutté jusqu'à l'extrémité contre une fortune ennemie, qu'il s'étoit soumis aux décrets de la providence.

Ce qu'il y avoit de grand, pour la noblefse ou pour la fidélité, l'avoit suivi dans son exil; et ce qu'il y avoit de plus diftingué parmi la jeunefse, s'étant rafsemblé dans la suite auprès de sa personne, composoit une cour digne d'une meilleure fortune.

L'abondance et les prospérités, qui ne font, à ce qu'on prétend, que corrompre les sentimens, ne trouverent rien à gâter dans une cour indigente et vagabonde. La nécefsité au contraire, qui fait mille biens, malgré qu'on en ait, leur tenoit lieu d'éducation; et l'on ne voyoit que de l'émulation parmi eux sur la gloire, sur la politefse, et sur la vertu.

Au milieu d'une petite cour si florifsante en mérite, le roi d'Angleterre étoit repafsé, deux ans avant le tems dont on parle, pour monter sur un trône, qu'il devoit, selon les apparences, remplir aufsi dignement que les plus glorieux de ses prédécesseurs. La magnificence étalée dans cette occasion s'étoit renouvellée à son couronnement. La mort du duc de Gloucefter et celle de la princefse royale, qui la suivit de près, avoient interrompu ces magnificences par un long deuil, dont on sortit enfin, pour se préparer à la réception de l'infante de Portugal.

Ce fut au fort des fêtes, que l'on faisoit pour cette nouvelle reine, dans tout l'éclat d'une cour brillante, que le chevalier de Grammont vint contribuer à sa magnificence, et à ses plaisirs.

Tout accoutumé qu'il fût à la grandeur de celle de France, il fut surpris de la politefse et de la pompe de celle d'Angleterre. Le roi ne cédoit à personne, ni pour la taille, ni pour la mine: Il avoit l'esprit agréable, l'humeur douce et familiere: Son ame, susceptible d'imprefsions opposées, étoit compatissante pour les malheureux, inflexible pour les scélérats, et tendre jusqu'à l'excès : Il étoit capable de tout dans les affaires prefsantes, et incapable de s'y appliquer quand elles ne l'étoient pas : Son cœur étoit souvent la dupe, plus souvent encore l'esclave deses engagemens.

Le duc de York étoit d'un caractere bien différent : On lui attribuoit un courage à toute épreuve, une religion inviolable pour sa parole, de l'économie dans les affaires, de la hauteur, de l'application, de la fierté, placées chacune en leur rang : Observateur scrupuleux des regles du devoir, et des loix de la juftice, il pafsoit pour ami fidele, et pour implacable ennemi.

HENRY DUKE OF GLOCESTER.

S.Harding del.   Pub. July. 7. 1793 by E.&S.Harding.   W. N.Gardiner Sc.

THE EARL OF CLARENDON.

Sa morale et sa juſtice, quelque tems combattues par la bienséance, en avoient enfin triomphé en reconnoiſsant mademoiselle Hyde, fille d'honneur de madame la princeſse royale, qu'il avoit ſecrétement épousée en Hollande. Son pere, dèslors miniſtre d'Angleterre, appuyé de cette nouvelle protection, se vit bientôt à la tête des affaires, et pensa les gâter. Ce n'eſt pas qu'il manquât de capacité; mais il avoit encore plus de présomption.

Le duc d'Ormond avoit la confiance et l'eſtime de son maître : il en étoit digne, par la grandeur de ses services, l'éclat de son mérite et de sa naiſsance, et par les biens qu'il avoit abandonnés pour suivre la fortune de son maître. Les courtisans mêmes n'oserent murmurer de le voir grand-maître de la maison du roi, premier gentilhomme de la chambre, vice-roi d'Irlande. C'étoit juſtement le maréchal de Grammont par le caractere de l'esprit et la nobleſse des manieres ; et, comme le maréchal de Grammont, c'étoit l'honneur de la cour de son maître.

Le duc de Buckingham et le comte de Saint-Albans étoient en Angleterre ce que l'on a vu en France : l'un, plein d'esprit et de feu, diſsipoit sans éclat les biens immenses où il étoit rentré : l'autre, d'un génie médiocre, s'étoit élevé de rien à une fortune considérable, et sembloit l'augmenter en perdant au jeu, et en tenant une groſse table.

Le chevalier de Berkley depuis comte de Falmouth, étoit confident et favori du roi, commandoit la compagnie des gardes du duc de York, et le gouvernoit lui-même. Il n'avoit rien de brillant dans l'extérieur : Son esprit étoit à-peu-près

de même; mais ses sentimens étoient dignes de la fortune qui
l'attendoit, lorsque, sur le point de son élévation, il fut tué
sur mer.   Jamais le désintéreſsement n'a si bien marqué la nobleſse d'une ame : Il n'avoit pour objet que la gloire de son
maître : Son crédit n'étoit employé qu'à lui faire récompenser
les services, ou répandre des graces sur le mérite.   Si poli
dans le commerce, qu'il paroiſsoit humilié par la faveur ; et si
vrai dans tous ses procédés, qu'on ne l'eût pas pris pour un
homme de cour.

Le fils du duc d'Ormond, et ses neveux, avoient été à la
cour du roi dans son exil, et ne la déshonoroient pas depuis
son retour.   Le comte d'Arran avoit une adreſse singuliere
dans toutes sortes d'exercices : grand joueur de paume et de
guitare, et galant avec aſsez de succès.   Le comte d'Oſsory,
son frere aîné, n'avoit pas tant de brillant, mais beaucoup
d'élévation et de probité.

L'aîné des Hamilton, leur cousin, étoit l'homme de la cour
qui se mettoit le mieux : Il étoit bien fait de sa personne, et
poſsédoit ces talens heureux, qui menent à la fortune, et qui
font réuſsir en amour.   C'étoit le courtisan le plus aſsidu, l'esprit le mieux tourné, les manieres les plus polies et l'attention
la plus réguliere pour son maître, qu'on pût avoir.   Personne
ne dansoit mieux, et personne n'étoit si coquet : mérite qu'on
comptoit pour quelque chose dans une cour qui ne respiroit
que les fêtes et la galanterie.   Il n'eſt pas étonnant qu'avec ces
qualités il ait occupé, dans la suite, la place de mylord Falmouth : mais il eſt étonnant que la même deſtinée l'ait enlevé ;
comme si cette guerre n'eût été déclarée que contre le mérite,

PRINCESS OF ORANGE.

et que ce genre de combat n'eût été fatal qu'aux espérances
presque certaines d'une fortune éclatante. Cela n'arriva pourtant que quelques années après.

Le beau Sidney, moins dangereux qu'il ne le paroifsoit,
avoit trop peu de vivacité pour soutenir le fracas dont menaçoit sa figure ; mais c'étoit le petit Jermyn, sur qui pleuvoient
de tous côtés les bonnes fortunes. Le vieux Saint-Albans,
son oncle, l'avoit dès long-tems adopté, quoique cadet de
tous ses neveux. On sait quelle table le bon homme tenoit
à Paris, tandis que le roi son maître mouroit de faim à Bruxelles, et que la reine mere, sa maîtrefse, ne faisoit pas grand'
chere en France.

Jermyn, soutenu de l'opulence de son oncle, n'avoit pas
eu de peine à faire une figure considérable à son arrivée chez
la princefse d'Orange : Les pauvres courtisans du roi son frere
n'avoient rien à lui disputer sur l'équipage et la magnificence ;
et ces deux articles font souvent autant de chemin en amour
que le vrai mérite. Il n'en faut point d'autre exemple ; car,
quoiqu'il fût brave et bien gentilhomme, il n'avoit ni actions
d'éclat, ni naifsance diftinguée, pour lui donner du relief ; et
pour sa figure, il n'y avoit pas de quoi se récrier. Il étoit petit : il avoit la tête grofse et les jambes menues : son visage
n'étoit pas désagréable ; mais il avoit de l'affectation dans le
port et dans les manieres. Il n'avoit pour tout esprit qu'une
routine d'exprefsions qu'il employoit tantôt pour la raillerie,
tantôt pour les déclarations, selon que l'occasion s'en présentoit. Voilà sur quoi se fondoit un mérite si redoutable en
amour.

La princefse royale y fut prise toute la premiere. Mademoiselle Hyde avoit fait quelques pas sur ceux de sa maîtrefse. Ce fut ce qui le mit d'abord en crédit : sa réputation s'étoit établie en Angleterre avant son arrivée. Il ne faut que de la prévention dans l'esprit des femmes pour trouver de l'accès dans leurs cœurs : Jermyn les trouva dans des dispositions si favorables pour lui, qu'il n'eut plus qu'à parler.

Ce fut en vain qu'on s'apperçut qu'une réputation si légérement établie, étoit encore plus foiblement soutenue : l'entêtement continua. La comtefse de Caftelmaine, vive et connoifseuse, suivit le faux brillant qui l'avoit séduite ; et, quoique détrompée sur une vogue qui promettoit tant, et qui tenoit si peu, son entêtement ne voulut point se démentir. Elle soutint la gageure, jusqu'au point de se brouiller avec le roi ; tant elle avoit bien placé la conftance pour la premiere fois.

Tels étoient les héros de la cour. Pour les beautés, on ne pouvoit s'y tourner sans en voir. Celles de réputation étoient cette même comtefse de Caftelmaine, depuis duchefse de Cleveland, madame de Chefterfield, madame de Shrewsbury, mesdames Roberts, madame Midleton, mesdemoiselles Brook, et cent autres du même éclat, qui brilloient à la cour ; mais c'étoient mademoiselle d'Hamilton et mademoiselle Stewart, qui en étoient le principal ornement.

La nouvelle reine n'y ajouta guere d'éclat, ni par sa présence, ni par sa suite. Cette suite étoit alors composée de la comtefse de Panétra, pafsée avec elle en qualité de dame d'atour ; de six monftres, qui se disoient filles d'honneur ; et d'une Duegna, autre monftre, qui se portoit pour gouvernante de ces rares beautés.

Pour les hommes, c'étoient Francisco de Mélo, frere de la Panétra; un certain Taurauvédez, qui se faisoit appeler Dom Pédro Francisco Corréo de Silva, fait à peindre; mais plus fou lui seul que tous les Portugais ensemble. Il étoit beaucoup plus fier de ses noms que de sa bonne mine; mais le duc de Buckingham, plus fou que lui, mais plus railleur, y ajouta celui de Pierre du Bois. Il en fut tellement indigné, qu'après beaucoup de plaintes inutiles, et quelques menaces sans effet, le pauvre Corrèo de Sylva fut contraint de quitter l'Angleterre, tandis que l'heureux duc de Buckingham héritoit d'une nymphe Portugaise qu'il lui avoit enlevée, aufsi-bien que deux de ses noms, et qui étoit plus affreuse encore que les filles de la reine. Il y avoit outre cela, six aumôniers, quatre boulangers, un parfumeur juif, et un certain officier, apparemment sans fonction, qui s'appeloit le barbier de l'infante. Catherine de Bragance n'avoit garde de briller dans une cour charmante où elle venoit régner : Elle ne laifsa pas d'y réufsir afsez dans la suite. Le chevalier de Grammont, dès longtems connu de la famille royale, et de la plupart des hommes de la cour, n'eut qu'à faire connoifsance avec les dames. Il ne lui fallut point d'interprete pour cela: elles parloient toutes afsez pour s'expliquer, et toutes entendoient le françois afsez bien pour ce qu'on avoit à leur dire.

La cour étoit toujours grofse chez la reine : elle l'étoit moins chez la duchefse; mais elle y étoit plus choisie. Cette princefse avoit l'air grand, la taille afsez belle, peu de beauté, beaucoup d'esprit, et tant de discernement pour le mérite, que tout ce qui en avoit, dans l'un ou l'autre sexe, étoit diftin-

gué chez elle : Un air de grandeur dans toutes ses manieres
la faisoit considérer comme née dans un rang qui la mettoit si
près du trône.   La reine mere étoit de retour après le mariage
de madame, et c'étoit dans sa cour que les deux autres se ras-
sembloient.

Le chevalier de Grammont fut bientôt du goût de tout le
monde :   Ceux qui ne l'avoient pas encore vu furent surpris
qu'un François pût être de son caractere.   Le retour du roi,
qui avoit attiré toutes sortes de nations dans sa cour, y avoit
un peu décrié les François ; car, loin que les personnes de
diftinction y eufsent paru des premiers, on n'avoit vu que de
petits étourdis, plus sots et plus emportés les uns que les autres, méprisant tout ce qui ne leur refsembloit pas, croyant
introduire le bel air en traitant les Anglois d'étrangers dans
leur propre pays.

Le chevalier de Grammont, au contraire, familier avec tout
le monde, s'accommodoit à leurs coutumes, mangeoit de tout,
et s'accoutumoit facilement à des manieres qu'il ne trouvoit ni
grofsieres ni sauvages ; et faisant voir une complaisance naturelle, au lieu de l'impertinente délicatefse des autres, toute
l'Angleterre fut charmée d'un esprit qui dédommageoit agréablement de ce qu'on avoit souffert du ridicule des premiers.

Il fit d'abord sa cour au roi, et fut de ses plaisirs : Il jouoit
gros jeu, et ne perdoit que rarement : Il trouvoit si peu de
différence aux manieres et à la conversation de ceux qu'il voyoit
le plus souvent, qu'il ne lui paroifsoit pas qu'il êut changé de
pays.   Tout ce qui peut occuper agréablement un homme de
son humeur, s'offroit par-tout aux divers penchans qui l'entraî-

S.ᵗ EVREMOND.

noient, comme si les plaisirs de la cour de France l'eufsent quittée pour l'accompagner dans son exil.

Il étoit tous les jours retenu pour quelques repas ; et ceux qui voulurent le régaler à leur tour fürent obligés enfin de prendre leurs mesures, et de le prier huit ou dix jours devant celui qu'ils devoient lui donner à manger. Ces emprefsemens deviennent fatigans à la longue ; mais comme ces devoirs semblent indispensables pour un homme de son caractere, et que c'étoient les plus honnêtes gens de la cour qui l'en accabloient, il en subit la nécefsité de bonne grace : mais il se conserva toujours la liberté de souper chez lui.

L'heure de ses repas, à la vérité, dépendoit du jeu : c'eft-à-dire, qu'elle étoit fort incertaine ; mais on y mangeoit déli-catement, avec l'aide d'un valet ou deux, qui s'entendoient en bonne chere, qui ne servoient pas mal, et qui voloient encore mieux.

La compagnie n'étoit pas nombreuse à ces petits repas ; mais elle étoit choisie. Ce qu'il y avoit de meilleur à la cour en étoit d'ordinaire ; mais l'homme du monde, qui lui conve-noit le plus pour ces occasions, n'y manquoit jamais : C'étoit le célebre Saint-Evremont, hiftorien exact, mais trop libre, du Traité des Pyrenées, exilé comme lui, quoique pour des raisons fort différentes.

La fortune, heureusement pour l'un et pour l'autre, l'avoit conduit en Angleterre quelque tems avant le chevalier de Grammont, après avoir eu le tems de se repentir en Hollande de la beauté de cette fameuse satyre.

Le chevalier de Grammont étoit dès ce tems-là son héros : ils avoient l'un et l'autre ce que l'expérience du grand monde, et le commerce des honnêtes gens, peuvent ajouter aux naturels heureux.   Saint-Evremont, moins occupé des entêtemens frivoles, faisoit de tems en tems de petites leçons au chevalier de Grammont ; et par des réflexions sur le pafsé, tâchoit à le redrefser sur le présent, ou à l'inftruire sur l'avenir.   " Vous " voilà, lui disoit-il, dans le plus agréable train de vie qu'un " homme de votre humeur puifse souhaiter.   Vous faites les " délices d'une cour toute jeune, toute vive et toute galante : " pas une partie de plaisir que le roi ne vous y mette : vous " jouez du matin jusqu'au soir, ou, pour mieux dire, du soir " au matin, sans savoir ce que c'eft que de perdre : loin de " laifser ici l'argent que vous y avez apporté, comme vous " faites ailleurs, vous l'avez doublé, triplé, multiplié presque " au-delà de vos souhaits, malgré cette dépense exorbitante " que vous faites imperceptiblement.   Voilà, sans doute, la " plus heureuse situation du monde.   Tenez-vous-y, cheva- " lier, et n'allez pas gâter vos affaires par le renouvellement " de vos vieux péchés.   Fuyez l'amour, en cherchant les au- " tres plaisirs : il ne vous a pas été favorable jusqu'à présent. " Vous savez ce que la galanterie vous coûte : tout le monde " ici n'en sait pas tant que vous.   Jouez fort et ferme, réjouis- " sez la cour par votre agrément, divertifsez le roi par votre " esprit et vos récits singuliers ; mais fuyez des engagemens " capables de vous ôter ce mérite, et de faire oublier que vous " êtes étranger et banni dans cet heureux séjour.

" La fortune peut se lafser de vous y favoriser.   Que fus-
" siez-vous devenu, si votre dernier disgrace vous eût accueilli
" dans ces épuisemens d'argent où nous vous avons vu ? Mé-
" nagez ce dieu nécefsaire, en renonçant à l'autre.   On s'en-
" nuiera plutôt de ne vous plus voir à la cour de France, que
" vous ne vous lafserez de celle-ci ; mais, quoi qu'il en soit,
" faites provision d'argent : Quand on en a beaucoup, on se
" console de son exil.   Je vous connois, mon cher chevalier :
" s'il vous vient en tête de séduire une femme, ou de supplanter
" un homme, les gains du jeu ne suffiront pas pour vos pré-
" sens et pour vos corruptions : Non, le jeu, tout favorable
" qu'il vous puifse être, ne vous sauroit tant faire gagner, que
" l'amour vous fera perdre, si vous y succombez.

" Vous êtes en pofsefsion de mille qualités brillantes qui
" vous diftinguent ici : libéral, officieux, poli, délicat, et, pour
" l'agrément de l'esprit, inimitable.   Dans un examen rigour-
" eux, peut-être tout cela ne se trouverait-il pas au pied de la
" lettre : Mais ce sont de beaux endroits ; et puisqu'on vous
" les pafse, ne vous montrez point ici par d'autres : Car, en
" amour, vous n'êtes rien moins que ce que je viens de dire,
" si tant eft qu'on puifse donner le nom d'amour à vos façons
" de faire.

" Mon petit faquin de philosophe, dit le chevalier de Gram-
" mont, tu fais ici le Caton de Normandie ! Eft-ce que je
" mens ? poursuivit Saint-Evremont : N'eft-il pas vrai, que
" dès qu'une femme vous plaît, votre premier soin eft d'ap-
" prendre si elle eft aimée d'un autre ; et le second de la faire
" enrager ? car de vous en faire aimer n'eft que le dernier de vos

m

" soins. Vous ne vous mettez d'ordinaire sur les rangs, que
" pour troubler le repos de quelqu'autre. Une maîtrefse, qui
" n'auroit pas d'amans, seroit sans appas pour vous, et sans
" prix pour elle, si elle en avoit. Tous les lieux par où vous
" avez pafsé n'en fournifsent-ils pas mille exemples? Parlerai-
" je de votre coup d'efsai à Turin; du tour que vous fîtes à
" Fontainebleau au courier de la princefse Palatine, que vous
" volâtes sur le grand chemin? Et ce bel exploit n'étoit que
" pour vous mettre en pofsefsion de quelques marques de sa
" tendrefse pour un autre, et pouvoir lui donner de la confu-
" sion et des inquiétudes, par des reproches et par des me-
" naces, que vous n'étiez pas en droit de lui faire.

" Qui jamais, avant vous, s'étoit avisé de se mettre en em-
" buscade sur un degré pour troubler un homme en bonne
" fortune, pour le retirer par le pied à moitié monté dans la
" chambre de sa maîtrefse? Cependant, voilà comme il vous
" plut d'en user pour votre ami le duc de Buckingham, comme
" il se glifsoit la nuit chez....et cela, sans être seulement son
" rival. Que de grisons en campagne pour la d'Olonne! Que
" de ftratagêmes, de supercheries et de persécutions pour la
" comtefse de Fiesque! Elle, qui peut-être vous eût été fidel-
" le, si vous ne l'aviez forcée vous-même à ne l'être pas. En
" dernier lieu, car le détail de vos iniquités seroit infini, per-
" mettez-moi de vous demander pourquoi vous êtes ici?
" N'en sommes-nous pas obligés à ce mauvais génie, qui vous
" a témérairement inspiré la tracafserie jusques dans les
" amusemens galans de votre maître? Soyez donc sage ici
" sur ce chapitre: Toutes les places sont prises auprès des

J. Harding Del.ᵗ   London Pub.ᵈ April 20.1793. by E. Harding N.º 102. Strand.   L.V. van Den Bergh Sculp.

Mʳˢ. MIDDLETON.

" beautés de la cour ; et, de quelque docilité que soient les
" Anglois à l'égard de leurs épouses, ils ne sont point gens à
" s'accoutumer aux inconftances d'une maîtrefse, ni à souffrir
" patiemment les avantages d'un rival : Laifsez-les en repos,
" et ne vous faites point inutilement haïr.

  " Vous ne réufsirez point auprès de celles qui ne sont pas
" mariées.   On veut ici des defseins sérieux, et des fonds de
" terre: Vous avez aufsi peu des uns que des autres.   Chaque
" pays a ses manieres : En Hollande, les filles sont de facile
" accés et de bonne composition ; et, dès qu'elles sont mariées,
" ce sont autant de Lucreces: Chez vous, les femmes sont fort
" coquettes avant le mariage, et beaucoup plus après ; mais
" pour ici, c'eft un miracle quand une fille écoute sur un autre
" ton que celui du sacrement, et je ne vous crois pas encore
" afsez abandonné du seigneur pour y songer."

  Tels étoient les sermons de Saint-Evremont ; mais il avoit
beau prêcher : Le chevalier de Grammont ne l'écoutoit que
pour le plaisir ; et, quoiqu'il convînt des vérités, il faisoit peu
de cas des conseils : En effet, se lafsant des faveurs de la fortune, ce fut juftement en ce tems-là qu'il se mit à poursuivre
celles de l'amour.

  La Midleton fut la premiere qu'il attaqua : C'étoit une des
plus belles femmes de la ville, peu connue encore à la cour ;
afsez coquette pour ne rebuter personne ; afsez magnifique
pour vouloir aller de pair avec celles qui l'étoient le plus ;
mais trop mal avec la fortune pour pouvoir en soutenir la dépense.   Tout cela convenoit au chevalier de Grammont:
Ainsi, sans s'amuser aux formalités, il ne s'adrefsa qu'à son

portier pour être introduit, et choisit un de ses amans pour son confident.

Cet amant, qui avoit bien autant d'esprit qu'un autre, eft le comte de Ranelagh d'aujourd'hui, et s'appelloit Jones en ce tems-là. Ce qui l'engageoit à servir le chevalier de Grammont étoit le defsein de traverser un rival des plus dangereux, et d'être relayé par un autre d'une dépense qui commençoit à lui peser: Le chevalier de Grammont pourvut à l'un et à l'autre comme il l'avoit souhaité.

Bientôt grisons furent en campagne, lettres et présens trotterent. On l'écoutoit tant qu'il voulut: on se laifsa lorgner: on répondit même; mais ce fut tout. Il s'apperçut que la belle prenoit volontiers, mais qu'elle ne donnoit que peu. Cela fit que, sans renoncer à ses prétentions sur elle, il se mit à chercher fortune ailleurs.

Il y avoit une des filles d'honneur de la reine qui s'appelloit Warmeftré: C'étoit une beauté toute différente de l'autre. La Midleton, bien faite, blonde et blanche, avoit dans les manieres et le discours quelque chose de précieux et d'affecté: L'indolente langueur dont elle se paroit n'étoit pas du goût de tout le monde: On s'endormoit aux sentimens de délicatefse qu'elle vouloit expliquer sans les comprendre; et elle ennuyoit en voulant briller. A force de se tourmenter làdefsus, elle tourmentoit tous les autres; et l'ambition de pafser pour bel esprit ne lui a donné que la réputation d'ennuyeuse, qui fubfiftoit long-tems après sa beauté.

L'autre étoit brune: Elle n'avoit point de taille, encore moins d'air; mais, avec des couleurs très vives, c'étoit des yeux pleins de feu, des regards agaçants, qui n'épargnoient rien pour engager, et qui promettoient tout pour retenir : La suite n'a que trop fait voir qu'elle consentoit à ce qu'ils promettoient de plus téméraire.

C'étoit entre ces deux déités que flottoient les vœux du chevalier de Grammont, et que ses présens étoient partagés. Les gants parfumés, les miroirs de poche, les étuis garnis, les pâtes d'abricots, les efsences, et autres menues denrées d'amour, arrivoient de Paris chaque semaine, avec quelque nouvel habit pour lui ; mais à l'égard des présens plus solides, comme vous diriez boucles d'oreilles, diamans, brillans, et belles guinées de Dieu, cela se trouvoit en espece dans la ville de Londres ; et les belles s'en accommodoient, comme si cela fût venu de plus loin.

La beauté de mademoiselle Stewart commençoit alors à faire du bruit : La comtefse de Caftelmaine s'apperçut que le roi la regardoit ; mais au lieu de s'en alarmer, elle favorisa tant qu'elle put ce nouveau goût, soit par une imprudence ordinaire à celles qui se croient au-defsus des autres, soit qu'elle voulût par cet amusement détourner l'attention du roi du commerce qu'elle avoit avec Jermyn. Elle ne se contentoit pas de paroître sans inquiétude sur une diftinction dont toute la cour commençoit à s'appercevoir ; elle affecta d'en faire sa favorite, la mit dans tous les soupers qu'elle donnoit au roi, et, dans la confiance de ses propres charmes, poufsant la témérité jusqu'au bout, elle la retenoit souvent à coucher. Le roi, qui ne manquoit guere à venir chez la Caftelmaine avant qu'elle se levât, ne manquoit guere aufsi d'y trouver mademoiselle

Stewart au lit avec elle. Les objets les plus indifférents ont
des attraits dans un nouvel entêtement : Cependant, l'impru-
dente Caftelmaine ne fut point jalouse que cette rivale parût
auprès d'elle en cet état ; sûre, quand bon lui sembleroit, de
triompher de tout ce que ces occasions auroient eu de plus
avantageux pour la Stewart ; mais il en alla tout autrement.

Le chevalier de Grammont voyoit ce manege sans y pouvoir rien comprendre ; mais comme il étoit attentif aux penchans du roi, il se mit à lui faire sa cour, en exagérant le mérite de cette nouvelle maîtrefse. Cétoit une figure de plus
d'éclat qu'elle n'étoit touchante : On ne pouvoit avoir guere
moins d'esprit, ni plus de beauté : Tous ses traits étoient beaux
et réguliers ; mais sa taille ne l'étoit pas : Cependant elle étoit
menue, afsez droite, et plus grande que le commun des femmes. Elle avoit de la grace, dansoit bien, parloit françois
mieux que sa langue naturelle : elle étoit polie, pofsédoit cet
air de parure après lequel on court, et qu'on n'attrappe guere,
à moins que de l'avoir pris en France dès sa jeunefse. Tandis
que ses charmes faisoient leur chemin dans le cœur du roi,
ceux de la Caftelmaine se donnoient du bon tems au gré de
tous ses caprices.

Madame Hyde tenoit un rang afsez considérable parmi les
beautés, qu'une prevention aveugle avoit coëffées du mérite
de Jermyn : Elle venoit d'épouser un homme qu'elle avoit
aimé : Par ce mariage, elle étoit belle-sœur de madame la
duchefse : Brillante par son propre éclat, pleine d'agrément et
d'esprit ; cependant elle crut, que tant qu'on ne parleroit

S. Harding del.   E. Harding sculp.

point d'elle pour Jermyn, tous les autres avantages ne seroient rien pour sa gloire ; et ce fut pour y mettre la derniere
main, qu'elle s'avisa de se jetter à sa tête.

Elle étoit d'une taille médiocre : elle avoit la peau d'une
blancheur éblouifsante, les mains jolies, et le pied surprenant,
en Angleterre même. Une longue habitude avoit tellement
attendri ses regards, que ses yeux ne s'ouvroient qu'à la chi-
noise ; et, quand elle lorgnoit, on eût dit qu'elle faisoit quelque
chose de plus.

Jermyn la reçut d'abord ; mais, ne sachant bientôt qu'en
faire, il trouva bon de la sacrifier à la Caftelmaine. Le sacrifice ne lui déplut pas : C'étoit beaucoup pour sa gloire, d'a-
voir enlevé Jermyn à tant de concurrentes ; mais ce n'étoit
rien pour le refte.

Jacob Hall, fameux danseur de corde, étoit en vogue à
Londres dans ce tems-là : Sa disposition et sa force charmoient en public : on vouloit voir ce que c'étoit en particulier ;
car on lui trouvoit, dans son habit d'exercice, toute une autre
conformation, et bien d'autres jambes que celles du fortuné
Jermyn. Le voltigeur ne trompa point les conjectures de
la Caftelmaine, à ce que prétendoient celles du public, et ce
que publioient maints couplets de chanson, beaucoup plus
à l'honneur du danseur que de la comtefse ; mais elle se mit
bien au-defsus de tous ces petits bruits, et n'en parut que plus
belle.

Pendant que la satyre s'exerçoit à ses dépens, on se battoit tous les jours pour les faveurs d'une autre beauté, qui

n'en étoit guere plus chiche qu'elle : C'étoit madame de Shrewsbury.

Le comte d'Arran, qui l'avoit servie des premiers, n'avoit pas été des derniers à la quitter. Cette beauté, moins fameuse pour ses conquêtes que pour les malheurs qu'elle a causés, mettoit son plus grand mérite à être plus sémillante que les autres : Comme personne ne pouvoit se vanter d'avoir été seul dans ses bonnes graces, personne aufsi ne pouvoit se plaindre d'en avoir été mal reçu.

Jermyn trouva mauvais qu'elle ne lui eût point fait d'avances, sans considérer qu'elle n'en avoit pas le tems : Sa gloire en fut piquée ; mais ce fut mal-à-propos qu'il s'avisa de l'enlever à ses autres amans.

Thomas Howard, frere du comte de Carlifle, en étoit un : Il n'y avoit point d'homme en Angleterre, ni plus brave, ni mieux fait. Quoique son air fût froid, et que ses manieres parufsent douces et pacifiques, personne n'étoit, ni plus fier, ni plus emporté. La Shrewsbury donnant tête baifsée dans les premiers agaceries de l'invincible Jermyn, Howard ne le trouva pas bon. Elle s'en mit peu en peine ; cependant, comme elle vouloit le ménager, elle consentit à recevoir une collation qu'il lui avoit si souvent proposée, qu'elle n'osa plus s'en défendre : Un certain jardin, appellé Spring Garden, devoit être la fcene de cette fête.

Dès que la partie fut liée, Jermyn en fut averti sous main. Howard avoit une compagnie dans le régiment des Gardes ; et un des soldats de cette compagnie jouoit afsez bien de la musette. Cette musette fut de la fête ; et Jermyn se trouva

J.Harding Del.   Pub.d Nov.r 1, 1792, by E.& S.Harding N.o 132 Pall Mall.   J.S.Classens Sculp.t

COUNTESS of SHREWSBURY

Harding D.ᵗ   London Pub July 9ᵗʰ 1792. by E.V S.Harding. 100 Pall Mall.   Schiavonetti Sculp.

HENRY GERMAIN EARL of Sᵗ ALBANS

S.Harding Del.   Pub.d Feb. 21. 1793 by E.& S.Harding Pall Mall

CATHARINE of BRAGANZA.

dans le jardin comme par hasard: Enflé de ses premieres prospérités, il s'étoit mis sur son air vainqueur pour achever cette dernier conquête. Dès qu'il parut dans le jardin, la Shrewsbury parut sur le balcon.

Je ne sais comme elle trouva son héros, mais Howard ne le trouva pas à son gré : Cela n'empêcha pas qu'il ne montât au premier signe qu'elle lui fit ; et ne se contentant pas de faire le petit tyran dans une fête qui n'étoit pas à son intention, après s'être emparé des lorgneries de la belle, il épuisa ses lieux communs et toute sa petite ironie, à railler le repas, et à tourner la musique en ridicule.

Howard n'étoit pas grand railleur ; mais comme il étoit encore moins endurant, trois fois le festin fut sur le point d'être ensanglanté : mais trois fois il supprima son impétuosité naturelle, pour faire éclater ailleurs son ressentiment sans obstacle.

Jermyn, sans faire attention à sa mauvaise humeur, poursuivit sa pointe, parla toujours à madame de Shrewsbury, et ne la quitta point qu'après le repas.

Il se coucha, fier de ce triomphe, et fut réveillé le lendemain par un cartel. Il prit pour second, Gilles Rawlings, homme de bonne fortune, et gros joueur. Howard se servit de Dillon, adroit et brave, fort honnête homme, et, par malheur, intime ami de Rawlings.

Dans ce combat, la fortune ne fut point pour les favoris de l'amour : Le pauvre Rawlings y fut tué tout roide ; et Jermyn, percé de trois coups d'épée, fut porté chez son oncle, avec fort peu de signes de vie.

Pendant que le bruit de cet événement occupoit la cour, selon les divers intérêts que l'on y prenoit, le chevalier de Grammont eut avis par Jones son ami, son confident et son rival, qu'un autre s'emprefsoit auprès de la Midleton. C'étoit Montagu, peu dangereux pour sa figure, mais fort à craindre par son afsiduité, par l'adrefse de son esprit, et par d'autres talens qui sont comptés pour quelque chose, quand il eft permis de les faire valoir.

Il n'en falloit pas la moitié tant, pour mettre en mouvement toute la vivacité du chevalier de Grammont sur la concurrence. Ses inquiétudes réveillerent en lui ce que le desir de vengeance, le malin vouloir et l'expérience peuvent imaginer d'expédiens pour troubler le repos d'un rival, et pour désespérer une maîtrefse. Son premier mouvement fut de lui renvoyer ses lettres, et de lui redemander son argent, avant que de commencer à la tourmenter; mais rejettant ce projet, comme indigne de l'injuftice qu'on lui faisoit, il étoit sur le point de travailler à la désolation de la pauvre Midleton, lorsqu'il vit par hasard mademoiselle d'Hamilton. Dès ce moment, plus de refsentiment contre la Midleton ; plus d'emprefsement pour la Warmeftré ; plus d'inconftance, plus de vœux flottans: Cet objet les fixa tous ; et, de ses anciennes habitudes, il ne lui refta que l'inquiétude et la jalousie.

Ses premiers soins furent de plaire ; mais il vit bien qu'il falloit, pour réufsir, s'y prendre tout autrement qu'il n'avoit fait jusqu'alors.

La famille de mademoiselle d'Hamilton, afsez nombreuse, occupoit une maison grande et commode près de la cour.

MISS HAMILTON,

afterwards LADY GRAMMONT.

Celle du duc d'Ormond n'en bougeoit: ce qu'il y avoit de plus diftingué dans Londres s'y trouvoit tous les jours.

Le chevalier de Grammont y fut reçu selon son mérite et sa qualité: il s'étonna d'avoir employé tant de tems ailleurs; mais après avoir fait cette connoifsance, il n'en chercha plus.

Tout le monde convenoit que mademoiselle d'Hamilton étoit digne de l'attachement le plus sincere et le plus sérieux: Rien n'étoit meilleur que sa naifsance; et rien de plus charmant que sa personne.

CHAPITRE VII.

LE chevalier de Grammont, peu content de ses galanteries, se voyant heureux sans être aimé, devint jaloux sans être amoureux.

La Midleton, comme on a dit, alloit éprouver comme il s'y prenoit pour tourmenter, après avoir éprouvé ce qu'il savoit pour plaire.

Il fut la chercher chez la reine, où il y avoit bal: Elle y étoit; mais, par bonheur pour elle, mademoiselle d'Hamilton y étoit aufsi. Le hasard avoit fait, que, de toutes les belles personnes de la cour, c'étoit celle qu'il avoit le moins vue, et celle qu'on lui avoit le plus vantée. Il la vit donc pour la premiere fois de près, et s'apperçut qu'il n'avoit rien vu dans la cour avant ce moment. Il l'entretint: elle lui parla. Tant

qu'elle dansa, ses yeux furent sur elle ; et dès ce moment, plus
de refsentiment contre la Midleton.   Elle étoit dans cet heureux âge, où les charmes du beau sexe commencent à s'épa-
nouir : Elle avoit la plus belle taille, la plus belle gorge et
les plus beaux bras du monde : Elle étoit grande et gracieuse
jusque dans le moindre de ses mouvemens.   C'étoit l'original
que toutes les femmes copioient pour le goût des habits et l'air
de la coëffure : Elle avoit le front ouvert, blanc et uni ; les
cheveux bien plantés et dociles pour cet arrangement naturel,
qui coûte tant à trouver.   Une certaine fraîcheur, que les
couleurs empruntées ne sauroient imiter, formoit son teint :
Ses yeux n'étoient pas grands ; mais ils étoient vifs, et ses regards signifioient tout ce qu'elle vouloit.   Sa bouche étoit
pleine d'agrémens, et le tour de son visage étoit parfait : Un
petit nez, délicat et retroufsé, n'étoit pas le moindre ornement d'un visage tout aimable.   Enfin, à son air, à son port,
à toutes les graces répandues sur sa personne entiere, le chevalier de Grammont ne douta point qu'il n'y eût de quoi former des préjugés avantageux sur tout le refte.   Son esprit
étoit à-peu-près comme sa figure.   Ce n'étoit point par des
vivacités importunes, dont les saillies ne font qu'étourdir,
qu'elle cherchoit à briller dans la conversation : Elle évitoit
encore plus cette lenteur affectée dans le discours, dont la pe-
santeur afsoupit ; mais, sans se prefser de parler, elle disoit ce
qu'il falloit, et pas davantage.   Elle avoit tout le discernement imaginable pour le solide et le faux brillant ; et, sans se
parer à tout propos des lumieres de son esprit, elle étoit ré-
servée, mais très jufte, dans ses décisions.   Ses sentimens

étoient pleins de noblefse; fiers à outrance, quand il en étoit queftion. Cependant elle étoit moins prévenue sur son mérite, qu'on ne l'eft d'ordinaire, quand on en a tant. Faite comme on vient de dire, elle ne pouvoit manquer de se faire aimer ; mais loin de le chercher, elle étoit difficile sur le mérite de ceux qui pouvoient y prétendre.

Plus le chevalier de Grammont étoit persuadé de ces vérités, plus il s'efforçoit de plaire, et de persuader à son tour. Son esprit amusant, sa conversation vive, légere et toute nouvelle, le faisoient écouter ; mais il étoit embarrafsé de ce que les présens, qui faisoient si promptement leur chemin dans son ancienne méthode, n'étoient plus de saison dans celle dont il falloit désormais se servir.

Il avoit un vieux valet-de-chambre, nommé Termes, hardi voleur, et menteur encore plus effronté : Il avoit coutume de partir de Londres toutes les semaines, pour les commifsions dont on a parlé ; mais depuis la disgrace de la Midleton, et l'aventure de la Warmeftré, le seigneur Termes n'étoit plus employé que pour les habits que son maître faisoit venir de Paris, et ne s'acquittoit pas toujours fidélement de cette commifsion, comme on va voir.

La reine avoit de l'esprit, et mettoit tous ses soins à plaire au roi, par les complaisances qui coûtoient le moins à sa tendrefse : Elle étoit attentive aux plaisirs et aux amusemens qu'elle pouvoit fournir, sur-tout lorsqu'elle devoit en être.

Elle avoit imaginé pour cet effet une mascarade galante, où ceux qu'elle nomma pour danser devoient représenter différentes nations : Elle donna du tems pour s'y préparer ; et durant ce tems on peut croire que les tailleurs, les couturieres et les brodeurs ne furent pas sans occupation. Les beautés qui devoient en être n'étoient guere plus tranquilles ; cependant, mademoiselle d'Hamilton eut afsez de loisir pour faire deux ou trois petites pieces, dans une conjoncture si favorable pour le ridicule qu'on pouvoit donner aux impertinentes de la cour. Il y en avoit deux qui l'étoient par excellence: L'une étoit madame de Muskerry, femme de son cousin germain ; et l'autre étoit une fille d'honneur de la duchefse, qu'on appelloit Blague.

La premiere, que son mari n'avoit pas afsurément épousée pour ses beaux yeux, étoit faite comme la plupart des riches héritieres, pour qui l'équitable nature semble avare de ses richefses, à mesure qu'elles sont comblées de celles de la fortune. Elle avoit la taille d'une femme grofse, sans l'être ; mais elle boitoit avec plus de raison, car de deux jambes infiniment courtes, elle en avoit une qui l'étoit beaucoup plus que l'autre. Un visage afsortifsant mettoit la derniere main au désagrément de sa figure.

Mademoiselle Blague étoit une autre espece de ridicule. Sa taille n'étoit, ni bien, ni mal : Son visage étoit de la derniere fadeur, et son teint se fourroit par-tout, avec deux petits yeux reculés, garnis de paupieres blondes, longues comme le doigt. Avec ces attraits, elle se mettoit en embuscade pour surprendre les cœurs ; mais elle s'y seroit tenue en vain, sans l'arrivée du marquis Brisacier. Le ciel sembloit les avoir faits l'un pour l'autre. Il avoit tout ce qu'il faut dans l'extérieur et dans les manieres, pour éblouir une creature de

son caractere : Il parloit éternellement sans rien dire, et ren-
chérifsoit dans ses habits sur les modes les plus outrées.   La
Blague crut que tout ce fracas s'adrefsoit à elle ; et le seigneur
Brisacier crut que ces longues paupieres de la Blague n'avoient
jamais couché que lui en joue.   On s'apperçut du bien qu'ils
se vouloient ; cependant ils n'en étoient qu'aux muets inter-
pretes, quand mademoiselle d'Hamilton s'avisa de se mêler de
leurs affaires.

Elle voulut faire les choses dans l'ordre, et commença par
sa cousine de Muskerry, à cause de sa qualité.   Les deux entêtemens de cette derniere étoient la danse et la parure.   La
magnificence des habits n'étoit pas soutenable avec sa figure ;
mais quoique la danse fût encore plus insoutenable, elle ne
manquoit pas un bal de la cour ; et la reine avoit afsez de
complaisance pour le public, pour ne jamais manquer de la
faire danser ; mais il n'y eut pas moyen de la mettre d'une
fête aufsi sérieuse et aufsi magnifique, que cette mascarade.
La Muskerry séchoit d'impatience pour les ordres qu'elle attendoit.

Ce fut sur cette inquiétude, dont mademoiselle d'Hamilton
fut avertie, qu'elle forma le defsein de se donner une petite
fête aux dépens de cette folle.   La reine envoyoit des billets
à celles qu'elle nommoit, dans lesquels la maniere dont elles
devoient se mettre étoit marquée : Mademoiselle d'Hamilton fit écrire un billet tout semblable pour madame de Muskerry, en Babylonienne.

Elle afsembla son conseil pour aviser aux moyens de le
faire tenir.   Ce conseil étoit composé d'un de ses freres et

d'une sœur, qui se divertifsoient volontiers aux dépens de
ceux qui le méritoient.   Après avoir consulté quelque-tems,
on vint à bout de faire tenir ce billet en main propre.   Mylord Muskerry ne faisoit que de sortir d'avec elle, quand elle
le reçut.   Il étoit fort honnête homme, afsez sérieux, fort sévere, et mortel ennemi du ridicule : La laideur de sa femme
ne lui étoit pas tant à charge que celui qu'elle se donnoit dans
toutes les occasions qui s'en présentoient.   Il se crut en sûreté dans celle dont il étoit queftion, ne croyant pas que la
reine voulût gâter sa mascarade en la nommant ; cependant,
comme il connoifsoit la fureur dont sa femme se donnoit en
spectacle, par sa danse et par sa parure, il venoit de l'exhorter
bien sérieusement à se contenter d'être spectatrice de cette
fête, quand même la reine auroit la cruauté de l'en mettre.
Il prit ensuite la liberté de lui faire voir le peu de rapport
qu'il y avoit entre sa figure, et celle des personnes auxquelles la
danse et l'éclat sont permis.   Son sermon finit enfin par une
défense exprefse de briguer dans cette fête une place qu'on
ne songeroit pas à lui donner ; mais loin de prendre cet avis
en bonne part, elle se mit en tête que lui seul avoit détourné
la reine de lui faire un honneur qu'elle souhaitoit ardemment ;
et, sitôt qu'il fut sorti, son defsein fut de s'aller jetter aux pieds
de sa majefté pour en demander juftice.   Ce fut juftement
dans ces dispositions qu'elle reçut le billet : Elle le baisa trois
fois ; et, sans égard aux défenses de son mari, elle monta
promptement en carofse, pour s'informer chez tous les marchands qui trafiquoient au levant, de quelle maniere les dames
de qualité s'habilloient à Babylone.

Le panneau qu'on tendoit à mademoiselle Blague étoit d'une autre espece : Elle étoit d'une confiance sur ses appas, et d'une crédulité sur leurs effets, à donner dans tout ce qu'on vouloit. Brisacier, qu'elle en croyoit duement atteint, avoit l'esprit orné de lieux-communs et de chansonnettes : Il chantoit faux avec méthode, et mettoit sans cesse en avant l'un et l'autre de ces talents heureux. Le duc de Buckingham le gâtoit autant qu'il pouvoit par les louanges qu'il donnoit à sa voix et à son esprit.

La Blague, qui n'entendoit presque point le françois, se régla sur cette autorité pour admirer l'un et l'autre. On s'apperçut que toutes les paroles qu'il lui chantoit ne faisoient mention que de blondes, et que prenant toujours la chose pour elle, ses paupieres s'en humilioient par reconnoissance et par pudeur : Ce fut sur ces observations qu'on résolut de mettre en jeu la Blague, des qu'il en seroit temps.

Pendant que ces petits projets se formoient, le roi, qui ne cherchoit qu'à faire plaisir au chevalier de Grammont, lui demanda s'il vouloit être de la mascarade, à charge de mener mademoiselle d'Hamilton. Il ne se piquoit pas d'être assez danseur pour une occasion comme celle-là ; cependant il n'avoit garde de refuser cette proposition : " Sire, dit-il, de " toutes les bontés qu'il vous a plu me témoigner depuis que " je suis ici, cette derniere m'est la plus sensible ; et pour " vous en marquer ma reconnoissance, je vous promets de " bons offices auprès de la petite Stewart." Il le disoit, parce qu'on venoit de lui donner un appartement séparé du reste des filles de la reine, et que les respects des courtisans commen-

çoient à se tourner vers elle. Le roi reçut agréablement la
plaisanterie; et l'ayant remercié d'une offre si nécefsaire: Monsieur le chevalier, lui dit-il, de quelle maniere vous mettrez-
vous pour le bal? "Je vous laifse le choix des nations. Si
" cela eft, reprit le chevalier de Grammont, je m'habillerai à
" la françoise pour me déguiser; car l'on me fait déja l'hon-
" neur de me prendre pour un Anglois dans votre ville de
" Londres. J'aurois sans cela quelque envie de me mettre à
" la romaine; mais de peur de me faire des affaires avec le
" prince Robert, qui prend si chaudement les intérêts d'Alex-
" andre, contre mylord Thanet qui se déclare pour César, je
" n'ose plus m'habiller en héros. Du refte, quoique j'aie la
" danse cavaliere, avec l'oreille et de l'esprit, j'espere me tirer
" d'affaire: de plus, mademoiselle d'Hamilton mettra bien or-
" dre qu'on n'aura pas trop d'attention pour moi. Quant à
" mon habillement, je ferai partir Termes demain matin; et
" si je ne vous fais voir à son retour l'habit le plus galant que
" vous ayez encore vu, tenez-moi pour la nation la plus dés-
" honorée de votre mascarade."

Termes partit avec des inftructions réitérées sur le sujet de
son voyage; et son maître redoublant d'impatience dans une
conjoncture comme celle-là, le courier ne pouvoit pas encore
être débarqué, qu'il commençoit à compter les momens dans
l'attente de son retour. Il s'en occupa jusqu'à la veille du
bal. Ce fut ce jour-là que mademoiselle d'Hamilton et sa petite société prirent pour l'exécution de leur defsein.

Les gants de martial étoient fort à la mode dans ce temps-
là: Elle en avoit quelques paires par hasard: Elle en en-

C.Knight sculp.   S.Harding del.

Pub.d Feb.y 21. 1795 by E.&S.Harding Pall Mall.

PRINCE RUPERT.

voya une à mademoiselle Blague, accompagnée de quatre aunes de ruban du jaune le plus pâle qui se pût trouver, et elle y joignit ce billet.

" Vous étiez l'autre jour plus charmante que toutes les
" blondes de l'univers. Je vous vis hier encore plus blonde
" que vous ne l'étiez ce jour-là. Si vous continuez, que de-
" viendra mon cœur! Mais il y a long-temps qu'il est la
" proie de vos yeux marcassins. Serez vous demain de la
" mascarade? Mais peut-il y avoir des charmes dans une
" fête où vous ne seriez pas! N'importe; je vous reconnoî-
" trai dans quelque déguisement que vous soyez. Mais je
" serai mieux éclairci de mon sort par le présent que je vous
" envoie : Vous porterez des nœuds de ce ruban à vos
" cheveux; et ces gants baiseront les plus belles mains du
" monde."

Ce billet, avec le présent, fut rendu à la Blague, avec le même succès qu'on avoit fait tenir celui de Babylonienne à madame de Muskerry. On venoit d'en rendre compte à mademoiselle d'Hamilton, quand cette même Muskerry lui vint rendre visite. Elle paroissoit fort affairée. L'heure commençoit à la gagner, quand sa cousine la pria de passer dans son cabinet. Dès qu'elles y furent : " Je vous demande le secret,
" dit la Muskerry, pour celui que je vais vous dire : N'ad-
" mirez-vous point comme les hommes sont faits! Ne vous
" y fiez pas trop, ma chere cousine. Mylord Muskerry, qui
" devant notre mariage auroit passé les jours et les nuits à me
" voir danser, s'avise à présent de le défendre, et dit que cela
" ne me convient pas. Ce n'est pas tout ; il m'en a si souvent

" rebattu les oreilles au sujet de la mascarade, que je suis
" obligée de lui cacher l'honneur que la reine m'a fait de me
" nommer. Cependant, je suis étonnée qu'on ne me fasse pas
" savoir qui doit me mener. Mais si vous saviez la peine
" qu'on a de trouver dans cette maudite ville de quoi se met-
" tre en Babylonienne, vous auriez pitié de ce que j'ai souf-
" fert depuis le temps qu'on m'a nommée ; outre que ce qu'il
" m'en coûte passe toute imagination."

Ce fut en cet endroit, que l'envie de rire, qui n'avoit fait
qu'augmenter, à mesure que mademoiselle d'Hamilton l'avoit
supprimée, la vainquit enfin par un éclat immodéré. La
Muskerry lui en sut bon gré, ne doutant point que ce ne fût
de la bizarrerie de son époux. Mademoiselle d'Hamilton
lui dit, que tous les maris étoient à-peu-près de même ; qu'il
ne falloit pas s'embarrasser de leurs fantaisies ; qu'elle ne savoit pas qui devoit la mener dans la mascarade ; mais que
puisqu'elle étoit nommée, celui qui l'étoit avec elle, ne lui
manqueroit pas ; qu'elle ne comprenoit pourtant pas qu'il ne
se fût pas encore déclaré, à moins qu'il n'eût aussi une épouse
fantasque, qui lui eût interdit la danse.

Cette conversation finie, la Muskerry sortit avec empressement pour tâcher de savoir quelques nouvelles de son danseur. Ceux qui trempoient dans le complot rioient à
gorge déployée de la visite avec mademoiselle d'Hamilton,
quand mylord Muskerry leur en fit une à son tour ; et tirant
mademoiselle d'Hamilton à l'écart: Ne sauriez-vous point,
dit-il, s'il y a quelque bal dans la ville demain ? " Non,
" dit-elle: Pourquoi ? Parceque, je viens d'apprendre

" que ma femme fait de grands préparatifs d'habits. Je sais
" bien qu'elle n'est pas de la mascarade : j'y ai mis bon ordre ;
" mais comme elle a le diable au corps pour la danse, je
" meurs de peur qu'elle ne se donne quelque nouveau ridi-
" cule, malgré toutes mes précautions : Encore si c'étoit par-
" mi la bourgeoisie, dans quelque lieu retiré, je n'en serois pas
" en peine."

On le rafsura le mieux qu'on put ; et l'ayant congédié, sous
prétexte de mille choses qu'on avoit à faire pour le jour suivant, mademoiselle d'Hamilton se crut en liberté pour le reste
de la journée, lorsqu'elle vit arriver une certaine mademoiselle Price, fille d'honneur de madame la duchefse. C'étoit
justement ce qu'elle cherchoit. Il y avoit quelque tems que
cette fille et la Blague se harpilloient au sujet de Dongan, que
la Price avoit enlevé à cette derniere.   La haine subsistoit encore entre ces deux divinités.

Quoique les filles d'honneur ne fufsent point nommées pour
la mascarade, elles y devoient afsifter ; et par conséquent nè
rien négliger pour y briller.   Mademoiselle d'Hamilton avoit
encore une paire de gants, pareille à celle qu'elle avoit envoyée
à la Blague : Elle en fit présent à sa rivale, avec quelques
nœuds du même ruban, qui sembloit fait exprès pour elle,
brune comme elle étoit.   La Price lui en fit mille remercîmens, et lui promit de s'en faire honneur au bal.   " Vous me
" ferez plaisir, dit-elle ; mais si vous dites qu'une bagatelle
" comme cela vient de moi, je ne vous le pardonnerai jamais.
" Au reste, poursuivit-elle, n'allez pas ôter le marquis Brisacier
" à cette pauvre Blague, comme vous avez fait Dongan. Je

" sais bien qu'il ne tient qu'à vous : Vous avez de l'esprit :
" vous parlez françois ; et pour peu qu'il vous eût entrete-
" nue, l'autre n'auroit que faire d'y prétendre." Il n'en fallut
pas davantage. La Blague n'étoit que ridicule et coquette :
Mademoiselle Price étoit ridicule et coquette, et quelque
chose de plus.

Le jour du bal venu, la Cour, plus brillante que jamais,
étala toute sa magnificence dans cette mascarade. Ceux qui
la devoient composer étoient aſsemblés, à la réserve du chevalier de Grammont. On s'étonna qu'il arrivât des derniers
dans cette occasion, lui dont l'empreſsement étoit si remarquable dans les plus frivoles ; mais on s'étonna bien plus de le voir
enfin paroître en habit de ville, qui avoit déja paru. La
chose étoit monſtrueuse pour la conjoncture et nouvelle pour
lui. Vainement portoit-il le plus beau point, la perruque la
plus vaſte et la mieux poudrée qu'on pût voir ; son habit,
d'ailleurs magnifique, ne convenoit point à la fête.

Le roi s'en apperçut d'abord : " Chevalier de Gram-
" mont, lui dit-il, Termes n'eſt donc point arrivé ?" " Par-
" donnez-moi, Sire, dit-il, dieu merci. Comment ! dieu
" merci, dit le roi, lui seroit-il arrivé quelque chose par les
" chemins ? Sire, dit le chevalier de Grammont, voici l'hiſ-
" toire de mon habit et de Termes, mon courier." A ces
mots, le bal tout prêt à commencer fut suspendu : Tous
ceux qui devoient danser faisoient un cercle autour du chevalier de Grammont : il poursuivit ainsi son récit.

" Il y a deux jours que ce coquin devroit être ici, suivant
" mes ordres et ses sermens. On peut juger de mon impatience

CHARLES II.

" tout aujourd'hui, voyant qu'il n'arrivoit pas. Enfin, après
" l'avoir bien maudit, il n'y a qu'une heure qu'il eſt arrivé,
" crotté depuis la tête jusqu'aux pieds, botté jusqu'à la cein-
" ture, fait enfin comme un excommunié. Eh bien! mon-
" sieur le faquin, lui dis-je, voilà de vos façons de faire! vous
" vous faites attendre jusqu'à l'extrémité; encore eſt-ce un
" miracle que vous soyez arrivé! Oui, mor...! dit-il, c'eſt un
" miracle. Vous êtes toujours à gronder. Je vous ai fait faire le
" plus bel habit du monde, que monsieur le duc de Guise lui-
" même a pris la peine de commander. Donnez-le donc,
" bourreau! lui dis-je. Monsieur, dit-il, si je n'ai mis douze
" brodeurs après, qui n'ont fait que travailler jour et nuit,
" tenez-moi pour un infâme : Je ne les ai pas quittés d'un
" moment. Et où eſt-il? dis-je, traître! qui ne fais que rai-
" sonner dans le tems que je devrois être habillé. Je l'a-
" vois, dit-il, empaqueté, serré, ployé, que toute la pluie
" du monde n'en eût point approché. Me voilà, poursuivit-
" il, a courir jour et nuit, connoiſsant votre impatience, et
" qu'il ne faut pas lanterner avec vous.... Mais où eſt-il, m'é-
" criai-je, cet habit si bien empaqueté? Péri, monsieur, me
" dit-il en joignant les mains. Comment! péri, lui dis-je en
" sursaut. Oui péri, perdu, abîmé. Que vous dirai-je de
" plus? Quoi! le paquebot a fait naufrage? lui dis-je. Oh!
" vraiment, c'eſt bien pis, comme vous allez voir, me répon-
" dit il. J'étois à une demie-lieu de Calais, hier au matin, et
" je voulus prendre le long de la mer pour faire plus de
" diligence : mais, ma foi! l'on dit bien vrai, qu'il n'eſt rien tel
" que le grand chemin; car je donnai tout au travers d'un sa-

" ble mouvant, où j'enfonçai jusques au menton. Un sable
" mouvant auprès de Calais, m'ecriai-je. Oui, monsieur, me
" dit-il, et si bien sable mouvant, que je me donne au diable,
" si on me voyoit autre chose que le haut de la tête, quand
" on m'en a tiré. Pour mon cheval, il a fallu plus de quinze
" hommes pour l'en sortir ; mais pour mon portemanteau,
" où malheureusement j'avois mis votre habit, jamais on ne
" l'a pu trouver : Il faut qu'il soit pour le moins une lieue
" sous terre.

" Voilà, Sire, poursuivit le chevalier de Grammont, l'a-
" venture et le récit que m'en a fait cet honnête homme : Je
" l'aurois infailliblement tué, si je n'avois eu peur de faire at-
" tendre mademoiselle d'Hamilton, et si je n'avois été prefsé
" de vous donner avis du sable mouvant, afin que vos couriers
" prennent soin de l'éviter."

Le roi se tenoit les côtés de rire, quand le chevalier de
Grammont reprenant la parole : " A propos, Sire, dit-il, j'ou-
" bliois de vous dire, que pour augmenter ma mauvaife hu-
" meur, je me suis vu arrêter, comme je sortois de ma chaise,
" par un diable de fantôme en masque, qui me vouloit à toute
" force persuader que la reine m'avoit ordonné de danser
" avec elle ; et comme je m'en suis défendu le moins brutale-
" ment qu'il m'a été pofsible, elle m'a chargé de m'informer
" ici qui doit la mener, et m'a prié de l'envoyer prendre inces-
" samment : Ainsi, votre majefté ne feroit point mal de don-
" ner ses ordres pour cela ; car elle s'eft mise en embuscade
" dans un carrofse pour saisir tous les pafsans à la porte de
" Whitehall. Au refte, je vous puis dire que c'eft une chose à

DUCHESS OF NEWCASTLE.

" voir que son habillement : Il faut qu'elle ait plus de soix-
" ante aunes de gazes et de toille d'argent autour d'elle, sans
" compter une espece de piramide sur la tête, garnie de cent
" mille brimborions."

Ce dernier récit étonna toute l'afsemblée, à la réserve de
ceux qui avoient part à l'aventure. La reine afsura que tout
ce qu'elle avoit nommé pour le bal étoit présent ; et le roi
après quelques momens de réflexion : " Je parie, dit-il, que
" c'eſt la duchefse de Newcaſtle. Et moi, dit mylord Mus-
" kerry, s'approchant de mademoiselle d'Hamilton, je parie
" que c'eſt une autre folle ; car je me trompe fort si ce n'eſt
" ma femme."

Le roi voulut qu'on allât s'informer qui c'étoit, et qu'on la
fît venir. Mylord Muskerry s'offrit à cette commifsion, par
le prefsentiment qu'on vient de dire, et ne fit pas mal. Mademoiselle d'Hamilton ne fut pas fâchée que ce fût lui, sachant bien qu'il ne se trompoit pas dans sa conjecture. La
plaisanterie auroit été beaucoup plus loin qu'elle n'avoit prétendu, si la princefse de Babylone eût paru dans ses atours.

Le bal ne fut par trop bien exécuté, s'il faut parler ainsi,
tant qu'on ne dansa que les danses sérieuses : Cependant il y
avoit, dans cette afsemblée, d'aufsi bons danseurs, et d'aufsi belles danseuses qu'il y en eût au monde ; mais comme le nombre n'en étoit pas grand, on quitta les danses françoises pour
se mettre aux contre-danses. Quand ceux qui étoient de la
mascarade en eurent dansé quelques-unes, le roi trouva bon
de mettre en jour les troupes auxiliaires, tandis qu'on se re-

P

poseroit. Les filles de la reine et celles de la duchefse furent menées par ceux qui étoient de la mascarade.

Ce fut alors qu'on eut le tems de prêter quelqu'attention à la Blague, et l'on trouva que le billet qu'on lui avoit fait rendre de la part de Brisacier, faisoit son effet. Elle étoit arrivée plus jaune qu'un coing : Ses cheveux blonds étoient farcis de ce ruban couleur de citron qu'elle y avoit mis par complaisance ; et pour éclaircir Brisacier de son sort, elle portoit souvent à sa tête ses mains victorieuses, garnies des gants dont il étoit queftion. Mais si l'on fut surpris d'une coëffure qui la rendoit plus blaffarde que jamais, elle fut bien autrement surprise de voir la Price partager avec elle de point en point le présent de Brisacier. La surprise se changea bientôt en jalousie ; car sa rivale n'avoit pas manqué de l'accrocher de conversation sur ce qu'on lui avoit insinué la veille : et Brisacier n'avoit pas manqué de donner tête baifsée dans ces premieres agaceries, sans faire la moindre attention à la blonde Blague, ni aux signes qu'elle se tuoit de faire, pour l'inftruire de son heureuse deftinée.

La Price étoit ronde et ragotte ; et par conséquent ne dansoit point. Le duc de Buckingham, qui mettoit le marquis de Brisacier sur les rangs le plus souvent qu'il pouvoit, vint le prier de la part du roi de mener la Blague, sans savoir ce qui se pafsoit alors dans le cœur de cette nymphe. Brisacier s'en défendit sur le mépris qu'il avoit pour les contre-danses. La Blague crut que c'étoit elle qu'on méprisoit ; et, voyant qu'il s'étoit remis en conversation avec sa mortelle ennemie, elle se mit à danser sans savoir ce qu'elle faisoit. Quoique son

S.Harding Del.　　　Pub.t June 1795 by E & S.Harding Pall Mall.　　　W N Gardiner Sculp.

DUKE of YORK.

indignation et sa jalousie fuſsent aſsez marquées pour en divertir la cour, il n'y eut que mademoiselle d'Hamilton et ses complices qui en eurent le plaisir entier. Leur satisfaction fut complete; car bientôt arriva mylord Muskerry, encore tout interdit de la vision dont le chevalier de Grammont avoit fait le portrait : Il apprit à mademoiselle d'Hamilton que c'étoit la Muskerry en propre personne, mille fois plus extravagante qu'elle ne l'avoit jamais été ; qu'il avoit eu toutes les peines du monde à la remettre chez elle, avec une sentinelle à la porte de sa chambre. Le lecteur trouvera peut-être qu'on s'eſt trop arrêté sur ces incidens frivoles : peut-être aura-t-il raison : paſsons à d'autres.

Tout rioit au chevalier de Grammont dans la nouvelle tendreſse qui l'occupoit : Il n'étoit pas sans rivaux ; mais ce qu'il y avoit de plus extraordinaire, c'eſt qu'il étoit sans inquiétudes : Il connoiſsoit leur esprit et celui de mademoiselle d'Hamilton.

De ses amans, le plus considérable et le moins déclaré étoit monsieur le duc de York ; mais il avoit beau s'en cacher, la cour étoit trop faite à ses manieres pour douter de son goût pour elle : Il ne jugea pas à propos de déclarer des sentimens qu'il ne convenoit pas à mademoiselle d'Hamilton d'apprendre ; mais il lui parloit tant qu'il pouvoit, et la lorgnoit d'une grande aſsiduité. Comme la chaſse étoit son plaisir favori, cet exercice l'occupoit une partie du jour : Il en revenoit d'ordinaire aſsez fatigué ; mais la présence de mademoiselle d'Hamilton le réveilloit quand elle se trouvoit chez la reine ou chez la ducheſse. C'étoit là, que n'osant lui parler de ce qu'il avoit sur le cœur, il l'entretenoit de ce qu'il avoit dans la tête : Il lui contoit des merveilles de la prudence des renards, de la prouefse des chevaux ; lui faisoit un détail de bras cafsés, de jambes démises, d'épaules disloquées, et d'autres aventures curieuses et divertifsantes : après quoi ses yeux lui disoient le refte, jusqu'à ce que le sommeil interrompît leur conversation ; car ces tendres truchemens ne laifsoient pas de se fermer quelquefois au fort de leur lorgnerie.

La duchefse ne fut point alarmée d'une pafsion que sa rivale ne regardoit rien moins que sérieusement, et dont elle prenoit la peine de se divertir avec tout le respect du monde : Au contraire, comme elle avoit du goût et de l'eftime pour elle, jamais elle ne la traita plus gracieusement.

Les deux Ruffells, oncle et neveu, étoient deux autres rivaux du chevalier de Grammont. L'oncle avoit bien soixante ans : Son courage et sa fidélité l'avoit diftingué dans les guerres civiles : Sa pafsion et ses defseins pour mademoiselle d'Hamilton parurent à la fois ; mais sa magnificence ne parut qu'à demi dans les galanteries que la tendrefse inspire. Il n'y avoit pas long-tems que l'on avoit quitté le ridicule des chapeaux pointus pour tomber dans l'autre extrémité. Le vieux Ruffell, effrayé d'une chûte si terrible, voulut prendre un milieu qui le rendît remarquable : Il l'étoit encore par sa conftance envers les pourpoints tailladés, qu'il a soutenus long-tems après leur supprefsion universelle ; mais ce qui surprenoit le plus étoit un certain mélange d'avarice et de libéralité, sans cefse en guerre l'une avec l'autre, depuis qu'il y étoit avec l'amour.

LORD RUSSELL.

S. Harding del.

A. Birrell sc.

Son neveu n'étoit alors que cadet de la famille ; mais la succeſsion de son oncle le regardoit ; et quoiqu'il en eût beſoin pour son établiſſement, et qu'il eût encore plus besoin de ménager l'esprit de son oncle pour s'en aſſurer, il ne put éviter sa deſtinée.   La Midleton le traitoit avec aſſez de préférence ; mais ses faveurs ne purent le garantir des charmes de mademoiselle d'Hamilton.   Sa figure n'auroit rien eu de choquant, s'il l'eût laiſſée dans son naturel ; mais il étoit guindé dans toutes ses allures, taciturne à donner des vapeurs ; cependant un peu plus ennuyant quand il parloit.

Le chevalier de Grammont, en plein repos sur toutes les concurrences, s'engageoit de plus en plus, sans former d'autres projets, ni concevoir d'autres espérances, que celle de se rendre agréable.   Quoique sa paſſion fût hautement déclarée, personne à la cour ne la regardoit que comme ces habitudes de galanterie, qui ne vont qu'à rendre juſtice au mérite.

Son philosophe* en jugea tout autrement, en voyant que, sans compter un redoublement infini de magnificence et de soins, il avoit regret aux heures qu'il donnoit au jeu ; qu'il ne cherchoit plus ces longues et agréables conversations qu'ils avoient d'ordinaire ensemble ; et que ce nouvel empreſſement l'enlevoit par-tout à lui-même.

" Monsieur le chevalier, lui dit-il, il me semble que vous " laiſſez depuis quelque temps les beautés de la ville et leurs " amans bien en repos.   La Midleton fait impunément de " nouvelles conquêtes, et de vos présents vous souffrez qu'elle

* Saint-Evremont.

" vous creve les yeux sans la moindre avanie. La pauvre
" Warmeſtré vient d'accoucher tranquillement au milieu de la
" cour, sans que vous en ayez soufflé. Je l'avois bien prévu,
" monsieur le chevalier, vous avez fait connoiſsance avec ma-
" demoiselle d'Hamilton ; et, chose qui ne vous étoit jamais
" arrivée, vous voilà véritablement amoureux; mais voyons
" un peu ce qui peut vous en arriver. Je ne pense pas, en pre-
" mier lieu, que vous espériez de la mettre à mal : Elle eſt
" telle, et par sa naiſsance et par son mérite, que si vous étiez
" en poſseſsion des titres et des biens de votre maison, vous
" seriez excusable de vous présenter sur un pied sérieux,
" quelque ridicule qu'il y ait dans le mariage en général: car
" si vous ne voulez que de l'esprit, de la sageſse, et les trésors
" de la beauté, vous ne sauriez mieux vous adreſser; maìs
" pour vous, qui n'avez que médiocrement de ceux de la for-
" tune, vous ne sauriez vous adreſser plus mal : car votre
" frere de Toulongeon, de l'humeur dont je le connois, n'aura
" pas la complaisance de se laiſser mourir, pour favoriser
" vos prétentions.

   " Mais posons le cas que vous ayez tout le bien qu'il faudroit
" pour l'une et pour l'autre, et c'eſt beaucoup dire, connoiſsez-
" vous la délicateſse, pour ne pas dire la bizarrerie, de cette
" princeſse sur un pareil engagement ? Savez-vous qu'il n'a te-
" nu qu'à elle d'avoir les meilleurs partis d'Angleterre ? Le duc
" de Richmond l'a recherchée des premiers; mais quoiqu'il fût
" amoureux, il étoit intéreſsé. Cependant le roi, voyant qu'il ne
" tenoit qu'au bien, prit sur lui cet article, en considération du
" duc d'Ormond, du mérite et de la naiſsance de mademoiselle

HENRY HOWARD, DUKE OF NORFOLK.

" d'Hamilton, et des services de monsieur son pere : Mais ma-
" demoiselle d'Hamilton, choquée qu'un homme qui faisoit l'a-
" moureux eût marchandé, faisant d'ailleurs réflexion sur son
" caractere dans le monde, n'a pas jugé qu'il fût afsez import-
" ant d'être duchefse de Richmond au hasard de ce qu'il y
" auroit à craindre d'un homme brutal et débauché.

" Votre petit Jermyn, malgré tout le bien de son oncle et
" l'éclat de sa propre réputation, n'y a-t-il pas échoué ? A-t-
" elle jamais voulu seulement regarder Henri Howard, qui
" eft à la veille d'être le premier dùc d'Angleterre, et qui pos-
" sede actuellement tout le bien de la maison de Norfolk ?
" Je tombe d'accord que c'eft un bœuf; mais quelle autre
" dans toute l'Angleterre ne pafseroit pas par defsus la pesan-
" teur de son esprit, et le peu d'agrément de sa figure, pour
" être, avec trois cent mille livres de rente, la premiere du-
" chefse du royaume ?

" Pour achever en peu de mots, mylord Falmouth m'a dit
" lui-même qu'il l'avoit toujours regardée comme la feule
" chose qui manquoit à son bonheur; mais qu'au milieu de
" tout l'éclat de sa fortune, il n'avoit osé lui déclarer ses sen-
" timens; qu'il se sentoit afsez de foiblefse, ou trop de fierté,
" pour se contenter de l'obtenir du seul consentement de ses
" parens; et quoique les premiers refus des belles ne fufsent
" comptés pour rien, il savoit de quel air elle recevoit ceux
" dont la personne ne lui étoit point agréable.

" Après cela, monsieur le chevalier, voyez de quelle maniere
" vous prétendez vous y prendre; car vous êtes amoureux:
" Vous l'allez être de plus en plus; et plus vous le serez, moins

" serez-vous capable des réflexions que vous pourriez faire à
" présent.

   " Mon pauvre philosophe, répondit le chevalier de Gram-
" mont, tu sais bien le latin, tu fais des vers, tu sais la marche
" et tu connois la nature des étoiles du ciel ; mais pour les
" aftres de la terre tu n'y connois rien. Tu ne m'as rien ap-
" pris de mademoiselle d'Hamilton, que le roi ne m'ait dit il
" n'y a pas trois jours. Tant mieux qu'elle ait refusé les Os-
" trogoths dont tu viens de parler : Si elle en avoit voulu, je
" n'en voudrois pas, quoique je l'aime à la folie. Ecoute
" bien ce que je te vais dire. Je me suis mis dans la tête de
" l'épouser, et je veux que mon pédagogue Saint-Evremont
" lui-même soit le premier à m'en savoir gré. Quant à l'éta-
" blifsement, je ferai ma paix avec le roi : je lui demanderai
" qu'elle soit dame du palais. Il me l'accordera. Toulon-
" geon crevera, sans que je l'aide ou que je l'en empêche ; et
" mademoiselle d'Hamilton aura Semeat avec le chevalier de
" Grammont, pour la dédommager des Norfolks et des
" Richmonds. Eh bien ! as-tu quelque chose à dire contre ce
" projet ? car je parie cent louis qu'il en ira comme je dis."

   C'étoit dans ce temps-là que la faveur de mademoiselle
Stewart étoit si déclarée, qu'on voyoit bien qu'il ne lui manquoit que de l'art dans sa conduite, pour être aufsi maîtrefse
de l'esprit du roi, qu'elle l'étoit de son cœur. L'occasion
étoit belle pour ceux qui avoient de l'expérience et de l'ambition. Le duc de Buckingham se mit en tête de la gouverner
pour se mettre bien dans l'esprit du roi. Dieu sait quel gouverneur, et quelle tête pour en conduire une autre !

S Harding del.   C.I Vandan Borghe sculp!

Publ. Nov. 7. 1793, by E. & S. Harding, Pall Mall.

DUKE of BUCKINGHAM.

Cependant c'étoit l'homme du monde le plus capable de s'insinuer dans un esprit comme celui de mademoiselle Stewart. Elle avoit un caractere d'enfance dans l'humeur, qui la faisoit rire de tout ; et son goût pour les amusemens frivoles, quoique naturels, ne sembloit permis qu'à l'âge de douze ou treize ans. Tout en étoit, hors les poupées : Le colin-maillard étoit de ses pafse-temps les plus heureux : Elle faisoit des châteaux de cartes, quand on jouoit le plus gros jeu chez elle ; et l'on n'y voyoit que des courtisans emprefsés autour d'elle, qui lui en fournifsoient les matériaux, ou de nouveaux architectes qui tâchoient de l'imiter.

Elle ne laifsoit pas de se plaire à la musique, et d'avoir quelque goût pour le chant. Le duc de Buckingham, qui faisoit les plus beaux bâtimens de cartes qu'on pût voir, chantoit agréablement. Elle ne haïfsoit point la médisance : il en étoit le pere et la mere : il faisoit des vaudevilles, inventoit des contes de vieilles, dont elle étoit folle ; mais son talent particulier étoit d'attraper le ridicule et les discours des gens, et de les contrefaire en leur présence, sans qu'ils s'en apperçufsent. Bref, il savoit faire toutes sortes de personnages, avec tant de grace et d'agrément, qu'il étoit difficile de se pafser de lui, quand il vouloit bien prendre la peine de plaire. Il s'étoit donc rendu si nécefsaire aux amusemens de la Stewart, qu'elle le faisoit chercher par-tout lorsqu'il ne suivoit pas le roi chez elle.

Il étoit parfaitement bien fait, et croyoit l'être beaucoup plus qu'il ne l'étoit. Quoiqu'il eût beaucoup d'esprit, sa vanité lui fit prendre sur son compte des gracieusetés qui n'étoi-

ent que pour ses bouffonneries et son badinage.   Séduit enfin
par la bonne opinion de son mérite, il oublia son premier
projet et sa maîtreſse Portugaise, pour se prévaloir d'un goût
auquel il s'étoit mépris ; mais dès qu'il voulut prendre un personnage sérieux auprès de mademoiselle Stewart, il fut renvoyé si loin, qu'il abandonna tout-à-coup l'un et l'autre de
ses deſseins sur elle.   On peut dire néanmoins que la familiarité
qu'elle lui avoit procurée auprès du roi ouvrit le chemin à
cette faveur où il s'eſt élevé dans la suite.

Mylord Arlington entreprit le projet que le duc de Buckingham venoit d'abandonner, et voulut s'emparer de l'esprit de
la maîtreſse pour gouverner celui du maître.   Il y avoit pourtant de quoi contenter un homme de plus de mérite et de
plus de naiſsance que lui, dans la fortune qu'il avoit déja faite.
Ses premieres négociations avoient été pendant le traité des
Pyrenées.   Quoiqu'il n'y eût pas réuſsi pour les intérêts de son
maître, il n'y avoit pas tout-à-fait perdu son tems; car il
avoit parfaitement attrapé, par son extérieur, le sérieux et la
gravité des Espagnols ; et dans les affaires, il imitoit aſsez bien
leur lenteur.

Il avoit une cicatrice au travers du nez, que couvroit une
longue mouche, ou, pour mieux dire, une petite emplâtre en
losange.   Les bleſsures au visage y donnent d'ordinaire certain
air violent et guerrier, qui ne sied pas mal : C'étoit tout le
contraire à son égard ; et, cette emplâtre remarquable s'étoit
tellement accommodée à l'air myſtérieux du sien, qu'elle sembloit y ajouter quelque chose d'important et de capable.

THE EARL of ARLINGTON.

Arlington, à l'arbri de cette contenance, composée d'une grande avidité pour le travail, et d'une impénétrable ſtupidité pour le secret, s'étoit donné pour grand politique; et n'ayant pas le loisir de l'examiner, on l'avoit cru sur sa parole, et on l'avoit fait miniſtre et secrétaire d'état sur sa mine.

Son ambition ne pouvant se borner à ces établiſsemens, après s'être pourvu de plusieurs belles maximes, et de quelques exemples hiſtoriques, il avoit obtenu de mademoiselle Stewart une audience pour les étaler, en lui faiſant offre de ses très-humbles services, et de ses avis les mieux raisonnés, pour se conduire dans le poſte où il avoit plu au ciel et à sa vertu de l'élever. Mais il n'en étoit qu'à l'exorde de son discours, quand elle se souvint qu'il étoit à la tête de ceux que le duc de Buckingham avoit coutume de contrefaire; et comme sa présence et ses discours renouvelloient exactement le ridicule qu'on lui avoit donné, jamais elle ne put s'empêcher de lui faire un éclat de rire au nez, d'autant plus outré, qu'elle avoit long-tems combattu pour l'étouffer.

Le miniſtre en fut indigné: son orgueil étoit digne du poſte qu'il occupoit, et sa délicateſse sur la gloire méritoit tous les ridicules qu'on lui donnoit. Il la quitta brusquement, avec tous les beaux conseils qu'il lui avoit préparés, tenté de les porter à la Caſtelmaine, et de s'unir à ses intérêts, ou bien de quitter le parti de la cour pour déclamer en plein parlement contre les griefs de l'état, et faire paſser un acte pour la suppreſsion des maîtreſses: mais sa prudence l'emporta sur les reſsentimens; et ne songeant plus qu'à jouir délicieusement des biens de la fortune, il envoya chercher une femme en Hollande, pour mettre le comble à sa félicité.

Hamilton étoit l'homme de la cour le plus capable de réussir dans le defsein où le duc de Buckingham et mylord Arlington venoient d'échouer : Il se l'étoit mis en tête ; mais sa coquetterie naturelle vint à la traverse, et lui fit négliger le projet du monde le plus utile, pour courir inutilement après les avances et les agaceries que la comtefse de Chefterfield s'avisa de lui faire. C'étoit une des plus agréables femmes qu'on pût voir : elle avoit la plus jolie taille du monde, quoiqu'elle ne fût pas fort grande. Elle étoit blonde, et elle en avoit l'éclat et la blancheur, avec tout ce que les brunes ont de vif et de piquant. Elle avoit de grands yeux bleus, et des regards extrêmement séduisans. Ses manieres étoient engageantes, son esprit amusant et vif ; mais son cœur, toujours ouvert aux tendres engagemens, n'étoit point scrupuleux sur la conftance, ni délicat sur la sincérité. Elle étoit fille du duc d'Ormond. Hamilton étoit son cousin-germain. Ils se voyoient tant qu'ils vouloient sans conséquence ; mais dès qu'elle lui eut fait dire un mot par ses yeux, il ne songea plus qu'à lui plaire, sans se souvenir de sa légéreté, ni des obftacles qui s'opposoient à ses defseins. Celui de s'établir dans la confiance de mademoiselle Stewart ne lui fut plus de rien, comme on vient de dire ; mais elle se trouva bientôt en état de se passer des inftructions qu'on avoit prétendu lui donner pour sa conduite. Elle avoit fait tout ce qu'il falloit pour augmenter la pafsion du roi, sans intérefser sa vertu par les dernieres complaisances ; mais les emprefsemens d'un amant pafsionné,

S. Harding del.   W.N. Gardiner sculp.t

Pub.d Nov.r 1.1793, by E. & S.Harding, Pall Mall.

MISS STEWART,

AFTERWARDS DUTCHESS OF RICHMOND.

qui trouve les occasions favorables, sont difficiles à combattre, plus difficiles encore à vaincre ; et la sagefse de mademoiselle Stewart n'en pouvoit plus, lorsque la reine fut attaquée d'une fievre violente qui la mit bientôt à l'extrémité.

Ce fut alors qu'elle se sut bon gré d'une résiſtance qui ne lui avoit pas peu coûté. Mille espérances de grandeur et de gloire s'emparerent de son esprit, et les nouveaux respects, qu'on lui rendit par tout, contribuerent à les augmenter. La reine fut abandonnée des médecins : le petit nombre de Portugaises, qu'on n'avoit point renvoyées, remplifsoit la cour de cris lugubres ; et le bon naturel du roi s'attendrit par l'état où lui parut une princefse qu'il n'aimoit pas à la vérité, mais qu'il eſtimoit beaucoup. Elle l'aimoit tendrement ; et croyant lui parler pour la derniere fois, elle lui dit, que la sensibilité qu'il témoignoit pour sa mort auroit de quoi lui faire regretter la vie ; mais que n'ayant pas afsez de charmes pour mériter sa tendrefse, elle avoit du moins la consolation en mourant de faire place à quelque épouse qui en fût plus digne, et à laquelle le ciel accorderoit peut-être une bénédiction qu'il lui avoit refusée. A ces mots, elle lui arrosa les mains de quelques larmes, qu'il crut les dernieres : Il y joignit les siennes ; et sans s'imaginer qu'elle dût le prendre au mot, il la conjura de vivre pour l'amour de lui. Jamais elle ne lui avoit désobéi ; et quelque dangereux que soient les mouvemens soudains, quand on eſt entre la mort et la vie, ce transport de joie, qui lui devoit être fatal, la sauva ; et cet attendrifsement merveilleux du roi fit un effet, dont tout le monde ne loua pas également le ciel.

Il y avoit déja quelque tems que Jermyn étoit remis de ses blefsures : cependant la Caftelmaine, trouvant sa santé tout aufsi déplorable que devant, se mit inutilement en tête de ramener le cœur du roi ; car, malgré la tendrefse de ses pleurs et la violence de ses emportemens, mademoiselle Stewart le retint pour elle. Tantôt c'étoient des promenades, où les beautés de la cour, à cheval, faisoient afsaut de graces et d'attraits, quelquefois bien, quelquefois mal, mais toujours de leur mieux ; d'autres fois on voyoit sur la riviere un spectacle que la seule ville de Londres peut offrir.

La Tamife lave les bords du vafte et peu magnifique palais des rois de la Grande-Bretagne : C'étoit des degrés de ce palais que la cour defcendoit pour s'embarquer sur ce fleuve à la fin de ces jours d'été, dont la chaleur et la poufsiere ne permettent pas la promenade du parc. Un nombre infini de bateaux découverts, qui portoient tous les charmes de la cour et de la ville, faisoient cortege aux berges où étoit la famille royale. Les collations, la musique et les feux d'artifice en étoient. Le chevalier de Grammont en étoit toujours aufsi, et c'étoit un grand hasard quand il n'y mettoit pas quelque chose du sien pour surprendre agréablement par quelque trait de magnificence et de galanterie. Tantôt c'étoient des concerts entiers de voix et d'inftrumens qu'il faisoit venir de Paris à la sourdine, et qui se déclaroient inopinément au milieu de ces navigations. Souvent c'étoient des ambigus, qui partoient aufsi de France, pour enchérir au milieu de Londres sur les collations du roi. La chose étoit quelquefois au-delà de ses espérances, quelquefois elle y répondoit moins; mais il eſt conſtant qu'elle lui coûtoit toujours infiniment.

Mylord Falmouth étoit un de ceux qui avoient le plus d'eſtime et de conſidération pour lui : Cette profusion le mit en peine; et comme il alloit souvent souper avec lui sans façon, un jour qu'il y trouva Saint-Evremont seul, et un repas pour six personnes, qu'on auroit priées dans les formes : "Il ne "faut point, dit-il, s'adreſsant au chevalier de Grammont, me "savoir gré de cette visite : je viens de coucher où le dis- "cours n'a roulé que sur vous; et je vous aſsure que la ma- "niere dont le roi s'eſt expliqué sur ce qui vous regarde, ne "vous auroit pas fait le plaisir que j'en ai reſsenti. Vous sa- "vez bien qu'il y a long-tems qu'il vous offre ses bons offices "auprès du roi de France : et pour moi, poursuivit-il en "riant, vous savez bien que je l'en solliciterois, si je ne craig- "nois de vous perdre dès que votre paix seroit faite; mais, "grace à mademoiselle d'Hamilton, vous n'en êtes pas trop "preſsé. Cependant j'ai ordre du roi mon maître de vous "dire, qu'en attendant que le vôtre vous rende ses bonnes "graces, il vous donne une pension de quinze cents Jacobus : "C'eſt peu pour la figure que fait le chevalier de Grammont "parmi nous; mais ce sera, dit-il en l'embraſsant, pour lui "aider à nous donner à souper."

Le chevalier de Grammont reçut comme il devoit l'offre d'une grace qu'il ne jugea pas à propos d'accepter. " Je re- "connois, dit-il, les bontés du roi dans cette proposition; "mais j'y reconnois encore mieux le caractere de mylord Fal- "mouth; et je le supplie d'aſsurer sa majeſté que j'en ai toute

" la reconnoiſsance du monde. Le roi mon maître ne me
" laiſsera pas manquer lorsqu'il voudra bien me rappeler. En
" attendant, je vais vous faire voir de quoi donner encore
" quelques soupers à meſsieurs les Anglois."

Il fit apporter, en disant cela, son coffre-fort, et lui montra
sept à huit mille guinées du plus bel or du monde. Mylord
Falmouth, voulant mettre au profit du chevalier de Grammont le refus d'une offre si avantageuse, en fit le récit à monsieur de Comminge, alors ambaſsadeur en Angleterre ; et
monsieur de Comminge ne manqua pas de faire valoir à la
cour de France le mérite de ce refus.

Hyde-Park, comme on sait, eſt le cours de Londres : rien
n'étoit tant à la mode, dans la belle saison, que cette promenade. C'étoit le rendez-vous de la magnificence et des appas:
tout ce qui avoit de beaux yeux ou de beaux équipages, s'em-
preſsoit à ce rendez-vous ; et le roi ne s'y déplaisoit pas.

Comme il n'y avoit pas long-tems que les carroſses à glaces
étoient en usage, les dames avoient de la peine à s'y renfer-
mer : elles préféroient infiniment le plaisir d'être vues presque
toutes entieres, aux commodités des carroſses modernes. Celui qu'on avoit fait pour le roi n'avoit pas trop bon air. Le
chevalier de Grammont s'étant imaginé qu'on pouvoit inventer
quelque chose de galant qui tînt de l'ancienne mode, et qui
renchérit sur la nouvelle, fit secrétement partir Termes, avec
toutes les inſtructions néceſsaires. Le duc de Guise fut encore chargé de cette commiſsion ; et le courier, au bout d'un
mois, s'étant, par la grace de Dieu, sauvé cette fois des sa-

bles mouvans, fit pafser heureusement en Angleterre la caleche
la plus galante et la plus magnifique qu'on ait jamais vue.

Le chevalier de Grammont avoit ordonné qu'on y mît
quinze cents louis; et le duc de Guise, qui étoit de ses amis,
y en fit mettre jusqu'à deux mille, pour l'obliger. Tout la
cour fut dans l'admiration de la magnificence de ce présent;
et le roi, charmé de l'attention du chevalier de Grammont
pour les choses qui lui pouvoient être agréables, ne pouvoit
se lafser de l'en remercier; mais il ne voulut recevoir un présent de cette conséquence, qu'à condition qu'il n'en refuseroit
pas quelqu'autre de sa part.

La reine, s'imaginant que cette brillante machine pourroit
lui porter bonheur, voulut s'y faire voir la premiere, avec
madame la duchefse de York. Madame de Caftelmaine, qui
les y avoit vues, s'étant mis dans la tête qu'on étoit plus belle
dans ce carrofse que dans un autre, pria le roi de vouloir lui
prêter ce char merveilleux, pour y représenter, le premier beau
jour de Hyde Park. La Stewart eut la même envie, et le
demanda pour le même jour. Comme il n'y avoit pas moyen
de mettre ensemble deux divinités, dont la premiere union
s'étoit changée en haine mortelle, le roi fut fort embarrafsé;
car chacune y vouloit être la premiere.

La Caftelmaine étoit grofse, et menaçoit d'accoucher avant
terme, si sa rivale avoit la préférence: Mademoiselle Stewart
protefta qu'on ne la mettroit jamais en état d'accoucher si on
la refusoit: Cette menace l'emporta sur l'autre; et les fureurs
de la Caftelmaine furent telles, qu'elle en pensa tenir sa parole;

et l'on tient que ce triomphe en coûta quelque peu d'innocence à sa rivale.

La reine mere, qui, sans faire de tracafseries, ne laifsoit pas de les aimer, eut la bonté de se divertir de cet événement selon sa coutume : Elle prit occasion de faire la guerre au chevalier de Grammont, sur ce qu'il avoit jetté cette pomme de discorde parmi de telles concurrentes: Elle ne laifsa pas de lui donner, en présence de toute la cour, les louanges que méritoit un présent si magnifique : Mais d'où vient, lui dit-elle, que vous êtes ici sans equipage, vous qui faites une si grofse dépense? car on dit que vous n'avez pas seulement un laquais, et que c'eft un galopin de la rue qui vous éclaire, avec une de ces torches de poix dont ils empuantifsent toute la ville? " Madame, lui dit-il, le chevalier de Grammont " n'aime point le fafte : Mon link, dont vous parlez, eft " affectionné pour mon service ; outre que c'eft un des braves " hommes du monde. Votre majefté ne connoît pas la nation " des links : elle eft trop charmante : on ne sauroit faire un " pas la nuit qu'on n'en voie accourir une douzaine. La pre- " miere fois que je fis connoifsance avec eux, je retins tous " ceux qui m'offroient leurs services ; si bien qu'en arrivant à " Whitehall, j'en avois bien deux cents autour de ma chaise: " Le spectacle étoit nouveau ; car ceux qui m'avoient vu pas- " ser avec cette illumination avoient demandé quel enterre- " ment c'étoit. Ces mefsieurs ne laifserent pas d'entrer en " différend sur quelques douzaines de chelins que je leur avois " jettés ; et celui dont votre majefté fait mention en ayant bat- " tu trois ou quatre lui seul, je le retins pour sa valeur. Non,

QUEEN DOWAGER.

" madame, je ne compte pour rien la parade des carrofses et
" des laquais : Je me suis vu cinq ou six valets-de-chambre à
" la fois, sans avoir jamais eu de domeftiques en livrée, ex-
" cepté mon aumônier Poufsatin. Comment ! dit la reine,
" en éclatant de rire, un aumônier portant vos couleurs ! Ce
" n'étoit pas apparemment un prêtre? Pardonnez-moi, madame,
" dit-il, et le premier prêtre du monde pour la danse basque.
" Chevalier, dit le roi, je veux que vous nous contiez tout-à-
" l'heure l'hiftoire de l'aumônier Poufsatin."

CHAPITRE VIII.

" SIRE, monsieur le prince afsiégeoit Lérida : La place
" n'étoit rien ; mais dom Gregorio Brice étoit quelque chose.
" C'étoit un de ces Espagnols de la vieille roche, vaillant
" comme le Cid, fier comme tous les Gusmans ensemble, et
" plus galant que toutes les Abencerrages de Grenade. Il
" nous laifsa faire les premieres approches de sa place, sans
" donner le moindre signe de vie. Le maréchal de Gram-
" mont, dont la maxime étoit, qu'un gouverneur qui fait grand
" tintamarre d'abord, et qui brûle ses fauxbourgs pour faire
" une belle défense, la fait d'ordinaire afsez mauvaise, n'au-
" gura pas bien pour nous de la politefse de Grégoire de Brice ;
" mais monsieur le prince, couvert de gloire, et fier des cam-
" pagnes de Rocroy, de Norlingue et de Fribourg, pour in-
" sulter la place et le gouverneur, fit monter la premiere

" tranchée en plein jour par son régiment, à la tête duquel
" marchoient vingt-quatre violons, comme si c'eût été pour
" une nôce.

" La nuit venue, nous voilà tous à goguenarder; nos vio-
" lons à jouer des airs tendres, et grande chere par-tout. Dieu
" sait les brocards qu'on jettoit au pauvre gouverneur et à sa
" fraise, que nous nous promettions de prendre l'un et l'autre
" dans vingt-quatre heures. Cela se pafsoit à la tranchée,
" d'où nous entendîmes un cri de mauvaise augure, qui par-
" toit du rempart, et qui répéta deux ou trois fois: alerte à
" la muraille! Ce cri fut suivi d'une salve de canon et de mous-
" queterie; et cette salve d'une vigoureuse sortie, qui, après
" avoir culbuté la tranchée, nous mena battant jusqu'à notre
" grande garde.

" Le lendemain, Gregorio Brice envoya, par un trompette,
" des présens de glaces et de fruits à monsieur le prince, priant
" bien humblement son altefse de l'excuser s'il n'avoit point
" de violons pour répondre à la sérénade qu'il avoit eu la
" bonté de lui donner; mais que s'il avoit pour agréable la
" musique de la nuit précédente, il tâcheroit de la faire durer
" tant qu'il lui feroit l'honneur de refter devant sa place. Le
" bourreau nous tint parole; et dès que nous entendions alerte
" à la muraille, nous n'avions qu'à compter sur une sortie,
" qui nettoyoit la tranchée, combloit nos travaux, et qui tu-
" oit ce que nous avions de meilleur en soldats et en officiers.
" Monsieur le prince en fut si piqué qu'il s'opiniâtra, malgré
" le sentiment des officiers généraux, à continuer un siége,

" qui pensa ruiner son armée, et qu'il fut encore obligé de le-
" ver afsez brusquement.

   " Comme nos troupes se retiroient, dom Grégorio, bien loin
" de se donner de ces airs que prennent les gouverneurs en pa-
" reille occasion, ne fit de sortie que pour envoyer faire un com-
" pliment plein de respect à monsieur le prince. Le seigneur
" Brice partit quelque temps après pour rendre compte à Ma-
" drid de sa conduite, et pour en recevoir la récompense.
" Votre majefté sera peut-être bien aise de savoir le traitement
" qu'on fit au petit Brice, après la plus brillante action que
" les Espagnols eufsent faite de toute la guerre : On le mit à
" l'Inquisition."

   Quoi ! dit la reine mere, à l'Inquisition pour ses services !
Pas tout-à-fait pour ses services, dit-il ; mais sans égard à ses
services, on le traita comme je viens de dire, pour un petit
trait de galanterie, que je conterai tantôt au roi.

   " La campagne de Catalogne finie de cette maniere, nous
" revenions médiocrement couverts de lauriers ; mais com-
" me monsieur le prince en avoit fait provision en d'autres
" rencontres, et qu'il avoit de grands defseins en tête, il eut
" bientôt oublié cette petite disgrace : Nous ne faisions que
" goguenarder pendant le voyage : Monsieur le Prince étoit
" le premier à nous mettre en train sur son siége : Nous
" fîmes quelques couplets de ces Lérida, qui ont tant couru,
" afin qu'on n'en fît pas de plus mauvais. Nous n'y gagnâmes
" rien : nous eumes beau nous traiter cavaliérement dans nos
" chansons, on en fit à Paris, où on nous traitoit encore plus
" mal. Nous arrivâmes enfin à Perpignan un jour de fête :

" Une troupe de Catalans, qui dansoient au milieu de la rue,
" vinrent danser sous les fenêtres de monsieur le prince pour
" lui faire honneur : Monsieur Poufsatin, couvert d'un petit
" casaquin noir, dansoit au milieu de cette troupe comme un
" vrai pofsédé. Je reconnus d'abord la danse de notre pays
" aux sauts et aux bonds qu'il faisoit. Monsieur le prince fut
" charmé de sa disposition et de sa légéreté. Je le fis venir
" après la danse, et lui ayant demandé ce qu'il étoit: Prêtre,
" indigne, à votre service, monseigneur, me dit-il: Je m'appelle
" Poufsatin, et suis de Béarn: J'allois en Catalogne pour servir
" d'aumônier dans l'infanterie ; car dieu merci, je vais bien du
" pied ; mais puisque la guerre eft heureusement finie, s'il
" plaisoit à votre grandeur de me prendre à son service, je la
" suivrois par-tout, et la servirois fidélement. M. Poufsatin,
" lui dis-je, ma grandeur n'a pas besoin autrement d'aumônier ;
" mais puisque vous êtes de si bonne volonté, je veux bien
" vous prendre à mon service.

" Monsieur le prince, présent à toute cette conversation,
" fut ravi de me voir un aumônier. Comme le pauvre Pous-
" satin ètoit fort délabré, je n'eus pas le temps de le mettre en
" équipage à Perpignan ; mais lui ayant fait donner le jufte-
" au-corps d'un des laquais du maréchal de Grammont, qui
" reftoit avec l'équipage, je le fis monter derriere le carofse
" de monsieur le prince, qui mouroit de rire toutes les fois
" qu'il voyoit la mine peu orthodoxe que le petit Poufsatin
" avoit en livrée jaune.

" Dès que nous fûmes à Paris, on en fit le conte à la reine,
" qui d'abord en fut un peu surprise : Cela n'empêcha pas

" qu'elle ne voulût voir danser mon aumônier ; car en Es-
" pagne, il n'eſt pas tout-à-fait si rare de voir danser les ec-
" clésiaſtiques, que de les voir en livrée.

" Pouſatin fit des merveilles devant la reine; mais comme
" sa danse étoit un peu vive, elle ne put supporter l'odeur,
" que son agitation violente répandit dans son cabinet : Les
" dames lui demanderent quartier : Il y avoit de quoi vain-
" cre tous les parfums et toutes les eſsences dont elles étoient
" munies. Pouſatin ne laiſsa pas d'en remporter beaucoup
" de louanges, et quelques louis.

" J'obtins, au bout de quelque temps, un petit bénéfice de
" campagne pour mon aumônier, et j'ai su, depuis, que Pouſa-
" tin prêchoit avec la même légéreté dans son village, qu'il
" dansoit aux nôces de ses paroiſsiennes."

Le conte de Pouſatin divertit fort le roi : La reine ne trouva plus si mauvais qu'on l'eût mis en livrée : Le traitement
de Grégorio Brice la scandaliſa bien davantage; et voulant
juſtifier la cour d'Espagne sur un procédé qui paroiſsoit si
dur : Chevalier de Grammont, dit-elle, quelle hérésie dans
l'état vouloit introduire ce gouverneur dont vous venez de
parler ? De quel attentat contre la religion étoit-il accusé,
pour qu'on le mît à l'inquisition ? Madame, dit-il, l'hiſtoire
n'en eſt pas trop bonne à conter devant votre majeſté : C'é-
toit une petite gentilleſse d'amour, à la vérité mal placée. Le
pauvre Brice n'avoit aucune mauvaise intention : Son crime
n'auroit pas mérité le fouet dans le plus sérieux collége de
France ; puisque ce n'étoit que pour donner une preuve de

tendrefse à certaine petite Espagnolette, qui avoit les yeux
sur lui dans une occasion solemnelle.

Le roi voulut un détail précis de l'aventure; et le chevalier de Grammont satisfit à sa curiosité, dès que la reine et le
refte de la cour ne furent plus à portée de l'entendre. Il
faisoit bon l'écouter, quand il faisoit quelque récit; mais il ne
faisoit pas bon se trouver en son chemin, par la concurrence
ou par le ridicule. Il eft vrai qu'il n'y avoit que peu de gens
à la cour d'Angleterre qui eufsent alors mérité son indignation.
Le seul Rufsell étoit de temps en temps l'objet de ses railleries:
encore le traitoit-il bien doucement, en comparaison de ce
qu'il avoit coutume de faire à l'égard d'un rival.

Ce Rufsell étoit un des fiers danseurs d'Angleterre; je
veux dire, pour les contre-danses : Il en avoit un recueil de
deux ou trois cents entablature, qu'il dansoit toutes à livre
ouvert; et pour prouver qu'il n'étoit pas vieux, il dansoit
quelquefois jusqu'à extinction. Sa danse refsembloit afsez à
ses habits: il y avoit vingt ans que la mode en étoit pafsée.

Le chevalier de Grammont voyoit bien qu'il étoit fort
amoureux; et quoiqu'il vît bien aufsi qu'il n'en étoit que plus
ridicule, il ne laifsa pas de s'alarmer du defsein qu'il apprit
qu'il avoit de faire demander mademoiselle d'Hamilton; mais
il fut bientôt délivré de cette inquiétude.

Rufsell, sur le point de faire un voyage, crut qu'il étoit dans
l'ordre d'informer sa maîtrefse de ses defseins avant son départ. Le chevalier de Grammont étoit un grand obftacle aux
audiences qu'on souhaitoit d'elle; mais un jour qu'on vint le
chercher pour jouer chez madame de Caftelmaine, Rufsell prit

son temps, et s'adreſsant à mademoiselle d'Hamilton, d'un
air moins embarraſsé qu'on n'eſt d'ordinaire dans ces occasions,
il lui fit sa déclaration de cette maniere : " Je suis frere du
" comte de Bedford : Je commande le régiment des gardes :
" J'ai trois mille jacobus de rente, et quinze mille en argent
" comptant : Je viens, mademoiselle, vous les offrir avec ma
" personne.   L'un des présens ne vaut pas grande chose sans
" l'autre, j'en conviens ; c'eſt pourquoi je les mets ensemble.
" On m'a conseillé d'aller aux eaux pour un petit aſthme, qui
" vraisemblablement ne durera pas long-temps, car il y a plus
" de vingt ans que je l'ai.   Si vous me jugez digne du bon-
" heur d'être à vous, je ferai la proposition à monsieur votre
" pere, à qui je n'ai pas cru devoir m'adreſser avant que de
" savoir vos sentimens.   Mon neveu Guillaume ne sait encore
" rien de mon deſsein ; mais je crois qu'il n'en sera pas fâché,
" quoiqu'il se voie par-là fruſtré d'un bien aſsez considérable ;
" car il a beaucoup d'égards pour moi, outre qu'il s'attache
" volontiers auprès de vous, depuis qu'il s'apperçoit que je
" vous aime.   Je suis fort aise qu'il me faſse sa cour par ses
" aſsiduités ici; car il ne faisoit que dépenser son argent au-
" près de cette coquine de Midleton, au lieu qu'il ne lui en
" coûte rien à présent dans la meilleure compagnie d'An-
" gleterre."

  Mademoiselle d'Hamilton avoit eu quelque peine à s'empêcher de rire pendant cette harangue : Cependant elle lui
témoigna qu'elle étoit fort honorée de ses intentions pour
elle; encore plus obligée de ce qu'il avoit bien voulu la con-
sulter avant de les déclarer à ses parens.   " Il sera, lui dit-

" elle, afsez temps de leur en parler àvo tre retour des eaux ;
" car je ne vois pas beaucoup d'apparence qu'ils disposent de
" moi, que vous ne soyez revenu. En tout cas, si l'on me pres-
" soit beaucoup, votre neveu Guillaume aura soin de vous en
" avertir : Ainsi vous n'avez qu'à partir quand il vous plaira ;
" mais gardez-vous bien de négliger votre santé pour précipi-
" ter votre retour."

Le chevalier de Grammont apprit le détail de cette conversation, et s'en divertit le mieux qu'il put ; car il y avoit
de certaines circonftances de la déclaration qui ne laifsoient
pas de l'alarmer, malgré le ridicule des autres. Enfin, il ne
fut pas fâché de son départ : Il en reprit un ton plaisant, et
fut conter au roi la grace que Dieu lui faisoit de lui ôter un
rival si dangereux. " Il eft donc parti, chevalier ? lui dit le
" roi. Sûrement, Sire, dit-il : J'ai eu l'honneur de le voir
" embarquer dans un cocheman, avec son afthme et son équi-
" page de campagne, la perruque à calotte proprement re-
" nouée avec un ruban feuille-morte, et le chapeau ambigu,
" couvert d'un étui de toile cirée, qui lui sied à merveille.
" Ainsi, je n'aurai plus à faire qu'à Guillaume Rufsell, qu'il
" laifse résident auprès de mademoiselle d'Hamilton ; et pour
" lui, je ne le crains ni sur son compte, ni sur celui de son
" oncle : Il eft trop amoureux lui-même, pour appuyer les
" intérêts d'un autre ; et comme il n'a qu'une méthode de
" faire valoir les siens, savoir, de sacrifier le portrait ou quelques
" lettres de la Midleton, j'ai, ma foi, de quoi faire paroli de ces
" sortes de faveurs. J'avoue qu'il m'en coûte un peu.

S Harding del.?   Pub.d Dec.r 1792. by E. & S Harding Pall Mall.   E Harding sculp.

EARL of CHESTERFIELD.

" Puisque vos affaires vont si bien du côté des Ruffells, lui
" dit le roi, je veux bien vous apprendre que vous êtes délivré
" d'un autre rival beaucoup plus à craindre pour vous, s'il
" n'étoit déja marié. Mon frere eft nouvellement amoureux
" de madame de Chefterfield. Que de bénédictions à la fois!
" s'écria le chevalier de Grammont : je lui sais si bon gré de
" cette inconftance, que je le servirois de bon cœur auprès de
" sa nouvelle maîtrefse, s'il n'avoit Hamilton pour rival : Vo-
" tre majefté ne sauroit trouver mauvais que je serve le frere
" de ma maîtrefse contre le vôtre. Hamilton n'a pourtant pas
" si besoin de secours dans une affaire comme celle-ci, que le
" duc de York, lui dit le roi ; mais de l'humeur dont je con-
" nois mylord Chefterfield, il ne souffrira pas si patiemment
" que le bon Shrewsbury, qu'on se batte pour sa femme : Il
" mérite pourtant afsez la même deftinée."

Voici ce que c'étoit que ce mylord Chefterfield : Il avoit
le visage fort agréable, la tête afsez belle, peu de taille et
moins d'air : Il ne manquoit pas d'esprit : Un long séjour
en Italie lui avoit communiqué la cérémonie dans le commerce des hommes, et la défiance dans celui des femmes.
Il avoit été fort haï du roi, parce qu'il avoit été fort aimé de
la Caftelmaine : Le bruit commun étoit qu'il avoit eu ses
bonnes graces avant qu'elle fût mariée ; et comme ni l'un ni
l'autre ne s'en défendoit, on le croyoit afsez volontiers.

Il avoit recherché la fille aînée du duc d'Ormond, dans le
tems qu'il avoit l'esprit encore rempli de sa premiere pafsion :
Celle du roi pour la Caftelmaine, et l'établifsement qu'il espéroit par cette alliance, firent qu'il prefsa ce mariage avec au-

tant d'ardeur, que s'il eût été pafsionnément amoureux.   Il
avoit donc épousé madame de Chefterfield sans l'aimer, et
vécu quelque tems avec elle d'une froideur à ne pas permettre
de douter de son indifférence.   Elle étoit fine et délicate sur
le mépris : elle en fut affligée d'abord, indignée dans la suite ;
et dans le tems que son époux commençoit à lui faire voir qu'il
l'aimoit, elle eut le plaisir de lui faire voir qu'elle ne l'aimoit
plus.

Ils en étoient dans ces termes, lorsqu'elle s'avisa d'ôter Hamilton, comme elle venoit de faire son époux, à tout ce qui
lui reftoit de tendrefse pour la Caftelmaine.   La chose ne lui
fut pas difficile.   Le commerce de l'une étoit désagréable par
l'impolitefse de ses manieres, ses hauteurs à contre-temps, et
ses imaginations et inégalités perpétuelles.   La Chefterfield,
au contraire, savoit armer ses attraits de tout ce qu'il y a de
séduisant dans l'esprit d'une femme qui veut plaire : Elle
étoit, outre cela, plus à portée de lui faire des avances,
qu'à nul autre : elle logeoit chez le duc d'Ormond, à Whitehall : Hamilton, comme on a dit, y avoit les entrées libres à
toutes heures.   Son extrême froideur, ou plutôt le dégoût
qu'elle témoignoit pour les nouveaux emprefsemens de son
mari, réveillerent le penchant naturel qu'il avoit aux soupçons : Il se douta qu'elle n'avoit pu tout d'un coup pafser de
l'inquiétude à l'indifférence pour lui, sans quelque objet caché d'un nouvel entêtement ; et, selon la maxime de tous les
jaloux, il mit finement en campagne son expérience et son induftrie, pour la découverte d'une chose qui devoit troubler
son repos.

Hamilton, qui le connofsoit, se mit de son côté sur ses gardes; et plus ses affaires s'avançoient, plus il étoit attentif à lui en ôter jusqu'aux moindres soupçons : Il lui faisoit les confidences les plus belles et les moins sinceres du monde, sur sa pafsion pour la Caftelmaine; se plaignoit de ses emporte-mens, et lui demandoit à deux genoux ses conseils, pour réufsir auprès d'une personne dont lui seul avoit véritablement pofsédé les affections.

Chefterfield, que ces discours flattoient, lui promit sa pro-tection de meilleure foi qu'on ne l'avoit demandée. Hamilton n'étoit donc plus embarrafsé que de la conduite de madame de Chefterfield, de qui les gracieusetés se déclaroient un peu trop hautement à son gré. Mais tandis qu'il étoit difcré-tement occupé à régler le penchant qu'elle marquoit en sa fa-veur, et à la conjurer de tenir ses regards en bride, elle don-noit audience à ceux du duc de York ; et qui plus eft, leur fai-soit des réponses afsez favorables.

Il crut s'en appercevoir, comme tout le monde ; mais il crut que tout le monde s'y trompoit comme lui. Le moyen de croire ses yeux, sur ce que ceux de la Chefterfield sem-bloient dire à ce nouveau rival ! Il ne trouvoit pas de vraisem-blance à se figurer qu'un esprit comme le sien pût avoir du goût pour des manieres dont ils avoient mille fois ri tête à tête; mais, ce qu'il jugeoit encore moins pofsible étoit, qu'elle voulût commencer une autre aventure, sans avoir mis la der-niere main à celle où ses avances l'avoient engagée. Cepen-dant, il se mit à l'observer de plus près ; et toutes les décou-vertes qu'il fit par ses observations, lui firent voir que, si elle

ne le trompoit, elle en avoit bien envie. Il prit la liberté de
lui en dire deux mots; mais elle le prit si haut, et le traita
tellement de visionnaire, qu'il parut confus sans être convaincu. Toute la satisfaction qu'elle lui fit, fut de lui dire fiérement, qu'il méritoit que des reproches si déraisonnables fussent mieux fondés.

Mylord Chefterfield avoit pris les mêmes alarmes; et ne
doutant plus, par les observations qu'il avoit faites de son
côté, qu'il n'eût trouvé l'heureux amant qui s'étoit emparé
du cœur de sa femme, il se le tint pour dit; et sans la fatiguer
d'inutiles reproches, il ne chercha plus que de quoi la confondre, avant que de prendre son parti.

Comment, après tout, rendre raison du procédé de madame de Chefterfield, si on ne l'attribue à cette maladie de la
plupart des coquettes, qui, charmées de l'éclat, mettent tout
en usage pour enlever la conquête d'une autre, et n'épargnent
rien pour la retenir?

Mais, avant que de pafser au détail de cette aventure, jet-
tons la vue sur les fortunes galantes de son altefse, avant la
déclaration de son mariage : parlons même de ce qui préceda
cette déclaration. Il eft permis de s'écarter un peu du fil de
son récit, lorsque les faits véritables et peu connus répandent
sur la digrefsion une variété qui la rend excusable. Voyons
ce qui en arrivera.

Le mariage du duc de York, avec la fille du chancelier,
n'avoit manqué d'aucune des circonftances qui rendent les
unions de cette nature valides à l'égard du ciel : l'intention

S.Harding. Del.   Pub. June. 26, 1793 by E.& S.Harding.   F.L.Claessens Sculp.

DUTCHESS of YORK.

From the Original Picture by Sir Peter Lely.

in the Collection of his Grace the Duke of Queensbury.

de part et d'autre, la cérémonie dans les formes, les témoins, et le point efsentiel du sacrement, en avoient été.

Quoique l'épouse ne fût pas absolument belle, comme il n'y avoit rien à la cour de Hollande qui l'effaçât, le duc, dans les premieres douceurs de ce mariage, loin de s'en repentir, sembloit ne souhaiter le rétablifsement du roi, que pour le déclarer avec éclat : mais, dès qu'il se vit pofsefseur d'un rang qui touchoit de si près au trône, que la pofsefsion de mademoiselle Hyde n'avoit plus de charmes nouveaux pour lui ; que l'Angleterre, si fertile en beautés, étaloit ce qu'elle avoit de plus rare dans la cour du roi son frere ; et qu'il se voyoit l'unique exemple d'un prince, qui, d'une élévation suprême, fût defcendu si bas, il se mit à faire des réflexions. D'un côté, son mariage lui paroifsoit horriblement mal afsorti de toutes les manieres : Il se souvint que Jermyn ne l'avoit en-gagé dans un commerce avec mademoiselle Hyde, qu'après lui avoir fait voir, par certains petits exemples, la facilité d'y réus-sir : Il envisageoit son mariage comme un attentat contre le respect et l'obéifsance qu'il devoit au roi. L'indignation qu'en auroit la cour et tout le royaume s'offrit à ses yeux, avec l'im-pofsibilité d'obtenir le consentement du roi sur une chose qu'il sembloit par mille raisons être obligé de lui refuser. D'un autre côté, se présentoient les larmes et le désespoir de la pauvre Hyde ; mais plus que cela, les remords d'une con-science, dont la délicatefse commençoit dès-lors à lui vouloir du mal.

Au milieu de ces différentes agitations, il s'ouvrit à mylord Falmouth, et le consulta sur le parti qu'il devoit prendre : Il ne pouvoit mieux s'adrefser pour ses intérêts, ni plus mal pour mademoiselle Hyde. Falmouth lui soutint d'abord, non-seulement qu'il n'étoit pas marié, mais qu'il étoit impossible qu'il y eût jamais songé ; qu'un mariage étoit nul pour lui. sans le consentement du roi, quand même le parti se fût trouvé d'ailleurs sortable ; mais que c'étoit une moquerie de mettre en jeu la fille d'un petit avocat, que la faveur du roi venoit de faire pair du royaume sans noblefse, et chancelier sans capacité ; qu'à l'égard de ses scrupules, il n'avoit qu'à vouloir bien écouter des gens qui l'inftruiroient à fond de la conduite que mademoiselle Hyde avoit tenue avant qu'il la connût ; et que pourvu qu'il ne leur dît point que la chose fût déja faite, il auroit bientôt de quoi se déterminer.

Le duc de York consentit, et mylord Falmouth, ayant afsemblé son conseil et ses témoins, les mena dans le cabinet de son altefse, après les avoir inftruits de ce qu'on leur vouloit. Ces mefsieurs étoient le comte d'Arran, Jermyn, Talbot et Killegrew, tous gens d'honneur ; mais qui préféroient infiniment celui du duc de York à celui de mademoiselle Hyde, et qui de plus étoient révoltés, avec toute la cour, contre l'insolente autorité du premier miniftre.

Le duc leur dit, après une espece de préambule, que quoiqu'ils n'ignorafsent pas sa tendrefse pour mademoiselle Hyde, ils pouvoient ignorer à quels engagemens cette tendrefse l'avoit porté ; qu'il se croyoit obligé de tenir toutes les paroles qu'il avoit pu lui donner ; mais que comme l'innocence des personnes de son âge étoit exposée d'ordinaire aux médisances d'une cour, et que de certains bruits, faux ou véritables,

THE COUNTESS OF OSSORY.

From a Print after Wissing.

s'étoient répandus au sujet de sa conduite, il les prioit comme amis, et leur ordonnoit par tout ce qu'ils lui devoient, de lui dire sincérement ce qu'ils en savoient, d'autant qu'il étoit résolu de régler sur leurs témoignages, les desseins qu'il avoit pour elle. On se fit un peu tirer l'oreille d'abord, et l'on fit semblant de n'oser prononcer sur une matiere si sérieuse et si délicate; mais le duc de York ayant réitéré ses instances, chacun se mit à déduire par le menu ce qu'il savoit, et peut-être ce qu'il ne savoit pas, de la pauvre Hyde: On y joignit toutes les circonstances qu'il falloit, pour appuyer le témoignage.

Par exemple, le comte d'Arran, qui parla le premier, déposa, que dans la galerie de Hons-laerdyk, où la comtesse d'Ossory, sa belle-sœur, et Jermyn, jouoient un jour aux quilles, mademoiselle Hyde avoit fait semblant de se trouver mal, et s'étoit retirée dans une chambre au bout de la galerie; que lui, déposant, l'avoit suivie, et que lui ayant coupé son lacet, pour donner plus de vraisemblance aux vapeurs, il avoit fait de son mieux pour la secourir, ou pour la désennuyer.

Talbot dit, qu'elle lui avoit donné un rendez-vous dans le cabinet du chancelier, tandis qu'il étoit au conseil, à telles enseignes, que n'ayant pas tant d'attention aux choses qui étoient sur la table, qu'à celle qui les occupoit alors, ils avoient fait répandre toute l'encre d'une bouteille, sur une dépêche de quatre pages, et que le singe du roi, qu'on accusoit de ce désordre, en avoit été long-tems en disgrace.

Jermyn indiqua plusieurs endroits où il avoit eu des audiences longues et favorables. Cependant, tous ces chefs d'accusation ne rouloient que sur quelques tendres privautés, ou

t

tout au plus, sur ce qu'on appelle les menus plaisirs d'un commerce.

Mais Killegrew, voulant renchérir sur ces foibles dépositions, dit tout net, qu'il avoit eu l'honneur de ses bonnes graces : Il avoit l'esprit vif et badin, et savoit donner un tour agréable à ses récits, par des figures gracieuses et sensibles : Il afsura qu'il avoit trouvé l'heure du berger dans un certain cabinet conftruit au-defsus de l'eau, à toute autre fin que d'être favorable aux exprefsemens amoureux ; qu'il avoit eu pour témoins de son bonheur trois ou quatre cignes, qui pouvoient bien avoir été témoins du bonheur de bien d'autres dans ce même cabinet, vu qu'elle y alloit souvent, et qu'elle s'y plaisoit fort.

Le duc de York trouva cette dernière accusation outrée, persuadé qu'il avoit par-devers lui des preuves suffisantes du contraire : Il remercia de leur franchise mefsieurs les témoins à bonne fortune, leur imposa silence à l'avenir sur ce qu'ils venoient de lui déclarer, et pafsa dans l'appartement du roi.

Dès qu'il fut dans son cabinet, mylord Falmouth, qui l'avoit suivi, conta ce qui venoit de se pafser au comte d'Ofsory, qu'il trouva chez le roi. Ils se doutèrent bien de ce qui faisoit la conversation des deux freres, car elle fut longue. Le duc de York, en sortant, parut tellement ému, qu'ils ne douterent point que tout n'allât mal pour la pauvre Hyde. Mylord Falmouth commençoit à s'attendrir de sa disgrace, et se repentoit un peu de la part qu'il y avoit eue, lorsque le duc de York lui dit de se trouver avec le comte d'Ofsory chez le chancelier, dans une heure.

EARL of OSSORY.

Ils furent un peu surpris qu'il eût la dureté d'annoncer lui-même cette accablante nouvelle. Ils trouverent, à l'heure marquée, son altefse dans la chambre de mademoiselle Hyde : Ses yeux paroifsoient mouillés de quelques larmes, qu'elle s'efforçoit de retenir. Le chancelier, appuyé contre la muraille, leur parut bouffi de quelque chose : Ils ne douterent point que ce ne fût de rage et de désespoir. Le duc de York leur dit, de cet air content et serein dont on annonce les bonnes nouvelles : " Comme vous êtes les deux hommes de la cour que j'eflime " le plus, je veux que vous ayez les premiers l'honneur de sa- " luer la duchefse de York : la voilà."

La surprise ne servoit de rien, et l'étonnement n'étoit pas de saison dans cette conjoncture : Ils en étoient pourtant si remplis, que pour s'en cacher, ils se jetterent promptement à genoux pour lui baiser la main, qu'elle leur tendit avec autant de grandeur et de majefté, que si de sa vie elle n'eût fait autre chose.

Le lendemain la nouvelle en fut publique, et toute la cour s'emprefsa par devoir à lui témoigner des respects, qui devinrent très sinceres dans la suite.

Les petits maîtres, qui avoient déposé contre elle à toute autre intention que ce qu'ils voyoient, se trouverent fort déconcertés. Les femmes ne sont pas trop d'humeur à pardonner de certaines injures ; et quand elles se promettent le plaisir de la vengeance, elles n'y vont pas de main-morte : cependant ils n'en eurent que la peur.

La duchefse de York, inflruite de tout ce qui s'étoit dit dans le cabinet sur son chapitre, loin d'en témoigner du refsentiment, affecta de diflinguer, par toutes sortes de gracieusetés et

de bons offices, ceux qui l'avoient attaquée par des endroits si
sensibles : Jamais elle ne leur en parla que pour louer leur
zele, et pour leur dire, que rien ne marquoit plus le dévoue-
ment d'un honnête homme, que de prendre un peu sur sa
probité, pour donner aux intérêts d'un maître ou d'un ami.
Rare exemple de prudence et de modération, non-seulement
pour le sexe, mais pour ceux qui se parent le plus de philosophie dans le nôtre!

Le duc de York, ayant mis sa conscience en repos par la déclaration de son mariage, crut qu'il pouvoit donner un peu de
bon tems à son inconftance, en vertu de ce généreux effort :
Il se prit donc à ce qui se trouva d'abord sous sa main. Ce
fut madame de Carnegy, qui s'étoit trouvée sous la main de
bien d'autres : Elle étoit encore afsez belle, et sa bonté naturelle ne fit pas beaucoup languir son nouvel amant. Tout
alla le mieux du monde, pendant quelque-tems. Mylord
Carnegy, son époux, étoit encore en Ecofse ; mais, son pere
étant mort subitement, il en revint aufsi subitement, avec le
nom de Southesk, que sa femme haïfsoit, mais qu'elle prit encore plus patiemment que son retour. Il avoit eu quelque
vent de l'honneur qu'on lui faisoit pendant son absence : Il
ne voulut point faire le jaloux d'abord ; mais comme il étoit
bien aise de s'éclaircir sur la vérité du fait, il tenoit l'œil sur
ceux de sa femme. Il y avoit long-tems que les choses étoient
entre elle et le duc de York, à ne plus s'amuser à la bagatelle :
cependant, comme ce retour les obligeoit à quelques égards,
il n'alloit plus chez elle que dans les formes ; c'eft-à-dire, tou-

LADY SOUTHESK.

jours accompagné de quelqu'un, pour y donner un air de visite.

En ce tems-là Talbot revint de Portugal : Ce commerce s'etoit établi pendant son absence; et, sans savoir ce que c'étoit que madame Southesk, il apprit que son maître en étoit amoureux.

Il y fut mené, pour figurer, à quelques jours de-là : Le duc le présenta : Quelques complimens se firent de part et d'autre; après lesquels il crut devoir laiſser à son alteſse la liberté de faire le sien, et se retira dans l'anti-chambre. Cette anti-chambre donnoit sur la rue : Talbot se mit à la fenêtre pour y regarder les paſsants.

Il étoit de la meilleure volonté du monde pour ces sortes d'occasions; mais il étoit si sujet aux diſtractions et aux inadvertences, qu'il avoit laiſsé bonnement à Londres la lettre de complimens, dont le duc l'avoit chargé pour l'infante de Portugal, et ne s'en étoit apperçu que dans le tems qu'on le menoit à son audience.

Il étoit donc en sentinelle, comme nous avons dit, fort attentif à ses inſtructions, lorsqu'il vit arrêter un carroſse à la porte, sans s'en mettre en peine, et moins encore d'un homme qu'il en vit sortir, et qu'il entendit bientôt monter.

Le diable, qui ne devroit pas être malin dans ces rencontres, lui amenoit mylord Southesk en personne. On avoit eu soin de renvoyer l'équipage de son alteſse, parce que la Southesk avoit aſsuré que son époux étoit allé faire un tour aux dogues, aux ours, et aux taureaux : spectacles qui l'amusoient agréablement, et dont il ne revenoit d'ordinaire que fort tard. Il

n'eut garde de s'imaginer qu'il y eût si bonne compagnie au
logis, n'y voyant aucun carroſse; mais s'il fut d'abord surpris
de voir Talbot tranquillement aſsis dans l'anti-chambre de sa
femme, son étonnement ne dura guere. Talbot ne l'avoit
point vu depuis qu'on étoit revenu de Flandre; et sans s'imaginer qu'il eût changé de nom: " Eh, bon jour, Carnegy,
" bon jour, mon gros cochon, lui dit-il en lui tendant la main:
" d'où diable sors-tu, qu'on ne t'a point vu depuis Bruxelles?
" Que viens-tu faire ici? N'en voudrois tu point auſsi à la
" Southesk? Si cela eſt, mon pauvre ami, tu n'as qu'à tirer
" pays; car je t'apprends que le duc de York en eſt amoureux,
" et je te veux bien confier, qu'à l'heure que je te parle, il eſt
" là-dedans, qui lui en dit deux mots."

Southesk interdit, comme on peut se l'imaginer, n'eut pas
le tems de répondre à ces belles queſtions. Talbot le mit
dehors comme son ami; et comme son serviteur, lui conseilla
de chercher fortune ailleurs. Southesk, ne sachant rien de
mieux à faire pour lors, remonta dans son carroſse; et
Talbot, charmé de l'aventure, mouroit d'envie que le duc sor-
tît pour lui en faire le récit: Mais il fut bien surpris de trouver
que le conte n'avoit plus rien de plaisant pour ceux qui y étoient de quelque chose; sur-tout il trouva fort mauvais, que cet
animal de Carnegy n'eût changé de nom, que pour s'attirer
la confidence qu'il venoit de lui faire.

Cet incident rompit un commerce auquel le duc de York
n'eut pas grand regret: et bien lui prit de son indifférence;
car, le traître Southesk se mit à preparer une vengeance, par
laquelle, sans employer le fer ni le poison, il eut tiré quelque

Pub.ᵈ Dec.ᵉ 1792. by E. & S. Harding. Pall Mall.

F. Bartolozzi Esq.ʳ R.A. sculp.ᵗ

LADY ROBARTS.

S.Harding del.   W.N Gardiner sculp.

LORD ROBARTS,

afterwards

EARL of RADNOR.

satisfaction de ceux qui l'avoient offensé, pour peù que leur intrigue eut encore duré.

Il chercha dans les lieux les plus infames le mal le plus infame qu'ils puſſent fournir, et le trouva ; mais sans etre vengé qu'à demi; car, apres avoir páſſé par les remedes extremes pour s'en defaire, madame sa femme ne fit que lui rendre son present, n'ayant plus de commerce avec celui pour lequel on l'avoit induſtrieusement preparé.

Madame Robarts brilloit en ce tems-là. Sa beauté frappoit d'abord ; cependant, avec tout l'éclat des plus vives couleurs ; avec tout celui de la jeuneſſe ; avec tout ce qui rend une femme ragoutante, elle ne touchoit pas. Le duc de York n'auroit pas laiſſé d'y trouver son compte, si des difficultés presqu' invincibles n'euſſent fait echouer ses bonnes intentions pour elle. Mylord Robarts, mari de la belle, etoit un vieux sacripante, incommode et reveche au poſſible, amoureux à la desesperer ; et, pour surcroït de malediction, resident perpetuel auprès de sa personne.

Elle s'apperçut de l'attention que son alteſſe avoit pour elle, et laiſſa voir qu'elle etoit aſſez portée à la reconnoiſſance. Cela redoubla les empreſſemens et toutes les marques de tendreſſe qu'il put lui donner de loin ; mais l'eternel Robarts redoublant de vigilance et d'aſſiduité à mesure que les approches se faisoient, on eut recours à tout ce qui pouvoit le rendre traitable. On tacha de l'emouvoir par l'avarice et l'ambition: Des personnes qui avoient part à sa confiance lui dirent, qu'il ne tiendroit qu'à lui que madame Robarts, si digne d'etre à la cour, n'y fut reçue dans un poſte considerable auprès de la

reine ou de la duchefse. On le sonda sur un gouvernement
dans sa province : on lui proposa de vouloir bien se charger
du bien que le duc de York avoit en Irlande, dont on lui laifsoit la disposition absolue, moyennant qu'il partit en diligence
pour n'y refter qu'autant qu'il le jugeroit à propos.

Il entendit parfaitement ce que vouloient dire ces propositions : il en comprit tout l'avantage ; mais l'ambition et l'avarice eurent beau le tenter, il ne les ecouta pas, et jamais le
maudit vieillard ne voulut etre cocu. Ce n'eft pas toujours
l'aversion ni la peur qu'on en a qui garantifsent de la deftinée :
Le vilain le savoit à merveille : C'eft pourquoi, sous pretexte
d'un pelerinage à Sainte Winyfrede, vierge et martyre, qui
communiquoit la fecondité aux femmes, il n'eut point de repos qu'il n'eut mis les plus hautes montagnes du pays de Galles
entre la sienne et le defsein qu'on avoit eu de faire ce miracle
à Londres après son depart.

Le duc fut quelque tems occupé des seuls plaisirs de la
chafse, ou du moins ce ne fut que par des amusemens pafsagers
qu'il donna dans ceux de l'amour ; mais ces gouts s'etant pas-
sés avec le souvenir de madame Robarts, ses regards et ses
voeux se tournerent vers mademoiselle Brook ; et ce fut au
fort de cette poursuite que madame de Chefterfield se mit
d'elle-même entre ses mains, comme nous allons dire en reprenant la suite de son hiftoire.

Le comte de Briftol, ambitieux et toujours inquiet, avoit
efsayé toutes sortes de moyens pour se mettre en crédit auprès
du roi. Comme c'étoit ce même Digby, dont Bufsy fait
mention dans ses annales, il suffira de dire, qu'il n'avoit pas

GEORGE LORD DIGBY,

EARL OF BRISTOL.

S.Harding del. Pub.d April 30.th by S.Harding. N.o 102 Pall Mall.

MISS BROOKS, afterwards LADY WHITMORE.

changé de caractere: il savoit que l'amour et les plaisirs gou-
vernoient un maître qu'il gouvernoit à l'exclusion du chancelier; ainsi c'étoit fêtes sur fêtes chez lui: le luxe et la délicatefse
regnoient dans ces repas nocturnes, qui sont l'enchâinement
des autres voluptés. De tous ces repas étoient mesdemoiselles
Brook, ses parentes: Elles étoient toutes deux faites pour
donner de l'amour, et pour en prendre. C'étoit bien ce qu'il
falloit au roi. Briftol voyoit les choses en train de lui donner
bonne opinion de son projet; mais la Caftelmaine, nouvellement en pofsefsion de toute la tendrefse du roi, ne fut pas
d'humeur alors de la partager avec une autre, comme elle fit
sottement depuis, en méprisant mademoiselle Stewart. Dès
qu'elle eut le vent de ces menées, sous prétexte de vouloir
être de toutes les parties, elle les troubla. Le comte de
Briftol n'eut qu'à rengaîner ses defseins, et mademoiselle
Brook ses avances: Le roi n'osoit plus y songer; mais monsieur son frere voulut bien se charger de son refus; et mademoiselle Brook accepta l'offre de son cœur, en attendant qu'il
plût au ciel de disposer autrement d'elle: ce qui arriva bientôt de cette maniere.

Le chevalier Denham, comblé de richefses aufsi bien que d'années, avoit pafsé sa jeunefse au milieu de tous les plaisirs, que
sans scrupule on se permet à cet âge. C'étoit un des plus
beaux génies que l'Angleterre ait produits pour les ouvrages
d'esprit: Satyrique et goguenard dans ses poésies, il n'y pardonnoit, ni aux froids écrivains, ni aux maris jaloux, ni à l'é-
pouse: Tout y respiroit les bons mots et les contes agréables;
mais sa raillerie la plus fine et la plus piquante rouloit d'ordi-

u

naire sur les aventures du mariage; et, comme s'il eût voulu soutenir la vérité de ce qu'il en avoit écrit dans sa jeuneſse, il prit pour femme, à l'âge de soixante et dix-neuf ans, cette mademoiselle Brook dont nous parlons, qui n'en avoit que dix-huit.

Le duc de York l'avoit un peu négligée quelque tems auparavant; mais les circonſtances d'un mariage si mal aſsorti réveillerent ses empreſsements: Elle, de son côté, lui laiſsa concevoir des espérances prochaines d'un bonheur, auquel mille égards s'étoient opposés avant son mariage: Elle vouloit être de la cour; et, pour la promeſse qu'elle exigeoit d'être dame du palais de la duchefse, elle étoit sur le point de lui en faire une autre, ou de payer comptant, lorsque la Chesterfield, au milieu de ce traité, fut tentée par son mauvais deſtin de lui ôter son amant, pour inquiéter tant de monde.

Cependant, comme elle ne pouvoit voir le duc qu'aux assemblées publiques, il falloit de néceſsité qu'elle y fît de grands frais en avances, pour le séduire; et comme c'étoit le lorgneur le moins circonspect de son tems, toute la cour fut inſtruite d'un commerce à peine ébauché.

Ceux qui parurent les plus attentifs à leur conduite n'étoient pas les moins intéreſsés: Hamilton et mylord Chesterfield les observoient de près; mais la Denham, piquée de ce qu'on avoit couru sur son marché, prit la liberté de se déchaîner de toute sa force contre sa rivale. Hamilton s'étoit flatté jusques-là, que la vanité seule intéreſsoit le cœur de madame de Chesterfield dans cette aventure; mais il fut bientôt détrompé: de quelque indifférence qu'elle eût d'abord donné dans cette in-

FRANCESCO CORBETTA.

trigue, elle n'en sortit pas de même. On fait souvent plus
de chemin qu'on ne veut, quand on se permet des agaceries
qu'on croit sans conséquence: Le cœur a beau n'y pas avoir
de part au commencement ; il n'eſt pas sûr qu'il n'en prenne
dans la suite.

Tout respiroit à la cour, comme on l'a déja dit, les jeux,
les plaisirs, et tout ce que les penchans d'un prince tendre et
galant inspirent de magnificence et de politeſse : Les beautés
vouloient charmer, et les hommes ne cherchoient qu'à plaire.
Chacun enfin faisoit valoir ses talens le mieux qu'il pouvoit:
Les uns se signaloient par la danse ; d'autres par l'air et la
magnificence ; quelques-uns par l'esprit; beaucoup par la tendreſse, et peu par la conſtance. Il y avoit un certain Italien à
la cour, fameux pour la guitare : Il avoit du génie pour la
musique ; et c'eſt le seul qui de la guitare ait pu faire quelque
chose ; mais sa composition étoit si gracieuse et si tendre,
qu'il auroit donné de l'harmonie au plus ingrat de tous les inſtru-
ments. La vérité eſt que rien n'étoit plus difficile que de jouer
à sa manière : Le goût du roi pour ses compositions avoit tellement mis cet inſtrument à la mode, que tout le monde en
jouoit bien ou mal ; et sur la toilette des belles, on étoit auſsi
sûr de voir une guitare, que d'y trouver du rouge et des
mouches. Le duc de York en jouoit paſsablement, et le
comte d'Arran, comme Francisco lui-même : Ce Francisque
venoit de faire une sarabande, qui charmoit ou désoloit tout le
monde ; car toute la guitarerie de la cour se mit à l'apprendre ; et dieu sait la raclerie universelle que c'étoit ! Le duc
de York prétendoit ne la pas bien savoir, et pria mylord Arran

de la jouer devant lui.   Madame de Chefterfield avoit la meilleure guitare d'Angleterre : Le comte d'Arran, qui vouloit
jouer de son mieux, mena son altefse à l'appartement de madame sa sœur : Elle étoit logée à la cour, chez le duc d'Ormond son pere, et cette merveilleuse guitare y logeoit avec
elle.   Je ne sais si la chose avoit été concertée; mais il eft
certain qu'ils trouverent la dame et la guitare au logis : Ils y
trouverent aufsi mylord Chefterfield, tellement effrayé de cette
visite inopinée, qu'il fut quelque tems avant que de songer à
se lever, pour la recevoir avec le respect qu'il lui devoit.

La jalousie lui monta d'abord à la tête, comme une vapeur
maligne : Mille soupçons plus noirs que l'encre s'emparerent
de son imagination : Ils ne firent que croître et embellir; car,
tandis que le frere jouoit de la guitare, la sœur jouoit de la
prunelle, comme s'il n'y eût point eu d'ennemi en campagne.
Cette sarabande fut répétée plus de vingt fois : Le duc afsura
qu'on ne pouvoit mieux jouer : La Chefterfield se récria sur
la piece; mais son époux, qui vit bien que c'étoit à lui qu'on
la jouoit, la trouva déteftable.   Cependant, quoiqu'il souffrît
mort et pafsion de ce qu'il falloit se contraindre, tandis qu'on
se contraignoit si peu devant lui, il étoit résolu de voir à quoi
cette visite aboutiroit; mais il n'en fut pas le maître.   Comme
il avoit l'honneur d'être chambellan de la reine, on lui vint
dire qu'elle le demandoit : Son premier mouvement fut de
dire qu'il étoit malade : le second, de croire que la reine, qui
l'envoyoit chercher si mal-à-propos, étoit du complot : Enfin,
après toutes les extravagantes idées d'un homme soupçonneux,

et toutes les irrésolutions d'un jaloux rétif dans le péril, il
fallut partir.

Il étoit de la plus jolie humeur du monde en arrivant chez
la reine.   Les alarmes sont pour les jaloux ce que les désaſtres
sont pour les malheureux : Ils arrivent rarement seuls, et ne
ceſsent jamais de persécuter.   Il apprit qu'on l'avoit mandé
pour une audience que la reine donnoit à sept ou huit ambassadeurs de Moscovie.   A peine commençoit-il à maudire les
Moscovites, que son beau-frere parut, et s'attira toutes les imprécations qu'il donnoit à l'ambaſsade : Il ne douta plus qu'il
ne fût d'intelligence avec ceux qu'il venoit de laiſser ensemble; et, dans son cœur, il lui en sut le gré que méritoit ce bon
office.   Il eut bien de la peine à s'empêcher de lui témoigner
sur le champ ce qu'il pensoit d'une telle conduite : Il ne crut
pas qu'il fût besoin d'autre preuve du commerce de sa femme,
que ce qu'il venoit de voir ; mais, avant la fin de ce même
jour, il trouva de quoi se persuader qu'on avoit profité de son
absence, et de l'honnêteté de son officieux beau-frere.   Il
paſsa tranquillement cette nuit; et comme il falloit ou crever,
ou communiquer ses chagrins et ses conjectures, il ne fit que
rêver et se promener le lendemain jusqu'à l'heure du Park : Il
fut à la cour; il cherchoit quelqu'un, et s'imaginoit qu'on de-
vinoit le sujet du trouble qui l'agitoit : Il évitoit tout le
monde; mais à la fin Hamilton se trouvant sur son chemin, il
crut que c'étoit ce qu'il lui falloit: l'ayant prié qu'ils puſsent
faire un tour de promenade ensemble à Hyde-Park, il le prit
dans son carroſse, et ils arriverent au cours en grand silence
de part et d'autre.

Hamilton, qui le vit tout jaune et tout rêveur, s'imagina qu'il ne venoit que de s'appercevoir de ce que tout le monde voyoit depuis long-tems. Chefterfield, après un petit préambule qui ne fignifioit pas grand'chose, lui demanda comme ses affaires alloient auprès de madame de Caftelmaine. Hamilton, qui vit bien que cette queftion n'alloit pas au fait, ne laiſſa pas de l'en remercier ; et comme il méditoit quelque réponse : " Madame votre cousine, lui dit Chefterfield, eft ex-
" trêmement coquette, et il ne tiendroit qu'à moi de croire
" qu'elle n'eft pas extrêmement sage." Hamilton trouva ce dernier article un peu fort ; et s'étant mis à le réfuter : " Mon
" dieu, lui dit mylord Chefterfield, vous voyez, aufsi bien que
" toute la cour, les airs qu'elle se donne : Les maris sont tou-
" jours les derniers à qui l'on parle de ce qui les regarde ;
" mais ils ne sont pas toujours les derniers à s'en appercevoir.
" Je ne suis pas surpris, que m'ayant fait d'autres confidences,
" vous m'ayez caché celle-là ; mais, comme je me flatte de
" quelque part dans votre eftime, je serois fâché que vous
" cruſsiez que je suis afsez sot pour ne rien voir, quoique je
" sois afsez honnête pour ne rien dire. Cependant on outre
" tellement les choses, qu'il faut à la fin prendre un parti :
" Dieu me préserve de faire le jaloux, le personnage eft
" odieux ; mais aufsi je ne prétends pas qu'une patience ridi-
" cule me rende la fable de la ville : Soyez donc juge par les
" choses que je vais vous dire, si je dois m'armer d'indolence,
" ou si je dois prendre des mesures pour m'en garantir.

" Son alteſse me fit hier l'honneur de venir voir ma femme.
" Hamilton treſsaillit à ce début. Oui, poursuivit l'autre, elle

Harding del.ᵗ   W.ᴺ Gardiner sculp.ᵗ

ELIZABETH BUTLER,

COUNTESS of CHESTERFIELD.

" se donna cette peine, et monsieur d'Arran prit celle de nous
" l'amener. N'admirez-vous pas qu'un homme de sa nais-
" sance fasse un tel personnage? Quelle fortune peut-il es-
" pérer auprès de celui qui l'emploie à ces indignes services?
" Mais il y a long-tems que nous le connoissons pour la plus
" pauvre espece d'Angleterre, avec sa guitare et ses autres
" nigauderies." Chesterfield, après cette légere ébauche du
mérite de son beau-frere, se mit à conter les observations qu'il
avoit faites pendant sa visite, et lui demanda ce qu'il croyoit
de son cousin d'Arran, qui les avoit si bonnement laissés ensemble. " Cela vous surprendra donc?" poursuivit-il: " Or,
" écoutez si j'ai raison de croire que la fin de cette belle visite
" se soit passée dans la derniere innocence. Madame de
" Chesterfield est aimable, il en faut convenir; mais il s'en
" faut beaucoup qu'elle soit aussi merveilleuse qu'elle se l'ima-
" gine. Vous savez qu'elle a le pied vilain; mais vous ne sa-
" vez pas qu'elle a la jambe encore plus vilaine. Pardonnez-
" moi, disoit Hamilton, en lui-même. Et l'autre continuant
" sa description, elle l'a grosse et courte, poursuivit-il; et
" pour diminuer ces défauts, autant que cela se peut, elle ne
" porte presque que des bas verds." Hamilton ne pouvoit de-
viner à quoi diable tout cela visoit; et Chesterfield devinant
sa pensée: " Donnez-vous un peu de patience, lui dit-il, je
" me trouvai hier chez mademoiselle Stewart, après l'audience
" de ces damnés Moscovites: Le roi venoit d'y arriver; et
" comme si le duc eût juré de me poursuivre par-tout, ce
" jour-là, il vint un moment après: La conversation roula
" sur la figure extraordinaire des ambassadeurs: Je ne sais où

" ce fou de Crofts avoit pris que les Moscovites avoient tous
" de belles femmes, et que leurs femmes avoient toutes la
" jambe belle. Le roi soutint qu'il n'y en avoit point de si
" belle que celle de mademoiselle Stewart : Elle, pour sou-
" tenir la gageure, se mit à la montrer jusqu'au-defsus du ge-
" nou. On étoit prêt de se profterner pour en adorer la
" beauté ; car effectivement, il n'y en a point de plus belle :
" Mais le duc tout seul se mit à la critiquer. Il soutint qu'elle
" étoit trop menue, et prononça qu'il n'y avoit rien de tel
" qu'une jambe plus grofse et moins longue ; et conclut enfin
" qu'il n'y avoit point de salut pour une jambe sans bas verds.
" C'étoit, selon moi, déclarer qu'il en venoit de voir, et qu'il
" en avoit encore la mémoire toute fraîche."

Hamilton ne savoit quelle contenance tenir, pendant un
récit qui lui donnoit à-peu-près les mêmes conjectures : Il
haufsa les épaules, en disant foiblement, que les apparences
étoient souvent trompeuses ; que madame Chefterfield avoit
la foiblefse de toutes les belles, qui croient que leur mérite
s'établit sur le nombre des adorateurs, et que quelques airs
qu'elle se fût imprudemment donnés, pour ne pas rebuter son
altefse, il n'y avoit pas d'apparence qu'elle voulût consentir à
de plus grandes complaisances pour l'engager. Il avoit beau
donner des consolations qu'il ne sentoit pas : Chefterfield vit
bien qu'il ne pensoit rien moins que ce qu'il disoit ; mais il lui
sut bon gré de la part qu'il lui voyoit prendre à ses intérêts.

Hamilton eut hâte de se trouver chez lui pour écrire pis
que pendre à madame sa cousine : Le ftyle de ce billet ne res-
sembloit en rien à celui des premiers qu'il lui avoit écrits : Les

reproches, l'aigreur, la tendresse, les menaces, et tout l'attirail d'un amant qui croit gronder avec raison, composoient cette épître : Il fut la rendre en main propre, de peur d'accident.

Jamais elle ne lui parut si belle que dans ce moment, et jamais ses yeux ne lui témoignerent tant de bonne volonté. Son cœur en fut attendri; mais il ne voulut pas perdre les jolies choses qu'il avoit mises dans sa lettre. Elle lui serra la main en la recevant. Cette action acheva de le désarmer. Il eût donné toutes choses pour ravoir cette lettre. Il lui sembloit dans ce moment qu'il n'y avoit pas un mot de vrai dans tout ce qu'il lui reprochoit : Son mari lui parut un visionnaire, un imposteur, et rien moins que ce qu'il avoit cru quelques momens auparavant; mais ces remords venoient un peu tard: il venoit de rendre son billet; et la Chesterfield avoit marqué tant d'impatience et d'empressement de trouver un moment pour le lire, après l'avoir reçu, que tout sembloit la justifier et le confondre. Elle se défit tellement quellement d'une visite sérieuse qui l'afsiégeoit, pour pafser dans son cabinet. Il se crut trop coupable pour oser attendre son retour : Il sortit avec la compagnie; mais il n'osa jamais se présenter devant elle le lendemain pour avoir une réponse à sa lettre. Il la rencontra pourtant à la cour, et ce fut la premiere fois depuis leur commerce, qu'il ne l'avoit point cherchée. Il se tenoit à l'écart, n'osoit lever les yeux sur elle, et paroifsoit d'un embarras à faire rire, ou à faire pitié, lorsque s'étant approchée de lui : " N'eft-il pas vrai, dit-elle, que vous voilà dans la " situation du monde la plus sotte, pour un homme d'ésprit ? " vous voudriez n'avoir point ecrit: vous voudriez une ré-

" ponse : vous n'en espérez pas ; cependant, vous la souhaitez
" et la craignez également : Je vous en ai pourtant fait une."
Elle n'eut que le tems de lui dire ces trois ou quatre mots ;
mais ce fut d'un air et d'un regard à lui faire croire que c'étoit
Vénus avec toutes ses graces qui venoit de lui parler. Il
étoit auprès d'elle quand le jeu de la reine commença. Elle
s'y mit. Il étoit en peine de savoir quand, ou par où sortiroit
cette réponse, lorsqu'elle le pria de vouloir bien mettre quelque part ses gants et son éventail : Il les reçut avec le billet
dont il étoit queftion. Il n'avoit rien trouvé de sévere ni d'ennemi dans le discours qu'elle lui avoit tenu ; c'eft pourquoi il
se hâta d'ouvrir son billet : voici ce qu'il y trouva.

" Vos emportemens sont si ridicules, que c'eft vous faire
" grace que de les attribuer à un excès de tendrefse, qui vous
" tourne la tête. Il faut avoir bien envie d'être jaloux, pour
" le devenir de celui dont vous me parlez. Bon Dieu ! quel
" amant, pour donner de l'inquiétude à un homme d'esprit ;
" et quel esprit, pour s'être emparé du mien ! N'avez-vous
" point de honte de donner dans les visions d'un jaloux, qui
" n'a rapporté que cela d'Italie ! La fable des bas verds,
" qui s'eft trouvée l'objet de ses caprices, vous a pu séduire
" par des circonftances si pitoyables ! Que ne s'eft-il vanté,
" dans les confidences qu'il vous a faites, d'avoir mis en pieces
" ma pauvre guitare ! Cet exploit vous auroit peut être plus
" convaincu que tout le refte : Rentrez en vous-même ; et si
" vous m'aimez, louez la fortune de ce qu'une jalousie si mal
" fondée détourne l'attention qu'on devroit avoir sur mes sen-

" timens pour l'homme le plus aimable et le plus dangereux
" de la cour."

Hamilton pensa pleurer de tendrefse à ces marques d'une
bonté dont il se croyoit indigne : Il ne se contenta pas de
porter la bouche avec transport sur toutes les parties de ce
billet : il baisa trois ou quatre fois ses gants et son éventail.
Le jeu fini, la Chefterfield les reçut de ses mains, et lut dans
ses yeux toute la joie que son billet avoit répandue dans son
ame. Il n'avoit garde de se contenter de ce que les regards
avoient pu lui marquer : il courut chez lui, pour lui en écrire
quatre fois autant.

Que cette lettre fut différente de l'autre ! Peut-être ne va-
loit-elle pas tant ; car on n'a pas tant d'esprit quand on demande pardon que quand on offense ; et il s'en faut bien que
le ftyle des douceurs soit aufsi touchant, dans une lettre, que
celui des invectives. Quoi qu'il en soit, sa paix fut faite : leur
intelligence devint plus vive après cette querelle ; et la Chesterfield, pour le rendre aufsi tranquille qu'il avoit été défiant,
se paroit à tous momens d'un feint mépris pour son rival, et
d'une aversion sincere pour son mari.

La confiance qu'il en prit fut telle, qu'il consentit qu'elle
donneroit au public quelques apparences en faveur du duc,
pour sauver celles de leur commerce secret. Ainsi, rien ne
troubloit le repos de son cœur, que l'impatience de trouver
une occasion favorable pour mettre le comble à ses vœux.
Il lui sembloit qu'il ne tenoit qu'à elle de la faire naître : Elle
s'en défendoit par les obftacles dont elle faisoit le dénombre-

ment, et qu'elle ne demandoit pas mieux que de lui voir lever avec toute son induſtrie et tous ses emprefsemens.

Cela lui fermoit la bouche; et, tandis qu'il y travailloit, et qu'il étoit dans l'admiration comment deux personnes, qui se vouloient tant de bien, et qui étoient d'accord, ne pouvoient parvenir qu'aux souhaits, la fortune fit éclater une aventure imprévue, qui ne lui permit plus de douter, ni du bonheur de son rival, ni des perfidies de sa maîtrefse.

Les revers de la fortune épargnent souvent lorsqu'on craint le plus ; et souvent ils accablent lorsqu'on les mérite et qu'on les prévoit le moins. Hamilton étoit au milieu de la lettre la plus tendre et la plus pafsionnée qu'il eût jamais écrite à madame de Chefterfield, lorsque son mari vint lui annoncer les particularités de cette derniere découverte. Il n'eut que le temps de cacher cet ouvrage galant parmi d'autres papiers, tant on étoit venu dans sa chambre avec précipitation. Il avoit encore le cœur et l'esprit si remplis de ce qu'il écrivoit à madame de Chefter-field, que son mari fut d'abord mal reçu dans ses accusations; outre qu'il arrivoit mal-à-propos à son gré, de toutes les fa-çons : Il fallut pourtant l'écouter, et le premier moment d'at-tention lui fit bien changer de sentiment. Il ouvroit de grands yeux à mesure qu'on lui contoit des circonſtances d'une indis-crétion si outrée, qu'elles lui paroifsoient incroyables, malgré les particularités du fait. " Vouz avez raison d'en être sur-" pris, lui dit Chefterfield en finifsant ; mais pour peu que " vous doutiez de ce que je viens de dire, il ne vous sera pas " difficile de trouver des témoins pour le confirmer : car la " scene de ces tendres familiarités n'a pas été moins publique

Harding Del.   La Coube Sculp.

Pall Mall, Pub. Jan 20.1793. by E.& S.Harding.

MISS BROOK afterwards LADY DENHAM

" que l'eſt la chambre où l'on joue chez la reine ; et cette cham-
" bre étoit alors, Dieu merci, honnêtement remplie de monde.
" La Denham s'eſt apperçue la premiere de ce qu'ils croyoient
" finement cacher dans la foule. Vous jugez bien comme la
" Denham a tenu le cas secret : La vérité eſt qu'elle s'eſt
" adreſſée à moi tout le premier, comme j'entrois, pour me
" dire d'avertir ma femme, que d'autres pourroient s'apperce-
" voir de ce qu'il ne tenoit qu'à moi d'aller voir.

" Madame votre cousine jouoit, comme je vous ai dit : Le
" duc étoit afsis auprès d'elle. Je ne sais ce que sa main étoit
" devenue ; mais je sais bien qu'il s'en falloit jusqu'au coude
" qu'on ne lui vît le bras tout entier. J'étois derriere eux, dans
" la place que la Denham venoit de quitter. Il me vit en se
" retournant, et fut si troublé de ma présence, qu'il pensa
" déshabiller madame de Cheſterfield en retirant sa main. Je
" ne sais s'ils se sont apperçus qu'on les ait découverts ; mais
" je sais bien que madame Denham mettra bon ordre que per-
" sonne ne l'ignore. Je vous avoue, que je suis dans un em-
" barras que je ne puis vous exprimer. Je ne balancerois pas
" à prendre mon parti, si les reſsentimens m'étoient permis
" contre celui qui m'outrage. Pour elle, je saurois bien m'en
" faire raison, si, toute indigne qu'elle eſt d'aucun ménage-
" ment, je n'avois des égards pour une famille illuſtre, qu'un
" éclat digne d'une telle injure mettroit au désespoir. Vous
" y avez par-là quelque intérêt : vous êtes de mes amis, et je
" vous ouvre mon cœur sur la chose du monde la plus délicate.
" Voyons donc ensemble ce que je dois faire dans une occa-
" sion si désagréable."

Hamilton, plus interdit et plus confondu que lui, n'étoit pas trop en état de lui donner des conseils : Il n'écoutoit que la jalousie, et ne respiroit que la vengeance. Mais ces mouvemens s'étant un peu calmés sur l'espoir qu'il y avoit de la calomnie, ou du moins de l'exagération, dans ce que l'on imputoit à la Chefterfield, il pria son mari de suspendre ses résolutions, jusqu'à ce qu'il fût plus amplement informé du fait : Il l'afsura pourtant, s'il trouvoit que les choses fufsent comme il venoit de le dire, qu'il fermeroit les yeux à tous autres intérêts que les siens.

Ils se séparerent là-defsus ; et, dès les premieres enquêtes, Hamilton trouva presque tout le monde inftruit d'une aventure à laquelle chacun ajoutoit quelque chose en la contant. Le dépit et le refsentiment s'allumoient dans son cœur, à mesure que toute sa tendrefse pour elle s'y éteignoit.

Il ne tenoit qu'à lui de la voir, pour lui faire tous les reproches qu'on eft prefsé de faire dans ces occasions ; mais il étoit trop en colere pour en donner des marques qui eufsent attiré quelque éclaircifsement : il se considéroit comme le seul qui fût véritablement outragé dans cette aventure, ne comptant pour rien l'injure d'un époux, en comparaison de celle d'un amant.

Il courut chez mylord Chefterfield, dans le transport qui l'aveugloit, et lui dit, qu'il en avoit afsez appris pour lui donner enfin un conseil qu'il suivroit lui-même en cas pareil ; qu'il n'y avoit plus à balancer, s'il vouloit sauver une femme si fortement prévenue, et qui peut-être n'avoit pas encore perdu toute son innocence, en perdant toute sa raison ; qu'il falloit

inceſsamment la mener à la campagne, et que, pour ne lui
pas donner le tems de se reconnoître, le plutôt seroit le
mieux.

Mylord Cheſterfield n'eut pas de peine à suivre un conseil
qu'il avoit déja regardé comme le seul qu'on lui pût donner en
ami ; mais sa femme, qui ne se doutoit pas encore qu'on eût
fait cette nouvelle découverte sur sa conduite, crut qu'il se
moquoit lorsqu'il lui dit qu'il falloit se préparer à partir pour
la campagne dans deux jours : elle se l'imagina d'autant
plus, qu'on étoit au cœur d'un hiver extrêmement rude ;
mais elle s'apperçut bientôt que c'étoit tout de bon : elle
connut, à l'air et aux manieres de son mari, qu'il croyoit avoir
quelque sujet bien fondé de la traiter avec cette hauteur ; et,
voyant tous ses parens froids et sérieux sur les plaintes qu'elle
leur en fit, elle n'espéra plus, dans cet abandonnement universel, qu'en la tendreſse d'Hamilton : Elle comptoit bien qu'elle
seroit éclaircie par lui d'un malheur, dont elle ignoroit la
cause, et que sa paſsion trouveroit enfin un moyen de rompre
un voyage, dont elle se flattoit qu'il seroit encore plus outré
qu'elle ; mais c'étoit s'attendre à la pitié d'un crocodile.

Enfin, comme elle vit arriver la veille de son départ ; que
tous les préparatifs d'un long voyage étoient faits ; qu'elle recevoit des visites d'adieu dans les formes, et que cependant
elle n'avoit aucune nouvelle d'Hamilton, sa patience et son
espoir furent à bout dans cet état funeſte. Quelques larmes
l'auroient soulagée ; mais elle aima mieux se contraindre sur ce
soulagement, que d'en donner le plaisir à son époux. Le
procédé d'Hamilton lui paroiſsoit inconcevable ; et ne le voy-

ant point paroître, elle trouva moyen de lui faire tenir ce
billet.

" Seriez-vous du nombre de ceux, qui, sans daigner m'ap-
" prendre pour quel crime on me traite en esclave, consent-
" ent à mon enlévement ? Que veulent dire votre silence et
" votre inaction, dans une conjoncture où votre tendrefse de-
" vroit être la plus vive ? Je touche au moment de mon dé-
" part, et j'ai honte de sentir que vous me le faites envisager
" avec horreur, puisque j'ai raison de croire que vous en êtes
" moins touché qu'aucun autre. Faites-moi du moins savoir
" où l'on m'entraîne; ce qu'on veut faire de moi dans les dé-
" serts; et pourquoi vous paroifsez, avec toute la terre, changé
" pour une personne que toute la terre n'obligeroit pas à
" changer, si votre foiblefse ou votre ingratitude ne vous ren-
" doit indigne de sa tendrefse."

Ce billet ne fit que l'endurcir, et le rendre plus fier de sa vengeance : Il avaloit à longs traits le plaisir de la voir au désespoir, parce qu'il ne doutoit pas que sa douleur et le regret de
son départ ne fufsent pour un autre : Il se complaisoit merveilleusement dans la part qu'il avoit à son affliction, et se savoit bon gré du conseil qu'il avoit imaginé, pour la séparer
d'un rival peut être sur le point d'être heureux.   Ainsi fortifié
qu'il étoit contre sa propre tendrefse, par tout ce que les ressentimens jaloux ont de plus impitoyable, il la vit partir, d'une
indifférence, qu'il n'eut garde de lui cacher.   Ce traitement
imprévu, se joignant à tant de disgraces réunies pour l'accabler
tout d'un coup, pensa véritablement la mettre au désespoir.

La cour fut remplie du bruit de cet événement : Personne n'ignoroit le motif de ce prompt départ ; mais peu de gens approuverent le procédé de mylord Chefterfield. On regard-oit avec étonnement en Angleterre un homme qui avoit la malhonnêteté d'être jaloux de sa femme ; mais dans la ville, ce fut un prodige inconnu jusqu'alors de voir un mari recourir à ces moyens violens pour prévenir ce que craint et ce que mérite la jalousie. On excusoit pourtant le pauvre Chefter-field, autant qu'on l'osoit sans s'attirer la haine publique, en accusant la mauvaise éducation qu'il avoit eue. Toutes les meres promirent bien à Dieu que leurs enfants ne mettroient jamais le pied en Italie, pendant leur vie, pour en rapporter cette vilaine habitude de contraindre leurs femmes.

Comme ce fut long-tems l'entretien de la cour, le chevalier de Grammont, qui ne savoit pas l'hiftoire à fond, parut plus déchaîné contre cette tyrannie, que tous les bourgeois de Londres ensemble ; et ce fut à ce sujet qu'il produisit des paroles nouvelles sur cette fatale sarabande, qui malheureuse-ment avoit eu tant de part à l'aventure : Elles pafsoient pour être de lui ; mais si Saint-Evremond y avoit travaillé, ce n'é-toit pas afsurément le plus beau de ses ouvrages, comme on verra dans le chapitre suivant.

y

CHAPITRE IX.

TOUT homme qui croit que son honneur dépend de celui de sa femme eſt un fou qui se tourmente, et qui la déses-
pere; mais celui qui, naturellement jaloux, a, par-deſsus ce
malheur, celui d'aimer sa femme, et de vouloir qu'elle ne respire
que pour lui, eſt un forcené, que les tourmens de l'enfer ont
accueilli dès ce monde, sans que personne en ait pitié.   Tous
les raisonnemens que l'on fait sur ces malheureux états du
mariage vont à conclure, que les précautions sont inutiles
avant le mal, et la vengeance odieuse après.

Les Espagnols, tyrans de leurs femmes, plutôt par tradition
que par jalousie, se contentent de pourvoir à la délicateſse
de leur honneur, par les duegnes, les grilles et les verroux :
Les Italiens, dont les soupçons sont circonspects, et les reſsentimens vindicatifs, ont différentes méthodes de conduite entre
eux : Les uns se mettent en repos, tenant leurs femmes sous
des serrures qu'ils croient impénétrables : d'autres renchèris-
sent par diverses précautions sur tout ce que les Espagnols
peuvent imaginer pour la captivité du beau sexe ; mais la
plupart tiennent que, dans un péril inévitable, ou dans une
trangreſsion manifeſte, le plus ſûr eſt d'aſsaſsiner.

O vous, nations bénignes, qui, loin de recevoir ces habitudes féroces et ces coutumes barbares, laiſsez bonnement la
bride sur le cou de vos heureuses moitiés, vous paſsez sans

chagrin et sans alarmes vos paisibles jours, dans toutes les douceurs d'une indolence domeſtique !

Cheſterfield avoit bien affaire de s'aller tirer du pair de ses patients compatriotes, pour faire éplucher, par un ridicule éclat, les particularités d'une aventure qu'on auroit peut-être ignorée hors de la cour, et qu'on auroit oubliée par-tout au bout d'un mois; mais dès qu'il eut le dos tourné pour se mettre en marche avec sa prisonniere, et l'attirail dont on le flattoit qu'elle l'avoit pourvu, Dieu sait comme on donna sur son arriere-garde : Les Rocheſters, les Middlesex, les Sydleys, les Etheredges, et toute la troupe des beaux esprits, mirent au jour force vaudevilles, qui divertiſsoient le public à ses dépens.

Le chevalier de Grammont les trouva spirituels et récréatifs, comme on dit; et dans tous les lieux où ce sujet étoit traité, voulant produire le supplément qu'il y avoit fait: " C'eſt une chose singuliere, disoit-il, que la campagne, qu'on " peut appeller la potence ou les galeres d'une jeune per- " sonne, ne soit faite en ce pays-ci, que pour les malheureuses " et non pour les coupables! La pauvre petite Cheſterfield, " pour quelques lorgnades d'imprudence, se voit d'abord " trouſsée par un mari fâcheux, qui vous la mene paſser les " fêtes de noël dans un château de plaisance à cinquante " lieues d'ici; tandis qu'il y en a mille qu'on laiſse dans la li- " berté de tout faire, qui la prennent bien auſsi, et dont la " conduite enfin mériteroit tous les jours vingt coups de bâ- " ton. Je ne nomme personne, Dieu m'en garde; mais la " Middleton, la Denham, les filles de la reine, celles de la

" duchefse, et cent autres répandent leurs faveurs à droite et
" à gauche sans qu'on en souffle. Pour madame de Shrews-
" bury, c'eft une bénédiction : Je m'en vais parier qu'elle fe-
" roit tous les jours tuer son homme, qu'elle n'en iroit que la
" tête plus levée : on diroit qu'elle a des indulgences plénieres
" pour sa conduite : Ils sont trois ou quatre qui portent cha-
" cun une aune de ses cheveux en brafselets, sans qu'on y
" trouve à redire : cependant il sera permis qu'un bourru,
" comme Chefterfield, exerce une tyrannie pareille, et toute
" nouvelle en ce pays-ci, sur la plus jolie femme d'Angleterre,
" pour un rien ! Mais s'il en croit être bon marchand, je suis
" son valet: Les précautions n'y font, ma foi, rien ; et sou-
" vent une femme, qui ne songeroit point à mal si on la lais-
" soit en repos, s'y voit portée par vengeance, ou réduite par
" nécefsité: c'eft l'Evangile. Ecoutez ce qu'en dit la sara-
" bande de Francisco :"

Jaloux, que sert tout votre effort?
L'amour eft trop fort;
Et quelque peine
Que l'on prenne,
Elle eft vaine,
Quand deux cœurs une fois sont d'accord.
Il faut devant vous
Cacher ce qu'on fait de plus doux :
On contraint ses plus chers desirs :
On prend cent plaisirs;
Mais pour les soins
De cent témoins,
En sercet on n'aime pas moins.

S. Harding del. Pub: Dec 3d 1793 by E & S Harding Pall Mall. A. Birrell sc.

SIR PETER LELY.

Telles étoient les paroles dont le chevalier de Grammont passoit pour auteur : La juſteſse ni le tour n'y brilloient point
exceſsivement ; mais comme elles contenoient quelques vérités
qui flattoient le génie de la nation, et de ceux qui prenoient
les intérêts du beau sexe, toutes les dames les voulurent avoir,
pour les apprendre à leurs enfants.

Pendant tout ceci, le duc de York, qui ne voyoit plus madame de Cheſterfield, ne se fit pas de grands efforts pour l'oublier : Son absence avoit pourtant des circonſtances bien
sensibles pour un homme qui causoit son éloignement ; mais
il y a des tempéramens heureux, qui se consolent de tout,
parce qu'ils ne sentent rien vivement. Cependant, comme
son cœur ne pouvoit demeurer dans l'inutilité, dès qu'il eut
oublié la Cheſterfield, il se reſsouvint de ce qu'il avoit aimé
devant ; et peu s'en fallut que mademoiselle d'Hamilton ne lui
causât une rechûte de tendreſse.

Il y avoit à Londres un peintre aſsez renommé pour les
portraits : il s'appelloit Lely. La grande quantité de peintures du fameux Van Dyck, répandues en Angleterre, l'avoit
beaucoup perfectionné. De tous les modernes, c'eſt celui qui,
dans le goût de tous ses ouvrages, a le mieux imité sa maniere,
et qui en a le plus approché. La duchesse de York voulut
avoir les portraits des plus belles personnes de la cour : Lely
les peignit. Il employa tout son art dans l'exécution : il ne
pouvoit travailler à de plus beaux sujets : Chaque portrait
parut un chef-d'œuvre ; et celui de mademoiselle d'Hamilton
parut le plus achevé : Lely avoua qu'il y avoit pris plaisir.
Le duc de York en eut à le regarder, et se mit à lorgner tout

de nouveau l'original. Il n'y avoit rien à faire là pour ses
espérances ; et dans le même-temps que sa tendrefse, inutilement réveillée pour elle, alarmoit celle du chevalier de Grammont, la Denham s'avisa de remettre sur pied le traité qu'on
avoit si mal-à-propos interrompu : Bientôt on en vit la conclusion : Quand les deux parties sont de bonne foi dans les négociations, on ne perd pas le temps à chicaner. Tout cela alla
bien d'un côté ; cependant, je ne sais qu'elle fatalité mit obftacle aux prétentions de l'autre. Le duc prefsa fort la duchefse de mettre la Denham en pofsefsion de cette charge, qui
faisoit l'objet de son ambition ; mais comme elle n'étoit pas
caution des articles secrets du traité, quoiqu'elle eût paru
jusqu'alors commode pour les inconftances, et soumise aux
volontés du duc, il lui parut dur et déshonorant, de recueillir chez elle une rivale qui l'exposeroit à faire un afsez trifte
personnage au milieu de sa cour : Cependant elle se vit sur
le point d'y être forcée par autorité, lorsqu'un obftacle beaucoup plus funefte interdit pour jamais à la pauvre Denham
l'espérance de cette charge fatale, qu'elle briguoit avec emprefsement.

Le vieux Denham, naturellement jaloux, le devenoit de
plus en plus, et sentoit qu'il avoit raison : Sa femme étoit
jeune et belle, lui vieux et dégoûtant : Quelle raison de se
flatter que le ciel voulût le dispenser du sort des maris de son
âge et de sa figure ! Il se le disoit continuellement ; mais,
aux complimens qu'on lui fit de tous côtés, sur la charge que
madame sa femme alloit avoir auprès de la duchefse, il se dit
tout ce qu'il falloit pour se pendre, s'il en eût eu la fermeté :

S. JOHN DENHAM.

Le traître aima mieux éprouver son courage contre une autre. Il lui falloit des exemples pour exercer ses refsentimens dans un pays privilégié : Celui de mylord Chefterfield ne suffisoit pas pour ce qu'il méditoit ; outre qu'il n'avoit pas de maison de campagne où mener l'infortunée Denham. Ainsi, le vieux scélérat lui fit faire un voyage bien plus long, sans sortir de Londres : La mort impitoyable l'enleva au milieu de ses plus chères espérances, et de ses plus beaux jours.

Comme personne ne douta qu'il ne l'eût empoisonnée, la populace de son quartier tint conseil pour le lapider dès qu'il sortiroit ; mais il se tint renfermé pour pleurer la mort de sa femme, jusqu'à ce que leur fureur fût appaisée par un enterrement magnifique, dans lequel il fit diftribuer au peuple quatre fois plus de vin brûlé qu'on n'en avoit bu dans aucun enterrement en Angleterre.

Pendant que la ville craignoit quelque grand défaftre, pour l'expiation de ces funeftes effets de la jalousie, Hamilton n'étoit pas tout-à-fait si content qu'il s'étoit flatté de l'être après le départ de madame de Chefterfield : Il n'avoit consulté que les mouvemens du dépit dans ce qu'il avoit fait : Sa vengeance étoit satisfaite ; mais son amour ne l'étoit pas ; et depuis l'absence de ce qu'il aimoit encore, malgré ses refsentimens, ayant eu le loisir de faire quelques réflexions, qu'une injure récente ne permet jamais d'écouter : " A quoi bon, di" soit-il, m'être si fort prefsé de rendre malheureuse une per" sonne, qui, tout coupable qu'elle soit, peut seule faire mon " bonheur ! Maudite jalousie ! poursuivit-il, plus cruelle " encore pour ceux qui tourmentent que pour ceux qui sont

" tourmentés ! Que m'importe d'avoir arraché la Chefterfield
" aux espérances et aux desirs d'un rival plus heureux, si je
" ne l'ai pu faire sans m'arracher à ce qu'il y avoit de plus
" cher et de plus sensible aux penchans de mon cœur !"

Quantité d'autres raisonnemens de cette force, et tous hors
de saison, lui prouvant nettement, que dans un engagement
comme le sien, il valoit encore mieux partager avec un autre
que de ne rien avoir, il se remplifsoit l'esprit de vains repentirs
et d'inutiles remords, lorsqu'il reçut une lettre de celle qui les
causoit ; mais une lettre tellement propre à les augmenter,
qu'il se regarda comme le plus grand scélérat de l'univers
après l'avoir lue. La voici :

" Vous serez aufsi surpris de cette lettre, que je le fus de
" l'air impitoyable dont vous vîtes mon départ. Je veux
" croire que vous vous étiez imaginé des raisons, qui juftifioi-
" ent dans votre esprit un procédé si peu convenable. Si
" vous êtes encore dans la dureté de ces sentimens, ce sera
" vous faire plaisir que de vous apprendre ce que je souffre
" dans la plus affreuse des prisons : Tout ce qu'une cam-
" pagne a de plus trifte dans cette saison, s'offre par-tout à ma
" vue : Afsiégée par d'impénétrables boues, d'une fenêtre je
" vois des rochers, de l'autre des précipices ; mais de quelque
" côté que je tourne mes regards dans la maison, j'y rencon-
" tre ceux d'un jaloux, moins supportables encore que les
" triftes objets qui m'environnent. J'ajouterois aux malheurs
" de ma vie celui de paroître criminelle aux yeux d'un homme
" qui devroit m'avoir juftifiée contre les apparences convain-
" cantes, si par une innocence avérée j'étois en droit dé me

" plaindre, ou de faire des reproches.　Mais comment se jus-
" tifier de si loin! et, comment se flatter que la description
" d'un séjour épouvantable ne vous empêchera pas de m'é-
" couter!　Mais êtes-vous digne que je le souhaite?　Ciel!
" que je vous haïrois, si je ne vous aimois à la fureur!　Ve-
" nez donc me voir une seule fois, pour entendre ma juftifi-
" cation; et je suis persuadée que si vous me trouvez coup-
" able après cette visite, ce ne sera pas envers vous.　Notre
" Argus part demain pour un procès qui le retiendra huit
" jours à Chefter: Je ne sais s'il le gagnera; mais je sais bien
" qu'il ne tiendra qu'à vous qu'il n'en perde un qui lui tient
" pour le moins autant au cœur que celui qu'il va solliciter."

Il y avoit dans cette lettre de quoi faire donner tête baifsée
dans une àventure plus téméraire que celle qu'on lui proposoit, quoiqu'elle fût afsez gaillarde : Il ne voyoit pas trop
bien comment elle feroit pour se juftifier ; mais elle l'afsuroit
qu'il seroit content du voyage, et c'étoit tout ce qu'il demandoit pour lors.

Il avoit une parente auprès de madame de Chefterfield:
Cette parente, qui l'avoit bien voulu suivre dans son exil, étoit
entrée quelque peu dans leur confidence : Ce fut par elle qu'il
reçut cette lettre, avec toutes les inftructions nécefsaires sur
son départ et sur son arrivée.　Dans ces sortes d'expéditions
le secret eft nécefsaire, du moins avant que d'avoir mis l'aventure à fin.　Il prit la pofte et partit de nuit, animé d'espérances si tendres et si flatteuses, qu'en moins de rien, en comparaison du temps et des chemins, il eut fait cinquante mor-
telles lieues : A la dernière pofte, il renvoya discrétement

son poſtillon: Il n'étoit pas encore jour; et, de peur des rochers et des précipices dont elle avoit fait mention, il marchoit
avec aſsez de prudence pour un homme amoureux.

Il évita donc heureusement tous les mauvais pas; et, suivant
ses inſtructions, il mit pied à terre à certaine petite cabane, qui
joignoit les murs du parc. Le lieu n'étoit pas magnifique;
mais comme il avoit besoin de repos il y trouvoit ce qu'il falloit
pour cela: Il ne se soucioit point de voir le jour, et se soucioit
encore moins d'en être vu; c'eſt pourquoi, s'étant renfermé
dans cette retraite obscure, il y dormit d'un profond sommeil
jusqu'à la moitié du jour. Comme il sentoit une grande faim
à son réveil, il mangea fort et ferme; et comme c'étoit l'homme de la cour le plus propre, et que la femme d'Angleterre la
plus propre l'attendoit, il paſsa le reſte de la journée à se décrafser et à se faire toutes les préparations que le temps et le
lieu permettoient, sans daigner ni mettre la tête un moment dehors, ni faire la moindre queſtion à ses hôtes. Enfin les ordres
qu'il attendoit avec impatience arriverent à l'entrée de la nuit,
par une espece de grison, qui, lui servant de guide, après avoir
erré pendant une demi-heure dans les boues d'un parc de vaſte
étendue, le fit entrer dans un jardin, où donnoit la porte d'une
salle baſse: Il fut poſté vis-à-vis de cette porte par laquelle on
devoit bientôt l'introduire dans des lieux plus agréables: Son
guide lui donna le bon soir: La nuit se ferma; mais la porte
ne s'ouvrit point.

On étoit à la fin de l'hiver; cependant il sembloit qu'on ne
fût qu'au commencement du froid: Il étoit crotté jusques
aux genoux, et sentoit que pour peu qu'il prît encore l'air

dans ce jardin, la gelée mettroit toute cette crotte à sec. Ce commencement d'une nuit fort âpre et fort obscure eût été rude pour une autre; mais ce n'étoit rien pour un homme qui se flattoit d'en paſser si délicieusement la fin. Il ne laiſſa pas de s'étonner de tant de précautions dans l'absence du mari: Son imagination, que mille tendres idées réchauffoient, le soutint quelque temps contre les cruautés de l'impatience et contre les rigueurs du froid; mais il la sentit petit à petit refroidir; et deux heures, qui lui parurent deux siecles, s'étant paſsées sans qu'on lui donnât le moindre signe de vie, ni de la porte, ni des fenêtres, il se mit à faire quelques raisonnemens en lui-même sur l'état présent de ses affaires, et sur le parti qu'il y avoit à prendre dans cette conjoncture : " Si nous frap- " pions à cette maudite porte? disoit-il ; car encore eſt-il plus " honorable, si le malheur m'en veut, de périr dans la maison, " que de mourir de froid dans le jardin : Il eſt vrai, repren- " oit-il, que ce parti peut exposer une personne, que quelque " accident imprévu met peut-être à l'heure qu'il eſt encore " plus au désespoir que moi." Cette pensée le munit de tout ce qu'il pouvoit avoir de patience et de fermeté contre les ennemis qui le combattoient : Il se mit à se promener à grands pas, résolu d'attendre le plus long-temps qu'il seroit poſſible, sans en mourir, la fin d'une aventure qui commençoit si triſte- ment. Tout cela fut inutile, et quelque mouvement qu'il se donnât, enveloppé d'un gros manteau, l'engourdiſſement commençoit à le saisir de tous côtés, et le froid dominoit en dépit de tout ce que les empreſſemens de l'amour ont de plus vif. Le jour n'étoit pas loin ; et dans l'état où la nuit l'avoit mis, jugeant que ce seroit désormais inutilement que cette porte ensorcelée s'ouvriroit, il regagna du mieux qu'il put l'endroit d'où il étoit parti pour cette merveilleuse expédition.

Il fallut tous les fagots de la petite maison pour le dégeler: Plus il songeoit à son aventure, plus les circonftances lui en paroifsoient bizarres et incompréhensibles ; mais loin de s'en prendre à la charmante Chefterfield, il avoit mille différentes inquiétudes pour elle: Tantôt il s'imaginoit que son mari pouvoit être inopinément revenu : tantôt que quelque mal subit l'avoit saisie: enfin, que quelque obftacle s'étoit malheureusement mis à la traverse pour s'opposer à son bonheur, juftement au fort des bonnes intentions qu'on avoit pour lui. " Mais, disoit-il, pourquoi m'avoir oublié dans ce maudit jar- " din? Quoi! ne pas trouver un petit moment pour me " faire au moins quelque signe, puisqu'on ne pouvoit ni me " parler, ni me recevoir !" Il ne savoit à laquelle de ces conjectures s'en tenir, ni que répondre aux queftions qu'il s'étoit faites ; mais comme il se flatta que tout iroit mieux la nuit suivante, après avoir fait vœu de ne plus remettre le pied dans ce mal-encontreux jardin, il ordonna qu'on l'avertît d'abord qu'on demanderoit à lui parler, se coucha dans le plus méchant lit du monde, et ne laifsa pas de s'endormir, comme il l'eût fait dans le meilleur. Il avoit compté de n'être réveillé que par quelque lettre, ou quelque mefsage de madame de Chefterfield ; mais il n'avoit pas dormi deux heures qu'il le fut par un grand bruit de cors et de chiens. La chaumiere qui lui servoit de retraite touchoit, comme nous avons dit,

les murailles du parc : Il appella son hôte pour savoir un peu
que diable c'étoit que cette chafse, qui sembloit être au milieu
de sa chambre, tant le bruit augmentoit en approchant.   On
lui dit, que c'étoit monseigneur qui couroit le lievre dans son
parc.   Quel monseigneur? dit-il tout étonné.   Monseigneur le
comte de Chefterfield, répondit le paysan.   Il fut si frappé
de cette nouvelle, que, dans sa premiere surprise, il mit la tête
sous les couvertures, croyant déja le voir entrer avec tous ses
chiens ; mais, dès qu'il fut un peu revenu de son étonnement,
il se mit à maudire les caprices de la fortune, ne doutant pas
que le retour inopiné d'un jaloux importun n'eût causé
toutes les tribulations de la nuit précédente.

Il n'y eut plus moyen de se rendormir après une telle
alarme : Il se leva, pour repafser dans son esprit tous les ftra-
tagemes qu'on a coutume d'employer pour tromper, ou pour
éloigner un vilain mari, qui s'avisoit de négliger son procès
pour obséder sa femme : Il achevoit de s'habiller et commençoit à queftioner son hôte, lorsque le même grison, qui l'avoit
conduit au jardin, lui rendit une lettre, et disparut sans attendre la réponse.   Cette lettre étoit de sa parente ; et voici
ce qu'elle contenoit.

" Je suis au désespoir d'avoir innocemment contribué à
" vous attirer dans un lieu où l'on ne vous fait venir que pour
" se moquer de vous.   Je m'étois opposée au projet de ce
" voyage, quoique je fufse persuadée que sa tendrefse seule y
" eût part ; mais elle vient de m'en désabuser : Elle triomphe
" dans le tour qu'elle vous a joué : non seulement son mari
" n'a bougé d'ici ; mais il y refte par complaisance : il la

" traite le mieux du monde ; et c'eſt dans leur raccommode-
" ment, qu'elle a su que vous lui aviez conseillé de la mener
" à la campagne : Elle en a conçu tant de dépit et d'aversion
" pour vous, que de la maniere dont elle m'en vient de parler,
" ses reſsentimens ne sont pas encore satisfaits. Consolez-
" vous de la haine d'une créature dont le cœur ne méritoit
" pas votre tendreſse. Partez : un plus long séjour ici ne fe-
" roit que vous attirer quelque nouvelle disgrace. Je n'y res-
" terai pas long-tems : je la connois, Dieu merci : Je ne me
" repens pas de la compaſsion que j'en ai d'abord eue ; mais
" je suis dégoûtée d'un commerce qui ne convient guere à mon
" humeur."

L'étonnement, la honte, le dépit et la fureur, s'emparerent
de son cœur après cette lecture. Les menaces ensuite, les
invectives et les desirs de vengeance, exciterent tour-à-tour
son aigreur et ses reſsentimens ; mais après y avoir bien pensé,
tout cela se réduisit à prendre doucement son petit cheval de
poſte, pour remporter à Londres un bon rhume, par-deſsus
les desirs et les tendres empreſsemens qu'il en avoit apportés :
Il s'éloigna de ces perfides lieux avec un peu plus de vîteſse
qu'il n'y étoit arrivé, quoiqu'il n'eût pas à beaucoup près la
tête remplie d'auſsi agréables pensées. Cependant, quand il
se crut hors de portée de rencontrer mylord Cheſterfield et sa
chaſse, il voulut un peu se retourner, pour avoir au moins le
plaisir de voir la prison où cette méchante bête étoit renfer-
mée ; mais il fut bien surpris de voir une très-belle maison, si-
tuée sur le bord d'une riviere, au milieu d'une campagne la
plus agréable et la plus riante qu'on pût voir. Au diable le

précipice ou le rocher qu'il y vit : ils n'étoient que dans la lettre de la perfide : Nouveau sujet de ressentiment et de confusion pour un homme qui s'étoit cru savant dans les ruses aussi bien que dans les foiblesses du beau sexe, et se voyoit la dupe d'une coquette, qui se raccommodoit avec un époux pour se venger d'un amant.

Il regagna la bonne ville, prêt à soutenir contre tous, qu'il faut être de bon naturel pour se fier à la tendresse d'une femme qui nous a déja trompés ; mais qu'il faut être fou pour courir après.

Comme cette aventure n'avoit pas beaucoup de beaux endroits pour lui, le voyage et ses circonstances furent supprimés autant qu'il lui fut possible ; mais comme on peut croire que la Chesterfield n'en garda pas le secret, le roi l'apprit ; et lui en ayant fait son compliment, il voulut un ample détail de cette expédition. Le chevalier de Grammont étoit présent à ce récit ; et n'ayant que fort peu déclamé contre la trahison qu'on lui avoit faite : " Si elle a eu tort, dit-il, de pousser la " chose si loin, vous avez eu tort aussi de revenir sur vos pas " comme un étourdi : Je m'en vais parier cent pistoles, qu'elle " s'est repentie plus d'une fois d'un ressentiment que vous mé- " ritiez assez pour le tour que vous lui aviez joué : Les fem- " mes aiment la vengeance ; mais elles ne tiennent pas tou- " jours leur colere ; et si vous eussiez resté dans le voisinage " jusqu'au lendemain, je veux avoir les bras cassés, si on ne " vous eût fait amende honorable pour l'affront de la premiere " nuit." Hamilton n'en tomba pas d'accord. Le chevalier de Grammont voulut soutenir sa these par un exemple ; et

s'adrefsant au roi : " Sire, dit-il, votre majefté peut avoir
" connu Marion de l'Orme : La créature de France qui avoit
" le plus de charmes étoit celle-là : Quoiqu'elle eût de l'es-
" prit comme les anges, elle étoit capricieuse comme un dia-
" ble. Cette princefse m'ayant donné un rendez-vous, s'étoit
" avisée de me l'ôter pour le donner à un autre : Elle m'écri-
" vit le plus joli billet du monde, tout rempli du désespoir
" où elle étoit d'un mal de tête, qui l'obligeoit à garder le lit,
" et qui la priveroit jusqu'au lendemain du plaisir de me voir :
" Ce mal de tête, soudainement arrivé, me parut suspect; et ne
" doutant point que ce ne fût une défaite : Oh! parbleu, madame
" la coquette, dis-je en moi-même, si vous ne jouifsez pas du
" plaisir de me voir aujourd'hui, vous ne jouirez pas de celui
" d'en voir un autre."

   " Voilà tous mes grisons en campagne, dont les uns battoient
" l'eftrade autour de sa maison, tandis que les autres afsié-
" geoient sa porte. Un de ces derniers me vint dire que per-
" sonne n'étoit entré chez elle de toute l'après-midi; mais
" qu'un petit laquais en étoit sorti sur la brune; qu'il l'avoit
" suivi jusques dans la rue Saint Antoine, où ce laquais en
" avoit rencontré un autre, auquel il avoit dit seulement un
" mot ou deux. Il ne m'en fallut pas davantage pour me
" confirmer dans mes soupçons, et pour former le defsein d'ê-
" tre de la partie, ou bien de la rompre.

   " Comme il y avoit fort loin du baigneur où je logeois
" jusques au fond du marais, dès que la nuit fut venue je
" montai à cheval, sans vouloir qu'on me suivît. Dès que
" j'eus gagné la place royale, le grison en sentinelle m'afsura

DUC DE BRISSAC.

" qu'il n'étoit encore entré personne chez mademoiselle de
" l'Orme. Je poufsai vers la rue Saint-Antoine; et, juftement
" comme je sortois de la place royale, j'y vis entrer un homme
" à pied, qui se cachoit de moi tant qu'il pouvoit; mais il
" eut beau faire, je le reconnus : c'étoit le duc de Brifsac.
" Je ne doutai point que ce ne fût le rival de cette nuit : Je
" m'approchai donc de lui, faisant semblant de douter si je ne
" me trompois point, et mettant pied à terre d'un air fort
" emprefsé : Brifsac, mon ami, lui dis-je, il faut que tu me
" fafses un plaisir de la derniere importance : j'ai un rendez-
" vous, pour la première fois, chez une personne à quatre pas
" d'ici : comme ce n'eft que pour prendre des mesures, je n'y
" serai pas long-tems : Prête-moi ton manteau, si tu m'aimes,
" et promène un peu mon cheval, en attendant mon retour :
" surtout, ne t'éloigne-pas d'ici. Tu vois que j'en use libre-
" ment; mais c'eft, comme tu sais, à la charge d'autant. Je pris
" son manteau sans attendre sa réponse : Il prit la bride de mon
" cheval, et me conduisit de l'œil. Cela ne lui servit de rien;
" car, après avoir fait semblant d'entrer dans une porte vis-à-vis
" de lui, je me coulai par-defsous les arcades jusqu'à la porte de
" la nymphe de l'Orme : On l'ouvrit d'abord que j'eus frappé.
" J'étois si bien enveloppé du manteau de Brifsac, qu'on me
" prit pour lui. La porte se referma, sans qu'on m'eût fait la
" moindre queftion ; et comme je n'en avois point à faire, je
" fus droit à la chambre de la demoiselle. Je la trouvai sur un
" lit de repos, dans le déshabillé le plus galant et le plus agréa-
" ble du monde. Jamais elle n'avoit été si belle, ni si surprise;
" et la voyant toute interdite : Qu'eft-ce, ma belle? lui dis-je :

a a

" il me paroît que voilà une petite migraine bien parée: le
" mal de tête eſt apparemment paſse?   Point du tout, dit-elle,
" je n'en puis plus; et vous me ferez plaisir de vous en aller, et
"·de me laiſser mettre au lit.   Pour vous laiſser mettre au lit,
" oui, lui dis-je; mais pour m'en aller, non, ma petite infante:
" Le chevalier de Grammont n'eſt pas un sot: on ne se pare pas
" avec tant de soin pour rien.   Vous verrez pourtant que c'eſt
" pour rien, me dit-elle; car aſurément il n'en sera pas autre
" chose pour vous.   Quoi! dis-je, après m'avoir promis un
" rendez-vous... Eh bien! me dit-elle brusquement, quand je
" vous en aurois promis cinquante, c'eſt à moi de les tenir, si
" je veux ; et à vous de vous en paſser, si je ne le veux pas.
" Cela seroit bon, lui dis-je, si ce n'étoit pour le donner à un
" autre. Elle, auſsi fiere que celles qui ont le plus d'innocence,
" et auſsi prompte que celles qui en ont le moins, s'emporta sur
" un soupçon qui lui donnoit plus de chagrin que de confu-
" sion ; et voyant qu'elle montoit sur ses grands chevaux: Ma-
" demoiselle, lui dis-je, ne le prenons-pas, s'il vous plaît, sur
" ce ton: Je sais ce qui vous inquiéte: vous avez peur que
" Briſsac ne me trouve avec vous; mais ayez sur cela l'esprit
" en repos: Je l'ai rencontré près de chez vous, et Dieu merci,
" j'ai mis bon ordre qu'il ne vous rende pas si-tôt visite. Je lui
" dis cela d'un air un peu tragique. Elle en parut troublée d'a-
" bord, et me regardant avec surprise: Que voulez-vous donc
" dire du duc de Briſsac? me dit-elle. Je veux dire, répon-
" dis-je, qu'il eſt au bout de la rue qui promene mon cheval ;
" et si vous ne voulez-pas m'en croire, vous n'avez qu'à y
" envoyer un de vos gens, ou voir son manteau, que je viens

" de laifser dans votre anti-chambre. Voilà l'éclat de rire qui
" la prend au fort de son étonnement; et me jettant les bras
" au cou : mon chevalier, me dit-elle, je n'y saurois plus te-
" nir; tu es trop aimable et trop extraordinaire pour ne te
" pas tout pardonner. Je lui racontai comme la chose s'étoit
" pafsée : elle en pensa mourir de rire; et nous étant séparés
" fort bons amis, elle m'afsura que mon rival n'avoit qu'à pro-
" mener des chevaux tant qu'il lui plairoit, qu'il ne mettroit
" de la nuit le pied chez elle.

" Je le trouvai fidélement dans l'endroit où je l'avois laifsé :
" Je lui fis mille excuses de l'avoir fait attendre si long-tems,
" et mille remercîmens de sa complaisance. Il me dit que je
" me moquois; que ces complimens ne se faisoient point en-
" tre amis; et pour me convaincre qu'il m'avoit rendu ce petit
" service de bon cœur, il voulut à toute force tenir la tête de
" mon cheval, tandis que j'y remontois. Je lui donnai bien
" le bon soir, en lui rendant son manteau, et je me rendis
" chez mon baigneur, également content de la maîtrefse et
" du rival. Voilà, poursuivit-il, comme il ne faut qu'un peu
" de patience et d'adrefse pour désarmer la colere des belles,
" et pour mettre jusqu'à leurs supercheries à profit."

Il avoit beau divertir par ses récits, inftruire par ses exemples, et ne paroître à la cour que pour y répandre la joie universelle : il y avoit trop long-tems qu'il étoit le seul étranger
à la mode. La fortune, jalouse de la juftice qu'on rend au
mérite, et qui veut que les félicités dépendent de ses caprices,
lui suscita deux compétiteurs dans la pofsefsion où il étoit de
charmer toute l'Angleterre; et ces compétiteurs étoient d'au-

tant plus dangereux, que le bruit de leurs différens mérites étoit arrivé devant eux, pour disposer les suffrages de la cour en leur faveur.

Ils venoient faire voir en leurs personnes ce qu'il y avoit de plus accompli dans la robe et dans l'épée : l'un étoit le marquis de Flamarens, trifte objet des triftes élégies de la comtefse de la Suze : l'autre étoit le président Tambonneau, très-humble et très-obéifsant serviteur et berger de la belle Luynes. Comme ils arriverent ensemble, ils firent ce qu'ils purent pour briller de concert.   Leurs talens étoient aufsi différens que leurs figures : Tambonneau, pafsablement laid, fondoit ses espérances sur beaucoup d'esprit qu'on ne lui trouva pas ; et Flamarens, par son air et par sa taille, briguoit une admiration qu'on lui refusoit tout net.

Ils étoient convenus de se prêter mutuellement du secours pour réufsir : c'eft pourquoi, dans leurs premieres visites, l'un représentoit, et l'autre portoit la parole ; mais il s'en fallut beaucoup qu'ils ne trouvafsent les dames en Angleterre du goût de celles qui rendoient leurs noms fameux en France. La rhétorique de l'un ne fit que blanchir auprès du beau sexe; et la bonne mine de l'autre ne le diftingua que par le menuet, dont il fut l'introducteur en Angleterre, et qu'il dansoit avec afsez de succès.   On étoit trop accoutumé dans cette cour à l'esprit de Saint-Evremont, et aux agrémens naturels et singuliers de son héros, pour être séduit par les apparences : Cependant, comme les Anglois en général ont une espece de penchànt pour ce qui sent le gladiateur, on fit grace à Flamarens en faveur d'un duel, qui, le chafsant de son pays, lui servoit de recommandation chez eux.

Mademoiselle d'Hamilton eut d'abord l'honneur d'être distinguée par Tambonneau : Il crut qu'elle avoit tout l'esprit qu'il falloit pour démêler la délicatefse du sien ; et, charmé de voir qu'il n'y avoit rien de perdu dans sa conversation, ni pour le tour, ni pour l'exprefsion, ni pour la finefse des pensées, il lui faisoit souvent la grace de causer avec elle ; et peut-être ne se fût-il jamais apperçu qu'il l'ennuyoit, si, s'en tenant à cet étalage d'éloquence, il ne se fût mis en tête d'assaillir son cœur. C'étoit un peu trop pour la complaisance de mademoiselle d'Hamilton, qui croyoit n'en avoir déja que trop eu pour les figures de son discours : On le pria de faire ailleurs l'efsai de ses fleurettes séduisantes, et de ne pas perdre le mérite de sa premiere conftance, par une infidélité qui seroit très inutile.

Il suivit ce conseil en homme sage et docile ; et quelque tems après, retournant aux pieds de ses premieres habitudes en France, il se mit à faire provision de politique, pour ces négociations importantes, auxquelles il s'eft vu depuis employé.

Ce ne fut qu'après son départ, que le chevalier de Grammont fut informé de la déclaration galante qu'il avoit faite : La confidence n'en valoit pas la peine ; cependant cela ne laifsa pas de lui sauver quelque peu de ridicule avant son départ. Son collegue Flamarens, dénué de ce support, s'apperçut qu'il ne feroit plus en Angleterre les progrès qu'il avoit espérés de l'amour et de la fortune ; mais mylord Falmouth, toujours attentif à la gloire de son maître pour les secours des illuftres affligés, pourvut à sa subsiſtance, et madame de Southesk à ses plaisirs : Il eut une pension du roi, et d'elle tout ce qu'il voulut ; trop heureux qu'elle n'eût plus de présens à lui faire que celui de son cœur.

Ce fut en ce tems-là que Talbot, dont on a fait mention, et qu'on a vu depuis duc de Tirconnel, devint amoureux de mademoiselle d'Hamilton. Il n'y avoit point à la cour d'homme de meilleur air : Il n'étoit que cadet d'une maison, à la vérité, fort ancienne, mais peu considérable par l'éclat ou les biens : Cependant, quelque diſtrait qu'il fût d'ailleurs, comme il étoit appliqué à sa fortune ; qu'il étoit bien avant dans la faveur du duc de York ; qu'il avoit mis cette faveur à profit, et que la fortune lui avoit été favorable au jeu, il avoit si bien fait, qu'il se voyoit en poſseſsion de quarante mille livres de rente en fonds de terre. Il s'offrit à mademoiselle d'Hamilton avec cet établiſsement, et des espérances presque certaines d'être pair du royaume, par le crédit de son maître ; et par-deſsus tout cela, tant de sacrifices qu'il lui plairoit, des lettres, des portraits et des cheveux de la Shrewsbury ; curioſités qui véritablement ne sont comptées pour rien en ménage, mais qui faisoient foi de son mérite en amour.

Cette concurrence n'étoit pas à mépriser ; et le chevalier de Grammont la jugea d'autant plus dangereuse pour les intérêts de son cœur, qu'il voyoit Talbot paſsionnément amoureux ; qu'il n'étoit pas homme à se rebuter pour un refus ; qu'il n'étoit pas fait de maniere à s'attirer du mépris ou des froideurs pour ses empreſsemens, et qu'outre cela, ses freres commençoient à fréquenter la maison. De ces freres, l'un étoit au-

J. J. Van den Berghe sculp.

DUKE of ORMOND,

Lon. Pub.d June 21.1793. by E & S Harding. Pall Mall.

mônier de la reine, jésuite intrigant, et grand faiseur de ma-
riages : l'autre étoit ce qu'on appelle moine séculier, qui
n'avoit de son ordre que le libertinage et la réputation qu'on
leur attribue ; du reste, libre par-tout, divertissant par rencontre, mais en possession de dire des vérités offensantes, et de
rendre de bons offices.

Dans les réflexions du chevalier de Grammont sur toutes
ces choses, il y avoit de quoi donner de l'inquiétude : Le
peu de disposition que témoignoit mademoiselle d'Hamilton
pour les prétentions de ce rival n'étoit pas capable de le ras-
surer : elle ne pouvoit répondre que de ses intentions, et dépendoit absolument de celles de ses parens ; mais la fortune,
qui sembloit l'avoir mis sous sa protection en Angleterre, le
délivra de ces nouvelles inquiétudes.

Talbot s'étoit dès long-tems porté pour patron des Irlan-
dois opprimés : Ce zele pour sa nation étoit fort louable ;
mais il n'étoit pas tout-à-fait désintéressé. De tous ceux que
son crédit avoit rétablis dans une partie de leurs biens, il avoit
écorné quelque petite chose ; mais comme chacun y trouvoit
son compte, personne n'y trouvoit à redire. Cependant comme il est difficile de se contenir quand la fortune ou la faveur
se mêle de tout ce qu'on entreprend, il y eut quelques airs
d'indépendance dans son procédé, qui choquerent l'autorité
du duc d'Ormond, pour lors vice-roi d'Irlande : Il lui fit
connoître, avec assez de hauteur, qu'il n'en étoit pas content.
Il y avoit assurement quelque différence entre le crédit et le
rang de l'un et de l'autre : le parti le plus prudent pour
Talbot étoit la soumission et les déférences ; mais, comme ce

parti lui parut le moins généreux, il fit le fier, et ne s'en trouva pas bien ; car, s'étant emporté mal-à-propos à quelques discours qu'il ne lui convenoit pas de tenir, ni au duc d'Ormond de pardonner, on le mit à la tour, d'où voyant bien qu'il ne sortiroit pas qu'il n'eût fait toutes les soumissions qu'il falloit au duc d'Ormond, il y employa ses amis, et fit beaucoup plus pour sortir de ce pas, qu'il n'eût fallu pour s'en garantir. Il perdit, par ce démêlé, tout espoir d'entrer dans une famille, qui n'avoit garde après cela d'écouter aucune proposition de sa part.

Il fallut un peu prendre sur lui, pour se défaire d'une passion qui avoit fait, dans son cœur, beaucoup plus de progrès que cette brouillerie n'avoit fait de bien à ses affaires : Il crut qu'elles avoient besoin de sa présence en Irlande, et qu'il n'avoit plus que faire de celle de mademoiselle d'Hamilton pour oublier une tendresse qui troubloit encore son repos. Son départ suivit de près cette résolution.

Il étoit gros joueur, et raisonnablement distrait : Le chevalier de Grammont lui avoit gagné trois ou quatre cents guinées la veille de son emprisonnement : Cette aventure lui avoit ôté de la tête l'exactitude de payer dès le lendemain, selon sa coutume ; et cela lui étoit tellement sorti de l'esprit, qu'il ne s'en souvint pas après qu'il fut en liberté. Le chevalier de Grammont, qui le voyoit partir sans lui donner le moindre signe de vie sur sa dette, crut qu'il falloit lui souhaiter un bon voyage ; et l'ayant rencontré chez le roi, comme il venoit d'en prendre congé : " Talbot, lui dit-il, si vous avez besoin de " mes services ici pendant votre absence, vous n'avez qu'à

SIR STEPHEN FOX.

" dire : Vous savez que le vieux Ruſsell a laiſsé son neveu
" pour ſolliciter ses intérêts auprès de mademoiselle d'Hamil-
" ton : si vous voulez, je prendrai soin des vôtres. Adieu ;
" bon voyage. N'allez pas tomber malade par les chemins ;
" mais si cela vous arrivoit, souvenez-vous de moi dans votre
" teſtament. Talbot, que ce compliment fit d'abord souvenir de la dette, en fit un grand éclat de rire, et lui dit en l'embraſsant : mon cher chevalier, je vous sais si bon gré de l'offre
que vous venez de me faire, que je vous laiſse ma maîtreſse, et
vais vous envoyer votre argent.

Le chevalier de Grammont étoit tout plein de ces façons
honnêtes de rafraîchir la mémoire de ceux qui l'avoient un
peu tardive sur le paiement. Voici comme il s'y prit long-
tems après, au sujet de mylord Cornwallis. Ce mylord Cornwallis avoit épousé la fille de Fox, trésorier de la maison du
roi, l'homme d'Angleterre le plus riche et le plus réglé : Son
beau-fils, au contraire, étoit un petit hanneton, grand diſsi-
pateur, qui jouoit volontiers, qui perdoit tant qu'on vouloit ;
mais qui ne payoit pas de même. Son beau-père, qui n'avoit
garde d'approuver sa conduite, ne laiſsoit pas de payer en la
redreſsant. Le chevalier de Grammont lui avoit gagné mille
ou douze cents guinées qui n'arrivoient point, quoiqu'il fût
sur son départ, et qu'il eût pris congé de Cornwallis préférablement aux autres : cela l'obligea d'écrire un billet que l'on
trouvera laconique. Le voici :

MYLORD,

Souvenez-vous du comte de Grammont ; et n'oubliez pas
le chevalier Fox.

Pour en revenir à Talbot, il partit plus touché que ne le paroît un homme qui fait présent de sa maîtresse : Son séjour . en Irlande, ni le soin de ses affaires, ne le guérirent pas tout-à-fait ; et s'il se trouva dégagé des fers de mademoiselle d'Hamilton à son retour, ce ne fut que pour en prendre d'autres. Le changement qu'il trouva dans l'une et dans l'autre cour causa le sien : Disons comment.

Nous n'avons parlé des filles de la reine jusqu'à présent, que pour faire mention de mademoiselle Stewart et de mademoiselle de Warmeftré : Les autres étoient mademoiselle Bellenden, mademoiselle de la Garde, et mademoiselle Bardou, toutes filles d'honneur, comme il plaisoit à Dieu.

La Bellenden n'avoit point de beauté : C'étoit une bonne créature, à qui l'embonpoint et quelque fraîcheur tenoient lieu de mérite, et qui n'ayant pas l'esprit d'être coquette dans les formes, faisoit tout de son mieux pour contenter le monde par sa complaisance.

Mademoiselle de la Garde et mademoiselle Bardou, toutes deux Françoises, avoient été placées par la reine mere : La premiere étoit une petite mauricaude qui s'entremettoit des affaires de ses compagnes ; et l'autre vouloit à toute force être admise au rang des filles d'honneur, quoiqu'elle ne fût que logée parmi les autres, et qu'on lui en conteftât à tous momens les titres et les fonctions.

On ne pouvoit guere être plus laide, avec une aufsi jolie taille ; mais en récompense, sa laideur étoit rehaufsée par tout ce qui pouvoit y donner de l'éclat : On se servoit d'elle pour danser avec Flamarens ; et quelquefois sur la fin d'un bal, armée de caftagnettes et d'effronterie, elle se mettoit à

MARY KIRK, WIFE of S.ᵗ RICHARD VERNON.

danser quelque sarabande figurée, qui faisoit rire la cour : Il faut maintenant voir ce que devint tout cela.

Comme mademoiselle Stewart ne servoit que rarement auprès de la reine, on ne comptoit plus sur elle : Les autres défilèrent presqu'en même tems, par differentes aventures : Voici celle de mademoiselle Warmeſtré, dont on a dit quelque chose au sujet du chevalier de Grammont.

Mylord Taaffe, fils aîné du comte de Carlingford, s'étoit imaginé qu'il étoit amoureux d'elle ; et la Warmeſtré, non-seulement s'imagina qu'il étoit vrai, mais elle compta qu'il ne manqueroit pas de l'épouser à la première occasion ; et en attendant, elle crut qu'il falloit le recevoir tout de son mieux. Il avoit fait confidence de ses affaires au duc de Richmond : Ils s'aimoient beaucoup ; mais ils aimoient encore plus le vin. Le duc de Richmond, malgré sa naiſsance, ne brilloit que médiocrement à la cour ; et le roi le considéroit encore moins que ne faisoient les courtisans : Ce fut apparemment pour se mettre mieux dans son esprit, qu'il s'avisa de devenir amoureux de mademoiselle Stewart. La confidence fut mutuelle entre Taaffe et lui, sur leurs engagemens : Voici les mesures qu'ils prirent pour leur conduite. La petite de la Garde fut chargée de dire à mademoiselle Stewart, que le duc de Richmond mouroit d'amour pour elle ; et que toutes les fois qu'il la lorgnoit en public, cela vouloit dire qu'il étoit tout prêt à l'épouser, dès qu'elle en auroit le loisir.

Taaffe n'eut point de commiſsion à donner pour mademoiselle Warmeſtré à la petite ambaſsadrice : Tout étoit réglé de ce côté-là ; mais elle fut chargée de ménager certaines facilités

qui manquoient encore à la liberté de leur commerce, comme
par exemple, de la voir à toute heure du jour et de la nuit
chez elle : Cela paroifsoit difficile ; mais on en vint à bout.

La gouvernante des filles, qui pour toutes choses au monde
n'auroit voulu faire la commode qu'en tout bien et tout honneur, consentit qu'on souperoit tant qu'on voudroit chez mademoiselle Warmeftré, pourvu que ce fût à bonne intention, et
qu'elle fût de la partie. La bonne dame aimoit les huîtres
vertes, et ne haïfsoit pas le vin d'espagne : Elle trouvoit donc à
coup sûr dans chacun de ces repas deux barils d'huîtres, l'un
pour manger avec la compagnie, et l'autre pour emporter ;
et dès qu'elle avoit pris sa dose de vin, elle prenoit congé de
l'afsemblée.

C'étoit à-peu-près du tems que monsieur le chevalier de
Grammont avoit jetté les yeux sur elle qu'on menoit ce petit
train de vie, dans sa chambre : Dieu sait les pâtés de jambon,
les bouteilles de vin, et les autres provisions de sa libéralité,
qui s'y consommoient !

Au milieu de ces bombances nocturnes, et de cet innocent
commerce, un parent de Killegrew vint solliciter un procès à
Londres : Il le gagna ; mais il y pensa perdre l'esprit.

C'étoit un gentilhomme de campagne, veuf depuis six
mois, et pofsefseur de quinze à seize mille livres de rente : Le
pauvre homme, qui n'avoit que faire à la cour, y fut voir
son cousin Killegrew, qui n'avoit que faire de sa visite : Il y
vit mademoiselle Warmeftré ; et, dès cette premiere vue, en
devint amoureux. Cela ne fit qu'augmenter : si bien que,
n'ayant plus de repos ni le jour ni la nuit, il falloit avoir

recours aux remedes extrêmes ; ʿc'eſt-à-dire qu'un beau matin il fut trouver son cousin Killegrew, lui conta sa chance, et le pria bien inſtamment de demander mademoiselle Warmeſtré en mariage de sa part.

Killegrew pensa tomber de son haut, en apprenant son deſsein : Il ne pouvoit ceſser d'admirer quelle créature, entre toutes celles de Londres, il s'étoit fourrée dans la tête, pour en faire sa femme. Il fut quelque tems sans le vouloir croire ; mais quand il vit que c'étoit tout de bon, il se mit à lui faire le dénombrement des dangers et des inconvéniens qu'il y avoit dans une enterprise si téméraire : Il lui dit, qu'une fille élevée à la cour étoit un terrible meuble pour la campagne ; que ce seroit en troubler le repos par tous les vacarmes de l'enfer, que de l'y mener malgré qu'elle en eût ; que s'il consentoit à ne l'y pas mener, il n'avoit qu'à faire un petit calcul de ce qu'il faudroit en équipage, en table, en habits, et en frais de jeu, pour l'entretenir à Londres, mais selon ses caprices ; qu'il n'avoit qu'à supputer ensuite combien lui dureroient ses quinze mille livres de rente.

L'autre avoit déja supputé tout cela ; mais, trouvant sa raison moins preſsante que son amour, il demeura ferme dans sa résolution ; et Killegrew, cédant à ses importunités, fut offrir son cousin pieds et poings liés à la victorieuse Warmeſtré. Comme il n'avoit rien tant appréhendé qu'une complaisance de sa part, rien ne l'étonna tant que le mépris avec lequel elle reçut sa proposition. La hauteur avec laquelle elle le refusa, lui fit croire qu'elle étoit bien sûre de son fait avec mylord Taaffe ; et lui fit admirer tout de nouveau comment cette princefse avoit pu trouver deux hommes d'humeur à l'épouser. Il se prefsa d'annoncer ce refus, avec toutes ses circonftances les plus offensantes, comme la nouvelle la plus salutaire qu'il pût apprendre à son cousin ; mais son cousin ne se le tint pas pour dit : il s'imagina que Killegrew lui déguisoit la vérité, par les raisons qu'il lui avoit déja exposées ; et n'osant plus lui en parler, il prit la résolution de la voir lui-même. Il réveilla tout son courage pour cette entreprise, et médita son compliment ; mais dès qu'il eut ouvert la bouche pour le faire, elle lui dit qu'il auroit pu s'épargner la peine de venir dans sa chambre pour lui parler d'une sotte affaire, dont elle avoit donné la réponse à Killegrew ; qu'elle n'en avoit ni n'en auroit de sa vie d'autre à lui faire. Cela fut dit avec toute la dureté dont on accompagne les refus qu'on fait aux importuns.

Il en fut plus affligé qu'il n'en fut confus : Tout lui devint odieux dans Londres, et lui-même plus que tout le refte : Il en partit sans voir son cousin, regagna sa maison de campagne ; et, croyant qu'il lui seroit impofsible de vivre sans l'inhumaine, il résolut de faire son pofsible pour mourir.

Mais, tandis que pour vaquer à sa douleur, il s'étoit souftrait au commerce des chiens et des chevaux ; c'eft-à-dire qu'il renonçoit aux plus cheres délices d'un gentilhomme de campagne, la dédaigneuse Warmeftré, surprise apparemment pour avoir mal compté, prit la liberté d'accoucher au beau milieu de la cour.

Une aventure si publique fit l'éclat qu'on peut s'imaginer: Toute la pruderie de la cour en fut déchaînée : celles principalement qui n'étoient plus d'âge ou de figure à donner ces

scandales, en demandoient juſtice ; mais la gouvernante des
filles, à qui l'on auroit pu s'en prendre, aſsura que ce n'étoit
rien, et qu'elle avoit de quoi fermer la bouche aux médisans.
Elle eut une audience de la reine pour en développer le mys-
tere ; et elle exposa comme quoi la chose s'étoit paſsée de son
aveu, c'eſt-à-dire, en tout bien et en tout honneur.

La reine envoya demander à mylord Taaffe, s'il reconnois-
soit mademoiselle Warmeſtré pour sa femme. Il aſsura très-
respectueusement, qu'il ne reconnoiſsoit ni mademoiselle Warmeſtré, ni son enfant ; qu'il s'étonnoit comment on vouloit
plutôt lui en faire honneur qu'à un autre. La malheureuse
Warmeſtré, plus indignée de cette réponse, qu'affligée de la
perte d'un tel amant, quitta la cour dès qu'elle le put, résolue
de quitter le monde à la premiere occasion.

Killegrew, sur le point de faire un voyage quand cette aventure arriva, crut qu'il ne feroit point mal de prendre son chemin par la maison de son déplorable cousin, pour lui en faire
part ; et, dès qu'il le vit, sans ménager la délicateſse de son
amour ou de ses sentimens, il lui en fit durement le récit:
Toutes les couleurs qui peuvent donner de l'indignation y furent employées, pour le faire crever de honte et de reſsentiment.

Nous lisons que l'officieux Tiridate se laiſsa doucement
mourir, au récit de la mort de Mariamne ; mais le tendre
cousin de Killegrew, s'étant dévotement mis à genoux, leva les
yeux au ciel, et fit cette oraison.

" Loué soit le Seigneur d'une petite disgrace qui fera peut-
" être le bonheur de ma vie ! Que sait-on si la belle War-

" meftré ne voudra point de moi à présent, et si je n'aurai pas
" le bonheur de pafser mes jours avec une femme que j'adore,
" et dont je puis espérer des héritiers ? Ouida ! dit Kille-
" grew, plus confondu que l'autre n'auroit dû l'être, vous
" pouvez compter sur l'un et sur l'autre : Je ne doute pas
" qu'elle ne vous donne la main, dès qu'elle sera relevée ; et
" ce seroit une grande malice à elle, qui en sait faire, de
" vous laifser manquer d'enfans : Je vous conseille de pren-
" dre toujours celui qu'elle vient d'avoir, en attendant les
" autres."

Ce qui fut dit fut fait, nonobftant la raillerie. Cet amant
fidele la rechercha comme il eût pu faire la chafte Lucrece,
ou la belle Hélene : Sa pafsion ne fit qu'augmenter, après
l'avoir épousée ; et la généreuse Warmeftré, touchée d'abord
de reconnoifsance, le fut enfin d'inclination, ne lui donna pas
un enfant dont il ne fut le pere ; et depuis qu'il y a des mé-
nages heureux et tranquilles en Angleterre, jamais il n'y en a
eu de si fortuné.

Quelque tems après, mademoiselle Bellenden, que cet exemple n'avoit point effrayée, eut la prudence de quitter la
cour avant que d'en être chafsée. La désagréable Bardou la
suivit de près ; mais ce ne fut que pour d'autres raisons : On
s'ennuya de sa sarabande comme de son visage. Le roi, pour
ne plus les revoir ni l'une ni l'autre, leur fit donner une petite
pension. Il ne reftoit donc plus que la petite mademoiselle de
la Garde à pourvoir: Elle n'avoit ni afsez de vices, ni afses de
vertus, pour être chafsée de la cour, ou pour y refter: Dieu
sait ce qu'elle seroit devenue, si le seigneur Silvius, personnage

EDW.^D PROGER.

qui n'avoit. rien de ce que promettoit le nom Romain qu'il avoit pris, n'eût aufsi pris pour femme l'infante de la Garde.

On a fait voir que toutes ces princefses méritoient qu'on les chafsât, ou, pour leurs déréglemens, ou, pour leur laideur; cependant celles qui les remplacerent trouverent le moyen de les faire regretter, si l'on en excepte mademoiselle Wells.

C'étoit une grande fille faite à peindre, qui se mettoit bien, qui marchoit comme une déefse, et dont le visage, fait comme ceux qui plaisent le plus, étoit un de ceux qui plaisent le moins : Le ciel y avoit répandu certain air d'incértitude qui lui donnoit la physionomie d'un mouton qui rêve. Cela donnoit mauvaise opinion de son esprit ; et par malheur son esprit faisoit bon sur tout ce que l'on en croyoit : cependant, comme elle étoit fraîche, et qu'elle paroifsoit neuve, le roi, que la belle Stewart ne gâtoit pas sur la finefse des pensées, voulut voir si les sens ne trouveroient pas mieux leur compte avec mademoiselle Wells, que les sentimens avec son esprit. Cette épreuve ne lui fut pas difficile : Elle étoit d'une famille royalifte ; et comme son pere avoit fidélement servi Charles I. elle crut qu'il ne falloit pas se révolter contre Charles II. Ce commerce n'eut pas des suites fort avantageuses pour elle : On prétendoit qu'elle avoit fait un peu moins de défenses qu'il ne falloit ; qu'elle s'étoit rendue à discrétion, sans être vivement prefsée ; et d'autres disoient, que sa majefté se plaignoit de quelques autres facilités encore moins engageantes. Le duc de Buckingham fit un couplet de chanson sur ce sujet, dans lequel le roi parle à Progers, confident de ses menus

c c

plaisirs : L'allusion de Wells, qui signifie puits, fait toute la
pensée du couplet.   En voici le sens.

> Quand le roi de ce puits sentit l'horreur profonde,
> Progers, s'écria-t-il, que suis-je devenu!
>   Ah! depuis que j'y sonde,
> Si je n'avois cherché que le centre du monde,
>   J'y serois parvenu.

Mademoiselle Wells, avec cette espece d'anagramme sur
son non, et ces remarques sur sa personne, ne laifsoit pas de
briller entre toutes ses nouvelles compagnes : c'étoient mesdemoiselles Levingfton, Fielding, et Boynton, peu dignes qu'on
en fafse mention dans ces mémoires ; et nous les laifserons
dans l'obscurité, jusqu'à ce qu'il plaise à la fortune de les en
retirer.

Telle étoit en filles d'honneur la nouvelle cour de la reine:
Celle de la duchefse de York fut presque renouvellée dans le
même tems; mais, quant au choix qu'elle en fit, cette princefse montra bien, par une recrue brillante, que l'Angleterre
avoit de grandes refsources en beautés.   Avant que d'en parler, voyons un peu ce que c'étoit que les premieres filles
d'honneur, et par quel hasard elles sortirent de chez son altefse.

Outre mademoiselle Blague et mademoiselle Price, dont on
a déja parlé, la chambre avoit été composée de mademoiselle
Bagot, et de mademoiselle Hobart, doyenne de la commu-
nauté.

La Blague, qui n'avoit jamais véritablement su ce qui l'a-
voit brouillée avec le marquis de Brisacier, s'en étoit prise à
cette lettre fatale qu'elle avoit reçue de sa part, dans laquelle,
sans l'avertir que la Price devoit porter des gants, et du ruban
jaune, comme elle, il ne lui parloit que de sa blonderie et de
ses yeux marcafsins : Elle s'imagina que c'étoit quelque chose
de bien merveilleux, puisqu'on y comparoit ses regards ; et
voulant, à quelque temps de là, savoir toute la vertu de l'exprefsion, elle demanda ce que vouloit dire marcafsin. Il n'y
a pas de sangliers en Angleterre, et ceux, à qui elle s'addrefsa,
lui dirent, que c'étoit un cochon de lait. Cette injure la confirma dans tout ce qu'elle avoit soupçonné de sa perfidie.
Brisacier, plus étonné de son changement, qu'elle n'étoit indignée de sa prétendue noirceur, la regarda comme une créature encore plus capricieuse qu'elle n'étoit fade, et la planta
là ; mais le chevalier Yarborough, aufsi blond qu'elle,
s'offrit au fort de son dépit, et en fut écouté favorablement ;
et le sort fit ce mariage, pour voir ce que produiroit une
union si blaffarde.

Mademoiselle Price avoit de l'esprit ; et comme elle n'étoit
pas d'une figure à s'attirer beaucoup de vœux, et qu'elle vouloit pourtant en avoir, loin de faire la renchérie, quand l'occasion s'en présentoit, elle ne marchandoit seulement pas.
Elle avoit de l'emportement dans sa colere, aufsi bien que
dans sa tendrefse : cela l'avoit exposée à quelques inconvéniens. Elle avoit très-mal-a-propos pris querelle avec une
jeune créature que mylord Rochefter aimoit : Ce commerce
avoit été jusqu'alors afsez secret : Elle eut l'imprudence de

faire tout de son mieux pour le rendre public, et s'attira le plus dangereux ennemi qu'il y eût dans l'univers : Jamais homme n'a écrit avec plus d'agrément, de délicatesse et de facilité ; mais, la plus implacable des plumes, en fait de satyre, étoit la sienne.

La pauvre Price, qui l'avoit bien voulu mériter, y paroissoit chaque jour sous une figure nouvelle : Tout étoit plein de vaudevilles, dont son nom étoit le refrein, et sa conduite le sujet. Quel moyen d'y tenir, dans une cour, où l'on étoit avide des moindres choses qui venoient de mylord Rochester? Il ne lui fallut plus que la perte d'un amant, et la découverte qui s'ensuivit, pour mettre le comble aux persécutions qu'on lui faisoit.

Dongan mourut en ce tems-là : C'étoit un garçon de mérite, auquel Durfort, depuis comte de Feversham, succéda dans la charge de lieutenant des gardes du corps de son altesse. Mademoiselle Price l'avoit tendrement aimé : Sa mort la mit au désespoir ; mais son inventaire pensa la faire devenir folle. Certaine cassette cachetée de tous côtés en étoit : Elle étoit adressée de la main du défunt à mademoiselle Price ; mais, loin de la recevoir, elle n'eut pas seulement le courage de la regarder : La gouvernante crut qu'il étoit de sa prudence de la recevoir au refus de la Price, et de son devoir de la remettre entre les mains de la duchesse, comptant bien qu'elle étoit remplie de choses curieuses et utiles, dont il pourroit lui revenir quelque petit profit. Quoique la duchesse ne crût pas tout-à-fait cela, la curiosité la prit de voir ce que pouvoit contenir une cassette si merveilleuse et si soigneusement ca-

EARL of FEVERSHAM.

chetée ; et l'ouverture s'en fit en présence de quelques dames, qui se trouverent alors dans son cabinet.

Tous les brimborions d'amour que l'on peut imaginer y étoient ; et toutes ces faveurs étoient de la tendre Price : On ne pouvoit comprendre comment une seule personne y avoit pu fournir ; car, sans compter les portraits, il y avoit des cheveux de toutes sortes, et mis en bracelets de tant de manieres, que c'étoit une merveille : Après cela venoient trois ou quatre paquets de lettres d'une tendrefse si vive qu'on n'osa jamais lire que les deux premieres, tant les transports et les langueurs y étoient naturellement représentés.

La duchefse se repentit d'avoir fait ouvrir cette cafsette en si bonne compagnie ; car, avec de pareils témoins, elle jugea bien qu'il n'y avoit pas d'apparence que l'aventure fût supprimée ; mais, comme il n'y en avoit pas aufsi de retenir une telle fille d'honneur, on rendit à mademoiselle Price ce qui lui appartenoit, avec ordre d'aller achever de pleurer ailleurs la perte de son amant, ou de s'en consoler.

Mademoiselle Hobart étoit d'un caractere aufsi nouveau pour lors en Angleterre que sa figure paroifsoit singuliere dans un pays, où d'être jeune, et de n'être pas plus ou moins belle, eft un reproche : Elle avoit de la taille, quelque chose de fort deliberé dans l'air, beaucoup d'esprit, et son esprit étoit fort orné sans être fort discret : Elle avoit beaucoup de vivacité dans une imagination peu réglée, et beaucoup de feu dans des yeux peu touchans : Son cœur étoit tendre ; mais on prétendoit que ce n'étoit qu'en faveur du beau sexe.

Mademoiselle Bagot, qui mérita la premiere ses soins et
ses emprefsemens, y répondit d'abord de bon cœur et de
bonne-foi; mais, s'étant apperçue que c'étoit trop peu de
toute son amitié pour toute celle de la Hobart, elle laifsa cette conquête à la niece de la gouvernante, qui s'en trouva fort
honorée, comme madame sa tante fort obligée du soin qu'elle
avoit de la petite fille.

Bientôt le bruit, véritable ou faux, de cette singularité, se
répandit dans la cour : On y étoit afsez grofsier, pour n'a-
voir jamais entendu parler de ce raffinement de l'ancienne
Grece sur les goûts de la tendrefse; et l'on se mit en tête que
l'illuftre Hobart, qui paroifsoit si tendre pour les belles, étoit
quelque chose de plus que ce qu'elle paroifsoit.

Les chansons commencerent à lui faire compliment sur ces
nouveaux attributs; et ses compagnes commencerent à la craindre sur la foi de ces chansons. La gouvernante, toute alarmée
de ces bruits, consulta mylord Rochefter sur le péril où sa
niece paroifsoit exposée : Elle ne pouvoit mieux s'adrefser :
Il lui conseilla de la retirer des mains de mademoiselle Hobart; et fit si bien qu'elle tomba dans les siennes. La duchefse, trop généreuse, pour ne pas traiter de visions ce que
l'on imputoit à cette fille, et trop équitable pour la condamner sur des chansons, l'ôta de la chambre, pour la faire servir
auprès de sa personne.

Mademoiselle Bagot étoit la seule qui véritablement eût
quelque air de sagefse et de beauté, dans cette premiere
chambre : Elle avoit les traits beaux et réguliers : Elle avoit
ce teint rembruni, qui plaît tant, quand il plaît : Il plaisoit

S.Harding del.   WN Gardiner sculp.

Pub.d Dec.r 1 1793 by E. & S.Harding,Pall Mall.

MISS HAGOT.

beaucoup en Angleterre, parce qu'il y étoit rare. Elle rougifsoit de tout, sans rien faire dont elle eût à rougir. My-lord Falmouth jetta les yeux sur elle: Ses vœux furent mieux reçus que n'avoient été ceux de mademoiselle Hobart; et, quelque tems après, l'amour l'éleva, du pofte de fille d'hon-neur de la duchefse, à un rang que toutes les filles d'Angle-terre auroient pu envier.

La duchefse de York, pour former sa cour, voulut voir toutes les jeunes personnes qui s'offrirent, et, sans égards aux recommandations, ne choisit que ce qu'elle trouva de plus beau.

Mademoiselle Jennings et mademoiselle Temple étoient à la tête : elles effaçoient tellement les deux autres qu'on choisit, que nous ne ferons mention que d'elles.

Mademoiselle Jennings, parée des premiers trésors de la jeunefse, étoit de la plus éclatante blancheur qui fût jamais: ses cheveux étoient d'un blond parfait : quelque chose de vif et d'animé défendoit son teint du fade, qui, d'ordinaire se mêle dans une blancheur extrême : sa bouche n'étoit pas la plus petite; mais c'étoit la plus belle bouche du monde. La nature l'avoit embellie de ces charmes, qu'on ne peut expri-mer, et les graces y avoient mis la derniere main : Le tour de son visage étoit gracieux ; et sa gorge naifsante étoit de même éclat que son teint : Pour achever en un mot, sa figure don-noit une idée de l'aurore, ou de la déefse du printems, telles que mefsieurs les Poëtes nous les offrent dans leurs brillantes peintures ; mais comme il n'étoit pas jufte qu'une seule per-sonne pofsédât tous les trésors de la beauté, sans aucun défaut, il y auroit eu quelque chose à refaire à ses bras et à ses mains, pour les rendre dignes du refte : Son nez n'étoit pas de la derniere délicatefse, et ses yeux faisoient un peu grace, tandis que sa bouche et le refte de ses appas portoient mille coups jusqu'au fond du cœur.

Avec cette aimable figure, elle étoit toute pétillante d'es-prit et de vivacité : ses geftes et tous ses mouvemens étoient autant d'impromptus: sa conversation étoit séduisante, quand elle vouloit plaire ; fine et délicate. quand elle vouloit donner du ridicule ; mais comme son imagination l'emportoit souvent, et qu'elle commençoit de parler avant que d'achever de pen-ser, ses exprefsions ne signifioient pas toujours ce qu'elle vou-loit ; et ses paroles rendoient, quelquefois trop peu, quelque-fois beaucoup trop, les choses qu'elle pensoit.

Mademoiselle Temple, à-peu-près du même âge, étoit brune, en comparaison d'elle : sa taille étoit jolie : elle avoit les dents belles, les yeux tendres, le teint frais, le sou-rire agréable et l'air spirituel. Voilà ce que c'étoit que son extérieur : Il seroit difficile de dire ce que c'étoit que le refte ; car elle étoit simple, glorieuse, crédule, soupçonneuse, co-quette, sage, fort suffisante, et fort sotte.

Dès que ces nouveaux aftres parurent à la cour de la du-chefse, chacun eut les yeux defsus, et l'on forma des defseins sur l'une et sur l'autre, soit en bien, soit en mal. Mademoi-selle Jennings ne fut pas long-tems à se diftinguer, et à ne laifser d'adorateurs à ses compagnes, que ceux que l'espoir du succès y attachoit : son éclat éblouifsant attiroit, et les charmes de son esprit engageoient.

Le duc de York, s'étant persuadé qu'elle étoit de son apa-
nage, se mit en tête de faire valoir ses prétentions, par le même
droit que le roi son frere s'étoit approprié les faveurs de mademoiselle Wells. Mais il ne la trouva pas d'humeur à se
mettre à son service, quoiqu'elle fût à celui de la duchefse.
Elle ne voulut rien comprendre au nombre infini de lorgnades, dont il l'attaqua d'abord : ses regards se promenoient
toujours ailleurs, quand ceux de son altefse les cherchoient ;
et si par hasard il en surprenoit quelqu'un, elle n'en rougis-
soit seulement pas. Il fallut donc changer de batterie : Les
regards n'ayant rien fait, il trouva l'occasion de parler, et ce
fut tant pis : Je ne sais de quelle maniere il conta sa chance ;
mais les discours ne furent pas mieux reçus que le premier
langage.

Elle avoit de la sagefse et de la fierté : Ce qu'il avoit à
proposer ne convenoit pas trop à l'une, ni à l'autre. Quoiqu'on jugeât à ses vivacités qu'elle n'étoit pas capable de
faire de grandes réflexions, elle s'étoit munie de quelques
maximes très-salutaires pour la conduite d'une jeune personne
de son âge. La premiere étoit, qu'il falloit être jeune
pour entrer agréablement à la cour, et ne pas être vieille
pour en sortir de bonne grace : Qu'on ne s'y pouvoit
maintenir que par une glorieuse résiftance, ou par d'illuftres
foiblefses ; et que, dans un séjour si dangereux, il falloit
faire son pofsible pour ne disposer de son cœur, qu'en donnant sa main.

Avec de tels sentimens, elle eut moins de peine à résifter
aux tentations du duc, qu'à se débarrafser de sa persévérance :

Elle fut sourde aux traités d'établifsement, dont on voulut sonder son ambition; et toutes les offres de présents réufsirent encore plus mal. Que faire pour aprivoiser une impertinente vertu, qui ne vouloit point entendre raison? Il y avoit de la honte à laifser échapper une petite étourdie, dont les penchans devoient au moins tenir quelque chose de la vivacité qui brilloit dans toutes ses manieres, et qui cependant se mêloit d'avoir du solide, quand on ne lui en demandoit pas.

Après avoir bien rêvé sur son obftination, il crut que l'écriture pourroit faire ce que n'avoient pu les regards, les discours, ni les ambafsades. Le papier souffre tout; mais par malheur, elle ne souffroit point le papier. Chaque jour, quelques billets tendres en exprefsions, ou magnifiques en promefses, se fourroient ou dans ses poches, ou dans son manchon : Cela ne se faisoit pas trop imperceptiblement; et la malicieuse petite bête avoit soin que ceux qui les y avoient vu entrer les en vifsent sortir sans leur avoir donné la moindre audience : elle ne faisoit que secouer son manchon, ou tirer son mouchoir : Dès qu'il avoit le dos tourné, ses billets pleuvoient autour d'elle, et les ramafsoit qui vouloit. La duchefse fut souvent témoin de cette conduite, et n'eut pas le courage de la gronder de son manque de respect. Il n'étoit donc bruit dans les deux cours que des charmes et de la sagefse de mademoiselle Jennings : On ne pouvoit comprendre qu'une jeune créature, débarquant de la campagne droit à la cour, en devînt sitôt l'ornement par ses attraits, et l'exemple par sa conduite.

Le roi crut que ceux qui l'avoient attaquée s'y étoient mal pris, ne lui paroifsant pas naturel que les promefses ne pufsent l'éblouir, ni les emprefsemens la séduire: elle, qui vraisemblablement ne tenoit pas cette discrete morale de la prudence de sa mere, qui n'avoit rien éprouvé de plus délicieux que les prunes et les abricots de Saint-Albans. Il voulut voir ce que c'étoit que cela: Tout lui parut nouveau dans le tour de son esprit, et dans les charmes de sa personne; mais toutes ces nouveautés lui parurent piquantes. La curiosité de l'éprouver se changea bientôt en desir de réufsir dans l'épreuve. Dieu sait ce qu'il en fût arrivé; car il avoit tout l'esprit du monde, et il étoit roi: Ces qualités ne sont pas indifférentes: Les résolutions de la belle Jennings étoient louables et bien raisonnées; mais l'esprit avoit de grands charmes pour elle, et la majefté du prince, humiliée devant une jeune personne qui l'écoute, eft bien persuasive. Mais mademoiselle Stewart n'eut garde de consentir au projet du roi.

L'alarme la prit de bonne heure: elle pria sa majesté de vouloir bien laifser au duc son frere le soin d'inftruire les filles de la duchefe sa belle sœur, et de ne se mêler que de la conduite de son troupeau, s'il n'aimoit mieux à son tour lui permettre d'écouter certaines propositions d'établifsement, qui ne lui paroifsoient pas désavantageuses. La menace n'étoit pas à négliger: Il obéit, et mademoiselle Jennings eut encore tout l'honneur des bruits qui se répandirent sur ce sujet: Nouvelle eftime, et nouveaux vœux de tous côtés. Elle alloit triomphant de je ne sais combien de libertés, sans inté-

refser la sienne : Son heure n'étoit pas encore venue ; mais
elle n'étoit pas si loin. C'eft ce que nous dirons, quand
nous aurons fait voir comment sa compagne débuta.

Quoique la figure de mademoiselle Temple fût toute des
plus jolies, elle étoit effacée par celle de mademoiselle Jennings : Elle brilloit encore moins auprès d'elle par son esprit. Deux personnes très-capables de lui en donner, si ce
don étoit communicable, entreprirent en même tems de lui
faire perdre le peu qu'elle en avoit : C'étoit mylord Rochefter
et mademoiselle Hobart. Le premier commença par la gâter, en lui faisant part de ses productions; comme à la personne du monde la plus éclairée. Jamais il ne s'avisa de la
flatter sur les charmes de sa personne : Il lui disoit bien, que
si le ciel l'avoit fait d'humeur à se prendre par la beauté, il
ne lui auroit pas été pofsible de se sauver auprès d'elle ; mais
que n'étant, Dieu merci, touché que de l'esprit, il avoit le bonheur de jouir du plus agréable entretien du monde, sans que
cela pût tirer à la moindre conséquence. C'étoit après un
aveu si sincere, qu'il lui présentoit des vers, ou quelque chanson nouvelle ; et c'étoit là que tout ce qui pouvoit disputer
quelque chose à mademoiselle Temple étoit mis à deux genoux devant ses apas pour en faire amende honorable. De
telles insinuations tournoient sa petite tête, que c'étoit une
pitié.

La duchefse s'en apperçut ; et, connoifsant la portée du génie de l'un et de l'autre, elle connut le danger où la pauvre
Temple se précipitoit sans le savoir. Mais comme il n'eft
pas moins dangereux d'interdire un commerce où l'on n'a-

E Harding Jun Sc.

Lon Pub March 7.ᵗʰ 93 by E & S Harding Pall Mall.

MISS TEMPLE.

voit pas songé, qu'il eſt difficile d'en rompre un bien établi, mademoiselle Hobart fut chargée de mettre ordre le plus discrétement qu'elle pourroit, que ces fréquentes et longues conversations n'euſent point de suite : Elle accepta volontiers cette commiſsion, et se flatta d'y réuſsir.

Elle avoit déja fait toutes les avances, pour s'emparer de sa confiance et de sa bonne volonté. La Temple, moins en garde contre elle, que contre Rocheſler, y répondoit tout de son mieux. Elle étoit avide de louanges, et friande de toutes sortes de sucreries, autant que si elle n'eût pas eu plus de neuf à dix ans. On pourvut à l'un et à l'autre de ses goûts. Mademoiselle Hobart avoit l'intendance du cabinet des bains de la ducheſe : Son appartement étoit tout contre ; et dans cet appartement, elle avoit un cabinet garni de confitures et de toutes sortes de liqueurs : Ce cabinet convenoit au goût de mademoiselle Temple, et il convenoit au goût de mademoiselle Hobart qu'elle y prit plaisir.

La belle saison étant de retour, les plaisirs qui l'accompagnent revinrent avec elle. Un jour que les dames avoient été à cheval, la Temple, au retour d'une de ces galantes promenades, débarqua chez mademoiselle Hobart, pour se remettre de la fatigue, aux depens des confitures qui l'y attendoient ; mais avant que de s'y mettre, elle lui demanda la permiſsion de se mettre en chemise, c'eſt-à-dire, de se déshabiller chez elle, pour changer de linge en sa présence. Cette permiſsion n'avoit garde d'être refusée : " Je vous l'allois proposer, dit " la Hobart : Ce n'eſt pas que vous ne soyez jolie comme un " ange dans cet habillement ; mais il n'eſt rien tel que d'être

" fraîchement et à son aise. Vous ne sauriez croire, ma
" chere Temple, poursuivit-elle en l'embraſsant, combien
" vous m'obligerez d'en user ainsi ; mais sur-tout ce goût
" pour la propreté me charme. Vous êtes bien différente en
" cela, comme en bien d'autres choses, de cette petite folle
" de Jennings. Avez-vous pris garde comme tous nos benets
" de la cour l'admirent pour quelque éclat qui n'eſt peut-être
" pas tout à elle, et pour des étourderies qui ne sont d'au-
" cune autre, et qu'ils prennent pour des traits d'esprit ? Je
" ne lui ai pas aſsez parlé pour en démêler la gentilleſse ;
" mais, s'il n'eſt pas mieux tourné que ses pieds, ce n'eſt pas
" grand'chose. On m'en a conté de belles de son peu de
" propreté : Il n'y a point de chat qui craigne tant l'eau.
" Comment ! Jamais ne se laver pour soi-même, et ne dé-
" craſser que ce qu'il faut néceſsairement que l'on montre,
" c'eſt-à-dire, la gorge et les mains !"

    La Temple avaloit cela plus doux que les confitures ; et
l'officieuse Hobart, pour ne pas perdre de tems, la déshabill-
loit en attendant sa femme-de-chambre. Elle en fit bien
quelques façons d'abord, ne voulant pas donner cette peine à
une personne conſtituée depuis quelque tems en dignité
comme mademoiselle Hobart ; mais elle eut beau s'en défendre : l'autre lui fit voir que c'étoit avec plaisir qu'elle lui rendoit ce petit office. La collation finie, et mademoiselle Temple déshabillée : " Paſsons, lui dit la Hobart, dans le cabi-
" net des bains, nous pourrons y causer un moment, sans
" craindre que quelque sotte visite nous vienne lanterner."
Elle y consentit, et s'étant toutes deux mises sur un lit de

repos : " Vous êtes trop jeune, ma chere Temple, lui dit-
" elle, pour connoître la malignité du caractere des hommes
" en général, et trop neuve encore en ce pays-ci, pour avoir
" pu démêler celui de ses habitans : Je vais vous donner une
" idée de ces mefsieurs, du mieux qu'il me sera pofsible sans
" offenser personne ; car je n'aime point la médisance.

" Premiérement, il faut que vous comptiez, que tous les
" hommes de la cour manquent de probité, de bon sens, de
" jugement, d'esprit ou de sincérité : c'eft-à-dire, que celui,
" qui par hasard aura quelques-unes de ces qualités, à coup
" sûr n'aura pas les autres : Le fafte dans les équipages, la
" fureur du jeu, la bonne opinion de leur mérite et le mé-
" pris pour celui des autres, sont leurs entêtemens.

" L'intérêt, ou les plaisirs, sont les motifs de toutes leurs
" actions. Ceux qui suivent le premier vendroient Dieu le
" Pere, comme Judas vendit son maître, et pour moins d'ar-
" gent. Je vous citerois de beaux exemples, si j'en avois le
" temps. Pour les sectateurs des voluptés, ou soi-disans tels ;
" car ils ne sont pas tous si méchans qu'ils affectent de le
" paroître ; ces mefsieurs ne respectent ni promefse, ni ser-
" mens, ni foi, ni loi, c'eft-à-dire, ni le ciel, ni la terre,
" pour parvenir à leurs fins : Ils ne regardent les filles
" d'honneur, que comme des amusemens qu'on place exprès
" à la cour, pour les empêcher de s'y ennuyer ; et plus on a de
" mérite, plus on eft exposé à leurs impertinences dès qu'on
" les écoute, et à leurs calomnies dès qu'on ne les écoute
" pas. Pour les épouseurs, ce n'eft pas ici qu'il en faut
" chercher : Si l'argent ou le caprice ne s'en mêlent, on au-

" roit beau se flatter d'être pourvue : la sagefse et les appas
" y sont également inutiles. Madame de Falmouth eft l'u-
" nique exemple d'une fille d'honneur bien mariée sans dot ;
" et, demandez au pauvre imbécille d'époux pour qu'elle rai-
" son il l'a prise : je suis persuadée qu'il n'en sait aucune, si
" ce n'eft qu'elle a les oreilles grandes et rouges, et les pieds
" plats. Pour la blonde Yarborough, qui paroifsoit si fiere
" de son établifsement, elle eft femme, pour tout compter,
" d'un grand flandrin, qui, la semaine d'après son mariage,
" lui fit prendre congé de la ville pour jamais, en vertu de
" cinq ou six mille livres de rente qu'il pofsede sur les con-
" fins de Cornouaille. Hélas ! la pauvre Blague ! je la vis
" partir il y a bien un an, tirée à quatre chevaux, si maigres,
" que je ne crois pas qu'elle soit encore à moitié chemin
" de son petit château. Que voulez-vous ! toutes les filles
" ont la folie de se vouloir marier ; et dès qu'elles ont quel-
" que peu de charmes, elles croient qu'il n'y a qu'à se mon-
" trer à la cour pour choisir leurs époux ; mais quand cela
" seroit, c'eft la plus sotte condition du monde pour une
" personne qui a des sentimens. Croyez-moi, ma chere
" Temple, c'eft si peu de chose que les plaisirs du mariage,
" au prix de ses inconvéniens, que je ne sais comment on
" peut s'y résoudre : Fuyez donc un si fâcheux engagement,
" au lieu de le souhaiter. La jalousie, jadis inconnue dans
" ces innocens climats-ci, devient à la mode : Vous en sa-
" vez des exemples. De quelque brillante apparence qu'on
" veuille vous éblouir, n'allez pas de votre esclave faire
" votre tyran : Maîtrefse de votre liberté, vous la serez

AUBERY DE VERE, XX & LAST EARL of OXFORD.

" toujours des autres. Je vais vous donner des preuves afsez
" récentes de la perfidie des hommes pour notre fexe, et de
" l'impunité qu'ils trouvent dans tous leurs attentats contre
" notre innocence. Le comte d'Oxford devint amoureux
" d'une comédienne de la troupe du duc, belle, gracieuse, et
" qui jouoit dans la perfection : Le rôle de Roxane dans
" une piece nouvelle, l'avoit mise en vogue ; et le nom lui en
" étoit refté. Cette créature, pleine de vertu, de fagefse,
" ou, si vous voulez, d'obftination, refusa fiérement les offres
" de service et les présents du comte d'Oxford : Cette ré-
" siftance irrita sa pafsion : Il eut recours aux invectives, et
" même aux charmes ; le tout en vain. Il en perdit le boire
" et le manger. Ce n'étoit pas grand'chose pour lui ; mais
" sa pafsion devint si violente, qu'il ne jouoit, ni ne fumoit
" plus. Dans cette extrémité, l'Amour eut recours à l'Hy-
" men. Le comte d'Oxford, premier pair du royaume, a
" bonne mine, comme vous voyez : Il eft de l'ordre de la
" Jarretiere, qui releve un air afsez noble qu'il a naturelle-
" ment : Enfin, à le voir, on diroit que c'eft quelque chose ;
" mais, à l'entendre, on voit bien que ce n'eft rien. Cet a-
" mant pafsionné lui fit présenter une belle promefse de ma-
" riage authentiquement signée de sa main : Elle ne voulut
" point tâter de cet expédient ; mais elle crut qu'elle ne ris-
" quoit rien, lorsqu'il vint le lendemain, accompagné d'un
" miniftre et d'un témoin : Une autre comédienne, de ses
" amies, signa le contrat comme témoin pour elle : Le ma-
" riage fut fait et parfait de cette sorte. Vous croyez peut-
" être que la nouvelle comtefse n'avoit plus qu'à se faire pré-

e e

" senter à la cour, y prendre son rang, et arborer les armes
" d'Oxford? Point du tout. Quand il en fut queſtion, on
" trouva qu'elle n'étoit point mariée; c'eſt-à-dire, on trou-
" va que le prétendu miniſtre étoit un trompette du mylord,
" et le témoin, son timbalier. Cet eccléſiaſtique et ce té-
" moin ne parurent plus après la cérémonie; et l'on soutint
" à l'autre témoin, que la sultane Roxane avoit apparem-
" ment cru se marier réellement dans quelque rôle de comé-
" die. La pauvre créature eut beau prendre à partie les loix
" et la religion violées, auſsi bien qu'elle, par cette superche-
" rie: elle eut beau se jetter aux pieds du roi, pour en de-
" mander juſtice: elle n'eut qu'à se relever, trop heureuse
" d'avoir une pension de mille écus pour douaire, et de re-
" prendre le nom de Roxane, au lieu de celui d'Oxford.
" Vous me direz que ce n'étoit qu'une comédienne, que tous
" les hommes n'ont pas les mêmes sentimens, et qu'on peut
" au moins les écouter quand ils ne font que rendre juſtice
" au mérite d'une personne faite comme vous; mais ne vous y
" fiez pas, quoique vous soyez à même; car je sais que tout
" le monde ne donne pas dans la prévention nouvelle où l'on
" eſt pour la Jennings. Le beau Sidney vous lorgne: mylord
" Rocheſter se plaît à vous entretenir; et le très-sérieux che-
" valier Littleton sent dégourdir sa gravité naturelle en fa-
" veur de vos attraits. Pour le premier, j'avoue qu'il eſt
" d'une figure toute propre à séduire les penchans d'une per-
" sonne de votre âge; mais quand cette figure seroit accom-
" pagnée de quelque chose, comme elle ne l'eſt pas, et qu'il
" songeroit auſsi sérieusement à vous qu'il veut vous le per-

S Harding del.ᵗ   Pubᵈ Novʳ 1ˢᵗ 1793. by E. & S. Harding, Pall Mall.   P W Tomkins sculp.

SIR CHARLES LYTTELTON.

" suader, et que vous le meritez,. je ne vous conseillerois pas
" de songer à lui, pour des raisons, qu'il ne m'eſt pas permis
" de vous dire à présent.

" Le chevalier Littleton y va sans doute de bonne foi,
" puisqu'il paroît honteux de l'état où vous l'avez mis, et
" je crois que s'il pouvoit tant faire, que d'oublier les chi-
" meres dont il a l'imagination remplie sur ce qu'on appelle
" vulgairement être cocu, le bon-homme vous épouseroit, et
" vous iriez représenter dans son petit gouvernement, où
" vous paſseriez gaiment vos jours à tenir les comptes du
" ménage, et à raccommoder ses serviettes. Quelle gloire
" d'avoir pour époux un Caton, dont les discours sont pleins
" de censures, et les censures remplies de travers !

" Mylord Rocheſter eſt sans contredit l'homme d'Angleterre
" qui a le plus d'esprit et le moins d'honneur : Il n'eſt dan-
" gereux que pour notre sexe ; mais il l'eſt au point, qu'il
" n'y a pas de femme qui l'écoute trois fois, qui n'en soit
" pour sa réputation. C'eſt une bonne fortune, qui ne lui
" peut échapper de façon ou d'autre, puisqu'il la poſsede
" dans ses écrits, s'il n'en peut avoir autre choſe ; et dans le
" siecle où nous vivons, l'un vaut l'autre à l'égard du public.
" Cependant rien n'eſt si dangereux que les insinuations avec
" lesquelles il s'empare de l'esprit : Il entre dans vos goûts,
" dans tous vos sentimens ; et, tandis qu'il ne dit pas un seul
" mot de ce qu'il pense, il vous fait croire tout ce qu'il dit.
" Je m'en vais parier, que de la maniere dont il vous a parlé,
" vous l'avez cru le plus honnête homme du monde, et le
" plus sincere : je ne saurois comprendre ce qu'il vous veut,

" dans les soins qu'il affecte de vous rendre : ce n'eſt pas que
" vous ne soyez faite de maniere à mériter tous les empreſſe-
" mens du monde; mais quand il vous auroit tourné la tête, il
" ne sauroit que faire de la plus jolie créature de la cour ; car,
" il y a long-tems que ses débauches y ont mis ordre, avec
" le secours et les faveurs de toutes les coureuses de la ville.
" Voyez donc, ma chere Temple, ce que c'eſt que cette ha-
" bitude effroyable de malignité qui le poſsede, à la ruine et
" à la confusion de l'innocence ! Un ſcélérat, qui n'a de soins
" et des empreſſemens, pour mademoiselle Temple, que
" pour donner plus de vraisemblance aux calomnies dont il
" l'a déchirée ! Vous me regardez avec étonnement, et sem-
" blez douter de la vérité de ce que j'avance ; mais je ne
" veux pas que vous m'en croyiez : Tenez, dit-elle, tirant
" un papier de sa poche, voyez les vers qu'ils a faits à
" votre louange, tandis qu'il endort votre crédulité par des
" discours flatteurs et de feints respects."

En disant cela, la perfide Hobart lui fait voir une demi-
douzaine de couplets outrés, que Rocheſter avoit faits contre
les filles d'honneur précédentes. C'étoit la Price qu'il atta-
quoit principalement, par des traits sanglans, et par la plus
hideuse anatomie de sa personne qu'on pût imaginer. Hobart n'avoit fait que subſtituer le nom de Temple à celui de
Price : cela s'accordoit avec le chant et la mesure. Il n'en
fallut pas davantage : La crédule Temple n'eut pas plutôt
entendu chanter ce couplet, qu'elle ne douta plus qu'il ne fût
fait pour elle ; et, dans le premier mouvement de sa colere,
n'ayant rien plus à cœur que d'en donner le démenti sur le

champ aux impoſtures du poëte : " Ah ! pour celui-là, ma
" chere Hobart, je n'y puis plus tenir : je ne me pique point
" d'être auſsi belle qu'une autre ; mais pour les défauts, dont
" parle ce coquin-là, ma chere Hobart, j'oſe dire que per-
" ſonne n'en eſt plus éloignée : nous sommes seules, et j'au-
" rois presqu'envie de vous en convaincre." La complais-
ante Hobart le voulut bien ; mais quoiqu'elle lui mît l'esprit
en repos, en se récriant avec éloge sur tout ce qui réfutoit la
chanson de Rocheſter, la Temple pensa se désespérer de
rage et d'étonnement, de ce que le premier homme qu'elle
eût écouté, non-seulement ne lui eût pas dit un mot de vrai,
mais qu'il eût la cruauté de l'accuser à faux ; et ne trouvant
point d'expreſsion capable de remplir son dépit et la violence
de ses reſsentimens, elle se mit à pleurer comme une folle.

La Hobart la consola le plus tendrement qu'elle put ; la
gronda de ce qu'elle prenoit si fort à cœur les noirceurs d'un
homme, dont on connoiſsoit trop l'infamie, pour que de telles
impoſtures euſsent lieu ; mais elle lui conseilla de ne lui plus
jamais parler ; que c'étoit l'unique moyen de rendre ses projets inutiles ; et lui fit voir que le mépris et le sérieux étoient
beaucoup plus utiles dans ces occasions qu'un éclairciſsement ;
que s'il obtenoit une fois qu'elle l'écoutât, il seroit juſtifié ;
mais qu'elle étoit perdue.

Mademoiselle Hobart n'avoit pas tort de donner ces con-
seilles : elle savoit qu'un éclairciſsement la livroit, et qu'il
n'y avoit plus de quartier pour elle, si Rocheſter avoit un sujet si juſte de renouveller ses premiers panégyriques pour elle ;
mais la précaution fut vaine : cette conversation avoit été

entendue d'un bout à l'autre par la niece de la gouvernante : Cette niece avoit la mémoire du monde la plus fidelle ; et, comme elle devoit voir Rochefter ce même jour, elle répéta trois ou quatre fois cette conversation, pour n'en perdre pas un seul mot lorsqu'elle se donneroit l'honneur d'en faire le récit à son amant.

CHAPITRE X.

LA conversation dont on vient de parler n'avoit eu de charmes que pour mademoiselle Hobart ; et si la jeune Temple en avoit trouvé le commencement divertifsant, la fin l'avoit outrée de colere. A cette indignation succéda la curiosité d'apprendre par quelle raison, s'il étoit bien vrai que Sidney songeât à elle, il ne lui seroit pas permis de l'écouter un peu. La tendre Hobart, qui ne lui pouvoit rien refuser, lui promit cette confidence dès qu'elle pourroit s'afsurer sur sa conduite avec mylord Rochefter. On ne lui demanda que trois jours d'épreuve, après lesquels Hobart jura qu'elle lui diroit ce qu'elle souhaitoit savoir : Temple afsura qu'elle ne regardoit plus Rochefter que comme un monftre de perfidie, et jura ses grands dieux qu'elle ne l'écouteroit de sa vie, et qu'elle lui parleroit encore moins.

Dès qu'elles furent sorties du cabinet, mifs Sara sortit du baïn, où, durant toute cette conversation, elle avoit pensé transir de froid, sans oser s'en plaindre. Cette petite créature

avoit obtenu, de la femme-de-chambre de mademoiselle Hobart, de se pouvoir un peu décrafser, à l'insu de sa maîtrefse;
et l'autre y ayant consenti, je ne sais comme elles avoient fait
pour remplir d'eau froide une des cuves; et la petite Sara ne
faisoit que de s'y mettre, lorsqu'elles furent alarmées de l'arrivée des deux autres.   Une séparation de vitrage renfermoit
l'endroit du cabinet où les cuves étoient placées : des rideaux
de taffetas de la Chine, qui se tiroient par dedans, ôtoient la
vue de ceux qui se baignoient : la femme-de-chambre de
mademoiselle Hobart n'avoit eu que le tems de tirer ces rideaux sur la petite fille, de fermer la porte de la séparation,
et d'en ôter la clef, avant l'arrivée de sa maîtrefse et de mademoiselle Temple.

Elles s'étoient mises sur un canapé placé le long de cetté
séparation, et mademoiselle Sara, malgré ses alarmes, avoit
entendu toute la conversation, et l'avoit parfaitement retenue.
Comme la belle ne s'étoit donné tant de peine que pour recevoir plus proprement mylord Rochefter, dès qu'elle put se
sauver, elle regagna son entresol et Rochefter, n'ayant pas
manqué d'y grimper à l'heure du rendez-vous, il fut pleinement inftruit de tout ce qui s'étoit pafsé dans le cabinet.   Il
admira l'audace de la téméraire Hobart, d'oser lui faire une
tracafserie de cette nature; mais quoiqu'il comprît bien que
l'amour et la jalousie en étoient cause, il ne lui pardonna pas
pour cela.   La petite Sara voulut favoir s'il étoit vrai qu'il
en voulut à mademoiselle Temple, comme la Hobart avoit
dit, qu'elle en mouroit de peur.   " En pouvez-vous douter,
" répondit-il, puisque cette sincere personne l'a dit ? mais

" vous voyez aufsi que je n'en pourrois profiter quand la
" Temple le voudroit bien, puisque mes débauches et les
" coureuses de la ville y ont mis bon ordre."

La niece de la gouvernante se mit l'esprit en repos sur cette
réponse, jugeant que le refte étoit faux, puisqu'elle pouvoit
répondre que cet article n'étoit pas vrai. Mylord Rochefter
voulut aller dès ce même soir chez la duchefse, pour voir
quelle contenance on tiendroit en le voyant, après le beau
portrait que mademoiselle Hobart avoit eu la bonté d'en
faire. La Temple ne manqua pas de s'y trouver aufsi, dans
le defsein de lui faire une mine du plus effroyable dédain
qu'elle pût imaginer, quoiqu'elle se fût mise tout de son
mieux. Comme elle s'imaginoit que les couplets qu'on lui
venoit de chanter étoient dans la poche de tout le monde, elle
fut embarrafsée, de ce que tous ceux qui la rencontroient la
croyoient faite comme Rochefter l'avoit dépeinte. Cependant Hobart, qui ne se fioit pas trop aux promefses qu'elle
avoit faites de ne lui parler ni de près ni de loin, ne la quittoit point: Jamais elle n'avoit été si jolie: chacun lui en
disoit quelque chose; mais à l'air dont elle recevoit toutes
ces honnêtetés, on la crut folle; car, lorsqu'on lui parloit de
sa taille, de sa fraîcheur ou de ses regards : " Bon! disoit
" elle, on sait bien que je ne suis qu'une vilaine bête, tout
" autrement faite que les autres ; que ce qui reluit n'eft pas
" or, et que si j'ai quelque peu de louange à recevoir dans
" les compagnies, le refte eft une misere." La Hobart avoit
beau la poufser, elle alloit toujours son train ; et ne cefsant
de se dénigrer par ironie, on ne pouvoit comprendre à qui
diable elle en vouloit.

Lorsque mylord Rochefter arriva, elle en rougit d'abord, pâlit ensuite, s'ébranla pour aller à lui, se retint, tira ses gants l'un après l'autre jusqu'au coude; et après avoir trois fois ouvert et refermé son éventail avec violence, elle attendit qu'il la saluât à son ordinaire; et, dès qu'il eut commencé, la belle fit demi-tour à droite, et lui tourna le dos. Rochefter n'en fit que sourire; et, voulant que ses refsentimens fufsent encore plus marqués, il fit le tour de sa personne, et s'étant planté vis-à-vis d'elle: " Mademoiselle, lui dit-il, rien n'eft " si glorieux que de briller comme vous faites, après une aus- " si fatigante journée: soutenir une promenade à cheval " trois bonnes heures durant, et mademoiselle Hobart au re- " tour, sans en paroître abattue; voilà ce qui s'appelle un " tempérament."

Mademoiselle Temple avoit naturellement le regard ten- dre; mais elle fut transportée d'une colere si violente, voyant qu'il avoit encore l'effronterie de lui parler, qu'il crut lui voir une grenade allumée dans chaque œil quand elle les tourna sur lui. Hobart la pinça par le bras, sur le point que ce re- gard alloit être soutenu d'un détachement de reproches ou d'invectives.

Il ne les attendit pas, et remettant pour une autre fois les remercîmens qu'il devoit à mademoiselle Hobart, il se retira tout doucement. Hobart, qui n'avoit garde de s'imaginer qu'il sût rien de l'autre conversation, ne laifsa pas d'être fort alarmée de ce qu'il venoit de dire; mais Temple, prête à suffoquer de tout ce qu'elle savoit pour le confondre sans avoir pu s'en défaire, fit vœu en elle-même d'en avoir le cœur

net à la première occasion, malgré la parole qu'elle avoit
donnée ; quitte pour ne lui plus jamais parler après.

Rochefter avoit un espion fidele auprès de ces belles : c'é-
toit la petite mifs Sara, raccommodée, par son conseil et le
consentement de sa tante, avec mademoiselle Hobart, pour
mieux la trahir. Il sut par cet espion, que la femme-de-
chambre de la Hobart, soupçonnée de l'avoir écoutée dans
le cabinet, étoit sortie de son service ; qu'elle en avoit pris
une autre, qu'on croyoit qu'elle ne garderoit pas long-tems,
parce qu'elle étoit laide, et qu'elle mangeoit les confitures
de mademoiselle Temple. Quoique ces avis fufsent de peu
de conséquence, on ne laifsa pas de louer la petite fille de son
exactitude ; et, quelques jours après, elle en vint donner un,
tel qu'on le souhaitoit.

Rochefter fut informé par elle que mademoiselle Hobart,
et sa nouvelle favorite, devoient se promener à neuf heures
du soir dans le mail du parc ; qu'elles devoient changer d'habits l'une avec l'autre, mettre de grandes écharpes, et porter
des loups : Elle ajouta que mademoiselle Hobart s'étoit fort
opposée à ce projet ; mais qu'il avoit fallu céder à la fin, la
Temple ayant résolu d'en pafser sa fantaisie.

Rochefter prit sa résolution sur cet avis : il fut chercher
Killegrew, se plaignit à lui du tour que mademoiselle Hobart
avoit osé lui jouer, lui demanda son afsiftance pour s'en venger, et l'obtint ; et l'ayant informé de la maniere dont il vouloit
s'y prendre, et du rôle qui le regardoit dans cette aventure, ils
se rendirent dans l'allée du mail.

S Harding Del.

J.J. Van den Bergh. Sculp.

THOMAS KILLIGREW.

Bientôt y parurent nos nymphes en mascarades : leurs tailles étoient peu différentes, et leurs visages, qui l'étoient beaucoup, étoient couverts de leur loup. Il n'y avoit que peu de monde au parc ; et d'aussi loin que la Temple les vit, elle doubla le pas pour s'en approcher, dans le dessein de laver la tête au perfide Rochester sous la figure d'un autre ; quand Hobart l'arrêtant : " Où courez-vous donc ? lui dit-" elle : n'auriez-vous point envie d'attaquer de conversation " ces deux diables pour vous exposer à toutes les imperti-" nences qu'ils sont capables de vous dire ?" Ces remontrances furent inutiles : La Temple voulut tenter l'aventure ; et tout ce qu'on put obtenir, fut de ne point répondre à tout ce que Rochester pourroit lui dire.

Elles furent abordées comme elles achevoient de parler : Rochester choisit Hobart, feignant de la prendre pour l'autre. Elle en fut ravie ; mais Temple fut fâchée de voir que Killegrew lui tomboit en partage. Ce n'étoit pas à Killegrew qu'elle avoit affaire : Il s'apperçut de sa répugnance, et faisant semblant de se méprendre à ses habits : " Eh ! mademoi-" selle Hobart, lui dit-il, ne tournez point tant la tête devers " eux : je ne sais par quel hasard vous êtes toutes deux ici ; " mais je sais bien que c'est fort à propos pour vous, ayant " quelques petits avis à vous donner, comme votre serviteur " et votre ami."

Ce début donna de la curiosité pour le reste, et mademoiselle Temple parut plus disposée à l'écouter. Killegrew, voyant que les autres s'étoient insensiblement éloignés : " Au nom " de Dieu, dit-il, de quoi vous avisez-vous de vous déchaîner

" contre mylord Rochefter, que vous connoifsez pour le plus
" honnête homme de la cour, et que vous donnez cependant
" pour le plus grand scélérat à la personne qu'il eftime et
" qu'il honore le plus? Que deviendriez-vous, s'il savoit
" que vous avez fait accroire à mademoiselle Temple, que
" c'eft sur elle qu'il a fait certains couplets de chanson, faits,
" comme vous savez aufsi-bien que moi, contre la grofse
" Price, plus d'un an avant qu'il fût queftion de la belle Tem-
" ple? Ne soyez point surprise que j'en sache tant; mais
" faites un peu d'attention à ce que je vais vous dire de
" bonne amitié. Votre pafsion et vos desirs pour la jeune
" Temple ne sont plus ignorés que d'elle; car, de quelque
" maniere que vous ayez surpris son innocence, on lui rend
" afsez de juftice pour croire qu'elle vous traiteroit comme a
" fait madame de Falmouth, si la pauvre fille savoit ce que
" vous lui voulez: je vous conseille donc de ne point pous-
" ser les choses plus loin auprès d'une personne trop sage pour
" vous le permettre: je vous conseille encore de reprendre vo-
" tre femme-de-chambre, pour supprimer le scandale de ses
" discours: Elle dit par-tout qu'elle eft grofse, vous impute le
" fait, et vous accuse de la derniere ingratitude sur de sim-
" ples soupçons. Vous voyez bien que je n'invente point
" ces sortes de choses; mais afin que vous ne doutiez point
" que ce ne soit de sa propre bouche que je les tiens, elle
" m'a parlé de votre conversation dans le cabinet des bains;
" des portraits que vous y aviez faits de tous les hommes de
" la cour; de la malice artificieuse dont vous aviez donné les
" couplets si peu convenables à la fille d'Angleterre la mieux

" faite ; de quelle maniere la pauvre Temple avoit donné
" dans le panneau que vous lui tendiez pour juftifier ses ap-
" pas. Mais ce qu'il pourroit y avoir de plus dangereux
" pour vous dans ce long entretien, c'eft d'avoir révélé cer-
" tains secrets, que la duchefse ne vous a pas apparemment
" confiés pour en faire part à ses filles d'honneur. Songez-y
" bien, et ne négligez pas de faire quelque réparation au che-
" valier Littleton, pour le ridicule que vous avez pris la
" peine de lui donner : Je ne sais si c'eft de votre femme-de-
" chambre qu'il le tient ; mais je sais bien qu'il a juré de
" s'en venger, et qu'il eft homme à tenir sa parole ; car afin
" que vous ne vous trompiez pas à cette mine de Stoïcien, et
" cette gravité de Jurisconsulte, je veux bien vous apprendre
" que c'eft le plus emporté de tous les hommes. Comment !
" ce sont des choses horribles que ces invectives ! Il dit que
" c'eft bien à faire à une coquine comme vous de dénigrer
" les honnêtes gens par jalousie ; qu'il s'en plaindra, si vous
" continuez ; que si son altefse ne lui fait pas juftice, il se la
" fera lui-même, et vous donnera de son épée dans le ventre
" quand ce seroit entre les bras de mademoiselle Temple ;
" qu'il eft bien scandaleux que toutes les filles d'honneur
" pafsent par vos mains, avant que de pouvoir se reconnoître.

" Voilà, mademoiselle, ce que j'ai cru devoir vous ap-
" prendre : Vous savez mieux que moi, si ce que je viens de
" vous dire eft véritable, et c'eft à vous à voir quel usage il
" vous plaira faire de mes avis ; mais si j'étois à votre place,
" je ferois la paix de mylord Rochefter auprès de mademoiselle
" Temple. Encore une fois, qu'il ne sache pas que vous

" ayez abusé de l'innocence de cette fille, pour noircir la
" sienne : N'en éloignez plus un homme qui l'aime tendre-
" ment, et qui, de la probité dont il eſt, se seroit bien
" gardé de jetter les yeux sur elle, s'il n'avoit eu deſsein de
" l'épouser."

Mademoiselle Temple avoit exactement tenu sa parole
pendant ce discours : elle n'avoit garde d'y manquer, tant
l'étonnement et la confusion l'avoient saisie.

La Hobart et Rocheſter la joignirent encore toute interdite
des merveilles qu'elle venoit d'apprendre : choses incroyables
à son avis, qu'on ne pouvoit s'empêcher de croire, en examin-
ant leurs circonſtances : Jamais embrouillement ne fut pareil
à celui dont sa tête fut remplie à ce récit.

Rocheſter et Killegrew les avoient quittées, qu'elle n'étoit
pas encore bien revenue : mais, dès qu'elle eut un peu repris
ses esprits, elle regagna Saint-James à grands pas, sans répondre à ce que l'autre lui pût dire ; et s'étant enfermée dans
sa chambre, la premiere chose qu'elle fit, ce fut d'ôter
promptement les habits de mademoiselle Hobart, de peur
d'en être contaminée. Après ce qu'elle en venoit d'apprendre, elle ne la considéroit plus que comme un monſtre funeſte
à l'innocence du beau sexe, de quelque sexe qu'elle pût être :
Elle rougiſsoit des privautés qu'avoit eues aupres d'elle une
créature, dont la femme-de-chambre étoit groſse, sans avoir
été dans un autre service que le sien : Elle lui renvoya donc
toutes ses hardes, redemanda les siennes, et résolut de n'avoir
plus aucun commerce avec elle. Mademoiselle Hobart, d'un
autre côté, qui crut que Killegrew l'avoit prise pour elle en

lui parlant, ne pouvoit comprendre ce qui lui faisoit prendre, depuis cette conversation, des airs si surprenans; mais
voulant s'en éclaircir, elle fit refter la femme-de-chambre de
Temple chez elle, fut la trouver elle-même, au lieu de lui
renvoyer ses habits; et, voulant la surprendre par quelque
petite amitié, avant que d'en venir aux éclaircifsemens, elle
entra tout doucement dans sa chambre, comme elle alloit
changer de linge, et l'embrafsa. La Temple se trouvant entre
ses bras avant que de l'avoir apperçue, tout ce que Killegrew venoit de lui dire s'offrit à son imagination : Elle crut
lui voir les regards d'un satyre, avec des emprefsemens encore
plus odieux; et se démélant avec indignation d'entre ses
bras, elle se mit à faire des cris effroyables, appellant le ciel
et la terre à son secours.

Les premières qui vinrent à cette alarme furent la gouvernante et sa niece : Il étoit près de minuit : La Temple étoit
en chemise, toute effarée, et repoufsoit mademoiselle Hobart
avec horreur, qui ne s'en approchoit que pour apprendre le sujet de ses transports. Dès que la gouvernante vit cette scene,
elle se mit à chanter pouille a la Hobart, avec toute l'éloquence d'une vraie gouvernante; lui demanda si c'étoit pour
elle que son altefse entretenoit des filles d'honneur; si elle
n'avoit point de honte de venir jusques. dans leur appartement, à l'heure indue qu'il étoit, pour s'y porter à de telles
violences, et jura qu'elle s'en plaindroit dès le lendemain à la
duchefse. Tout cela confirmoit Temple dans ses erreurs; et
Hobart fut enfin obligée de s'en aller, sans pouvoir faire en-
endre raison à des créatures qu'elle croyoit toutes folles ou

poſsédées. Le lendemain miſs Sara ne manqua pas de conter cette aventure à son amant ; lui dit comme les cris de Temple avoient alarmé l'appartement des filles ; et comme elle et sa tante, accourant à son secours, avoient pensé surprendre Ho-bart en flagrant délit.

Deux jours après, l'aventure fut publique, ainsi que plu-sieurs circonſtances qui n'en étoient pas: La gouvernante en faiſoit foi, contant par-tout, comme la pudeur de mademoi-selle Temple l'avoit échappé belle ; et que miſs Sara sa niece n'avoit conservé son honneur, que parce que les bons avis de mylord Rocheſter l'avoient dès long-tems obligée de lui dé-fendre tout commerce avec une personne si dangereuse. Temple sut dans la suite, que les couplets qui l'avoient si fort aigrie n'avoient jamais été faits que pour la Price. Tout le monde l'en aſsuroit, en concevant une nouvelle horreur pour Hobart sur cette supercherie. Tant de refroidiſsment, après tant de familiarités, fit croire à bien des gens que l'aventure n'étoit pas tout-à-fait inventée.

C'étoit aſsez pour disgracier la Hobart à la cour, et pour la décrier dans la ville ; mais la duchefse la soutint, comme elle avoit déja fait, traita l'hiſtoire d'un bout à l'autre de chi-mere ou de calomnie, gronda Temple de son impertinente crédulité, chaſsa la gouvernante avec la niece pour les im-poſtures dont elles soutenoient cette fable, et fit quantité d'in-juſtices pour rétablir l'honneur d'Hobart, sans pouvoir en venir à bout. Elle avoit ses raisons pour ne la pas abandon-ner, comme nous dirons dans la suite.

Mademoiselle Temple, qui ne cessoit de s'accuser d'injustice au sujet de mylord Rochester, et qui, sur la parole de Killegrew, le croyoit l'homme d'Angleterre de la plus grande intégrité, ne cherchoit que l'occasion de se justifier dans son esprit, en lui faisant quelque sorte de réparation pour les rigueurs qu'elle lui avoit tenues: Ces favorables dispositions, entre les mains d'un homme comme lui, l'auroient pu mener plus loin qu'elle ne croyoit; mais il ne plut pas au ciel de le mettre à portée d'en profiter.

Depuis qu'il étoit à la cour, il n'avoit guere manqué d'en être banni, pour le moins une fois l'an; car, dès qu'un mot se trouvoit au bout de sa langue ou de sa plume, il le lâchoit, sur le papier ou dans la conversation, sans aucun égard aux conséquences: Les ministres, les maîtresses, et souvent le maître lui-même en étoient: S'il n'avoit eu affaire au prince le plus humain qui fût jamais, la premiere de ses disgraces eût été la derniere.

Ce fut dans le tems que Temple le cherchoit, pour lui demander pardon de ce que les noirceurs de mademoiselle Hobart leur avoient à tous deux coûté, que la cour lui fut interdite pour la troisieme fois: Il partit sans avoir vu Temple, mena la gouvernante disgraciée à sa maison de campagne, fit son possible pour cultiver quelques dispositions que sa niece se trouvoit pour le théatre; mais, voyant qu'il n'y réussissoit pas, si bien que dans ses autres instructions, après l'avoir eue quelques mois, avec madame sa tante, à sa maison de campagne, il ne laissa pas de la faire recevoir dans la troupe du

roi l'hiver d'après ; et le public lui fut obligé de la plus jolie, mais de la plus mauvaise comédienne, du royaume.

Talbot arriva d'Irlande pendant que ces choses se pafsoient
à la cour : Il n'y trouva pas mademoiselle d'Hamilton : Elle
étoit à la campagne, chez une parente, dont on parlera dans
la suite. Un refte de tendrefse pour elle subfiftoit encore
dans son cœur, malgré l'absence et ce qu'il avoit promis au
chevalier de Grammont en partant : Il cherchoit à s'attacher
quelque part, pour s'en détacher pendant son absence ; mais
il ne crut rien voir dans la nouvelle cour de la reine qui mé-
ritât son attention. Mademoisélle Boynton s'avisa pourtant
d'en avoir pour lui : C'étoit une figure mince et délicate, à
laquelle un afsez beau teint et de gros yeux immobiles donnoient quelque air de beauté de loin, qui s'effaçoit de près :
Elle affectoit d'être languifsante, de parler gras, et d'avoir
deux ou trois foiblefses par jour. La premiere fois que Talbot jetta les yeux sur elle, une de ces foiblefses la prit : On
lui fit entendre qu'elle s'évanouifsoit à son intention : Il le
crut, s'emprefsa pour la secourir ; et, depuis cet accident, il
se donna quelques airs attendris auprès d'elle, plutôt pour lui
sauver la vie, que pour lui marquer de la tendrefse. Ces airs
furent bien reçus ; car elle en avoit véritablement été frappée
d'abord. C'étoit un des plus grands hommes d'Angleterre,
et selon les apparences un des plus robuftes : Cependant elle
laifsoit afsez voir qu'elle étoit prête à commettre la délicatefse d'une complexion comme la sienne à tout ce qui
pourroit en arriver, pour devenir sa femme ; et peut-être

l'eût-elle-été dès-lors, comme elle le fut après, si les charmes de la belle Jennings ne s'y fuſsent opposés.

Je ne sais par quel hasard elle ne s'étoit point encore offerte à ses yeux : On lui en avoit pourtant beaucoup parlé. Sa conduite, son esprit et sa vivacité, lui furent également vantés : Il le crut sur la foi publique. Il trouva quelque chose d'aſsez rare, de voir la discrétion et la vivacité si bien d'accord à cet âge, principalement au milieu d'une cour toute galante ; mais il trouva tout ce qu'on avoit dit des agrémens de sa personne au-deſsous de la vérité.

S'il ne fut pas long-tems à s'appercevoir qu'il l'amoit, il ne tarda guere à le dire : Il n'y avoit rien à tout cela qui ne fût dans la vraisemblance, et mademoiselle Jennings crut y pouvoir ajouter foi, sans trop se flatter. Talbot avoit du brillant, un bel extérieur, beaucoup de nobleſse, pour ne pas dire de faſte, dans ses manieres : La faveur du duc qui le diſtinguoit aſsez, relevoit tout cela ; mais, le plus eſsentiel de son mérite pour elle étoit quarante mille livres de rente, indépendamment des bienfaits de son maître. Toutes ces qualités étoient du reſsort des maximes et regles qu'elle s'étoit proposé de suivre en fait d'amans : Ainsi, quoiqu'il ne vît pas ses penchans entiérement déclarés, du moins il eut la gloire d'en être mieux reçu que ceux qui s'étoient présentés avant lui.

Personne ne se mit en tête de traverser son bonheur ; et mademoiselle Jennings, voyant que la ducheſse approuvoit les deſseins de Talbot, après s'être bien consultée, sentit qu'en l'épousant sans répugnance, c'étoit tout ce qu'elle pouvoit

faire pour son service, et que sa raison lui étoit plus favorable que son cœur.

Talbot, trop heureux d'une préférence que nul autre n'a-
voit eue, n'approfondit point si c'étoit à son cœur, ou bien
à sa raison qu'il en étoit redevable, et ne songea qu'à prefser
l'accomplifsement de son bonheur : On eût juré qu'il y touchoit ; mais l'amour ne seroit plus amour, s'il ne se plaisoit
à reculer les félicités, ou bien à renverser les fortunes de son
empire.

Talbot, qui ne trouvoit rien à redire à la personne, à la
conversation, ni à la sagefse de mademoiselle Jennings, fut
un peu touché d'une nouvelle connoifsance qu'elle venoit de
faire ; et, s'étant mêlé de lui donner quelques petits avis sur
ce sujet, il ne s'en trouva pas bien.

Price, fille d'honneur réformée, comme nous avons dit,
s'étoit mise, au sortir de chez la duchefse, sous la protection
de madame de Caftelmaine. Elle avoit l'esprit fort amusant :
Sa complaisance convenoit a toutes sortes d'humeurs, et la
sienne avoit un fonds de gaîté qui réjouifsoit par tout. Elle
avoit fait connoifsance avec Jennings, avant Talbot : Comme
elle savoit toutes les intrigues de la cour, elle les contoit naturellement à mademoiselle Jennings, et les siennes, tout
aufsi naïvement que les autres. Elle en étoit charmée ; car
quoiqu'elle ne voulût rien éprouver de l'amour qu'à bonnes
enseignes, elle n'étoit pas fâchée d'apprendre par ces récits
comme tout cela se pafsoit : Ainsi, ne se lafsant point de l'entendre, elle étoit ravie quand elle pouvoit la voir.

Harding Del. London Pub. Oct. 6. 1792 by E. & S. Harding Pall Mall. Bartolozzi Sc.

MISS PRICE.

Talbot, qui s'apperçut du goût extrême qu'elle avoit pour cette fille, ne jugea pas que la réputation qu'elle avoit dans le monde fût avantageuse à celle de sa maîtrefse, principale- ment dans un commerce intime : C'eft pourquoi le prenant sur un ton de tuteur, plutôt que sur celui d'amant, il s'ingéra de la gronder sur la mauvaise compagnie qu'elle hantoit. Jennings étoit fiere à toute outrance, quand elle se le mettoit en tête, et comme elle aimoit beaucoup mieux la conversa- tion de Price, que celle de Talbot, elle prit la liberté de lui dire : " Qu'il se mêlât de ses affaires ; et que, s'il n'étoit venu " d'Irlande que pour lui donner des leçons sur sa conduite, " il n'avoit qu'à prendre la peine d'y retourner." Il s'offença d'une sortie qu'on lui faisoit si mal-à-propos dans les termes où ils en étoient ; et la quittant plus brusquement qu'il ne convenoit aux respects d'un homme bien amoureux, il fit quelque tems le fier ; mais il n'en fut pas bon marchand. Il se lafsa de ce personnage, quand il vit qu'il ne servoit de rien, et il prit celui d'amant humilié, qui lui servit aufsi peu. Son repentir, ni ses soumifsions ne la ramenerent pas, et la petite mutine boudoit encore lorsque Jermyn revint à la cour.

Il y avoit plus d'un an qu'il triomphoit des foiblefses de la Caftelmaine, et plus de deux que le roi s'ennuyoit de ses tri- omphes. Son oncle s'en étoit apperçu des premiers, et l'a- voit obligé de s'absenter de la cour pour quelque tems, sur le point qu'on alloit lui en envoyer les ordres ; car quoique sa majefté n'eût plus que de certains égards pour madame de Caftelmaine, il ne trouva pas bon qu'une princefse qu'il avoit honorée d'une diftinction publique, et qui se trouvoit encore

couchée sur l'état de ses dépenses pour d'afsez gros articles,
parût attachée au char du plus ridicule vainqueur qui fût
jamais. Il avoit eu plusieurs démêlés avec la belle sur ce sujet; mais toujours inutilement : Ce fut dans le dernier de ces
démêlés, que lui conseillant de faire plutôt des graces à Jacob Hall pour quelque chose, que de mettre son argent à
Jermyn pour rien, puisqu'il lui seroit encore plus glorieux
de pafser pour la maîtrefse du premier, que pour la très-
humble servante de l'autre, la Caftelmaine ne fut pas à l'é-
preuve de cette raillerie. L'impétuosité de son tempérament s'alluma comme un éclair : Elle lui dit, " Que c'étoit
" bien à lui qu'il appartenoit de faire de tels reproches à la
" femme d'Angleterre qui les méritoit le moins; qu'il ne ces-
" soit de lui faire de ces querelles injuftes, depuis que la bas-
" sefse de ses penchans s'étoit déclarée; qu'il ne falloit, pour
" un goût comme le sien, que des oisons bridés, tels que la
" Stewart, la Wells, et cette petite gueuse de comédienne,
" qu'il leur avoit depuis quelque tems afsociée." Des larmes
de fureur se mêloient ordinairement à ces orages; ensuite, reprenant le rôle de Médée, la scene se fermoit en le menaçant
de mettre ses enfans en capilotade, et son palais en feu. Comment faire avec une furie déchaînée, qui, toute belle qu'elle
fût, refsembloit bien moins à Médée qu'à ses dragons, quand
elle étoit dans ses transports ?

Le bon prince aimoit la paix, et comme il ne se commet-
toit guere à ces occasions qu'il ne lui en coutât quelque chose
pour l'avoir, il fallut faire de grands frais pour ce dernier accommodement. Comme ils n'en pouvoient convenir, et que cha-

JACOB HALL.

S. Harding Del. Pub. Jan. 7 1. 1793. by E. & S. Harding Pall Mall. Van den Berghe Sc.

DUTCHESS OF CLEVELAND.

From an Original Picture by S.ʳ P. Lely, in the Poſseſsion of S.ʳ Brook Boothby D.ᵗ

cun se plaignoit de son côté, le chevalier de Grammont, du consentement des deux parties, fut médiateur du traité. Les griefs et les prétensions lui furent représentés de part et d'autre ; et ce qu'il y a de rare, il trouva le moyen de les contenter tous deux. Voici les articles d'accommodement qu'ils acceptèrent : savoir ;

" Que madame de Caftelmaine abandonneroit Jermyn ; " que pour preuve de sa disgrace, elle consentiroit qu'on " l'envoyât faire un tour à la campagne ; qu'elle ne feroit " plus de railleries au sujet de la Wells, ni de vacarmes sur " celui de la Stewart, sans que le roi fût tenu de rien chan- " ger en sa conduite pour elle ; Que moyennant ces conde- " scendances, il lui donneroit incessamment le titre de du- " chefse, avec tous ses honneurs, tous ses priviléges, et une " augmentation d'appointemens pour en soutenir la dig- " nité."

Dès que cette paix fut publiée, les censeurs, car il y en a toujours sur les conventions de l'état, prétendirent que le médiateur du traité, jouant tous les jours avec madame de Caftelmaine, et n'y perdant jamais, avoit un peu trop appuyé ce dernier article en sa faveur.

Quelques jours après, ayant pris le titre de duchefse de Cleveland, le petit Jermyn avoit pris le chemin d'une maison de campagne : Il n'avoit tenu qu'à lui d'en revenir au bout de quinze jours ; et le chevalier de Grammont, en ayant obtenu la permifsion du roi, l'avoit portée au bonhomme Saint-Albans : C'étoit lui porter la vie ; mais il eut beau l'envoyer à son neveu, ce fut inutilement ; car, soit qu'il voulût faire déplorer son absence aux beautés de Londres, et les faire crier contre l'injuftice du siecle et la tyrannie du prince, il refta plus de six mois à la campagne, faisant du petit philosophe aux yeux des chafseurs du voisinage, qui le regardoient comme un exemple fameux des revers de la fortune : Cela lui parut si beau, qu'il y seroit refté bien plus long-tems, s'il n'eût entendu parler de mademoiselle Jennings : Il ne fit pas grand cas de ce qu'on lui mandoit de ses charmes, persuadé qu'il en avoit bien vu d'autres : Il fut plus touché de ce qu'on publioit de sa résiftance et de sa fierté : Ce fut cette fierté qui lui parut digne de sa colere ; et, quittant son exil pour la subjuguer, il arriva dans le tems que Talbot, raisonnablement amoureux, étoit brouillé, selon lui, si peu raisonnablement avec mademoiselle Jennings.

Elle avoit entendu parler de Jermyn comme d'un héros en amour. La Price, en lui contant les aventures de madame de Cleveland, en avoit souvent fait mention, sans rien diminuer de la foiblefse dont la renommée vouloit que ce héros se portât dans les rencontres. Cela n'avoit pas empêché qu'elle n'eût la derniere curiosité de voir un homme dont la personne entiere ne devoit être qu'un trophée mouvant des faveurs et des libertés du beau sexe.

Jermyn étoit donc venu satisfaire cette curiosité par sa présence ; et, quoiqu'on trouvât son brillant un peu brouillé du séjour de la campagne, que sa tête parût plus grofse, et ses jambes plus menues qu'à l'ordinaire, la petite tête de Jennings crut n'avoir jamais rien vu de si parfait, et cédant à sa deftinée, la belle s'en laifsa coëffer, encore moins raisonnablement que les autres. On s'en apperçut avec quelque étonnement, car on attendoit quelque chose de plus de la délicatefse d'une personne jusqu'alors afsez difficile.

Jermyn ne fut point surpris de cette conquête, quoiqu'il y fût afsez sensible ; car son cœur y prit bientôt autant de part que sa vanité. Talbot, qui vit avec étonnement la rapidité de cette conquête et la honte de sa défaite, en pensa crever de dépit et de jalousie ; mais il crut qu'il étoit plus honorable d'en crever que de marquer inutilement l'un ou l'autre ; et, s'étant paré d'une feinte indifférence, il se mit à l'écart pour voir quelle fin auroit un entêtement, qui commençoit de cet air.

Cependant Jermyn jouifsoit tranquillement du plaisir de voir les penchans de la plus jolie et de la plus extraordinaire créature d'Angleterre déclarés pour lui. La duchefse, qui l'avoit prise sous sa protection depuis qu'elle avoit refusé de se mettre sous celle du duc, sonda les intentions de Jermyn pour elle, et fut contente des afsurances que lui donnoit un homme dont la probité surpafsoit de beaucoup le mérite en amour. Il laifsa donc voir à toute la cour qu'il vouloit bien l'épouser, quoiqu'il ne voulût pas la prefser sur la conclusion. Tout le monde faisoit compliment à la belle Jennings, d'avoir réduit à cet état la terreur des maris, et le fléau des amans. La cour étoit dans l'attente de ce miracle, et la petite Jennings dans celle d'un établifsement heureux et prochain ; mais, il faut toujours compter avec la fortune, avant que de compter sur la certitude des félicités.

Le roi n'avoit pas coutume de laifser si long-tems mylord
Rochefter en exil: Il s'en ennuya, et trouvant mauvais qu'on
l'oubliât, il fut droit à Londres attendre qu'il plût à sa majefté de l'y rappeller. Il s'établit d'abord au milieu de ce
qu'on appelle la cité, quartier des gros bourgeois et des riches
marchands, où la politefse, à la vérité, ne regne pas tant
qu'à la cour; mais où les plaisirs, le luxe et l'abondance reg-
nent avec moins d'agitation et plus de bonne foi. Son dessein, au commencement, n'étoit que de se faire initier aux
myfteres de ces habitans fortunés; c'eft-à-dire, en changeant
de nom et d'habits, d'être admis à leurs feftins, à leurs commerces de plaisirs, et, suivant les occasions, à ceux de mesdames leurs épouses. Comme son esprit étoit de la portée
de tous les esprits qu'il vouloit, il faut voir comme il s'insinua
dans l'épaifseur de celui des opulens échevins, et dans la délicatefse de celui de leurs tendres et très-magnifiques moitiés.
Il étoit de toutes les parties et de toutes les afsemblées; et
tandis qu'il déclamoit avec les maris contre les fautes et les
foiblefses du gouvernement, il aidoit à leurs femmes à chanter pouille aux vices des dames de la cour, et à se révolter
contre les maîtrefses du roi: Il disoit avec elles que c'étoit
pour la charge du pauvre peuple, que ce maudit usage étoit
introduit; que les beautés de la cité valoient bien celles de
l'autre bout de la ville; et que cependant un honnête mari
trouvoit dans leur quartier que c'étoit bien afsez d'une femme: ensuite de quoi, renchérifsant sur tous leurs murmures,
il disoit qu'il ne comprenoit pas que le feu du ciel ne fût déja
tombé sur Whitehall, vu qu'on y souffroit des garnemens

JOHN, EARL OF ROCHESTER.

comme Rocheſter, Killegrew, et Sidney, qui soutenoient que
tous les maris de Londres étoient cocus, et leurs femmes far-
dées. Cela l'avoit rendu si cher et si désiré dans toutes leurs
cotteries, qu'il se laſsa de l'empiffrerie des feſtins et de l'empreſsement des marchands.

Mais bien loin de s'approcher du quartier de la cour, il
s'enfonça dans les retraites les plus reculées de la cité ; et ce
fut là que, changeant encore d'habits et de nom, pour un nouveau personnage, il fit, sous-main, courir des billets, portant ;
" Qu'il étoit arrivé depuis quelques jours un médecin Alle-
" mand farci de secrets merveilleux et de remedes infaillibles."
Les secrets étoient de lire dans le paſsé, comme de prédire
l'avenir, par le secours de l'aſtrologie : La vertu des remedes consiſtoit principalement à soulager en peu de tems les
pauvres filles de tous les maux et de tous les accidens où elles
pouvoient être tombées, soit par trop de charité pour le prochain, soit par trop de complaisance pour elles-mêmes.

Ses premieres pratiques, ne s'étendant que sur le voisinage,
ne furent pas fort considérables ; mais sa réputation s'étant
bientôt répandue jusqu'à l'autre bout de la ville, bientôt arriverent les soubrettes de la cour, et les femmes de chambre
de qualité, qui, sur les merveilles qu'elles publioient du médecin Allemand, furent suivies de quelques-unes de leurs
maîtreſses.

Parmi les ouvrages d'esprit peu sérieux, jamais il n'y en
eut de si agréables, et de si remplis de feu, que ceux de mylord Rocheſter ; et de tous ses ouvrages, le plus ingénieux
et le plus divertiſsant eſt un détail de toutes les fortunes et

des différentes aventures qui lui pafserent par les mains, pendant qu'il profefsoit la médecine et l'aftrologie dans les fauxbourgs de Londres.

La belle Jennings pensa bien être placée dans ce recueil ;
mais l'aventure qui la sauva n'empêcha pas qu'on n'apprît
dans la suite le defsein qu'elle avoit eu de rendre visite au diseur de bonne aventure.

Les premieres femmes de chambre qui l'avoient consulté
n'étoient autres que celles des filles d'honneur : Elles avoient
grand nombre de queftions à faire, et quelques doutes à proposer, tant sur leur compte que sur celui de leurs maîtrefses :
elles eurent beau se déguiser, il en reconnut quelques-unes,
comme, par exemple, celle de la Temple, de la Price, et celle
que la Hobart avoit depuis peu chafsée. Ces créatures en
étoient revenues, les unes émerveillées, les autres toutes
remplies de frayeur : Celle de mademoiselle Temple jura
qu'il l'avoit afsurée qu'elle auroit la petite vérole, et sa maîtrefse l'autre, dans deux mois au plus tard, si sadite maîtrefse
ne se donnoit de garde d'un homme habillé en femme. La
soubrete de la Price afsura que, sans la connoître, n'ayant fait
que lui regarder dans la main, il lui avoit d'abord dit, que,
selon le cours des étoiles, il falloit qu'elle fût au service de
quelque bonne personne qui n'avoit point d'autre défaut que
celui d'aimer le vin et les hommes. Chacune enfin, frappée de quelque chose de particulier touchant leurs affaires, en
avoit alarmé ou diverti leurs maîtrefses, n'ayant pas manqué,
selon la coutume, d'ajouter à la vérité, pour rendre la chose
plus merveilleuse.

MISS JENNINGS.

Price en entretenoit un jour sa nouvelle amie, et le diable tenta sur-le-champ sa nouvelle amie d'aller en personne voir ce que c'étoit que ce nouveau magicien.

L'entreprise étoit des plus étourdies, mais elle l'étoit moins que la petite Jennings, qui croyoit qu'on pouvoit se moquer des apparences, pourvu qu'on fût innocente dans le fond. Price étoit la complaisance même ; et cette belle résolution prise, on ne songea plus qu'aux moyens de l'exécuter.

Jennings étoit très-difficile à déguiser, à cause de son éclat extrême et de quelque chose de singulier dans son air et ses manieres. Cependant, après avoir bien rêvé, ce qu'elles imaginerent de mieux fut de s'habiller comme des filles qui vendent des oranges aux comédies, et dans les promenades publiques. Cela fut bientôt fait : La Price se traveftit à peu-près de même : Elles prirent chacune un panier d'oranges ; et s'étant embarquées dans un fiacre, elles s'abandonnerent à la fortune sans autre escorte que celle du caprice et de l'indiscrétion.

La duchefse étoit à la comédie avec sa sœur : mademoiselle Jennings s'en étoit dispensée sur une feinte indisposition: Elle nâgeoit dans la joie, voyant cet heureux commencement de leur aventure ; car elles s'étoient déguisées, avoient traversé le parc, et pris leur fiacre à la porte de Whitehall, sans aucun obftacle : Elles s'en félicitoient réciproquement ; et la Price, ayant bien auguré de l'ifsue de leur entreprise par un début si fortuné, s'avisa de demander à sa compagne ce qu'elles alloient faire chez le sorcier, et ce qu'elles avoient à lui proposer.

Mademoiselle Jennings lui dit, que pour elle, c'étoit la curiosité plutôt qu'autre chose qui l'y menoit; qu'elle étoit
pourtant résolue de lui demander, sans nommer personne,
par quel hasard un homme, amoureux d'une jeune personne
afsez jolie, ne se prefsoit pas de l'épouser, puisque cela devoit être afsez divertifsant, et qu'il ne tenoit qu'à lui. La
Price lui dit en riant, que sans aller au devin, rien n'étoit
plus aisé que d'expliquer cette énigme, lui en ayant déja dit
quelque chose dans le journal des actions de madame de
Cleveland.

A cet endroit de la conversation, elles se trouverent près
de la comédie. La Price, après un moment de réflexion,
lui dit, que puisque la fortune les favorisoit, il s'offroit une
belle action à leur courage, qui étoit d'aller vendre leurs
oranges jusques dans la salle de la comédie, à la barbe de la
duchefse et de toute sa cour. La proposition se trouvant
digne des sentimens de l'une, et de la vivacité de l'autre, elles
mirent pied à terre, payerent leur fiacre, et se coulant le long
d'une infinité de carrofses, elles gagnerent à grand'peine la
porte de la comédie. Sidney, plus beau que le bel Adonis,
et plus paré qu'à son ordinaire, y descendoit. La Price l'a-
borda témérairement, comme il se donnoit un coup de
peigne; mais il étoit trop occupé de lui-même pour songer à
elle, et pafsa sans daigner lui répondre. Killegrew fut le second qui débarqua. La belle Jennings, un peu rafsurée de
ce qu'elle avoit vu faire à l'autre, s'avança vers lui, lui présenta son panier, tandis que la Price, plus faite au langage,
lui disoit d'acheter ses belles oranges. " Pas pour le présent,

" dit-il en les regardant avec attention ; mais si tu veux de-
" main au matin m'amener cette petite fille, cela te vaudra
" toutes les oranges des boutiques :" Et, tandis qu'il tenoit
ce discours à l'une, il tenoit la main sous le menton à l'autre,
en visitant quelque peu sa gorge. Ces familiarités faisant oublier à la petite Jennings le personnage qu'elle représentoit,
après l'avoir repoufsé le plus rudement qu'elle put, elle lui
dit avec indignation, qu'il étoit bien insolent d'oser....." Ha,
" ha! dit-il, voici ma foi qui eft nouveau ! une petite p....
" qui pour faire valoir sa marchandise fait la précieuse, et
" prétend avoir des sentimens !"

Price vit bien qu'elle ne feroit rien qui vaille dans un lieu
si dangereux ; et l'ayant prise sous le bras, elle l'emmena
toute émue encore de l'insulte qu'on venoit de faire à sa
fierté.

Mademoiselle Jennings, ne voulant plus vendre des oranges
à ce prix, fut tentée de s'en retourner, sans mettre fin à l'autre
aventure ; mais, Price lui mettant devant les yeux la honte de
tant de foiblefse, après tant de valeur, elle consentit à voir
promptement l'aftrologue, afin d'être de retour avant la fin de
la comedie.

Elles avoient un billet d'addrefse ; mais il n'en fut pas besoin : le cocher qu'elles venoient de prendre leur dit, qu'il
savoit bien ce qu'elles cherchoient, et qu'il en avoit déja mené plus de cent chez le médicin d'Allemagne : Elles n'en
étoient plus qu'à la moitié d'une rue, lorsque la fortune s'a-
visa de leur tourner le dos.

Brounker avoit dîné par hasard chez un marchand de ces quartiers ; et, juftement comme il en sortoit, elles firent arrêter leur fiacre : C'étoit vis-à-vis de lui. Deux vendeuses d'oranges en carofse, dont l'une paroifsoit avoir un fort joli visage, lui donnerent de l'attention : Il étoit volontiers curieux de ces sortes d'objets.

C'étoit l'homme de la cour, qui avoit le moins d'eftime pour le beaux sexe, et avoit le moins de miséricorde pour sa réputation : Il n'étoit point jeune, sa figure étoit désagréable ; cependant, avec beaucoup d'esprit, il avoit un penchant infini pour les femmes. Il se rendoit juftice sur son mérite ; et, persuadé qu'il ne pouvoit réufsir qu'auprès de celles qui voudroient de son argent, il étoit en guerre avec toutes les autres. Il avoit, à quatre ou cinq milles de Londres, une petite maison de campagne, toujours meublée de quelques grisettes : Du refte, fort homme de bien, et le premier joueur d'échecs du royaume.

Price, alarmée de l'attention dont les examinoit l'ennemi le plus dangereux qu'elles pufsent rencontrer, détourna la tête, dit à sa compagne d'en faire autant, et au fiacre d'avancer. Brounker les suivit à pied, sans qu'elles s'en fufsent apperçues, et le carofse étant arrêté vingt ou trente pas plus loin, elles en sortirent : Il venoit derriere, et fit d'elles le jugement qu'auroit fait un homme moins téméraire dans ses préjugés : Il ne douta pas que mademoiselle Jennings ne fût une jeune créature qui cherchoit fortune, et que Price ne fût sa femme d'affaires : Il avoit été surpris de les voir beaucoup mieux chaufsées qu'il n'appartenoit à leur état, et que la petite orangere, en sortant d'un carrofse fort haut, eût montré la plus jolie jambe qu'on pût voir; mais comme cela ne gâtoit rien pour ses defseins, il résolut de l'acquérir, à quelque prix que ce fût, pour la mettre dans son sérail.

Il les aborda comme elles donnoient leurs paniers en garde au cocher, avec ordre de les attendre juftement dans cet endroit: Brounker se mit d'abord entre elles; et dès qu'elles le virent, elles en furent tout éperdues; mais sans faire attention à leur surprise, tirant Price à l'écart d'une main, en tirant sa bourse de l'autre, il entroit en matiere, quand il vit qu'elle tournoit le visage de l'autre côté sans lui répondre ni le regarder. Comme cette action ne lui parut pas naturelle, il la regarda sous le nez, malgré qu'elle en eût: il en fit autant à l'autre; et les ayant d'abord reconnues l'une et l'autre, il n'eut garde d'en faire semblant.

Le vieux renard se pofsédoit à merveille dans ces occasions; et les ayant un peu tourmentées, pour leur ôter tout soupçon, il les quitta, disant à Price; " Qu'elle étoit bien " sotte de refuser ses offres, et que la petite créature ne gag- " neroit peut-être pas d'un an ce qu'il ne tenoit qu'à elle de " gagner dans un jour; que les temps étoient bien changés, " depuis que les filles de la reine et de la duchefse couroient " sur le marché des pauvres aventurieres de la ville." Il regagna son carrofse en disant cela, tandis qu'elles se cachoient le nez, en louant Dieu de bon cœur de ce qu'il leur avoit fait la grace de sortir de ce danger, sans être découvertes.

Brounker, de son côté, qui n'eût pas pris mille belles guinées de cette rencontre, louoit le Seigneur de ce qu'elles n'é-

i i

toient pas afsez alarmées pour rompre leur defsein ; car il ne
doutoit pas que mademoiselle Price ne menât la petite Jennings en bonne fortune : Il avoit d'abord compris qu'il n'auroit pas profité d'une découverte, qui ne leur auroit d'abord
donné que de la confusion.

C'eft pourquoi, bien que Jermyn fût le meilleur de ses
amis, il sentoit une joie secrette de n'avoir pas empêché qu'il
ne fût cocu devant que d'être marié : La crainte qu'il eut de
le sauver de cette aventure fit qu'il s'éloigna d'elles avec les
précautions qu'on vient de dire.

Pendant qu'elles avoient efsuyé ces alarmes, leur cocher
s'étoit pris de paroles avec certains galopins de la rue, afsem-
blés autour du carrofse pour en escamoter les oranges : Des
paroles on vint aux coups : Elles virent le commencement
du combat, lorsqu'après avoir abandonné le projet de voir
le diseur de bonne aventure, elles étoient revenues pour se
mettre en carrofse. Leur cocher avoit de l'honneur, et ce
fut avec grande peine qu'elles obtinrent de lui de livrer
leurs oranges à la populace pour se tirer d'affaire : S'étant
donc rembarquées, après mille frayeurs, et après avoir entendu quelques paroles libres qui s'étoient diftinctement pronon-
cées pendant le combat, les belles regagnerent le palais de
Saint-James, faisant vœu de ne plus aller chez les devins au
travers des frayeurs et des alarmes qu'elles venoient d'efsuyer.

Brounker, qui, selon le peu d'eftime qu'il avoit pour la sagefse du beau sexe, auroit mis sa main au feu que la belle
Jennings n'étoit pas revenue de cette expédition comme elle
y étoit allée, ne laifsa pas d'en garder religieusement le se-

cret, parce qu'il vouloit absolument que le bienheureux Jermyn épousât une petite coureuse de bonnes fortunes, qui se donnoit pour le modele de la sagefse, afin qu'il pût, dès le lendemain de son mariage, lui faire compliment sur la créature qu'il avoit épousée ; mais il ne plut pas au ciel de lui donner ce plaisir, comme nous verrons dans la suite.

Mademoiselle d'Hamilton étoit à la campagne chez une de ses parentes, comme on a dit : Le chevalier de Grammont avoit beaucoup souffert pendant cette petite absence, parce qu'il ne lui fut pas permis d'y faire une visite, sur quelque prétexte que ce pût être : Le jeu, toujours favorable pour lui, n'étoit pas d'un petit secours dans l'extrémité de son impatience.

Mademoiselle d'Hamilton revint enfin : Madame Wetenhall voulut la ramener par politefse en apparence. La cérémonie partout employée jusqu'à outrance eft le cheval de bataille de la noblefse campagnarde : Cette civilité n'étoit pourtant que le prétexte dont on se servoit pour faire consentir un mari, quelque peu bisarre, au voyage de madame sa femme. Peut-être se fût-il donné lui-même l'honneur de conduire mademoiselle d'Hamilton jusques à Londres, s'il n'eût été occupé de certaines remarques sur l'hiftoire Ecclésiastique, auxquelles il travailloit depuis long-temps : On n'eut garde de le détourner de ce travail : Madame Wetenhall n'y auroit pas trouvé son compte.

Cette dame étoit ce qu'on appelle proprement une beauté toute Angloise ; pétrie de lys et de roses, de neige et de lait, quant aux couleurs ; faite de cire, à l'égard des bras et des mains,

de la gorge et des pieds; mais tout cela sans ame et sans air:
Son visage étoit des plus migons; mais c'étoit toujours le
même visage: on eût dit qu'elle le tiroit le matin d'un étui,
pour l'y remettre en se couchant, sans s'en être servie durant
la journée. Que voulez-vous! la nature en avoit fait une
poupée dès son enfance; et poupée jusqu'à la mort refta la
blanche Wetenhall. Son mari, monsieur de Wetenhall, avoit
étudié pour être d'église; mais son frere aîné s'étant laifsé
mourir, dans le temps que celui-ci finifsoit ses études, au lieu
de prendre les ordres, il prit le chemin d'Angleterre, et mademoiselle Bedingfield, dont nous parlons, pour femme.

Il n'étoit pas mal fait: il avoit un air spéculatif et sérieux,
fort propre à donner des vapeurs: du refte, elle pouvoit se
vanter d'avoir un des grands théologiens du royaume pour
époux. Il étoit tous les jours collé sur les livres; se couchoit
de bonne heure pour se lever matin: sa femme le trouvoit
ronflant quand elle se mettoit au lit; et quand il le quittoit,
il la laifsoit profondément endormie: Sa conversation eût
été vive pendant le repas, si madame Wetenhall eût pofsédé
comme lui le docteur angélique, ou qu'elle eût aimé la dispute; mais n'étant curieuse ni de l'un ni de l'autre, le silence
régnoit à leur table comme à celle d'un réfectoire.

Elle avoit souvent témoigné l'extrême desir qu'elle avoit
de voir la ville de Londres; mais quoiqu'ils en fufsent à la
plus petite journée du monde, jamais elle n'avoit pu satisfaire
cette envie; et ce n'étoit donc pas sans raison qu'elle s'ennuyoit de la vie qu'on lui faisoit mener à Peckham: L'oisiveté
d'un si trifte lieu par sa situation lui parut insupportable; et

comme elle avoit la folie de croire, comme beaucoup d'autres femmes, que la ftérilité leur eft une espece de reproche,
elle étoit afsez scandalisée de voir qu'on l'en pouvoit soup-
çonner ; car elle étoit persuadée que, quoique le ciel lui refusât des enfans, elle avoit tout ce qu'il falloit pour en avoir
si c'étoit la volonté du Seigneur. Cela l'avoit portée à faire
quelques réflexions et quelques raisonnemens sur ces réflexions ; comme, par exemple, que puisque son époux aimoit mieux vaquer à ses études qu'aux devoirs du mariage,
feuilleter de vieux livres que de jeunes appas, et songer à ses
amusemens plutôt qu'à ceux de sa femme, il lui seroit permis
d'écouter quelque amant nécefsiteux, par charité réciproque,
sauf à faire les choses à telle fin que de raison, et diriger ses
intentions, de maniere que le malin esprit n'eût que voir dans
cette affaire. Monsieur Wetenhall, partisan zélé de la doc-
trine des casuiftes, n'eût peut-être pas approuvé ces deci-
sions ; mais il ne fut pas consulté.

Le malheur étoit que, dans le solitaire Peckham, non plus que
dens ses ftériles environs, rien ne s'offroit pour les defseins ni
pour les secours de la pauvre Wetenhall : Elle y séchoit sur
pied, et ce fut de peur d'y mourir de solitude ou d'inanition,
qu'elle eut recours à la pitié de mademoiselle d'Hamilton.

Elles avoient fait connoifsance à Paris, où Wetenhall l'a-
voit menée six mois après son mariage, pour acheter des livres : Mademoiselle d'Hamilton, qui l'avoit fort plainte dès-
lors, voulut bien pafser quelque tems à la campagne avec
elle, dans l'espérance de la tirer de captivité par cette visite ;
et le projet avoit réufsi.

Le chevalier de Grammont, averti du jour qu'elles devoient arriver, porté sur les ailes de l'amour et de l'impatience, avoit obtenu de Georges Hamilton d'aller avec lui les recevoir à quelques milles de Londres. L'équipage où ils se mirent pour cette galante cérémonie étoit digne de sa magnificence : on peut croire aussi que dans une telle occasion sa personne n'étoit pas négligée : Cependant, malgré son impatience, il ne laissa pas de modérer l'ardeur du cocher, de peur d'accident ; la prudence lui paroissant préférable aux empressemens sur la route. Les dames parurent enfin, et mademoiselle d'Hamilton lui paroissant dix ou douze fois plus belle qu'elle n'étoit au partir de Londres, il eût donné sa vie pour un accueil comme celui qu'elle fit à son frere.

Madame Wetenhall en fut pour sa part dans les louanges qui se prodiguerent à cette entrevue à la beauté, et sa beauté sut bon gré à ceux qui lui faisoient cet honneur : comme Hamilton la regardoit avec une attention qui paroissoit assez tendre, elle regardoit Hamilton comme un homme assez propre aux petits projets dont elle étoit convenue avec sa conscience.

Dès qu'elle fut à Londres, la tête pensa lui tourner de contentement et de félicité : Tout lui paroissoit enchantement dans cette superbe ville, elle qui de celle de Paris n'avoit jamais vu que la rue Saint-Jacques, et quelques boutiques de libraires : Elle logeoit chez mademoiselle d'Hamilton : elle fut présentée, vue et approuvée dans toutes les cours.

Le chevalier de Grammont, inépuisable en fêtes et en galanteries, se servant du prétexte de cette belle étrangere pour étaler sa

S Harding Del.ᵗ   Pub.ᵈ Sep. 10.1792. by E & S Harding Nᵒ.102, Pall Mall.   Wᵐ. Gardner Sculp.

GEORGE HAMILTON.

magnificence, ce n'étoient que bals, concerts, comédies, promenades par terre, promenades par eau, collations superbes par-tout. La Wetenhall étoit d'une merveilleuse sensibilité pour des plaisirs, dont la plupart étoient nouveaux pour elle : Il n'y avoit que la comédie qui l'ennuyoit un peu, quand c'étoient des pieces sérieuses. Elle convenoit pourtant que le spectacle étoit bien touchant, quand on tuoit bien du monde sur le théatre; et trouvoit, que les comédiens étoient de grands drôles bien faits, qu'il valoit mieux voir en vie.

Hamilton en étoit raisonnablement bien traité, s'il y avoit de la raison à un homme amoureux, qui demande toujours quelque chose : Il faisoit son possible pour qu'elle se déterminât sur l'exécution des projets qu'elle avoit faits à Peckham : Madame Wetenhall le trouvoit fort à son gre. C'est celui qu'on a vu servir en France avec quelque distinction : Il étoit agréable et bien fait. Toutes les commodités imaginables conspiroient à l'établissement d'un commerce, dont les commencemens avoient été trop vifs, pour le voir languir avant la fin; mais, à mesure qu'on la pressoit sur la conclusion, le courage lui manquoit, et des restes importuns de quelques scrupules qu'elle n'avoit pas bien examinés la tenoient en suspens. Il est à croire qu'un peu de persévérence les auroit vaincus : cependant les choses en demeurerent là pour cette fois. Hamilton, ne pouvant comprendre ce qui la retenoit, puisque les premiers et les plus grands frais de l'engagement lui paroissoient faits à l'égard du public, s'avisa de l'abandonner à ses irrésolutions, au lieu de la redresser par de nouveaux empressemens : Il n'étoit pas naturel de s'arrêter en si bon chemin pour de tels obftacles; mais il s'étoit déja laifsé coeffer de chimeres et de visions qui le refroidirent mal-à-propos, pour s'égarer inutilement dans une autre poursuite.

Je ne sais si la petite Wetenhall s'en donna le tort, mais elle en fut extrémement mortifiée : Bientôt après il fallut retourner à ses choux et à ses dindons de Peckham. Elle pensa s'en désespérer : Ce séjour lui paroifsoit mille fois plus effroyable, depuis qu'elle eut tâté de Londres: Cependant, comme la reine devoit partir dans un mois pour les eaux de Tunbridge, il fallut céder à la nécefsité de revoir le philosophe Wetenhall; mais ce ne fut qu'après avoir fait promettre à mademoiselle d'Hamilton qu'elle ne prendroit point d'autre maison que la sienne, qui étoit à trois ou quatre lieues de Tunbridge, tant que la cour y seroit.

On lui promit qu'on ne l'abandonneroit pas dans sa solitude, et sur-tout qu'on y meneroit cette fois le chevalier de Grammont, dont l'humeur et la conversation la charmoient ; et le chevalier de Grammont, sujet en tout tems à rompre en visiere sur les affaires du cœur, lui promit d'y mener Georges, et la fit rougir jusques aux yeux.

La cour partit un mois après, pour en pafser prés de deux dans le lieu de l'Europe le plus simple et le plus ruftique, mais le plus agréable et le plus divertifsant.

Tunbridge eft à la même diftance de Londres, que Fontainebleau l'eft de Paris : Ce qu'il y a de beau et de galant dans l'un et dans l'autre sexe s'y rafsemble au tems des eaux: La compagnie, toujours nombreuse, y eft toujours choisie. Comme ceux qui ne cherchent qu'à se divertir l'emportent toujours sur le nombre de ceux qui n'y vont que par nécessité, tout y respire le plaisir et la joie : la contrainte en eft bannie, la familiarité établie dès la premiere connoifsance, et la vie qu'on y mene eft délicieuse.

On a pour logement de petites habitations propres et commodes, séparées les unes des autres, et répandues par-tout à une demi-lieue des eaux : On s'afsemble le matin à l'endroit où sont les fontaines : C'eft une grande allée d'arbres touffus, sous lesquels on se promene en prenant les eaux : D'un côté de cette allée regne une longue suite de boutiques garnies de toutes sortes de bijoux, de dentelles, de bas et de gants, où l'on va jouer comme on fait à la foire : de l'autre côté de l'allée se tient le marché ; et comme chacun y va choisir et marchander ses provisions, on n'y voit point d'étalage qui soit dégoûtant. Ce sont de petites villageoises blondes, fraîches, avec du linge bien blanc, de petits chapeaux de paille, et proprement chaufsées, qui vendent du gibier, des légumes, des fleurs, et du fruit : On y fait aufsi bonne chere qu'on veut : On y joue gros jeu, et les tendres commerces y vont leur train. Dès que le soir arrive, chacun quitte son petit palais pour s'afsembler au boulingrin : C'eft-là qu'en plein air on danse, si l'on veut, sur un gazon plus doux et plus uni que les plus beaux tapis du monde.

Mylord Mufkerry avoit, à deux ou trois petits milles de Tunbridge, une belle maison appellée Summerhill. Mademoiselle d'Hamilton après avoir pafsé huit ou dix jours à Peckham, ne put se dispenser d'y venir demeurer pendant le refte du voyage : Elle obtint du seigneur Wetenhall, que

madame sa femme vînt aufsi ; et, quittant le trifte Peckham et
son ennuyeux seigneur, cette petite cour fut s'établir à Summerhill.

Elles étoient tous les jours à la cour, ou la cour chez elles.
La reine se surpafsoit dans le soin de faire naître ou de soutenir les divertifsemens : Elle affecta de redoubler l'aisance
naturelle de Tunbridge, au lieu d'en altérer la liberté par les
égards et les respects qu'exigeoit sa présence : Elle défendit
absolument l'un et l'autre ; et renfermant au fond de son
cœur les chagrins qu'elle ne pouvoit vaincre, la Stewart menoit en triomphe la tendrefse du roi, sans qu'elle lui en fît
mauvaise mine.

Jamais l'amour n'avoit vu son empire si florifsant que dans
ce séjour : Ceux qui s'étoient trouvés atteints avant que d'y
venir y sentoient augmenter leurs feux ; et ceux qui sembloient les moins faits pour aimer y perdoient leur férocité,
pour faire un nouveau personnage : Nous n'en citerons d'exemple, que celui du prince Robert.

Il étoit brave et vaillant jusqu'à la témérité : Son esprit
étoit sujet à quelques travers, dont il eût été bien fâché de se
corriger : Il avoit le génie fecond en expériences de mathématiques, et quelques talens pour la chymie. Poli jusqu'à
l'excès quand l'occasion ne le demandoit pas ; fier, et même
brutal, quand il étoit queftion de s'humaniser : Il étoit grand,
et n'avoit que trop mauvais air. Son visage étoit sec et dur,
lors même qu'il vouloit le radoucir ; mais dans ses mauvaises
humeurs, c'étoit une vraie physionomie de réprouvé.

J Harding Del.   Pub.Feb.21.1793. by Mr. S.Harding.Pall Mall.   Shenebr Sculpt.

NELL GWYN

S. Harding Pinxt. Pub. Aug. 7. 1794. by E. & S. Harding, Pall Mall. Schiavonetti Sculp.

M^{RS} HUGHES.

La reine ayant fait venir les comédiens, pour ne laiſser aucun vuide dans les plaisirs, ou peut-être pour rendre à mademoiselle Stewart, par la présence de mademoiselle Gwyn, une partie des inquiétudes que lui causoit la sienne: le prince Robert trouva des charmes dans la figure d'une autre petite comédienne appellée Hughes, qui mirent à la raison tout ce que ses penchans naturels avoient de plus sauvage. Adieu les alambics, les creusets, les fourneaux et le noir attirail de la soufflerie; adieu tous les inſtrumens de mathématiques, et ses speculations: Il ne fut plus queſtion chez lui que de poudre et d'essence. L'impertinente voulut être attaquée dans les formes; et réſiſtant fiérement à l'argent, pour vendre ses faveurs plus chérement dans la suite, elle faisoit faire un personnage si neuf à ce pauvre prince, qu'il ne paroiſsoit pas seulement vraisemblable. Le roi fut charmé de cet événement: on en fit de grandes réjouiſsances à Tunbridge; mais personne ne fut aſsez hardi pour en faire des plaisanteries. On ne se contraignoit pas de même sur le ridicule des autres.

On dansoit tous les jours chez la reine, parce que les médecins le trouvoient bon, et que personne ne le trouvoit mauvais: Ceux, qui s'en soucioient le moins, aimoient encore mieux cet exercice, pour digérer les eaux, que de se promener. Mylord Muſkerry se croyoit en sûreté sur toutes les démangeaisons de sa femme pour la danse; car, quoiqu'il en fût aſsez honteux, la princeſse de Babylonne étoit, par la grace de Dieu, groſse de six ou sept mois; et pour comble de malheur pour elle, son enfant s'étoit mis tout d'un côté; si bien qu'on ne savoit plus ce que c'étoit que sa figure. La désolée Mus-

kerry voyoit donc partir tous les matins mademoiselle d'Hamilton et madame Wetenhall, tantôt à cheval, tantôt en carrofse, toujours environnées de quelque troupe galante pour
les conduire et pour les ramener : Elle se figuroit mille fois
plus de délices encore qu'il n'y en avoit aux lieux où elles
alloient, et son imagination ne cefsoit de danser à Summer-
hill toutes les contredanses qu'elle s'imaginoit qu'on avoit
dansées à Tunbridge : Elle ne pouvoit plus résifter à ces
tourmens d'esprit, lorsque le ciel, ayant pitié de son impatience et de ses desirs, fit partir mylord Mufkerry pour Londres, et l'y retint pendant deux jours ; et dès qu'il eut le dos
tourné, la Babylonienne déclara qu'elle vouloit faire un petit
voyage à la cour.

Elle avoit un confefseur, aumônier de la maison, qui ne
manquoit pas de bon sens : Mylord Mufkerry, de peur d'accident, l'avoit recommandée aux conseils et aux bonnes prieres
de ce prudent ecclésiaftique ; mais il eut beau la prêcher, et l'exhorter à la résidence, il eut beau lui remettre devant les yeux
les ordres de son époux, et les dangers où elle s'exposoit dans
cet état, et lui dire que, sa grofsefse étant une bénédiction
particuliere du ciel, il falloit tâcher de la conserver, d'autant
qu'il en coûtoit peut être plus qu'elle ne s'imaginoit pour
l'obtenir. Ces remontrances furent inutiles : mademoiselle
d'Hamilton et sa cousine Wetenhall ayant eu la bonté de la
confirmer dans sa résolution, elles aiderent à l'habiller le lendemain matin, et partirent avec elle. Ce ne fut pas trop de
toute leur adrefse, pour mettre quelque sorte de symétrie
dans sa taille ; mais ayant à la fin fait tenir un petit oreiller

sous son jupon, pour figurer à droite avec son maudit enfant qui s'étoit jetté sur la gauche, elles penserent mourir de
rire, en l'afsurant qu'elle étoit le mieux du monde.

Dès qu'elle parut, on crut qu'elle s'étoit mise en vertugadin
pour faire sa cour à la reine ; mais on fut charmé de la voir.
Ceux qui n'y entendoient point de finefse l'afsuroient bonnement qu'elle étoit grofse de deux enfans ; et la reine, qui ne
laifsoit pas de lui porter envie, quelque ridicule qu'elle parût
dans cet état, n'eut garde de tromper ses espérances, sachant
le motif de son voyage.

Dès que l'heure des contre-danses fut arrivée, son cousin
Hamilton eut ordre de la mener : Elle fit bien quelques petites façons sur son incommodité ; mais se laifsant vaincre
pour obéir, disoit-elle, à la reine, jamais on n'a vu de satisfaction si complette que la sienne.

Nous avons déja remarqué que les plus grands honneurs
sont sujets aux plus grands revers.   La Mufkerry, fagotée
comme elle étoit, ne paroifsoit pas sentir la moindre incommodité dans le movement qu'on se donne dans ces sortes de contre-danses ; au contraire, comme elle ne craignoit que la présence de son mari dans le bonheur dont elle jouifsoit, elle se
dépêchoit de danser tant qu'elle pouvoit, de peur que son
mauvais deftin ne le ramenât avant qu'elle n'eût pris sa suffi-
sance.   Ce fut donc en se démenant d'une maniere si peu
discrete, que son oreiller se défit sans qu'elle s'en apperçût,
et qu'il tomba dans le beau milieu de la premiere danse.   Le
duc de Buckingham, qui la suivoit, le ramafsa diligemment,
l'enveloppa de son jufte-au-corps ; et, contrefaisant les cris

d'un enfant nouveau-né, il alloit demander une nourrice parmi les filles d'honneur pour le pauvre petit Muſkerry.

Cette bouffonnerie, jointe à la figure étonnante de la pauvre femme, pensa faire évanouir mademoiselle Stewart ; car
la princeſse de Babylonne, après son accident, étoit éflanquée
du côté droit, et toute biscornue de l'autre. Tous ceux qui
s'étoient contenus auparavant s'abandonnerent à l'envie de
rire, voyant les éclats que faisoit mademoiselle Stewart.
Elle étoit horriblement déconcertée ; tout le monde lui faisoit des excuses ; et la reine, qui rioit intérieurement plus
que toutes les autres, fit semblant de trouver mauvais qu'on
se donnât cette liberté.

Tandis que mademoiselle d'Hamilton et madame Wetenhall tâchoient de radouber la Muſkerry dans une autre chambre, le duc de Buckingham dit au roi, que s'il étoit permis
de faire un peu d'exercice auſsi-tôt après ses couches, le seul
moyen de rétablir madame de Muſkerry seroit de lui donner
sa revanche dès qu'on lui auroit remis son enfant. Ce conseil ne parut pas mauvais, et fut suivi : la reine proposa, dès
qu'elle parut, une seconde reprise de contre-danses ; et madame de Muſkerry l'ayant acceptée, le remede fit son effet, et
ne lui laiſsa pas seulement le souvenir de cette petite disgrace.

Tandis que ces choses se paſsoient à la cour du roi, celle
du duc de York s'étoit mise en campagne d'un autre côté :
Le prétexte de ce voyage étoit de visiter la province dont il
portoit le titre ; mais l'amour en étoit le véritable motif. La
ducheſse s'étoit gouvernée d'une prudence et d'une sageſse

depuis son élévation, qu'on ne pouvoit afsez admirer : Ses
manieres avoient été telles, qu'elle avoit trouvé le secret de
contenter tout le monde, ce qui sembloit encore plus rare que
la grandeur de son établifsement.   Mais après s'être tant fait
eftimer, elle s'avisa de vouloir être aimée ; ou le maudit
amour, pour mieux dire, fut afsaillir son cœur au travers de
la discrétion, de la prudence, et de tous les raisonnemens dont
elle l'avoit environné.

En vain s'étoit-elle cent fois dit, que si le duc avoit eu la
bonté de lui rendre juftice en l'aimant, il lui avoit trop fait
d'honneur en l'épousant : que dans les inconftances qui l'en-
traînoient, c'étoit à elle à prendre patience, en attendant qu'il
plût au ciel qu'il s'en corrigeât : que nul exemple n'étoit à
suivre pour elle, à l'égard des foiblefses qui sembloient l'out-
rager ; mais que les refsentimens étant encore moins permis,
il falloit le ramener par une conduite toute différente de celle
qu'il avoit : en vain, dis-je, s'étoit-elle soutenue si long-tems
par le secours de ces maximes, quelque solide que soit la raison, et quelque opiniâtre que soit la sagefse, il eft de certaines épreuves que leur longueur rend fatigantes, et dont la
sagefse et la raison s'ennuient à la fin.

La duchefse de York étoit la femme de Angleterre du plus
grand appétit : Comme c'étoit un plaisir permis, elle se dédommageoit en mangeant de ce qu'elle se retranchoit d'ailleurs : c'étoit aufsi quelque chose d'édifiant que de la voir à
table.   Le duc, au contraire, se livrant sans cefse à de nouvelles fantaisies, se difsipoit par ses inconftances, et ne faisoit
que dépérir, tandis que la pauvre princefse, se nourrifsant

tout de son mieux, engraiſsoit, que c'étoit une bénédiction. On ne sait combien les choses auroient reſté dans cet état, si l'amour, qui vouloit avoir raison d'une conduite si différente de la premiere, n'eût employé l'artifice, auſsi bien que la force, pour troubler son repos.

Il mit d'abord en jeu le reſsentiment et la jalousie, ces deux mortels ennemis de la tranquillité des cœurs. Une grande créature, pâle et décharnée, qu'elle avoit prise pour fille d'honneur, devint l'objet de sa jalousie, parce qu'elle étoit alors celui des empreſsemens du duc : Elle s'appeloit Churchill. L'on ne pouvoit comprendre qu'après avoir eu du goût pour madame de Cheſterfield, mademoiselle d'Hamilton et la petite Jennings, il en eût pour un visage comme celui-là ; mais bientôt on s'apperçut que quelque chose de plus que cette variété bisarre avoit achevé de l'engager à son service.

La ducheſse fut indignée d'un choix qui sembloit rivaler son mérite beaucoup plus que les autres ; et dans le tems que le dépit et la jalousie commençoient à lui donner de l'aigreur, le perfide amour offroit à son intention et à ses reſsentimens l'aimable figure du beau Sidney ; et tandis qu'il lui tenoit les yeux ouverts sur sa personne, il les fermoit sur son esprit : Elle en fut éprise devant que de s'en appercevoir ; mais la bonne opinion que Sidney avoit de son mérite, ne lui laiſsa pas long-tems ignorer la gloire de cette conquête ; et pour la rendre plus certaine, ses regards répondirent témérairement à tout ce que ceux de son alteſse avoient la bonté de lui

dire, pendant que les charmes de sa personne étoient rehaussés
de l'éclat que l'ajustement et la parure y pouvoient ajouter.

.La duchesse, prévoyant les conséquences d'un tel engagement, combattit fort et ferme contre le penchant qui l'en-
traînoit; mais mademoiselle Hobart, s'étant mise du côté de
ce penchant, la combattit elle-même, et la vainquit. Cette
fille s'étoit insinuée dans sa confiance par un journal de nouvelles, dont elle étoit pourvue pour toute l'année: La cour
et la ville en étoient: du reste, ce n'étoit pas son affaire
qu'elles fussent toujours véritables; mais elle prenoit soin
qu'elles fussent toujours du goût de son altesse. Elle connoissoit aussi celui qu'elle avoit pour la table, et savoit composer ou diversifier les mets qui lui plaisoient: cela l'avoit
rendu nécessaire; mais voulant l'être davantage, et s'étant
apperçue des airs que Sidney se donnoit, comme de ce qui se
passoit dans le cœur de sa maîtresse au sujet de Sidney, l'a-
droite Hobart avoit pris la liberté de lui dire, que ce pauvre
garçon n'en pouvoit plus d'amour pour elle; que c'étoit dommage qu'un homme fait de cette maniere, qui ne perdoit le
respect que parce qu'il ne pouvoit plus le garder, se brûlât
comme un papillon à la face du public; qu'on s'en apperce-
vroit bientôt, à moins qu'on n'y mît ordre, et qu'elle étoit
d'avis que son altesse eût pitié de son état, de façon ou d'autre. La duchesse lui demanda ce qu'elle vouloit dire par en
avoir pitié, de façon ou d'autre. " Je veux dire, madame,
" répondit Hobart, que si sa figure vous déplait, ou que sa
" passion vous importune, vous lui donniez son congé; ou
" bien, le retenant à votre service, comme feroient toutes les

" princesses du monde à votre place, vous me permettiez de
" lui donner des ordres de votre part sur sa conduite, avec
" quelque peu d'espérance, pour l'empêcher de devenir fou,
" en attendant que les moyens se trouvent de l'informer vous-
" même de vos volontés. Quoi! dit la duchesse, vous me
" conseilleriez, Hobart, vous qui m'aimez, de m'embarquer
" dans un commerce de cette nature, aux dépens de ma gloire
" et aux périls de mille inconvéniens! Si ces foiblesses sont
" quelquefois excusables, ce n'est pas dans un rang comme
" celui que j'occupe ; et ce seroit mal reconnoître les bontés
" de celui qui m'élève à ce rang, que de..... Bon! dit la Ho-
" bart, ne voit on pas qu'il ne vous a épousée que parce qu'il
" en étoit pressé? La chose faite, je m'en rapporte à vous,
" s'il s'est contraint un moment à marquer le changement de
" son goût par mille inconstances outrageantes? Ne seriez-
" vous point d'humeur à persévérer dans l'indolence et l'hu-
" milité, tandis que le duc, après avoir eu les faveurs, ou mé-
" rité le refus, de toutes les coquettes d'Angleterre, galoppe
" vos filles d'honneur l'une après l'autre, et met à présent son
" ambition et ses desirs à la conquête de cette haridelle de
" Churchill? Quoi! madame, vos beaux jours se passeront
" dans une espece de veuvage à déplorer vos malheurs, sans
" qu'il vous soit permis de vous aider dans les occasions! Il
" faudroit être douée d'une patience bien coriace, ou d'une
" résignation bien endurante pour cela : je serois vraiment
" d'avis qu'un époux, qui vous oublie nuit et jour, prétende
" que pour boire et manger de grand appétit, comme fait,
" Dieu merci, votre altesse, elle n'ait plus besoin que de bien

" dormir! Je suis, ma foi, sa servante: je vous le répete
" encore, madame, il n'y a point de princefse dans l'univers
" qui refusât les hommages d'un homme fait comme Sidney,
" quand un époux porte les siens ailleurs."

Ces raisons n'étoient pas moralement bonnes, si l'on veut;
mais quand elles auroient été plus mauvaises, la duchefse s'y
seroit rendue, tant son cœur étoit d'intelligence avec Hobart
pour venir à bout de sa prudence.

Ce commerce s'étoit établi dans le tems qu'Hobart conseilloit à la jeune Temple de ne point songer aux agaceries du
beau Sidney. Pour lui, dès qu'il apprit par la confidente
Hobart, que la duchefse acceptoit ses hommages, il ne manqua pas de se munir de circonspection et d'égards pour dé-
payser le public; mais le public n'eft pas si sot qu'on pense.

Comme il y avoit trop de surveillans, trop de curieux, et
trop de connoifseurs dans une grofse cour résidente au milieu
d'une grofse ville, la duchefse, pour ne pas commettre les
intérêts de son cœur à tant d'inspections, porta le duc de
York à faire le voyage dont nous avons parlé, tandis que la
reine et sa cour étoient à celui de Tunbridge.

Ce parti fut prudent: elle s'en trouva bien, et sa cour ne
s'en trouva pas mal, à la réserve de mademoiselle Jennings.
Jermyn n'étoit pas du voyage; et, selon elle, tout voyage
étoit maudit dont Jermyn n'étoit pas. Il étoit engagé dans
une entreprise au defsus de sa vigueur; c'eft-à-dire, qu'il avoit
soutenu la gageure qu'on avoit soutenue et gagnée contre le
chevalier de Grammont: Il paria cinq cents guinées, qu'il
feroit vingt milles de grand chemin dans une heure sur le

même cheval. Le jour qu'il avoit choisi pour cette course étoit celui que mademoiselle Jennings avoit pris pour aller chez le devin.

Jermyn avoit été plus heureux qu'elle dans son entreprise : il en étoit sorti victorieux ; mais, comme son courage avoit fait un effort dans cette épreuve que son tempérament ne put soutenir, en gagnant la gageure il gagna la fievre : elle mit sa délicatefse fort bas. La Jennings s'informoit de sa santé ; mais c'étoit tout ce qu'elle osoit. Dans les romans modernes, une princefse n'avoit qu'à rendre visite à quelque héros abandonné des médecins pour le guérir dans trois jours ; mais comme ce n'étoit pas mademoiselle Jennings qui avoit donné la fievre à Jermyn, elle n'étoit pas sûre de la lui ôter, quand elle eût été sûre qu'on n'eût point censuré, dans une cour maligne, une visite de charité. Ce fut donc sans égard aux inquiétudes qu'elle en pourroit avoir, que la cour partit sans lui ; mais elle eut le plaisir de faire voir que tout lui déplaisoit dans un voyage qui sembloit faire le plaisir de tous les autres.

Talbot en étoit, et s'étant flatté que l'absence d'un rival dangereux pourroit produire quelque changement en sa fa-veur, il étoit attentif à toutes les actions, aux mouvemens et aux moindres geftes de la petite Jennings. Il y avoit afsuré-ment de quoi bien occuper son attention : elle n'étoit pas faite pour un sérieux de longue durée ; son tempérament l'emportoit du milieu de ses rêveries les plus diftraites, par des saillies de vivacité qui lui faisoient espérer qu'elle oublieroit Jermyn, pour se souvenir que sa tendrefse étoit la premiere qu'elle eût écoutée. Cependant il se tenoit à l'écart avec son amour et ses espérances, eftimant qu'il étoit indigne d'un amant outragé de laifser voir la moindre foiblefse ou le moindre retour pour une ingrate qui l'avoit planté là.

Mademoiselle Jennings, qui, bien-loin de songer à ses ressentimens, ne se souvenoit seulement pas qu'il l'eût aimée, et n'avoit l'esprit rempli que du pauvre malade, en usoit avec Talbot comme si de rien n'eût été : C'étoit à lui qu'elle donnoit le plus souvent la main en entrant ou sortant de carrofse : elle causoit plus volontiers avec lui qu'avec aucun autre, et faisoit, sans defsein, tout ce qu'il falloit pour persuader à la cour qu'elle étoit revenue de son penchant pour Jermyn en faveur de son premier amant.

Il en fut persuadé comme les autres ; et, jugeant qu'il étoit à propos de changer de personnage, pour lui faire connoître qu'il n'avoit jamais changé de sentimens, il alloit lui dire quelque chose de touchant et de bien pafsionné sur ce sujet. La fortune sembloit lui rendre toutes choses favorables pour cette harangue : Il étoit seul avec elle dans sa chambre ; et, pour lui donner plus beau, elle ne cefsoit de le railler au sujet de mademoiselle Boynton : Elle disoit, " qu'on lui étoit " fort obligé d'être du voyage, tandis que la pauvre créature " s'évanouifsoit d'amour pour lui deux fois le jour à Tun- " bridge." Ce fut à ce discours que Talbot se crut obligé de commencer celui de ses souffrances et de sa fidélité, lorsque la Temple, un papier à la main, entra dans la chambre de Jennings : C'étoit une lettre en vers, que mylord Rochefter avoit écrite quelque tems auparavant sur les aventures de l'une et de l'autre cour : Il y disoit, au sujet de la petite Jen-

nings, que Talbot avoit jetté la terreur parmi le peuple de
Dieu par sa taille ; mais que Jermyn, comme le petit David, avoit vaincu le grand Goliath. Jennings, charmée de
cette allusion, lut deux ou trois fois cet endroit, le trouva
plus plaisant que Talbot, en rit de tout son cœur dans le
commencement ; mais, prenant un air attendri : Le pauvre
petit David ! dit-elle, avec un profond soupir ; et laissant aller sa tête d'un côté pendant cette petite rêverie, quelques
larmes coulerent de ses yeux, qui n'étoient assurément pas
pour la défaite du géant. Cela piqua Talbot jusqu'au vif ; et se
voyant si ridiculement déchu de ses espérances, il sortit brusquement, et fit vœu de ne plus occuper son cœur d'une petite évaporée, dont les manieres n'avoient ni rime ni raison ;
mais il ne tint pas son courage.

Il n'en alloit pas si mal pour les autres amans de cette cour ;
car tout en étoit plein, et le voyage étoit fait exprès : Ce
n'étoit que bals et festins sur la route, chasses et promenades
pendant les séjours : Les tendres amans songeoient à devenir
heureux en chemin faisant, et les beautés, qui régloient leur
sort, ne leur défendoient pas d'espérer. Sidney faisoit sa cour
d'une merveilleuse assiduité : La duchesse fit remarquer à
monsieur le duc de York comme il s'attachoit à lui depuis
quelque tems : son altesse y fit attention, et convint, qu'il falloit lui en tenir compte dès la premiere occasion : Cela arriva
bientôt.

Montagu, dont nous avons fait mention, étoit écuyer de
madame la duchesse : Il avoit de l'esprit, étoit clair-voyant,
et passablement malin. Que faire d'un homme de ce carac-

Harding del.   WN Gardiner sculp.

Pub.d Oct.r 1. 1792. by E. & S.t Harding. Pall Mall.

DUKE of MONTAGU.

tere auprès de sa personne, dans le train que prenoient les affaires de son cœur? On en étoit embarrafsé ; mais le frere aîné de Montague s'étant fait tuer tout à-propos, où il n'avoit que faire, le duc obtint pour son frere la charge d'écuyer de la reine, qu'il avoit eue, et le beau Sidney fut mis en sa place auprès de la duchefse. Tout cela se rencontroit le mieux du monde, et le duc se savoit bon gré d'avoir trouvé le secret d'avancer ces deux mefsieurs à la fois, sans qu'il lui en coutât.

Mademoiselle Hobart applaudifsoit fort à ces promotions : Elle avoit de fréquentes et longues conversations avec Sidney : On le remarqua. Quelques-uns lui firent l'honneur de croire que c'étoit sur son compte; et elle en reçut fort volontiers les complimens : Le duc, qui le crut d'abord, ne cessoit de faire remarquer à la duchefse la bizarrerie du goût de certaines personnes, et comment le garçon d'Angleterre le mieux fait s'étoit coëffé d'un visage à faire peur.

La duchefse avoua que les goûts étoient bien différens, et lui dit qu'il en parloit fort à son aise, lui qui venoit de choisir la belle Hélene pour sa maîtrefse. Je ne sais si cette plaisanterie l'avoit fait rentrer en lui-même ; mais il eft conftant qu'il commençoit à n'avoir plus les mêmes emprefsemens pour la Churchill, et peut-être eût-il abandonné cette poursuite, sans l'aventure qui lui donna pour elle un goût tout nouveau.

On étoit de séjour dans un pays ouvert et plein. Quand on tourne en Angleterre, ce sont des plaines de gazon le plus verd et le plus uni du monde. La duchefse y voulut voir courir des lévriers: Elle étoit en carrofse, et toutes les dames à cheval. Chacune de ces dames avoit son écuyer à ses côtés: Il étoit bien raisonnable que leur maîtrefse eût le sien: Il étoit à sa portiere, qui payoit merveilleusement de mine s'il ne fournifsoit pas beaucoup à la conversation.

Le duc étoit auprès de mademoiselle Churchill, non pas à lui conter fleurettes, mais à la gronder de ce qu'elle étoit mal à cheval: C'étoit la créature du monde la plus parefseuse; et quoique les filles d'honneur soient d'ordinaire les princefses de la cour les plus mal montées, comme on la vouloit diftinguer à cause de sa faveur, on l'avoit mise sur un cheval afsez joli, mais un peu vif: Elle se seroit bien pafsée de cette diftinction.

L'embarras et la crainte avoient augmenté sa pâleur naturelle; et, dans cet état, sa contenance achevoit d'en dégoûter le duc, lorsque son cheval, qui en vouloit joindre d'autres, se mit au galop malgré qu'elle en eût; et, s'échauffant à mesure qu'elle faisoit des efforts pour le retenir, il partit enfin à toutes jambes, s'imaginant qu'on le faisoit courir contre le cheval de son altefse.

Mademoiselle Churchill chancela, fit quelques cris, et tomba: La chûte ne pouvoit être que rude dans un mouvement si rapide; cependant, elle lui fut favorable de toutes les manieres; car, sans se faire aucun mal, elle démentit tout ce que son visage avoit fait juger du refte. Le duc mit pied à terre pour la secourir: Elle étoit tellement étourdie, qu'elle n'avoit garde de songer à la bienséance dans cette occasion; et ceux qui s'emprefserent autour d'elle, la trouverent encore dans une situation affez négligée : ils ne pouvoient croire qu'un corps de cette beauté fût de quelque chose au visage de mademoiselle Churchill. Depuis cet accident, on s'apperçut que les soins et la tendreffe du duc ne firent qu'augmenter ; et l'on s'apperçut sur la fin de l'hiver, qu'elle n'avoit pas tyrannisé ses desirs, ni fait langir son impatience.

Les deux cours revinrent à-peu-près dans le même tems, également satisfaites de leurs voyages : la reine attendit pourtant en vain le succés qu'elle en avoit espéré.

Ce fut à-peu-près dans ce tems, que le chevalier de Grammont reçut une lettre de la marquise de Saint-Chaumont sa sœur, par laquelle on l'avertiffoit qu'il ne tenoit qu'à lui de revenir, le roi l'ayant trouvé bon : Il l'auroit trouvé fort bon auffi dans un autre tems, quelques charmes que la cour d'Angleterre eût pour lui ; mais, dans l'état où son cœur se trouvoit alors, il ne pouvoit s'y résoudre.

Il étoit revenu de Tunbridge mille fois plus amoureux que jamais : Il avoit, pendant cet agréable voyage, vu tous les jours mademoiselle d'Hamilton, soit dans les marais du sombre Peckham, soit dans les promenades délicieuses du riant Summer-hill, ou bien dans les divertiffemens qui régnoient chaque jour chez la reine ; et, soit qu'il l'eût vue à cheval, qu'il l'eût entendue, ou qu'il l'eût vue danser, il lui sembloit bien que dans ces lieux, ou dans tous ces états, le ciel n'avoit rien formé de plus digne d'un homme d'esprit et de bon goût. Le moyen donc de songer à s'en éloigner ! C'est ce qui lui paroiffoit absolument impracticable ; cependant comme il voulut se faire quelque mérite auprès d'elle de ce qu'il abandonnoit pour ne bouger d'auprès de ses charmes, il lui montra la lettre de madame sa sœur; mais cette confidence ne tourna pas comme il l'avoit prétendu.

Mademoiselle d'Hamilton, en premier lieu, le félicita sur son rappel : Elle le remercia très-humblement du sacrifice qu'il vouloit bien lui faire ; mais, comme ce témoignage de tendreſse paſsoit les bornes de la simple galanterie, quelque sensible qu'elle y pût être, elle n'avoit garde d'en abuser. Il eut beau proteſter qu'il aimoit mieux mourir que de s'éloigner de ses appas : ses appas proteſterent qu'ils ne le reverroient de leur vie s'il ne partoit inceſsamment : Il fallut bien obéir. On lui permit de se flatter que ces ordres absolus ne partoient point de l'indifférence, quelque durs qu'ils paruſsent ; qu'on seroit toujours plus aise de son retour, que d'un départ que l'on preſsoit tant ; et mademoiselle d'Hamilton ayant bien voulu lui donner les aſsurances qui dépendoient d'elle, qu'il trouveroit les choses en l'état qu'il les laiſsoit à l'égard de ses sentimens, il fit son paquet, ne songeant qu'à revenir, tandis qu'il prenoit congé de tout le monde pour partir.

CHAPITRE XI.

PLUS le chevalier de Grammont approchoit de la cour de France, plus il regrettoit celle d'Angleterre : Ce n'eſt pas qu'il ne s'attendit à un accueil gracieux, aux pieds d'un maî- tre dont on ne méritoit pas impunément la colere, mais auſsi qui savoit pardonner d'une maniere à faire sentir tout le prix de la grace où l'on rentroit.

Mille pensées différentes l'occupoit en courant la poſte: tan- tôt c'étoit la joie que ses parens et ses amis auroient de le revoir; tantôt c'étoient les félicitations et les embraſsades de ceux qui, n'étant ni l'un ni l'autre, ne laiſseroient pas de l'accabler d'em- preſsemens importuns : mais tout cela ne lui paſsoit que légé- rement par la tête ; car un homme bien amoureux se fait un scrupule de s'arrêter à d'autres pensées qu'à celle de l'objet aimé : C'étoient donc les tendres souvenirs de ce qu'il laiſsoit à Londres, qui l'empêchoient de songer à Paris ; et c'étoient les tourmens de l'absence, qui l'empêchoient de sentir ceux des mauvais chemins et des mauvais chevaux. Son cœur protes- toit à mademoiselle d'Hamilton, entre Montreuil et Abbeville, qu'il ne s'en éloignoit avec vîteſse que pour la revoir plutôt : Ensuite, par une courte réflexion, comparant le regret qu'il avoit eu sur cette même route, en quittant la France pour l'Angleterre, avec celui qu'il sentoit alors de quitter l'Angle- terre pour la France, il trouvoit le dernier beaucoup moins supportable que l'autre.

C'eſt ainsi que s'amuse un cœur tendre par les chemins; ou, pour mieux dire, c'eſt ainsi qu'un écrivain frivole abuse de la patience du lecteur, ou pour étaler ses propres sentimens, ou pour alonger quelque ennuyeux récit: mais à dieu ne plaise que cela nous regarde, nous qui faisons profeſſion de ne coucher dans ces mémoires que ce que nous tenons de celui même dont nous écrivons les faits et les dits.

Qui jamais, excepté l'écuyer Feraulas, a pu tenir compte des pensées, des soupirs, et du nombre d'exclamations que son illuſtre maître faisoit par-tout? Pour moi, je ne me serois jamais avisé de croire que l'attention du comte de Grammont, si vive aujourd'hui pour les inconvéniens et les périls, lui eût permis autrefois de faire de tendres raisonnemens sur la route, s'il ne me dictoit à présent ce que j'écris.

Mais suivons-le dans Abbeville: Le maître de la poſte étoit son ancienne connoiſſance: Son hôtellerie étoit la mieux fournie qu'il y eût entre Calais et Paris; et le chevalier de Grammont, en mettant pied à terre, dit à Termes qu'il avoit envie d'y boire un coup en attendant que leurs chevaux fuſſent prêts. Il étoit près de midi: Depuis la nuit précédente, qu'ils étoient débarqués, jusqu'à ce moment, ils n'avoient pas mangé: Termes, louant le seigneur de ce que des sentimens humains l'emportoient cette fois sur l'inhumanité de son impatience ordinaire, le confirma tant qu'il put dans des sentimens si raisonnables.

Ils furent surpris, en entrant dans la cuisine, où le chevalier rendoit volontiers sa premiere visite, de voir six broches chargées de gibier devant le feu, et l'appareil d'un feſtin mag-

nifique par toute la cuisine. Le cœur de Termes en treſsaillit : Il donna sous main ordre de déferrer quelques-uns des
chevaux, pour n'être pas arraché de ce lieu sans y repaître.

Bientôt une foule de violons et de hautbois, suivie des galopins de la ville, entra dans la cour. , L'hôte, à qui l'on demandoit raison de tant de préparatifs, dit à monsieur le chevalier de Grammont, que c'étoit pour la noce d'un gentilhomme des plus riches des environs avec la plus belle fille de toute
la province ; que le repas se faisoit chez lui ; qu'il ne tiendroit qu'à sa grandeur de voir bientôt arriver les mariés de la
paroiſse, puisque la musique étoit déja venue : Il en jugea
bien ; car à peine achevoit-il de parler, que trois grands cor-
billards, comblés de laquais grands comme des Suiſses, et
chamarrés de livrées tranchantes, parurent dans la cour, et
débarquerent toute la noce. Jamais on n'a vu la magnificence campagnarde si naturellement étalée : Le clinquant
rouillé, les paſsemens ternis, les taffetas rayés, de petits yeux
et de groſses gorges brilloient par-tout.

Si le premier coup-d'œil du spectacle surprit le chevalier de
Grammont, le second n'étonna pas moins le fidele Termes.
Le peu qui paroiſsoit du visage de la mariée n'étoit pas sans
éclat ; mais on ne pouvoit porter aucun jugement sur le reſte :
Quatre douzaines de mouches, et dix serpentaux de chaque
côté, qu'on avoit faits de ses cheveux, en déroboient la vue ;
mais ce fut le nouvel époux qui mérita l'attention du chevalier de Grammont.

Il étoit auſsi ridiculement paré que les autres, à la réserve
d'un juſte-au-corps de la plus grande magnificence, et du

meilleur goût du monde. Le chevalier de Grammont, en
s'approchant de lui pour examiner de près son habit, se mit à
louer la broderie de son jufte-au-corps : Le marié tint cet
examen à grand honneur, et lui dit qu'il avoit acheté ce
jufte-au-corps cent cinquante louis, du tems qu'il faisoit l'a-
mour à madame sa femme. " Vous ne l'avez donc pas fait
" faire ici? lui dit le chevalier de Grammont. Bon! lui répon-
" dit l'autre : Je l'ai d'un marchand de Londres, qui l'avoit
" commandé pour un mylord d'Angleterre." Le chevalier
de Grammont, qui sentoit le dénouement de l'aventure, lui
demanda s'il reconnoitroit bien le marchand. " Si je le re-
" connoîtrois ? Ne fus-je pas obligé de boire avec lui toute
" la nuit à Calais pour en avoir bon marché?" Termes s'étoit
absenté dès que ce jufte-au-corps avoit paru, sans pourtant
s'imaginer que ce maudit marié dût en entretenir son
maître.

L'envie de rire et l'envie de faire pendre le seigneur Termes,
partagerent quelque tems les sentimens du chevalier de Grammont ; mais l'habitude de se laiffer voler par ses domeftiques,
jointe à la vigilance du coupable, à qui son maître ne pouvoit reprocher d'avoir dormi dans son service, le porterent à
la clémence ; et cédant aux importunités du campagnard,
pour confondre son fidele écuyer, il se mit à table lui trente-
septieme.

Quelques momens après, il dit aux gens de la maison de
faire monter un gentilhomme nommé Termes : Il vint, et dès
que le maître de la fête le vit, il se leva de table, et lui tendant la main : " Touchez-là, notre ami, lui dit-il, vous vo-

" yez que j'ai bien conservé le jufte-au-corps que vous aviez
" tant de peine à me vendre, et que je n'en fais pas un mau-
" vais usage."

Termes, s'étant fait un front d'airain, fit semblant de ne le
pas reconnoître, et se mit à le repouffer afsez brutalement.
" Oh! parbleu, lui dit l'autre, puisqu'il m'a fallu boire avec
" vous pour conclure le marché, vous me ferez raison de la
" santé de madame la mariée." Le chevalier de Grammont,
qui le vit tout déconcerté, malgré son effronterie, lui dit en
le regardant civilement : " Allons, monsieur le marchand de
" Londres, mettez-vous là, puisqu'on vous en prie de si
" bonne grace ; nous ne sommes pas tant à table qu'il n'y ait
" encore place pour un aufsi honnête homme que vous." A
ces mots trente-cinq des conviés se mirent en mouvement pour
recevoir ce nouveau convié : Il n'y eut que le siége de l'é-
poufée, qui par bienséance demeura fixe ; et l'audacieux
Termes, ayant bu la premiere honte de cet événement, s'y prenoit d'une maniere à boire tout le vin de la noce, si son maître ne se fût levé de table comme on ôtoit vingt-quatre po-
tages pour servir autant d'entrées.

Il n'y avoit pas d'apparence de retenir jusqu'à la fin d'un repas de noce un homme qui paroifsoit si prefsé ; mais tout fut
de bout quand il sortit de table, et tout ce qu'il put obtenir
du marié fut que toute la noce ne le conduiroit pas jusqu'à la
porte de l'hôtellerie : Termes eût voulu qu'ils ne l'eufsent
point quitté jusqu'à la fin du voyage, tant il craignoit de se
trouver tête-à-tête avec son maître.

Il y avoit déja quelque tems qu'ils étoient sortis d'Abbeville, et qu'ils couroient dans un profond silence : Termes, qui s'attendoit bien à le voir rompre dans peu de tems, n'étoit en peine que de la maniere ; savoir, si son maître l'attaqueroit par un torrent d'injures, mêlées de certaines épithetes qui pouvoient lui convenir, ou si, se servant de quelque outrageante ironie, l'on emploieroit toutes les louanges qui seroient le plus capables de le confondre ; mais voyant, au lieu de tout cela, qu'on s'obſtinoit à ne lui rien dire, il crut qu'il valoit mieux prévenir la harangue qu'on méditoit, que d'y laiſser rêver plus long-tems ; et s'armant de toute son effronterie : " Vous voilà " bien en colere, monsieur, lui dit-il, et vous croyez avoir rai " son ; mais je me donne au diable si vous n'avez tort dans " le fond."

" Comment, traître ! dans le fond ? dit le chevalier de Gram " mont : c'eſt donc parce que je ne te fais pas rouer, comme " tu l'as depuis long-tems mérité ? Voilà-t-il pas, dit " Termes, toujours de l'emportement, au lieu d'entendre rai " son ! Oui, monsieur, je vous soutiens que ce que j'en ai " fait étoit pour votre bien. Et le sable mouvant n'étoit-il " pas pour mon service ? dit le chevalier de Grammont. Pa " tience, s'il vous plaît, poursuivit l'autre : Je ne sais com " ment diable ce nigaud de marié s'eſt rencontré chez les gens " de la douane quand on visita ma valise à Calais ; mais ces " cocus-là se fourrent par-tout : Dès qu'il vit votre juſte-au " corps, il en devint amoureux : Je vis bien dès-là que c'étoit " un sot, car il étoit à deux genoux devant moi pour l'acheter : " Outre qu'il étoit tout froiſsé de la valise, la sueur du che-

LE MARECHAL DE GRAMMONT.

" val l'avoit tout taché par-devant, et je ne sais comment
" diable il a fait pour racommoder tout cela ; mais tenez-moi
" pour un excommunié si vous l'eufsiez jamais voulu mettre.
" Conclusion: il vous revenoit à cent quarante louis ; et vo-
" yant qu'on m'en offroit cent cinquante: mon maître, dis-je,
" n'a pas besoin de cette oriflamme pour se diftinguer au bal ;
" et quoiqu'il eût beaucoup d'argent quand je l'ai quitté, que
" sais-je s'il en aura quand je le reverrai? cela dépend du
" jeu. Bref, monsieur, je vous en fais donner dix louis de plus
" qu'il ne vous coûte : c'eft un profit tout clair : Je vous en
" tiendrai compte, et vous savez que je suis bon pour cette
" somme. Dites à présent, en auriez-vous eu la jambe mieux
" faite au bal, d'être paré de ce diable de jufte-au-corps, qui
" vous auroit donné la même mine qu'à ce marié de village à
" qui nous l'avons vendu? et cependant il faut voir comme
" vous tempêtiez à Londres quand vous l'avez cru perdu : les
" beaux contes que vous avez faits au roi du sable mouvant;
" et quelle chienne de mine vous avez faite quand vous vous
" êtes douté que ce pied-plat le portoit à sa noce."

Que répondre à tant d'impudence? S'il écoutoit l'indignation, le rouer de coups, ou le chafser, étoit le traitement
le plus favorable que son maître lui devoit ; mais il en avoit
besoin pour le refte de son voyage; et, dès qu'il fut à Paris, il
en eut besoin pour son retour.

Le maréchal de Grammont ne sut pas plutôt son arrivée,
qu'il le fut trouver chez son baigneur ; et les premieres em-
brafsades s'étant pafsées de part et d'autre : " Chevalier, lui
" dit le maréchal, combien avez-vous mis à venir de Londres

" ici? car Dieu sait comme vous allez en pareille rencontre."
Le chevalier de Grammont lui dit, qu'il y avoit trois jours
qu'il étoit en chemin; et pour s'excuser de cette médiocre diligence, il se mit à lui conter son aventure d'Abbeville.
" Cela eſt fort plaisant, lui dit monsieur son frere; mais ce
" qu'il y a de plus plaisant, c'eſt qu'il ne tiendra qu'à vous de
" trouver encore votre juſte-au-corps à table, car on la tient
" longue dans une noce de province: et là-deſsus prenant un
" air tout sérieux, il lui dit, qu'il ne savoit pas qui lui conseil-
" loit un retour inopiné pour gâter ses affaires; mais qu'il
" avoit ordre du roi de lui dire, qu'il n'avoit qu'à s'en retour-
" ner sans se présenter à la cour. Il lui dit ensuite, qu'il
" ne pouvoit s'empêcher d'admirer son impatience, après
" avoir si bien fait jusques-là, lui qui connoiſsoit aſsez le roi
" pour être inſtruit qu'il falloit pour mériter sa grace attendre
" qu'elle vînt purement de sa bonté."

Le chevalier montra, pour sa juſtification, la lettre de madame de Saint-Chaumont, et lui dit, qu'il se seroit bien paſsé
du soin qu'on avoit pris de lui mander une fauſse nouvelle pour
le faire partir comme un cravate de bois. " Autre impru-
" dence, lui dit le maréchal : et depuis quand notre sœur eſt-
" elle secrétaire d'état ou des commandemens, pour que le roi
" se soit servi d'elle pour vous signifier ses volontés? Vou-
" lez-vous savoir le fait? Il y a quelque tems qu'il dit à ma-
" dame le refus que vous aviez fait de la pension que vous
" offroit le roi d'Angleterre : Il parut content de la maniere
" dont Comminges l'informa que la chose s'étoit faite, et té-

" moigna qu'il vous en savoit gré. Madame prit tout cela
" pour un ordre de rappel. La Saint-Chaumont, qui n'a pas
" à beaucoup près le jugement aufsi merveilleux qu'elle se
" l'imagine, s'eft prefsée de vous expédier ce bel ordre de sa
" main. Pour achever, madame dit hier au dîner du roi
" que vous seriez incefsamment ici ; et le roi m'ordonna l'après-
" dînée de vous renvoyer incefsamment, d'abord que vous se-
" riez arrivé : Vous voilà : retournez-vous-en."

Cet ordre auroit peut-être paru dur au chevalier de Grammont dans un autre tems ; mais dans la disposition présente
de son cœur, il eut bientôt pris son parti. Rien ne lui faisoit
peine que l'officieux avis qui l'avoit obligé de quitter la cour
d'Angleterre ; et, tout consolé de ne point voir celle de France
avant son départ, il pria le maréchal d'obtenir seulement un
délai de quelques jours pour recueillir quelque argent du jeu
qu'on lui devoit : Il obtint cette grace, à condition qu'il sortiroit de Paris.

Il choisit Vaugirard pour sa retraite : Ce fut-là qu'arriverent certaines aventures dont il a fait le récit si souvent, et
d'une maniere si divertifsante, que ce seroit fatiguer le lecteur
que de les retoucher : Ce fut là qu'il rendit le pain bénit d'une
maniere si solemnelle, que ne reftant pas afsez de Suifses à
Verfailles pour garder la chapelle, Vardes fut obligé d'avouer
au roi qu'on les avoit envoyés au chevalier de Grammont, qui
rendoit le pain bénit à Vaugirard : Là se pafsa cette scene
merveilleuse qui donna la premiere atteinte à la réputation
du grand Saucourt, lorsque, dans un tête-à-tête avec la fille
du jardinier, on sonna si souvent du cor, signal dont ils é-

toient convenus pour empêcher les surprises, que ces frequentes alarmes désarmerent les emprefsemens du renommé Saucourt, et rendirent inutile le rendez-vous qu'on lui procuroit avec la plus jolie grisette des environs : Ce fut encore durant son séjour à Vaugirard qu'il fut voir mademoiselle de l'Hôpital à Ifsy, pour s'éclaircir si l'indiscret bruit de ville ne se trompoit point sur un commerce de robe dont on l'accusoit : Ce fut là qu'arrivant à l'improvifte, le président de Maisons se réfugia dans un cabinet avec tant de précipitation, que la moitié de son manteau refta dehors lorsqu'il s'enferma ; tandis que le chevalier de Grammont, qui s'en apperçut, fit souffrir mort et pafsion à ces pauvres amants par une longueur de visite excefsive pour le désordre qu'elle causoit.

Ses affaires finies, il partit : L'amour le guidoit : Termes redoubla de vigilance sur la route : Les chevaux se trouvoient prêts à chaque pofte dans un moment: Les vents et les marées seconderent son impatience dès qu'il en eût besoin, et il revit Londres avec transport. La cour fut surprise et charmée de son prompt retour : Personne ne s'avisa de lui témoigner du regret de la nouvelle disgrace qui le ramenoit, tant il faisoit voir qu'il en étoit consolé : Mademoiselle d'Hamilton ne lui voulut aucun mal de la promptitude dont il obéifsoit au roi son maître.

Les affaires de la cour n'avoient pas eu le tems de changer de face pendant une si courte absence ; mais elles en changerent bientôt après son retour ; c'eft-à-dire, les affaires d'une cour qui jusques-là n'en avoit pas eu de plus sérieuses que celles de l'amour et des plaisirs.

S. Harding Del.ᵗ &ᶜ Pubᵈ Octʳ 27. 1792. by E&. S.Harding Nᵒ 98 Pall Mall Van den Berghe Sc.

DUKE of MONMOUTH.

Le duc de Monmouth, fils naturel de Charles II. parut en ce tems-là dans la cour du roi son pere. Ses commencemens ont eu tant d'éclat, son ambition a causé des événemens si considérables, et les particularités de sa fin tragique sont encore si récentes, qu'il seroit inutile d'employer d'autres traits pour donner une idée de son caractere. Il paroit par-tout tel qu'il étoit dans sa conduite, téméraire dans ses entreprises, incertain dans l'exécution, et pitoyable dans ces extrémités, où beaucoup de fermeté doit au moins répondre à la grandeur de l'attentat.

Sa figure et les graces extérieures de sa personne étoient telles, que la nature n'a peut-être jamais rien formé de plus accompli. Son visage étoit tout charmant : c'étoit un visage d'homme, rien de fade, rien d'efféminé ; cependant chaque trait avoit son agrément et sa délicatesse particuliere : une disposition merveilleuse pour toutes sortes d'exercices, un abord attrayant, un air de grandeur, enfin tous les avantages du corps parloient pour lui ; mais son esprit ne disoit pas un petit mot en sa faveur : il n'avoit de sentimens que ce qu'on lui en inspiroit ; et ceux qui d'abord s'insinuerent dans sa familiarité prirent soin de ne lui en inspirer que de pernicieux. Cet extérieur éblouissant fut ce qui frappa d'abord : Toutes les bonnes mines de la cour en furent effacées, et toutes les bonnes fortunes à son service. Il fit les plus cheres délices du roi ; mais il fut la terreur universelle des époux et des amants. Cela ne dura pourtant pas : la nature ne lui avoit pas donné tout ce qu'il faut pour s'emparer des cœurs ; et le beau sexe s'en apperçut.

Madame de Cléveland bouda contre le roi, de ce que les enfants qu'elle avoit de lui ne paroifsoient que de petits magots auprès de ce nouvel Adonis : Elle en étoit d'autant plus choquée, qu'elle se vantoit de pouvoir pafser pour la mere des amours en comparaison de sa mere. On se moqua de ses reproches: il y avoit quelque tems qu'elle n'étoit plus en droit d'en faire ; et comme cette jalousie paroifsoit plus mal fondée que toutes celles qu'elle avoit affectées, personne n'applaudit à ce refsentiment ridicule. Il fallut faire un autre personnage pour inquiéter le roi : c'eft pourquoi, cefsant de s'opposer à la tendrefse extrême qui l'aveugloit pour ce fils, elle se mit à l'adopter dans la sienne par mille louanges, par mille sortes d'admirations, et par des carefses qui ne faisoient que croître et embellir. Comme elles étoient publiques, elle prétendoit qu'elles dufsent être sans conséquence ; mais on la connoissoit trop pour s'y méprendre. Le roi n'étoit plus jaloux d'elle ; mais comme le duc n'étoit pas dans un âge à être insensible aux vivacités d'une femme faite comme elle, sa majefté crut qu'il falloit le retirer d'auprès de cette prétendue belle-mere pour sauver son innocence du crime, ou du moins du scandale : Ce fut donc pour cet effet qu'on le maria de si bonne heure.

Une héritiere de cent mille livres de rente en Ecofse s'offrit toute à propos : Elle étoit pleine d'agremens, et son esprit avoit tous ceux qui manquoient au beau Monmouth.

De nouvelles fêtes célébrerent ce mariage : On ne pouvoit mieux faire sa cour qu'en s'y diftinguant ; et tandis que ces réjouifsances mettoient en mouvement la magnificence et la

S. Harding delt.　　　　　H. Van den Berghe. sculp.

Publ.d Oct.r 1. 1792. by E. & S. Harding, Pall Mall.

MISS LUCY WATERS.

galanterie, les anciens engagemens en étoient par-tout réveillés, et de nouveaux s'établifsoient.

La belle Stewart, alors au suprême degré de son éclat, attiroit tous les yeux ou tous les respects. La duchefse de Cléveland voulut du moins l'effacer par le secours des pierreries dont elle s'étoit couverte à cette fête; mais ce fut inutilement: Son visage étoit un peu défait par le commencement d'une troisieme ou quatrieme grofsefse, que le roi voulut bien prendre encore sur son compte. Pour le refte de sa figure, il n'y avoit pas de quoi soutenir l'air et la grace de mademoiselle Stewart.

C'étoit bien pendant ce dernier effort de sa beauté qu'elle eût été reine d'Angleterre, si le roi n'eût été moins libre encore pour disposer de sa main qu'il ne l'étoit pour donner son cœur; mais ce fut alors que le duc de Richmond fit vœu de l'épouser, ou de mourir.

Quelques mois après la célébration de ces noces, Killegrew, n'ayant rien de mieux à faire alors, devint amoureux de madame de Shrewfbury; et comme madame de Shrewfbury n'étoit point engagée, par un grand hasard, cette affaire fut bientôt réglée. Personne ne se mit en tête de troubler un commerce qui n'intérefsoit personne; mais Killegrew s'avisa de le troubler lui-même. Ce n'eft pas que son bonheur ne lui parût tel qu'il se l'étoit imaginé: l'habitude ne le dégoûtoit point d'une pofsefsion digne d'envie; mais il s'étonna qu'on ne lui en portât point, et trouva mauvais qu'une telle fortune ne lui donnât point de rivaux.

Il avoit beaucoup d'esprit, et beaucoup plus d'éloquence : c'étoit en pointe de vin qu'elle étoit la plus vive; et c'étoit d'ordinaire pour peindre en détail les secrettes beautés et les charmes les moins visibles de la Shrewſbury, que cette éloquence se donnoit carriere : plus de la moitié de la cour en savoit bien autant que lui sur ce sujet.

Le duc de Buckingham étoit un de ceux qui n'en pouvoient juger que par les apparences; et, selon lui, les apparences ne promettoient pas tout ce que les exagérations de Killegrew vouloient persuader. Comme cet amant indiscret étoit un de ceux qui dînoient d'ordinaire avec le duc de Buckingham, il avoit tout le tems d'étaler sa rhétorique sur ce beau sujet; car on se mettoit à table sur les quatre heures, pour n'en sortir que vers l'heure de la comédie.

Le duc de Buckingham, éternellement rebattu des descriptions du mérite de madame de Shrewſbury, voulut s'éclaircir des faits par lui-même : Dès qu'il l'eut entrepris, il en eut le cœur net; et s'imaginant trouver qu'on n'en avoit rien dit de trop, ce commerce s'établit d'une maniere à ne pas faire croire qu'il pût être de durée, vu la légéreté de l'un et de l'autre, et la vivacité dont ils avoient commencé : cependant nul engagement n'a duré si long tems en Angleterre.

L'imprudent Killegrew, qui n'avoit pu se paſser de rivaux, fut obligé de se paſser de maîtreſse : Il le porta fort impatiemment; mais loin d'écouter ses premieres plaintes, la Shrewſbury fit semblant de ne le pas connoître. Il ne fut pas à l'épreuve d'un pareil traitement; et sans songer qu'il s'étoit attiré sa disgrace, toute son éloquence se déchaîna contre

madame de Shrewfbury : ses invectives l'attaquerent depuis la tête jusqu'aux pieds : il fit une peinture affreuse de sa
conduite, et traveftit en défauts les charmes qu'il venoit de
célébrer en sa personne. On l'avertit sous main des inconvéniens que pouvoient lui attirer ses déclamations : il se moqua de l'avis, poufsa sa pointe, et ne s'en trouva pas bien.

Comme il sortoit de Saint-James, après le coucher du duc,
on poufsa trois coups d'épée dans sa chaise, dont l'un lui
perça le bras de part en part. Ce fut alors qu'il connut le
péril où son intemperance de langue le jettoit après lui avoir
ôté la Shrewfbury. Ses afsafsins s'étoient sauvés à travers le
parc, ne doutant pas qu'il ne fût expédié.

Killegrew crut qu'il seroit inutile de se plaindre : Quelle
justice espérer d'un attentat dont il n'avoit aucune preuve que
ses blefsures ! Que s'il faisoit quelques poursuites, fondées
sur les apparences et les conjectures, il ne douta point
qu'on n'eût recours aux moyens les plus courts de les interrompre, et qu'on ne le manqueroit pas une seconde fois.
Ainsi, voulant mériter sa grace de ceux qui l'avoient fait as-
safsiner, il mit fin à ses satyres, et ne fouffla pas le mot de
son aventure. Le duc de Buckingham et la Shrewfbury furent long-tems heureux et tranquilles : jamais elle n'avoit été
si long-tems conftante, et jamais il n'avoit eu tant d'égards en
aimant.

Cela dura jusqu'à ce que mylord Shrewfbury, qui ne s'é-
toit jamais ému des déréglemens de madame sa femme, se
mit en tête de trouver à redire à ce dernier commerce. Il
étoit public, à la vérité ; mais il paroifsoit moins déshono-

o o

rant pour elle que tous les autres. Le pauvre Shrewſbury, trop honnête homme pour s'en plaindre à madame, voulut pourtant satisfaire son honneur : Il fit appeller le duc de Buckingham ; et, le duc de Buckingham, pour réparation d'honneur l'ayant tué, demeura paiſible poſſeſſeur de cette fameuſe Hélene. Cela choqua d'abord le public ; mais le public s'accoutume à tout, et le tems fait apprivoiſer la bienséance et même la morale. La reine étoit à la tête de ceux qui se récrioient contre un scandale si public, et un si horrible désordre, et qui se révoltoit contre l'impunité d'une action si criante. Comme la duchesse de Buckingham étoit une petite ragote à-peu-près de sa figure, qui n'avoit jamais eu d'enfants, et que son époux abandonnoit pour une autre, cette espece de parallele entre leurs fortunes intéreſſoit la reine pour elle ; mais ce fut inutilement : personne n'y fit attention ; et les mœurs du siecle allerent leur train, tandis qu'elle s'efforçoit de leur susciter pour ennemis la nation sérieuse des politiques et des dévots.

Le sort de cette princeſſe avoit d'aſſez triſtes vues par de certains côtés : les égards du roi pour elle avoient de belles apparences ; mais c'étoit tout : elle sentoit bien que la considération qu'on avoit pour elle s'effaçoit à mesure que le crédit de ses rivales augmentoit : elle voyoit que le roi son époux ne se mettoit guere en peine d'enfants légitimes, tant que ses maîtreſſes toutes charmantes lui en donneroient d'autres. Comme tout le bonheur de sa vie dépendoit uniquement de cette bénédiction, et qu'elle se flattoit que le roi la regarderoit de meilleur œil si le ciel daignoit la regarder en pitié sur

S.Harding Del. Pub. Jan.ʸ 7. 1793. by N.W.Harding N.ᵒ 268 Pall Mall. I.E. Claussens Sculp.

DUTCHESS OF BUCKINGHAM.

cet article, elle eut recours à toutes les refsources qui sont en vogue contre la ftérilité : Les vœux, les neuvaines et les offrandes ayant été tournées de toutes les manieres, et n'ayant rien fait, il fallut en revenir aux moyens humains.

Que n'auroit-elle point donné dans cette occasion pour l'anneau que l'archevêque Turpin mit à son doigt, et qui fit courir Charlemagne après lui, comme il avoit fait après une de ses concubines, à qui Turpin l'avoit ôté après sa mort! mais il y a long-tems que les seuls talismans, qui font aimer, sont les charmes de la personne aimée, et que les enchantemens étrangers ne font rien. Les médecins de la reine, prudens et avisés, comme ils le sont par-tout, ayant considéré que les eaux froides de Tunbridge n'avoient pas réufsi l'année précédente, conclurent qu'il falloit l'envoyer aux chaudes ; c'eft-à-dire, aux bains qui sont auprès de Briftol : Ce voyage fut donc arrêté pour la saison prochaine ; et dans la confiance d'un heureux succès, ce voyage eût été le plus agréable du monde pour elle, si la plus dangereuse de ses rivales n'eût été nommée des premieres pour en être. La Cléveland, étant alors pres d'accoucher, cette inquiétude ne la regardoit pas : une bienséance inutile l'obligeoit à quelques égards : le public, à la vérité, n'en croyoit ni plus ni moins, pour le soin qu'elle avoit de s'en cacher ; mais sa présence dans cet état étoit un objet trop insultant pour la reine. Mademoiselle Stewart, plus belle que jamais, nommée pour ce voyage, s'y préparoit hautement : la pauvre reine n'osoit s'y opposer ; mais elle n'en espéra plus rien : que pouvoient les bains, ou la foible vertu des eaux, contre des charmes qui la détruisoient ou par ses chagrins, ou par des causes plus propres encore à les rendre inutiles !

Le chevalier de Grammont, à qui tous les plaisirs de la vie n'étoient rien sans la présence de mademoiselle d'Hamilton, ne put se dispenser de suivre la cour : Il étoit trop nécefsaire et trop agréable au roi dans un voyage comme celui-là pour n'en pas être ; et, de quelque secours que pût être sa conversation dans la solitude que cause l'absence d'une cour, mademoiselle Hamilton n'avoit pas cru devoir consentir qu'il reftât à Londres, parce qu'elle n'en bougeoit. Il obtint la permifsion de lui écrire, pour lui mander des nouvelles de la cour : il s'en servit de la maniere qu'on peut croire ; et ce qu'il disoit de ses propres affaires, ne laifsoit guere de place dans ses lettres pour des narrations étrangeres, durant le séjour qu'on fit aux bains. Comme l'absence rendoit ce séjour ennuyeux à son égard, il se prenoit à tout ce qui pouvoit engourdir son impatience, en attendant l'heureux moment de son retour.

Il avoit beaucoup d'eftime pour l'ainé des Hamiltons ; autant d'eftime et beaucoup plus d'amitié pour l'autre : c'étoit à lui qu'il s'ouvroit le plus confidemment de sa pafsion et de ses sentimens pour sa sœur : il savoit aufsi ses premiers engagemens avec sa cousine Wetenhall ; mais il ignoroit le réfroidifsement survenu dans un commerce dont les commencemens avoient été si vifs : il fut surpris de voir les emprefsemens qu'il marquoit dans toutes les occasions pour mademoiselle Stewart : Ils lui parurent au-delà de ces devoirs et de ces respects qu'on rend pour faire sa cour à la maîtrefse du prince.

Il y fit attention, et ne fut pas long-tems à découvrir qu'il étoit déja plus épris qu'il ne convenoit à sa fortune ou à son repos : Dès qu'il fut bien confirmé dans cette conjecture par ses remarques, il résolut de prévenir les suites d'un engagement pernicieux de toutes les manieres; mais il voulut que l'occasion d'en parler s'offrît d'elle-même.

Cependant tout ce qui pouvoit s'appeller divertissement amusoit la cour dans des lieux où l'on se saisit de tout pour se désennuyer. Le jeu de boule, qui n'est en France que l'occupation des artisans et des valets, est toute autre chose en Angleterre : c'est l'exercice des honnêtes gens : Il y faut de l'art et de l'addresse : il n'est d'usage que dans les belles saisons; et les lieux où l'on joue sont des promenades délicieuses : on les appelle boulingrins. Ce sont de petits près en quarré, dont le gazon n'est guere moins uni que le tapis d'un billard. Dès que la chaleur du jour est passée, tout s'y rassemble : L'on y joue gros jeu, et les spectateurs y trouvent à parier tant qu'ils veulent.

Le chevalier de Grammont, dès long-tems initié dans les spectacles et les divertissemens anglois, avoit fait une course de chevaux, qui n'avoit pas à la vérité réussi ; mais il avoit au moins le plaisir d'être convaincu par expérience, qu'un bidet fait vingt milles sur le grand chemin en moins d'une heure : Les combats de coqs lui avoient été plus favorables ; et dans tous les paris qu'il avoit faits aux boulingrins, le parti qu'il avoit soutenu n'avoit pas manqué de gagner.

A tous les lieux d'assemblées se trouve d'ordinaire une espece de cabaret, portant le nom de *pavillon de verdure*, de

salle à feſtin, ou de *cabinet de rafraîchiſsemens :* Là se vendent toutes sortes de liqueurs à l'Angloise, comme vous diriez du cidre, de l'hydromel, de la bierre mouſsante et du
vin d'Espagne : là les rooks se raſsemblent les soirs pour
fumer, pour boire, et pour s'éprouver les uns contre les autres ; c'eſt-à-dire, pour tâcher de s'entr'enlever les profits de
la journée. Or ces rooks sont proprement ce qu'on appelle
capons ou piqueurs en France, gens qui portent toujours de
l'argent pour offrir à ceux qui perdent au jeu, moyennant une
rétribution qui n'eſt rien pour les joueurs, et qui ne va qu'à
deux pour cent à payer le lendemain.

Ces meſsieurs sont d'une supputation si juſte, et d'une prudence si consommée dans toutes sortes de jeux, que personne
n'oseroit se mesurer avec eux, quand même ils joueroient
fidélement : Ils font d'ailleurs vœu de gagner quatre ou cinq
guinées par jour, et de s'en contenter ; vœu qu'ils ne rompent
presque jamais.

Ce fut au milieu d'une bande de ces rooks qu'Hamilton
trouva le chevalier de Grammont, comme il venoit y boire un
verre de cidre : Ils jouoient à la chance à deux dés ; et comme
celui qui tient le dé à ce jeu en a tout l'avantage, les rooks
avoient fait cet honneur au chevalier de Grammont par de-
férence : il le tenoit encore quand Hamilton arriva. Les
rooks, appuyés de leur avantage, pouſsoient contre lui
comme des furies : il topoit par-tout : Hamilton pensa tomber de son haut, de voir un homme de son expérience et de
ses lumieres embarqué dans un combat si peu égal ; mais il
eut beau l'avertir du péril, tout haut et tout bas, par signes

et en françois: il méprisa ses avertissemens; et les dés, qui portoient César et sa fortune, firent un miracle en sa faveur. Les rooks furent vaincus pour la premiere fois; mais ce ne fut pas sans lui donner tous les éloges et toutes les louanges de beau joueur qu'on prodigue à ceux qu'on veut engager pour une autre fois; mais leurs louanges furent perdues, et leurs espérances trompées: cette épreuve lui suffit.

Hamilton contant au souper du roi comme il l'avoit trouvé témérairement aux mains avec les rooks, et la maniere dont la providence l'en avoit sauvé: " Ma foi, Sire, dit le " chevalier de Grammont, messieurs les rooks sont décon- " fits pour le coup;" et là-dessus il se mit à lui conter le détail de son aventure à sa façon ordinaire; c'est-à-dire, attirant l'attention de tout le monde par le récit d'une bagatelle dont il faisoit quelque chose.

Après le souper, mademoiselle Stewart, chez qui l'on jouoit, fit venir Hamilton auprès d'elle pour lui faire ce récit. Le chevalier de Grammont crut s'appercevoir qu'on l'écoutoit d'une maniere assez gracieuse: cela ne fit que le confirmer dans ses premieres conjectures; et l'ayant mené souper chez lui, la conversation s'ouvrit d'abord comme elle faisoit presque toujours: " Georges, lui dit-il, n'auriez-vous point be- " soin d'argent? Je sais que vous aimez le jeu: peut-être " ne vous est-il pas aussi favorable qu'à moi: nous sommes " loin de Londres: voilà deux cents guinées, prenez-les; ce " sera pour jouer chez mademoiselle Stewart." Hamilton, qui ne s'attendoit à rien moins qu'à cette conclusion, en fut un peu déconcerté: " Comment! avec mademoiselle Stewart!

" Oui, chez elle: Georges, mon ami, poursuivit le chevalier
" de Grammont, nous sommes un peu clairvoyants : vous en
" êtes amoureux, et si je ne me trompe, elle ne s'en offense
" pas; mais, dites-moi comment vous avez pu vous résoudre
" à vous ôter la pauvre Péckham de l'esprit, pour vous coëf-
" fer d'une princefse qui ne la vaut peut-être pas, à tout pren-
" dre, et qui ne pourroit être qu'un traîne-potence pour vous,
" quelque bien qu'elle vous voulût. Par ma foi, vous et
" votre frere etes deux jolis garçons dans vos choix.   Quoi !
" dans toute la cour vous ne trouvez que les deux maîtrefses
" du roi pour en faire les vôtres !   Pour le frere ainé, encore
" pafse: il n'avoit pris la Caftelmaine que quand son maître
" n'en vouloit plus, et que la Chefterfield ne vouloit plus de
" lui; mais pour vous, que diable croyez-vous faire d'une
" créature dont le roi dans ce moment eft plus fou que ja-
" mais? Eft-ce parce que cet ivrogne de Richmond s'eft
" nouvellement remis sur les rangs, et qu'il se porte pour
" amant déclarê ? Vous verrez comme il en sera bon mar-
" chand : je sais bien ce que le roi m'en a dit.

    " Croyez-moi, mon petit ami, point de raillerie avec le
" maître ; c'eft-à-dire, point de lorgnerie avec la maîtrefse.
" J'ai voulu faire l'agréable en France auprès d'une petite co-
" quette dont le roi ne se soucioit pas; et vous savez comme il
" m'en a pris : je conviens qu'on donne beau jeu ; mais ne
" vous y fiez pas: elles sont toutes ravies qu'un homme, dont
" elles ne veulent rien faire, devienne leur esclave de parade,
" seulement pour grofsir l'équipage. Ne vaut-il pas mieux
" pafser huit jours incognito dans le château de Péckham

" avec la femme du philosophe Wetenhall, que de faire dire
" à la gazette de Hollande: On nous mande de Briftol, qu'un
" tel eft chafsé de la cour pour mademoiselle Stewart; qu'il
" va faire une campagne en Guinée sur la flotte que l'on pré-
" pare pour cette expédition, sous les ordres du prince
" Robert."

Hamilton, que toutes les vérités de cette harangue frap-
poient, à mesure qu'il y faisoit attention, parut comme revenu
de quelque songe, après y avoir rêvé quelques momens; et
s'adrefsant à lui d'un air reconnoifsant: "Vous êtes, lui dit-
" il, l'homme du monde qui avez l'esprit le plus agréable,
" avec la raison la plus droite pour le bien de vos amis:
" vouz venez de m'ouvrir les yeux: je commençois à me lais-
" ser séduire le plus ridiculement du monde, entraîné plutôt
" par de frivoles apparences que par un véritable penchant:
" je vous ai obligation de m'avoir arrêté sur le bord du pré-
" cipice: je vous en ai bien d'autres; mais pour vous té-
" moigner ma reconnoifsance de celle-ci, je veux suivre vos
" conseils, et me mettre en retraite chez la cousine Weten-
" hall, pour m'ôter de la tête le refte de ces visions; mais,
" bien-loin d'y aller incognito, je veux vous y mener au re-
" tour du voyage. Mademoiselle d'Hamilton sera de la par-
" tie; car il eft bon de prendre ses précautions avec un hom-
" me qui a beaucoup de mérite, et qui dans ces rencontres
" n'a pas trop de bonne-foi, du moins s'il en faut croire votre
" philosophe.... Ne vous avisez pas d'en croire ce faquin-
" là, dit le chevalier de Grammont; mais dites-moi comment
" vous vous êtes fourré dans la tête d'en vouloir à cette

" grande idole de Stewart? Que diable sais-je! dit Hamil-
" ton. Vous connoifsez toutes les enfances dont elle s'occupe:
" le vieux Carlingford étoit un soir chez elle, qui lui mon-
" troit à se mettre une bougie toute allumée dans la bouche,
" et le grand secret étoit de l'y tenir long-tems par le bout al-
" lumé sans qu'elle s'éteignît. J'ai, Dieu merci, la bouche
" raisonnablement grande; et pour renchérir par-defsus son
" maître, j'y en tins deux tout à la fois, et fis trois tours de
" chambre sans qu'elles s'éteignifsent. Tout le monde m'ad-
" jugea le prix de cette illuftre épreuve, et Killegrew soutint
" qu'il n'y avoit qu'une lanterne qui pût me le difputer. Elle
" en pensa mourir de rire : me voilà donc dans la familiarité
" de ses amusemens. On ne peut disconvenir que ce ne soit
" une figure toute charmante que cette créature-là : depuis
" que la cour eft en campagne, j'ai eu cent occasions de la
" voir, que je n'avois point eues devant : vous savez que le
" défhabillé du bain eft d'une grande commodité pour celles,
" qui, sans offenser les bienséances, ne sont pas fâchées d'é-
" tablir leurs attraits : Mademoiselle Stewart eft tellement
" persuadée des avantages qu'elle a par-defsus toutes les au-
" tres, qu'on ne peut si peu louer quelque femme de la cour
" pour de beaux bras et une belle jambe, qu'elle ne soit toute
" prête à le disputer par la démonftration ; et je crois qu'il
" ne seroit pas difficile, avec un peu d'adrefse, de la mettre
" nue, sans qu'elle y fît réflexion. Il faudroit, après tout, être
" bien insensible, pour que ces bienheureuses occasions ne
" fufsent d'aucune conséquence, et ne fifsent aucune impres-
" sion; outre que la bonne opinion qu'on a toujours de soi-

" même fait qu'on s'imagine qu'une femme eſt priſe dès qu'elle
" vous diſtingue par une habitude de familiarité, qui bien
" souvent ne veut rien dire. Voilà le fait à mon égard : ma
" préſomption, sa beauté, le poſte éclatant qui la releve, et
" mille gracieuſetés m'avoient empêché de faire des ré-
" flexions ; mais il faut vous dire auſsi, pour excuser mon im-
" pertinence, que la facilité de lui faire les plus tendres dé-
" clarations, en la louant, et les confidences qu'elle me faiſoit,
" sur certaines choses qu'elle n'auroit pas trop dû me confier,
" auroient été capables d'en éblouir un autre.

" Je lui ai donné le plus joli cheval d'Angleterre : vous sa-
" vez la grace infinie dont elle eſt à cheval. Le roi, qui
" n'aime guere les chaſſes que celle de l'oiseau, parce qu'elle
" eſt commode pour les dames, y étoit ces jours paſſés, en-
" touré de toutes les beautés de sa cour. Il partit après un
" faucon, et toute la brillante escadre après lui : Les jupes
" de mademoiselle Stewart, qui couroit à toute bride, effray-
" erent son cheval, qui voulut bien attendre celui que je mon-
" tois, parcequ'il étoit son compagnon : Je fus donc le seul
" témoin d'un dérangement dans ses habits, qui préſenta
" mille beautés nouvelles à mes regards : J'eus le bonheur de
" faire des exclamations aſſez galantes et aſſez exagérées sur
" ce charmant désordre, pour empêcher qu'elle n'en fût inter-
" dite : au contraire, ce sujet d'admiration a souvent été de-
" puis un sujet de conversation qui ne paroiſſoit pas lui dé-
" plaire.

" Le vieux Carlingford, et ce fou de Crofts, car il faut bien
" vous faire ma confeſsion générale, ces méchants plaisants

" donc lui faisoient à tout bout de champ des contes afsez
" éveillés, qui ne laifsoient pas de pafser à la faveur de quel-
" ques vieilles turlupinades, ou de quelques singeries dans le
" récit, qui la faisoient rire de tout son cœur. Pour moi,
" qui ne sais point de contes, et qui n'ai pas le talent de les
" faire valoir, quand j'en saurois, j'étois fort embarrafsé
" lorsqu'elle s'avisoit de m'en demander. Je n'en sais
" point, mademoiselle, lui dis-je un jour qu'elle me tourmen-
" toit. Inventez-en un, me dit-elle. C'eft ce que je sais en-
" core moins, lui dis-je ; mais je vous conterai, si vous vou-
" lez, un songe fort extraordinaire, parce qu'il eft encore
" moins vraisemblable que tous les autres songes n'ont cou-
" tume d'être. Cela lui donna une curiosité qu'il fallut sa-
" tisfaire dans le moment : Je me mis donc à lui conter, que
" la plus belle créature du monde, que j'aimois pafsionné-
" ment, m'étoit venue voir la nuit : Je fis alors son portrait
" à elle-même, en peignant cette beauté merveilleuse ; mais
" je lui dis, que cette divinité, m'étant venue trouver avec les
" plus favorables intentions du monde, ne s'étoit point dé-
" mentie par des rigueurs inutiles. Ce ne fut pas afsez pour
" la curiosité de mademoiselle Stewart : il fallut presque lui
" faire le détail des bontés que ce tendre fantôme avoit eues
" pour moi, sans qu'elle en parût surprise ou déconcertée,
" tant elle étoit attentive à cette fiction, tant elle me fit re-
" commencer de fois la description d'une beauté que je peig-
" nois, autant qu'il m'étoit pofsible, d'après sa figure, et d'après
" ce que je m'imaginois des beautés qui ne m'étoient pas con-
" nues.

" Voilà ce qui véritablement m'a pensé tourner la tête :
" Elle voyoit bien que c'étoit d'elle que je parlois : Nous
" étions seuls, comme vous pouvez croire, en lui faisant un
" tel récit, et mes yeux faisoient tout de leur mieux pour lui
" persuader que c'étoit elle que je peignois.   Je ne la vis
" point offensée de cette connoissance, ni sa pudeur alarmée
" de la fin d'une aventure faite à plaisir, et qu'il n'eût tenu
" qu'à moi de finir d'une maniere encore moins discrete.
" Cette audience tranquille me fit donner tête baissée dans
" tout ce que les conjectures avoient de flatteur pour moi :
" Je ne songeai ni au roi, ni à sa passion pour elle, ni aux pé-
" rils d'un tel engagement : enfin, je ne sais à quoi diable je
" songeois ; mais je vois bien que si vous n'y aviez songé pour
" moi, j'étois capable de me perdre au milieu de ces folles
" visions."

Quelque tems après, la cour revint à Londres ; et ce fut
depuis ce retour qu'une maligne influence s'étant répandue
sur ce qui regardoit la tendresse, tout alla de travers dans
l'empire amoureux : Le dépit, les soupçons ou la jalousie se
mirent en campagne pour désunir les cœurs : Les faux rapports, ensuite la médisance et les tracasseries, acheverent de
tout bouleverser.

La duchesse de Cléveland étoit accouchée pendant le
voyage des bains : jamais elle n'étoit relevée si belle : cela lui
fit croire qu'elle étoit en état de reprendre ses premiers droits
sur le cœur du roi, si elle pouvoit paroître avec ce nouvel
éclat devant ses yeux.   Ses partisans étoient du même avis :
On prépara son équipage pour cette expédition ; mais la

veille du jour qu'elle devoit partir, elle vit le jeune Churchill, et fut atteinte d'un mal qui s'étoit déja plus d'une fois opposé aux projets qu'elle avoit formés, et dont elle ne s'étoit jamais défendue que foiblement.

Un homme, qui d'enseigne aux gardes se voit élever à cette fortune, a sans doute un grand fonds de prudence quand il se poſsede aſsez pour ne pas s'éblouir de son bonheur. Churchill se para donc par-tout de sa nouvelle faveur : la Cléveland, qui ne lui recommandoit ni la modération ni la retenue sur aucun chapitre, ne se mit point en peine qu'il fût indiscret. Ainsi ce nouveau commerce faisoit tout l'entretien de la ville à l'arrivée de la cour : chacun en raisonnoit à sa fantaisie : les uns diſoient qu'elle lui avoit déja donné la pension de Jermyn, avec les appointemens de Jacob Hall ; d'autant que les différens mérites se trouvoient réunis dans le sien : d'autres soutenoient qu'il avoit l'air trop indolent et la taille trop effilée, pour soutenir long-tems sa faveur ; mais tous convenoient qu'un homme, qui étoit favori de la maîtreſse du roi, et frere de celle du duc, se produiſoit par de beaux endroits, et ne pouvoit manquer de faire fortune. En effet, le duc de York lui donna bientôt après une charge dans sa maison : cela étoit dans l'ordre ; mais le roi, qui ne se crut pas obligé de lui faire du bien, parce que madame de Cléveland lui en vouloit beaucoup, lui fit défendre de paroître à la cour.

Le bon prince commençoit à être de mauvaise humeur : ce n'étoit pas sans raison : il laiſsoit tout le monde en repos dans leur commerce, et cependant on avoit souvent l'insolence de troubler le sien. Mylord Dorſet, premier gentilhomme de sa

JOHN CHURCHILL,

DUKE of MARLBOROUGH.

CHARLES SACKVILLE EARL of DORSET &c.

Mrs DAVIS.

S. Harding delt.   W.N. Gardiner sculpt.

Pubd. Decr. 2. 1793. by E. & S. Harding, Pall Mall.

MISS DAVIS.

chambre, venoit de lui débaucher la comédienne Nell Gwyn:
La Cléveland, dont il ne se soucioit plus, ne laiſsoit pas de
le déshonorer par des inconſtances réitérées, par des choix indignes, et le ruinoit par des amants à gage; mais le chagrin
le plus sensible de tous étoit le nouveau réfroidiſsement, et
les menaces de mademoiselle Stewart. Il y avoit long-tems
qu'il lui proposoit tous les établiſsemens et tous les titres
qu'elle auroit agréables, en attendant qu'il pût faire mieux.
Elle s'étoit contentée de les refuser, sous prétexte du scandale que donneroit une élévation dont l'éclat choqueroit le
public; mais depuis qu'on fut de retour, elle prit d'autres
airs : tantôt elle vouloit se retirer de la cour, pour calmer les
inquiétudes éternelles de la reine : tantôt c'étoit pour fuir
des tentations, par où elle vouloit faire entendre que son innocence n'avoit pas encore succombé : enfin, c'étoit continuellement ou des alarmes, ou quelque humeur chagrine qui
désoloient la tendreſse du roi.

Comme il ne pouvoit s'imaginer à qui diable elle en vouloit, il crut qu'il falloit mettre la réforme dans son ménage
d'amour, pour voir si ce n'étoit point la jalousie qui l'inquiétoit. Ce fut pour cela qu'après avoir solemnellement déclaré
qu'il n'auroit plus de commerce avec madame de Cléveland
depuis l'affaire de Churchill, il se mit à faire une ſaint Barthé-
lemi de tous les autres menus amuſemens qu'il avoit par-ci
par-là dans la ville. Les Nell Gwyn, les miſs Davis, et la
troupe joyeuse des chanteuses et des danseuses des menus
plaisirs de sa majeſté furent congédiées. Tous ces sacrifices

furent inutiles : la Stewart continuoit à désespérer le roi ;
mais il eut bientôt découvert la véritable cause de ses froideurs.

L'officieuse Cléveland prit ce soin : elle s'étoit déchaînée
sans réserve depuis sa disgrace contre mademoiselle Stewart,
qu'elle en accusoit par son impertinence ; et contre l'imbéci-
lité du roi, qui, pour une idiote revêtue, la traitoit avec tant
d'indignité. Comme elle avoit encore des créatures dans la
confidence du roi, ce fut par leur moyen qu'elle fut informée
de l'état où les nouveaux traitemens de mademoiselle Stewart
l'avoient réduit ; et dès qu'elle eut trouvé ce qu'elle cherchoit,
elle se rendit dans le cabinet du roi par l'appartement d'un de
ses valets-de-chambre nommé Chiffinch : Cette route ne lui
étoit pas inconnue.

Le roi revenoit de chez la Stewart de fort mauvaise humeur : la présence de madame de Cléveland le surprit, et ne
la diminua pas. Elle s'en apperçut, et l'abordant d'un ton
ironique, et d'un sourire d'indignation : " J'espere, dit-elle,
" qu'il m'eſt permis de venir vous rendre mes hommages, quoi-
" que la divine Stewart vous ait défendu de me voir chez
" moi : Je ne veux point vous en faire des reproches, qui
" seroient trop indignes de moi : je viens encore moins ex-
" cuser des foiblefses, que rien ne peut juſtifier, puisque votre
" conſtance pour moi ne me laiſse rien à dire, et que je suis
" la seule que vous ayez honorée de votre tendreſse qui
" s'en soit rendue indigne par sa conduite : Je viens donc ici
" vous consoler dans l'abattement où vous ont mis les froi-
" deurs ou la nouvelle chaſteté de l'inhumaine Stewart."

A ces mots, un éclat de rire, auſsi peu naturel qu'il étoit insultant et démésuré, mit le comble à son impatience : Il s'étoit
bien attendu que quelque mauvaise raillerie suivroit ce préambule; mais il ne crut pas qu'elle dût prendre les airs bruyans, vu
les termes où ils en étoient ; et comme il se préparoit à lui
répondre : " Non, dit-elle, ne me sachez point mauvais gré de
" la liberté que je prends de me moquer un peu de la groſsié-
" reté dont on vous en impose : je ne puis souffrir qu'une af-
" fectation si marquée vous rende la fable de votre cour, tandis
" qu'on se moque impunément de vous : Je sais que la pré-
" cieuse Stewart vous renvoye, sous prétexte de quelqu'in-
" commodité, peut-être de quelque scrupule de conscience ;
" et je viens vous avertir que le duc de Richmond sera bien-
" tôt avec elle, s'il n'y eſt déja. Ne m'en croyez pas, puisque
" ce pourroit être le reſsentiment ou l'envie qui me le feroit
" dire : Suivez-moi jusqu'à son appartement, afin que vous
" n'ajoutiez plus de confiance à la calomnie, et que vous l'ho-
" noriez d'une préférence éternelle, si je l'accuse à faux ; ou
" que vous ne soyez plus la dupe d'une fauſse prude, qui
" vous fait faire un personnage si ridicule."

En achevant ce discours, elle le prit par la main, comme il
étoit encore tout irrésolu, et l'entraîna vers le logement de sa
rivale. Chiffinch étoit dans ses intérêts; ainsi la Stewart n'a-
voit garde d'être avertie de la visite ; et Babiani, dont madame de Cléveland avoit fait la fortune, et qui la servoit à
merveille dans cette occasion, lui vint dire que le duc de
Richmond venoit d'entrer chez la Stewart. C'étoit au milieu
d'une petite galerie, qui conduisoit par un dégagement du ca-

binet du roi à ceux de ses maîtreſses.   La Cléveland lui donna le bon soir, comme il entroit chez sa rivale, et se retira
pour attendre l'iſue de cette aventure : Babiani, qui suivoit
le roi, fut chargé de lui en venir rendre compte.

Il étoit près de minuit : le roi trouva les femmes-de-cham-
bre de sa maîtreſse, qui se présenterent respectueusement à son
paſsage, et lui dirent tout bas, que mademoiselle Stewart a-
voit été fort mal depuis qu'il l'avoit quittée ; mais que s'étant
mise au lit, elle reposoit, Dieu merci.   C'eſt ce qu'il faut voir,
dit-il, en repouſsant celle qui s'étoit plantée sur son paſsage.
Il trouva véritablement la Stewart couchée ; mais elle ne dormoit pas : Le duc de Richmond étoit aſsis au chevet de son
lit, qui vraisemblablement dormoit encore moins.   L'embarras des uns, et la colere de l'autre furent tels, qu'on se les
peut imaginer dans une pareille surprise.   Le roi, qui étoit
le moins violent de tous les hommes, témoigna son reſsentiment au duc de Richmond dans des termes dont il ne s'étoit
jamais servi : Il en fut interdit, et quelque chose de plus :
il voyoit son maître et son roi juſtement irrité.   Les premiers
transports que la colere inspire dans ces occasions sont dangereux : la fenêtre de mademoiselle Stewart étoit commode
pour une vengeance subite : la Tamise couloit au-deſsous : il
y jetta les yeux, et voyant ceux du roi plus animés de cou-
roux qu'il ne les en avoit crus capables, il fit une profonde
révérence, et se retira sans répliquer à une quantité de menaces qui se succédoient.

La Stewart, un peu revenue de sa premiere surprise, monta
sur ses grands chevaux, au lieu de se juſtifier, et dit les choses

du monde les plus capables d'aigrir les resentimens du roi ;
que s'il n'étoit pas permis de recevoir les visites d'un homme
de la qualité du duc de Richmond, avec des intentions qui
lui faisoient honneur, c'étoit être esclave dans un pays libre ;
qu'elle ne savoit aucun engagement qui l'empêchât de disposer de sa main ; mais que si cela n'étoit pas permis dans son
royaume, elle ne croyoit pas qu'il y eût de puissance capable
de l'empêcher de passer en France, et de se jetter dans un
couvent, pour y chercher la tranquillité dont elle ne pouvoit
jouir dans sa cour.   Le roi, tantôt irrité de colere, tantôt attendri par quelques larmes, et tantôt effrayé de ses menaces,
étoit tellement agité, qu'il ne savoit que répondre ni aux dé-
licatesses d'une créature qui vouloit faire la Lucrece à sa barbe,
ni à l'assurance dont elle avoit l'effronterie de s'emporter à
des reproches.   Cependant l'amour, près de triompher de tous
ses resentimens, l'alloit mettre à ses genoux pour lui demander pardon de l'injure qu'il lui faisoit, lorsqu'elle le pria de
se retirer et de la laisser en repos, du moins pour le reste de
cette nuit, sans scandaliser, par une longue visite, ceux qui l'a-
voient accompagné ou conduit chez elle.   Cette impertinente
priere acheva de l'outrer : Il sortit en la menaçant de ne la
plus voir, et fut passer la nuit la moins tranquille qu'il eût
passée depuis son rétablissement.

   Le lendemain, le duc de Richmond eut ordre de sortir de
la cour, et de ne se plus présenter devant le roi ; mais il n'a-
voit pas attendu cet ordre ; et l'on sut qu'il étoit parti dès le
matin pour sa maison de campagne.

Mademoiselle Stewart, voulant prévenir les mauvais tours qu'on pourroit donner à l'aventure de la nuit précédente, fut se jetter aux pieds de la reine. Ce fut là que, faisant le personnage nouveau d'une Magdelaine innocente, elle lui demanda pardon de tous les chagrins qu'elle avoit pu lui causer; lui dit, qu'un repentir continuel l'avoit obligée de chercher tous les moyens de se retirer de la cour; que cela l'avoit engagée d'écouter le duc de Richmond, qui la recherchoit depuis longtems; mais, que puisque cette recherche étoit cause de sa disgrace, et d'un éclat qui peut-être tourneroit au désavantage de sa réputation, elle conjuroit sa majesté de la prendre sous sa protection, et d'obtenir du roi qu'elle se mît dans un couvent, pour finir tous les troubles que sa présence causoit innocemment à la cour : tout cela fut accompagné d'une honnête quantité de larmes.

C'est un spectacle bien agréable qu'une rivale qui, s'humiliant à vos pieds, demande pardon et se justifie en même tems. Le cœur de la reine se tourna tout-d'un-coup : ses pleurs accompagnerent les siens: Elle l'embrassa tendrement, après l'avoir relevée, lui promit toute sorte de faveur et de protection, ou pour son mariage, ou pour tout autre parti qu'elle voudroit prendre, et la renvoya, résolue d'abord d'y travailler tout de son mieux; mais comme elle avoit beaucoup d'esprit, les réflexions qu'elle fit, après ce premier mouvement, lui firent changer d'avis.

Elle savoit que les penchans du roi n'étoient pas capables d'une constance opiniâtre : Elle jugea que l'absence le consoleroit, ou qu'un nouvel engagement effaceroit à la fin le souvenir de mademoiselle Stewart; et que, puisqu'elle ne pouvoit éviter de se voir une rivale, il valoit encore mieux que ce fût elle, dont la sagefse et la vertu venoient d'éclater par des preuves si manifeftes : d'ailleurs, elle se flatta que le roi lui sauroit éternellement gré de s'être opposée à la retraite et au mariage d'une fille qu'il aimoit alors à la fureur. Ce beau raisonnement la détermina : toute son induftrie fut employée à persuader mademoiselle Stewart; et, ce qu'il y a de rare dans cette aventure, après avoir obtenu qu'elle ne songeroit plus au duc de Richmond ni au couvent, ce fut elle qui prit soin de raccommoder ces deux amants.

C'eût été dommage qu'elle n'eût pas réufsi dans cette négociation : aufsi n'en fut-elle pas à la peine ; car jamais les emprefsemens du roi ne furent si vifs que depuis cette paix, et jamais ils ne furent mieux reçus de la belle Stewart.

Mais ce prince ne goûta pas long-tems la douceur d'un raccommodement qui le rendoit de la plus belle humeur du monde, comme on va voir. L'Europe entiere jouifsoit d'une paix profonde depuis le traité des Pyrenées : L'Espagne se flattoit de respirer, par la nouvelle alliance qu'elle venoit de contracter avec le plus redoutable de ses voisins ; mais elle n'espéroit pas pouvoir soutenir le débris d'une monarchie sur sa décadence, quand elle considéroit l'âge ou les infirmités du prince, ou la foiblefse de son succefseur : La France, au contraire, gouvernée par un roi infatigable dans l'application, jeune, vigilant, avide de gloire, n'avoit qu'à vouloir pour s'agrandir.

Ce fut en ce tems-là que ce prince, qui ne vouloit point troubler la tranquillité de l'Europe, se laiſsa persuader d'alarmer les côtes de l'Afrique par une tentative de peu d'utilité, quand même elle auroit réuſsi; mais la fortune du roi, toujours fidelle à sa gloire, voulut depuis faire voir, par le peu de succès de l'enterprise de Gigeri, qu'il n'y avoit que les projets formés par lui-même qui fuſsent dignes de son attention.

Peu de tems après, le roi d'Angleterre, voulant auſsi visiter les bords Africains, arma cette escadre pour l'expédition de Guinée, dont le prince Robert devoit avoir le commandement: ceux qui en savoient quelque chose par leur expérience contoient des merveilles des périls de cette expédition; qu'il faudroit combattre, non-seulement les habitans de la Guinée, peuple endiablé, dont les fleches étoient empoisonnées, qui ne faiſoient jamais de quartier que pour manger leurs prisonniers; mais qu'il faudroit eſsuyer des chaleurs insupportables, ou des pluies, dont chaque goutte se changeoit en serpent; que si l'on pénétroit plus avant dans les pays, on étoit aſsailli par des monſtres mille fois plus inconcevables et plus affreux que toutes les bêtes de l'Apocalypse.

Mais ce fut en vain que ces bruits se répandirent: loin d'inspirer de la terreur à ceux qui devoient être du voyage, ce fut un aiguillon pour la gloire de ceux qui n'y avoient que faire. Jermyn se présenta tout des premiers; et sans songer que le prétexte de sa convaleſcence avoit différé la conclusion de son mariage avec mademoiselle Jennings, il demanda la

permifsion du duc et l'agrément du roi pour y servir de volontaire.

Il y avoit quelque tems que la belle Jennings commençoit
à revenir de l'entêtement qui l'avoit séduite en sa faveur. Ce
n'étoit plus guere que les avantages de l'établifsement qui lui
donnoient du goût pour ce mariage. La mollefse des empressemens d'un amant, qui sembloit ne rendre des soins que par
habitude, la rebutoit, et le parti qu'il venoit de prendre, sans
son aveu, lui parut si ridicule pour lui, et si choquant pour
elle, qu'elle résolut dès ce moment de n'y plus songer. Elle
ouvrit petit à petit les yeux sur le faux brillant qui l'avoit
éblouie, et le fameux Jermyn fut reçu comme il le méritoit,
lorsqu'il vint lui donner part du projet héroïque dont nous
venons de parler. Il parut tant d'indifférence et tant de liberté d'esprit dans les railleries dont elle lui fit compliment
sur ce voyage, qu'il en fut tout déconcerté, d'autant qu'il
avoit préparé toutes les consolations qu'il avoit cru capables
de la soutenir en lui annonçant la funefte nouvelle de son départ. Elle lui dit, " qu'il n'y avoit rien de plus glorieux à
" lui, dont le mérite avoit triomphé de tant de libertés en Eu-
" rope, que d'aller étendre ses conquêtes dans une autre partie
" du monde; qu'elle lui conseilloit de ramener toutes les cap-
" tives qu'il feroit en Afrique, pour remplacer les beautés
" que son absence alloit mettre au tombeau."

Jermyn trouva fort mauvais qu'elle eût la force de railler
dans l'état où il la croyoit réduite; mais il s'apperçut que
c'étoit tout de bon : Elle lui dit, qu'elle prenoit cet adieu

pour le dernier, et le pria de ne lui en plus faire avant son départ.

Jusques-là tout alloit bien pour elle : Jermyn, non seulement étoit confondu d'avoir eu son congé si cavaliérement ; mais il sentit redoubler tout le goût qu'il avoit eu pour elle, par ces marques de son indifference : Elle avoit donc le plaisir de le mépriser, et de le voir plus sensible que jamais : Ce ne fut pas afsez : Elle voulut mal-à-propos outrer la vengeance.

On venoit de mettre au jour les épîtres d'Ovide, traduites par les beaux esprits de la cour : Elle se mit à faire une lettre d'une bergere au désespoir, qui s'addrefsoit au perfide Jermyn : Elle prit pour modele l'épître d'Ariane à Thesée. Le commencement de cette lettre étoit mot pour mot les plaintes et les reproches de cette amante outragée au cruel qui l'abandonnoit. Tout cela étoit accommodé tellement quellement aux tems et aux conjonctures présentes. Elle avoit eu defsein d'achever cet ouvrage par une description des travaux, des périls, et des monftres, qui l'attendoient en Guinée, pour lesquels il quittoit une tendre amante abîmée dans la douleur ; mais, n'en ayant pas eu le tems, ni celui de faire transcrire tout cela pour l'envoyer sous le nom d'un autre, elle mit étourdiment dans sa poche ce fragment écrit de sa main, et plus étourdiment encore le laifsa tomber au beau milieu de la cour. Ceux qui le ramafserent connurent son écriture, et en tirerent plusieurs copies, qui eurent cours par la ville : Cependant sa conduite avoit si bien établi l'idée de sa sagefse, qu'on ne fit aucune difficulté de croire que la chose

S. Harding delt.   W.N. Gardiner sculpt.

Pub.d Dec.r 1. 1792. by E. & S. Harding, Pall Mall.

LA TRISTE HÉRITIERE.

s'étoit pafsée comme on vient de dire.   Quelque tems après,
l'expédition de Guinée fut remise, pour les raisons que tout
le monde sait, et le procédé de mademoiselle Jennings la jus-
tifia sur cette lettre; car, quelques efforts que fifsent le mérite et les nouveaux soins de Jermyn pour la ramener, jamais
elle n'en voulut entendre parler.

Mais il ne fut pas le seul qui se refsentit de cette bizarrerie,
qui prenoit plaisir à désunir les cœurs pour les engager bientôt après à des objets tout différens.   On eût dit que le dieu
d'amour, par un nouveau caprice, livrant tout ce qui recon-
noifsoit son empire aux loix de l'hymen, avoit en même tems
mis son bandeau sur les yeux de ce dieu, pour marier tout de
travers la plupart des amants dont on fait mention.

La belle Stewart épousa le duc de Richmond; l'invincible
Jermyn, une Peque provinciale; mylord Rochefter, une trifte
héritiere; la jeune Temple, le sérieux Littleton; Talbot,
sans savoir pourquoi, prit pour femme la languifsante Boynton; Georges Hamilton, sous de meilleurs auspices, épousa
la belle Jennings; et le chevalier de Grammont, pour le prix
d'une conftance qu'il n'avoit jamais connue devant, et qu'il
n'a jamais pratiquée depuis, trouva l'hymen et l'amour d'accord en sa faveur, et se vit enfin pofsefseur de mademoiselle
d'Hamilton.

F I N.

NOTES ET ECLAIRCISSEMENS.

P. 3. *Buffy & Saint Evremond.*] Voltaire, dans le fiecle de Louis XIV, dit, en parlant de ce Monarque : " dans le tems même qu'il commençait à encourager les talens par tant de bienfaits, l'ufage que le Comte de Buffy fit des fiens fut rigoureufement puni. On le mit à la Baftille en 1665 : *les amours des Gaules* furent le prétexte de fa prifon. La véritable caufe était cette chanfon, où le Roi était trop compromis, & dont alors on renouvela le fouvenir pour perdre Buffy, à qui on l'imputait :

> Que Deodatus eft heureux
> De baifer ce bec amoureux,
> Qui d'une oreille à l'autre va !
> Alleluia.

Ses ouvrages n'étaient pas affez bons pour compenfer le mal qu'ils lui firent. Il parlait purement fa langue ; il avait du mérite, mais plus d'amour-propre encore, & il ne fe fervit guère de ce mérite que pour fe faire des ennemis. " Buffy," ajoute Voltaire, " fut relâché au bout de dix-huit mois ; mais il fut privé de fes charges, & refta dans la difgrace tout le refte de fa vie, proteftant en vain à Louis XIV une tendreffe que ni le Roi ni perfonne ne croyait fincere." Buffy mourut en 1693. Quant à St. Evremond, voyez la note fur la page 87.

P. 4. *Louis XIII.*] Fils & fucceffeur d'Henri IV, monta fur le trône le 14 Mai 1610, & mourut le 14 Mai 1643.

Ibid. *Cardinal de Richelieu.*] M. Hume nous peint ce grand Miniftre de la maniere fuivante : "cet homme ne fe vit pas plutot

A

en poffeffion des rênes du gouvernement, qu'il s'était procuré par
fa foupleffe & par fes intrigues, qu'il forma, tout à la fois, trois
projets de la plus grande importance; d'abattre l'efprit turbulent
des Grands du Royaume, de fubjuguer les Huguenots rébelles, &
d'abaiffer la puiffance de la Maifon d'Autriche. Tout à la fois
intrépide & implacable, prudent & aétif, il bravait tous les obftacles que les Princes & les Nobles cherchaient à oppofer à fes ven-
geances; il découvrait leurs cabales les plus fecretes, & diffipait
leurs complots. D'une main il élévait le Trône, de l'autre il rete-
nait fon Souverain dans la plus entire fubjeétion. En enlevant
au peuple Français fa liberté, il faifait fleurir au dedans, par fa
bonne adminiftration, les fciences, l'ordre, la difcipline & aug-
mentait au dehors fon crédit & fa renommée. Tandis que l'incapacité de Buckingham donnait aux Communes la hardieffe d'établir
en Angleterre un fyftême régulier de liberté, Richelieu réduifit,
en Monarchie fimple, le gouvernement de la France auffi em-
brouillé que celui des autres Royaumes de l'Europe." *Hiftory of
England*, vol. 6, pag. 232. Le Cardinal de Richelieu mourut
en 1642.

P. 4. *Siege de Trin.*] Trin fut pris le 4 Mai 1639.

P. 5. *Prince Thomas.*] Le Prince Thomas de Savoye, oncle
du Duc regnant, mourut en 1656.

Ibid. *Dupleffis Praflin.*] Créé, dans la fuite, Maréchal &
Duc de Choifeul; ayant ceffé de fervir en 1672, M. Hénault, dans
fon Hiftoire de France fur cette année, dit: " Le Maréchal du
Pleffis ne fit pas cette campagne à caufe de fon grand age; il dit
au Roi qu'il portait envie à fes enfans qui avaient l'honneur de
fervir fa Majefté, que pour lui il fouhaitait la mort, puifqu'il n'é-
tait plus bon à rien. Le Roi l'embraffa, & lui dit: *M. le Maréchal, on ne travaille que pour approcher de la réputation que vous avez
acquife: il eft agréable de fe repofer après tant de viétoires.*"

P. 5. *Vicomte de Turenne.*] Ce grand Général fut tué, d'un

coup de canon, le 27 Juillet 1675, près du village de Saltzback, en allant choisir une place pour dresser une batterie. " Il n'y a personne," dit Voltaire, " qui ne sache les circonstances de cette mort ; mais on ne peut se défendre d'en retrancher les principales, par le même esprit qui fait qu'on en parle tous les jours.

Il semble qu'on ne puisse trop redire que le même boulet qui le tua, ayant emporté le bras de St. Hilaire, lieutenant général d'artillerie, son fils se jettant en larmes auprès de lui, *ce n'est pas moi,* dit St. Hilaire, *c'est ce grand homme qu'il faut pleurer :* paroles comparables à tout ce que l'histoire a consacré de plus héroique & le plus digne éloge de Turenne. Il est très rare que sous un gouvernement monarchique, où les hommes ne sont occupés que de leur intérêt particulier, ceux qui ont servi la patrie, meurent regrettés du public. Cependant, Turenne fut pleuré des soldats & des peuples : Louvois fut le seul qui ne le regretta pas.... On sait les honneurs que le Roi fit rendre à sa mémoire, & qu'il fut enterré à St. Denis comme le connétable du Guesclin, au dessus duquel l'opinion publique l'éleve autant que le siecle de Turenne est supérieur à celui du connétable.

Turenne n'avait pas eu toujours des succès heureux à la guerre ; il avait été battu à Mariendal, à Rétel, à Cambrai ; aussi, disait-il qu'il avait fait des fautes, & il était assez grand pour l'avouer. Il ne fit jamais de conquêtes éclatantes, & ne donna jamais de ces grandes batailles rangées, dont la décision rend quelquefois une nation maitresse de l'autre; mais ayant toujours reparé ses défaites, & fait beaucoup avec peu, il passa pour le plus habile capitaine de l'Europe, dans un tems où l'art de la guerre était plus approfondi que jamais. De même, quoiqu'on lui eut reproché sa défection dans les guerres de la Fronde ; quoiqu'à l'age de près de soixante ans l'amour lui eut fait révéler le secret de l'Etat ; quoiqu'il eut exercé dans le Palatinat des cruautés qui ne semblaient pas nécessaires; il conserva la réputation d'un homme de bien, sage &

modéré, parce que ſes vertus & ſes grands talens qui n'étaient
qu'à lui, devaient faire oublier des fautes qui lui étaient communes
avec tant d'autres hommes.   Si on pouvait le comparer à quelqu'un, on oſerait dire que de tous les généraux des ſiecles paſſés,
Gonſalve de Cordoue, ſurnommé le Grand Capitaine, eſt celui
auquel il reſſemblait davantage.   *Siecle de Louis XIV*. ch. XII.

P. 7.   *Matta fut de ce nombre*.]   Il mourut en 1674.   " Matta
eſt mort ſans confeſſion," dit Madame de Maintenon dans une
lettre à ſon frere.   Tom. 1. p. 7.

P. 9.   *Céſars de Vendôme*.]   Céſar, Duc de Vendôme, était
l'ainé des fils qu'Henri IV eut de la célèbre Gabrielle d'Eſtrées.

P. 9.   *College de Pau*.]   Henri IV était né à Pau, capitale de
la principauté du Béarn.   Cette ville eſt ſituée ſur une éminence
dans le gave Béarnois : elle eſt petite, mais bien batie.   Elle avait
jadis un parlement, une ſénéchauſſée, & une chambre des comptes.
Outre une académie des ſciences & arts, il y avait un college de
Jéſuites, cinq couvens, & deux hopitaux.

P. 12.   *Bidache*.]   Chef-lieu d'une poſſeſſion ſituée en Gaſcogne,
appartenante à la famille des Grammont.

P. 26.   *Le Baron de Batteville*.]   Cet Officier parait être le
même qui, devenu Ambaſſadeur d'Eſpagne en Angleterre, pendant
l'été de 1660, bleſſa la Cour de France en prétendant avoir la pré-
ſéance ſur le Comte d'Eſtrades à l'entrée publique que fit à Londres
l'Ambaſſadeur de Suede.   Dans cette occaſion, la Cour de France
força l'Eſpagne à la mortification de reconnaitre authentiquement
la ſupériorité de ſa rivale.   Pour conſerver la mémoire de cet important avantage, Louis XIV fit frapper une médaille repréſentant
le Marquis de Fuentes, Ambaſſadeur d'Eſpagne, faiſant au Roi la
déclaration ſuivante : " no concurrer con los Ambaſſadores de
Francia," avec cette inſcription : " jus praecedendi aſſertum,"
& au deſſous : " Hiſpanorum excuſatio coram XXX legatis
Principum, 1662." On peut voir dans la Bibliotheca Britanni-

qua un récit curieux par M. Evelyn, de toutes les démarches que produifit cette querelle. Lord Clarendon, parlant du Baron de Batteville, dit " qu'il était né en Franche-comté, appartenant alors à l'Efpagne ; qu'il commença par être fimple foldat, qu'il acquit la réputation d'un officier diftingué, & que de fon tems il était gouverneur de St. Sébaftien & de cette province. Il avait l'air commun, mais, dans le fait, il connaiffait mieux les intrigues de la Cour que beaucoup d'Efpagnols, & lorfqu'il pouvait maitrifer fa violence naturelle, il conduifait fes négociations avec prudence & dextérité. Il vivait avec moins de réferve & plus de pompe que les Miniftres de cette Cour n'ont coutume de faire ; il régnait à fa table une honnête liberté, & y invitait ceux de la Cour qui parlaient librement & ne fe contraignaient pas en préfence du Roi." *Cont. of Clarendon*, p. 84.

P. 28. *Madame Royale.*] Chriftine, feconde fille d'Henri IV, mariée à Victor Amédée, Prince de Piémont & enfuite Duc de Savoye, parait peinte ici au naturel. Keyfler, dans fes voyages, vol. I. page 239, parlant d'une petite maifon de campagne près de Turin, appellée la Vigne de Madame Royale, dit " que durant la minorité fous la régence de Chriftine, la maifon & le jardin fervirent fouvent à des fcènes de débauche. Ce fut auffi pour cette raifon que le Roi, dans un age plus avancé & devenu dévot, peut-être auffi par l'avis de fon confeffeur, prit cette maifon en une telle averfion, qu'après la mort de Madame Royale, arrivée en 1663, il la donna à l'hopital."

P. 23. *Madame de Sénantes.*] Lord Orford dit que la famille de Sénantes exifte encore en Piémont, & porte le titre de Marquis de Carailles.

P. 31. *La Vénérie.*] Cet endroit eft ainfi décrit par Keyfler, vol. I. p. 235. " Le palais le plus habité par la Famille Royale eft la Vénérie, la Cour s'y tenant ordinairement depuis le printems jufqu'en Décembre. Il eft fitué à environ une lieue de Turin ; le

chemin qui y mene eſt bien pavé, & preſqu'entierement planté
d'arbres des deux côtés ; il n'eſt pas toujours droit, mais il circule
un peu à travers de belles prairies, des champs cultivés, & des
vignes.'' Enſuite, parlant de ce lieu tel qu'il était alors, `` les
jardins conſiſtent à préſent en haies & en eſpaliers. Il y avait de
magnifiques caſcades & des grottes ornées, outre la fontaine d'Hercule & le temple de Diane, dont on peut voir la deſcription dans
le nouveau théatre de Piémont ; tout cela eſt détruit, partie par
l'invaſion des Français, partie par ordre du Roi, pour faire place
à un autre projet qui n'eſt pas encore exécuté, & ne le ſera pas
probablement de ſitôt.

P. 58. *Monſieur le Prince.*] Louis de Bourbon, Duc d'En-
guien, qui fut enſuite Prince de Condé par la mort de ſon pere,
arrivée en 1646. Le Cardinal de Retz fait le portrait ſuivant de
ce grand homme : `` M. le Prince eſt né Capitaine, ce qui n'eſt
jamais arrivé qu'à lui, à Céſar, & à Spinola. Il a égalé le premier,
il a paſſé le ſecond. L'intrépidité eſt l'un des moindres traits de ſon
caractere. La nature lui avait fait l'eſprit auſſi grand que le cœur;
la fortune, en le donnant à un ſiecle de guerre, a laiſſé au ſecond
toute ſon étendue ; la naiſſance, ou plutôt l'éducation dans une
maiſon attachée & ſoumiſe au cabinet, a donné des bornes trop
étroites au premier. On ne lui a pas inſpiré de bonne heure les
grandes & générales maximes, qui ſont celles qui ſont & qui forment ce qu'on appelle l'eſprit de ſuite. Il n'a pas eu le tems de
les prendre par lui-même, parce qu'il a été prévenu, dès ſa jeuneſſe, par la chute imprévue des grandes affaires & par l'habitude
au bonheur. Ce défaut a fait, qu'avec l'ame du monde la moins
méchante, il a fait des injuſtices ; qu'avec le cœur d'Alexandre il
n'a pas été exempt, non plus que lui, de faibleſſes ; qu'avec un
eſprit merveilleux, il eſt tombé dans des imprudences ; qu'ayant
toutes les qualités de François de Guiſe, il n'a pas ſervi l'Etat en
de certaines occaſions auſſi bien qu'il le devait ; & qu'ayant toutes

celles d'Henri du même nom, il n'a pas pouffé la faction où il
pouvait. Il n'a pu remplir fon mérite, c'eft un défaut ; mais il eft
rare, mais il eft beau." *Mémoires*, vol. I. pag. 293, édition de
1777. " Peu de tems après la mort de Turenne, il fe retira à
Chantilly, d'où," dit Voltaire, " il vint très rarement à Verfailles
voir fa gloire éclipfée, dans un lieu où le courtifan ne confidere
que la faveur. Il paffa le refte de fa vie tourmenté de la goute, fe
confolant de fes douleurs & de fa retraite, dans la converfation
des gens de génie en tout genre, dont la France était alors remplie. Il était digne de les entendre, & n'était étranger dans aucune
des fciences & des arts où ils brillaient. Il fut admiré encore dans
fa retraite : mais enfin, ce feu dévorant qui en avait fait, dans fa
jeuneffe, un héros impétueux & plein de paffions, ayant confumé
les forces de fon corps, né plus agile que robufte, il éprouva la ca-
ducité avant le tems & fon efprit s'affaibliffant avec fon corps, il
ne refta rien du grand Condé les deux dernieres années de fa vie :
il mourut en 1686." *Siecle de Louis XIV*. ch. XII. Il était agé
de 66 ans.

P. 54. *Journées de Lens, Norlingue, & Fribourg.*] Elles furent
données dans les années 1648, 1645, 1644.

P. 55. *La Reine.*] Anne d'Autriche, fille de Philippe III,
Roi d'Efpagne, femme de Louis XIII en 1611, & mere de Louis
XIV ; elle mourut en 1666. Le Cardinal de Retz en parle de la
maniere fuivante : " la Reine avait, plus que perfonne que j'aie
jamais vu, de cette forte d'efprit qui lui était néceffaire pour ne
pas paraitre fotte à ceux qui ne la connaiffaient pas. Elle avait
plus d'aigreur que de hauteur, plus de hauteur que de grandeur,
plus de maniere que de fond, plus d'application à l'argent que de
libéralité, plus de libéralité que d'intérêt, plus d'intérêt que de
défintéreffement, plus d'attachement que de paffion, plus de dureté que de fierté, plus de mémoire des injures que des bienfaits,
plus d'intention de piété que de piété, plus d'opiniatreté que de

fermeté, & plus d'incapacité que de tout ce que j'ai dit ci-deſſus.
Mémoires, pag. 291.

P. 57. *La politique du Miniſtre.*] Le Cardinal Mazarin qui,
durant les dernieres années de ſa vie, gouverna la France, mourut
à Vincennes le 9 Mars 1661, agé de 59 ans, laiſſant pour héritier de ſes noms & de ſes biens le Marquis de la Meillerai auquel
il donna une de ſes niéces en mariage, en lui faiſant prendre le
nom de Duc de Mazarin. A ſa mort, Louis XIV & ſa Cour prirent le deuil, un honneur peu ordinaire qu'Henri IV avait rendu à
la mémoire de Gabrielle d'Eſtrées. Voltaire, qui ne parait pas
avoir grande opinion de l'habileté du Cardinal, prend occaſion de
ſa mort pour faire l'obſervation ſuivante : " le vulgaire ſuppoſe
quelquefois une étendue d'eſprit prodigieuſe & un génie preſque
divin, dans ceux qui ont gouverné des Empires avec quelque ſuccès.
Ce n'eſt pas une pénétration particuliere qui fait les hommes d'E-
tat, c'eſt leur caractere. Les hommes, pour peu qu'ils aient de
bon ſens, voient tous à peu près leurs intérêts. Un bourgeois
d'Amſterdam ou de Berne en fait, ſur ce point, autant que Séjan,
Ximénes, Buckingham, Richelieu ou Mazarin : mais notre conduite & nos entrepriſes dépendent uniquement de la trempe de
notre ame, & nos ſuccès dépendent de la fortune. *Siecle de Louis
XIV*, chap. VI.

P. 58. *L'Archiduc.*] Léopold, frere de l'Empereur Ferdi-
nand III.

P. 58. *Péronne.*] Petite ville fortifiée, ſituée en Picardie, ſur
la riviere de Somme.

P. 58. *Bataille de Rocroi.*] Cette fameuſe bataille fut livrée &
gagnée le 19 Mai 1643, cinq jours après la mort de Louis XIII.

P. 59. *Priſe d'Arras.*] Voltaire remarque que le fort de
Turenne & de Condé fut d'être toujours vainqueurs quand ils com-
battirent enſemble à la tête des Français, & d'être battus quand ils
commanderent les Eſpagnols. Le Prince de Condé eut le même

fort devant Arras. L'Archiduc & lui affiégeaient cette ville : Turenne les affiégea dans leur camp & força leurs lignes; les troupes
de l'Archiduc furent mifes en fuite. Condé, avec deux régimens
de Français & de Lorrains, foutint feul les efforts de l'armée de
Turenne; & tandis que l'Archiduc fuyait, il battit le Maréchal
d'Hocquincourt, repouffa le Maréchal de la Ferté, & fe retira
victorieux, en couvrant la retraite des Efpagnols vaincus. Auffi
le Roi d'Efpagne lui écrivit ces propres paroles : *J'ai fu que tout
était perdu, & que vous avez tout confervé. Siecle de Louis XIV,*
chap. VI.

P. 60. *Duc de York.*] Priorato, dans les Mémoires du Cardinal Mazarin, nomme plufieurs Anglais, comme Lord Gerrard,
Barclay, Jermyn, & autres. *Mémoires* 120 1673, tom. I, pt. 3,
p. 365.

P. 60. *Marquis d'Humieres.*] Louis de Crevan, Maréchal de
France : il mourut en 1694. Voltaire dit qu'il " fut le premier
Général qui, au fiege d'Arras en 1658, fut fervi, à la tranchée, en
vaiffelle d'argent, & fit mettre fur la table des ragouts & des en-
tremets."

P. 65. *Montmorency.*] Henri, Duc de Montmorency, qui fut
fait prifonnier au combat de Caftelnaudary le 1 Septembre 1632,
& eut la tête tranchée à Touloufe dans le mois de Novembre
fuivant.

P. 67. *Bapaume.*] Ville fortifiée de l'Artois, fituée dans un pays
fec, où il n'y a ni rivieres ni fontaines : outre un vieux palais qui
fut l'origine de cette ville, avec un gouverneur particulier, il y a
une cour des eaux & forets. Elle fut prife fur les Efpagnols, par
les Français, en 1641.

P. 71. *Il le fit heureufement pour le Chevalier de Grammont, qui
n'aurait pas manqué de lui faire quelque réponfe emportée.*] On a
foupçonné cette fierté de s'être démentie à l'occafion de l'entrée
du Roi en 1660. " Le Chevalier de Grammont, Rouville, Belle-

B

fond, & quelques autres courtifans, *fuivaient la maifon de M. le
Cardinal* ; ce qui furprit tout le monde : on dit que c'était par
flatterie, & je m'en informerai ; le Chevalier était tout couvert de
feu, & fort brillant." *Lettres de Maintenon*, tom. I, p. 32.

P. 72. *Pierre Mazarin.*] Pierre Mazarin était pere du Cardi‐
nal ; il était né à Palerme en Sicile, qu'il quitta pour fe fixer à
Rome, où il mourut dans l'année 1654.

P. 74. *La paix des Pyrénées.*] Ce traité fut conclu le 7 No‐
vembre 1659.

P. 74. *Le mariage du Roi.*] Louis XIV avec Marie Thérefe
d'Autriche. Elle était née le 20 Septembre 1638, fut mariée le
1 Juin 1660, & fit fon entrée à Paris le 26 Août fuivant. Elle
mourut à Verfailles le 30 Juillet 1683.

P. 74. *Le retour du Prince de Condé.*] Le 11 Avril. *Voyez
Mémoires du Cardinal de Retz.*

P. 76. *La Mothe Houdancour‐Meneville.*] Ces deux Dames
femblent avoir fait, à cette époque, une figure diftinguée dans les
annales de la galanterie. " Sur ce fait je peux, peut‐être, donner
un récit plus exact que beaucoup de gens : par exemple, ils ont
répandu que la liaifon de Mademoifelle de la Mothe Houdancour
l'avait fait renvoyer par la Reine mere, tandis que je fais, de bon
lieu, qu'elle ne le fut que pour avoir parlé au Marquis de Riche‐
lieu, contre le commandement exprès de fa Majefté. J'ai connu
particuliérement cette Dame, l'une des filles d'honneur de la Reine,
& d'autant plus que l'on prétendait que j'en étais épris. Je n'étais
pas faché qu'on le crut ainfi, car elle était une des plus charmantes
femmes de la Cour, à l'exception de Mademoifelle de Meneville,
qui pouvoit feule lui difputer le prix de la beauté." *Mémoires
du Comte de Rochefort*, 1696, p. 210. *Voyez auffi Anquetil, Louis XIV,
fa Cour, & le Régent, vol. I. p. 55.*

P. 78. *S'épuifaient en fêtes & en réjouiffances :* l'Evêque Burnet
confirme ce récit. " A la reftauration du Roi," dit‐il, " une

forte de joie extravagante s'empara de la nation, qui détruifit tout
ufage de vertu & de pieté. Tout fe finiffait par des farces & des
débauches, adoptées également dans les trois Royaumes, & pouf-
fées au point de corrompre tout principe de morale. Sous prétexte de boire la fanté du Roi, les excès & les émeutes fe mul-
tipliaient à l'infini. La claffe des hypocrites & celle des enthou-
fiaftes tout auffi dangereux, quoique plus honnêtes gens, par leur
maniere d'interprêter la religion, fourniffaient aux profanes les
moyens de tourner en dérifion la véritable pieté." *Hiftory of his own
times*, p. 127, octavo édit. Voltaire dit que " le Roi Charles fut
reçu dans les plaines de Douvres par vingt mille citoyens qui fe
jetterent à genoux devant lui. Des vieillards qui étaient de ce
nombre, m'ont dit que prefque tout le monde fondait en larmes."
Siecle de Louis XIV, ch. 6.

P. 80. *A fon couronnement.*] Cependant, le couronnement n'eut
lieu qu'après la mort du Duc de Gloucefter & de la Princeffe d'O-
range. Il fut célébré les 22 & 23 d'Avril, avec une magnificence
extraordinaire. Lord Clarendon obferve que cette cérémonie fut
la plus fomptueufe & la mieux ordonnée qu'on eut vu en Angleterre. La proceffion commença à la tour, & lorfque le Roi en
fortit, ceux qui marchaient les premiers étaient déja dans Fleet
Street : la cérémonie dura deux jours entiers. *Voyez Clarendon's
Life*, p. 29; *Kennet's Regifter*, 411.

P. 80. *La mort du Duc de Gloucefter.*] Il mourut de la petite
vérole le 3 Septembre 1660. " Bien que les hommes, (comme
l'obferve M. Macpherfon) foient difpofés à exagérer les vertus des
Princes qui meurent dans leur premiere jeuneffe, il femble qu'ils
ne firent que rendre juftice au caractere du Duc de Gloucefter. Il
réuniffait en lui les meilleures qualités des deux freres ; le jugement & le bon naturel de Charles à l'habileté & à l'application de
Jacques. La bonté de l'un était en lui une judicieufe modération,
& l'opiniatreté du fecond était dans Gloucefter une fermeté male.

Attaché à la religion & à la conftitution de fon pays, il fut d'autant plus regretté, que fa famille paraiffait moins tenir à ces objets
importans.   Le vulgaire, qui accumule les vertus éminentes & les
actions éclatantes fur les années que le deftin refufe à fes favoris,
jugea que cette mort annonçait de grands malheurs ; même les plus
inftruits fuppoferent que les mefures de Charles devraient leur
folidité à l'excellent jugement de ce Prince.   Le Roi fut profondément touché de fa mort ; le Duc de York regretta vivement la
mort d'un frere dont il admirait le mérite.   Jacques dit qu'il
donnait les plus grandes efpérances, qu'il avait des qualités admi-
rables, un courage inébranlable uni au jugement le plus fain.
Il avait particulièrement le don des langues ; poffédant à la fois le
Latin, le Français, l'Efpagnol, l'Italien, & le Hollandais ; en un
mot, il était doué de toutes les qualités naturelles & acquifes qui
font un grand Prince." *Macpherfon's Hiftory of Great Britain*,
ch. 1. Le caractere que l'Evêque Burnet donne de ce jeune Prince,
lui eft également favorable.   *Voyez Hiftory of his own Times*, vol. I,
pag. 238.

P. 80.   *Et de la Princeffe Royale.*]   Marie, fille ainée de Charles I,
née le 4 Novembre 1631, époufa, le 2 Mai 1641, le Prince d'O-
range, qui mourut le 14 Mars 1646-7.   Elle arriva en Angleterre
le 23 Septembre, & fut emportée par la petite vérole, le 24 Décembre 1660.   " Elle avait paffé quelques années de fon veuvage,
dit Burnet, en grande réputation ; modérée dans fes dépenfes,
elle tenait une cour décente, & fupportait fes freres avec libéralité.
Mais fa mere, qui avait l'art de fe faire accroire tout ce qu'elle
fouhaitait, s'imagina, d'après une converfation qu'elle eut avec la
Reine mere, que le Roi de France avait du penchant à l'époufer.
En conféquence, elle lui écrivit de venir à Paris, & pour cela elle
fe fit faire un équipage fort au-deffus de ce que fa fortune lui per-
mettait ; elle s'endetta, vendit fes joyaux & quelque bien-fonds
qui lui appartenaient comme tutrice de fon fils.   Non feulement

elle fut trompée dans fon attente, mais il lui arriva quelques acci-
dents qui ternirent la réputation qu'elle s'était acquife auparavant.
Hiftory of his own Times, vol. I, p. 238. Elle était mere de Guillaume III.

    P. 80. *Réception de l'Infante de Portugal.*] " L'Infante de
Portugal débarqua à Portfmouth au mois de Mai (1662): le Roi s'y
rendit de fon côté, & ils furent mariés en particulier, felon le rit
Romain, dans la chambre de la Reine, par M. Aubigny, prêtre
féculier, aumonier de la Reine. Il n'y eut de préfent à cette cérémonie que l'Ambaffadeur de Portugal, trois grands Seigneurs, &
deux ou trois Dames du même pays. Ce qui l'avait rendu néceffaire, c'eft qu'avant fon départ de Lifbonne, elle n'avait pas été
époufée par procuration, felon la coutume, par le Comte de Sandwich : la Reine ne voulut pas aller fe coucher avant que Sheldon,
Evêque de Londres, n'eut prononcé qu'ils étaient mari & femme."
Extrait du Journal du Roi Jacques II, *Macpherfon's ftate papers*,
vol. I. Dans la même collection eft une lettre curieufe du Roi
au Lord Clarendon, où il lui donne fon opinion de la Reine après
l'avoir vu.

    P. 80. *Le Roi ne cédait à perfonne.*] Charles II était né le 29
Mai 1630, & mourut le 6 Février 1684—5 : fon caractere eft amplement détaillé & peint avec foin par George Saville, Marquis
d'Halifax, dans un vol. 8vo publié en 1750, par fa petite fille la
Comteffe de Burlington. *Voyez auffi Burnet, Clarendon, & Sheffield, Duc de Buckingham.*

    P. 80. *Le Duc de York.*] Jacques Duc de York, enfuite le Roi
Jacques II, né le 15 Octobre 1633, fuccéda à fon frere le 6 Février 1684-5, abdiqua la Couronne en 1688, & mourut le 6 Septembre 1701. Le caractere que lui donne l'Evêque Burnet
ne parait pas s'écarter de la vérité. " Il était," dit cet écrivain,
" très brave dans fa jeuneffe, & Monfieur de Turenne l'exalta de
telle forte que, jufqu'au moment où fon mariage diminua cet éclat,

il éclipfait réellement le Roi, & paffait pour un génie fupérieur.
Il fut franc, fincère, & ami folide, jufqu'à ce que les affaires &
fon attachement à fa religion lui firent changer fes premiers principes & fes inclinations naturelles. Il avait un grand défir d'entendre les affaires, & en conféquence il tenait un journal de tous
les événements de fon tems : il m'en montra même une grande
partie. Le Duc de Buckingham me fit un jour la peinture abrégée,
mais bien rigoureufe, des deux frères : les couleurs en étaient
d'autant plus dures qu'elles étaient vraies. Le Roi, dit-il, pourrait entendre les affaires s'il le voulait, & le Duc les entendrait s'il
le pouvait. Il avait le jugement faux, recevait promptement
l'impreffion de ceux en qui il avait confiance, & rejettait alors
tout autre avis. Il avait été élevé avec la plus grande idée de
l'autorité royale, & avait pour maxime que tout ce qui était oppofé
à la cour était rébelle dans le cœur. Il avait toujours quelqu'a-
mourette, fans être bien délicat fur le choix, au point que le Roi
dit une fois qu'il croyait que les prêtres qui environnaient fon
frere lui donnaient fes maitreffes par pénitence. Il était naturellement emporté & porté à la vengeance, & ne confeillait pas de
détacher de leur parti ceux qui, en s'oppofant aux mefures de la
Cour, augmentaient par là leur crédit dans la chambre des communes. Il aimait les moyens violens : il diffimula longtems fa
véritable religion, & paraiffait zélé pour la foi Anglicane ; mais
c'était principalement dans le deffein d'écarter toute propofition
tendante à nous réunir. Il était fobre, fa cour était réglée quoique
magnifique ; il y dépenfait 100,000 livres fterlings qui lui avaient
été accordées par an. Il avait la place de grand amiral, & était
parvenu à entendre très particulierement tout ce qui concerne le
fervice de mer.''

P. 81. *Mademoifelle Hyde.*] Mifs Anne Hyde, l'ainée des filles
du Lord Chancelier Clarendon : le Roi Jacques parle de ce mariage en ces termes : '' le Roi refufa d'abord au Duc de York la

permiffion d'époufer Mifs Hyde ; plufieurs des amis & des fervi-
teurs du Duc s'oppofaient à cette union.   Le Roi enfin y donna
fon confentement, le Duc fe maria fans cérémonie, & bientôt
après déclara fon mariage.   La baffeffe de fa naiffance était com-
penfée par fes belles qualités, & fa contenance quadrait à merveilles avec fa nouvelle dignité." Dans un autre endroit, " quand
fa fœur la Princeffe Royale vint à Paris pour voir la Reine mere,
le Duc de York devint amoureux de Mademoifelle Anne Hyde, une
de fes filles d'honneur ; elle réuniffait aux charmes de fa perfonne,
toutes les qualités propres à captiver un cœur moins aifé à en-
flammer que celui du Duc : elle fut exciter fa paffion avec tant
d'art, que dans l'intervalle qui s'écoula entre le premier moment
qu'il la vit & l'hiver qui précéda la reftauration du Roi, il lui fit
une promeffe de mariage.   Il demanda en conféquence le confentement du Roi, qui d'abord le refufa, mais finit par le lui accorder, vaincu par fes follicitations.   Le mariage fut célébré en
fecret, & déclaré quelques tems après.   Il conferva, depuis cette
époque, une amitié conftante pour le Chancelier.   *Macpherfon's
ftate papers*, vol. I.

P. 81.   *Son pere, dès lors Miniftre.*]   Edward Hyde, Comte de
Clarendon, que " la connaiffance profonde qu'il avait des hommes
fit furnommer le chancelier de la nature humaine : fon caractere,
à cette diftance des tems, peut & doit être confidéré impartiale-
ment.   Ses contemporains mal intentionnés accumulerent fur lui
les outrages les plus injuftes.   Dans le fiecle fuivant, où les partifans
de la prérogative royale, quoique les moins nombreux, criaient le
plus fort, ils s'engouerent d'un ouvrage qui déifiait leur martir,
& furent fans bornes dans leurs louanges.   *Catalogue of noble Authors,*
vol. II, p. 18.   Lord Orford qui fe pique d'être impartial, fé-
pare fes vertus, comme homme, de fes défauts, comme hiftorien,
& avoue qu'il poffédait prefque toutes les qualités propres à faire
refpecter le caractere d'un Miniftre.   Il mourut en éxil en 1674.

P. 81. *Le Duc d'Ormond.*] Jacques Butler, Duc d'Ormond, né le 19 Octobre 1610, mourut le 21 Juillet 1688. Lord Clarendon, dans la continuation de fa vie, obferve qu'il " dévoua généreufement fa vie & fa fortune au fervice du Roi, dès le commencement des troubles : après le meurtre du Roi, lorfqu'il fut abandonné par les Irlandais au mépris du traité de paix conclu avec lui, lorfqu'il vit que tout moyen de défenfe lui était enlevé, il rejetta les offres brillantes de Cromwell, qui lui laiffait fon immenfe revenu aux conditions de vivre dans fes terres, & de ne plus fe mêler de la querelle. Il s'embarqua, fans paffe-port, dans un petit batiment, & aborda en France, où il joignit le Roi qu'il ne quitta plus jufqu'à fon retour en Angleterre ; & s'acquit ainfi, par fes fervices & par fa fidélité, l'eftime de fon maitre, qui conferva pour lui l'amitié la plus fincère." *Life of Lord Clarendon,* p. 4, fol. édition. L'Evêque Burnet dit de lui, " c'était un homme propre, fous tous les rapports, pour la cour. Il avait l'abord gracieux, l'efprit vif, & le caractere gai. Il était libéral, & porta la décence jufque dans fes vices ; car il conferva toujours le mafque de la religion. Il avait été employé en Irlande, ou il avait montré plus de fidélité que de talents. Il avait conclu, avec les Irlandais, un traité qu'ils rompirent ; quelques uns s'attacherent à lui. Cependant les Irlandais prétendaient, quoiqu'ils euffent les premiers enfreint le traité, qu'il était tenu d'en exécuter tous les articles. Son peu de fuccès au fiege de Dublin avait extrêmement affaibli l'idée qu'on avait de fes talents militaires. Malgré cela, fon affiduité conftante auprès de fon fouverain, & le fouvenir de tout ce qu'il avait fouffert pour lui, le porterent aux places de grand maitre de fa maifon, & de Vice-Roi d'Irlande. Il était fi fermement attaché à la religion proteftante & aux loix, qu'il donnait toujours de bons confeils ; & lorfqu'on en fuivait de mauvais, il ne s'en plaignait pas très hautement. *Hiftory of his own Times,* vol. I, p. 230.

P. 81. *Diſſipait ſans éclat les biens immenſes où il était rentré.*]
" Le Duc de Buckingham doit encore cent quarante mille livres
ſterlings, & ce délai donne à ſes créanciers le tems de morceler toutes
ſes terres." *Andrew Marvell's Works*, vol. I, p. 406, 4to édit.

P. 81. *Le Comte de St. Albans.*] Henri Jermyn, Comte de
St. Albans & Baron de St. Edmund's Bury ; il était écuyer de la
Reine Henriette, & membre du conſeil privé de Charles II. Au
mois de Juillet 1670, il fut envoyé en qualité d'Ambaſſadeur à la
cour de France, & en 1671 fut fait grand Chambellan de la maiſon
du Roi. Il mourut le 2 Janvier 1683. Le Chevalier Jean Rereſby avance que Lord St. Albans avait épouſé la Reine Henriette,
il cite le témoignage de l'abbeſſe d'un couvent Anglais à Paris, où
la Reine ſe retirait. Elle lui dit " s'être apperçue que la Reine crai-
gnait extrêmement Lord Jermyn, depuis St. Albans, & qu'il exiſtait
entre eux une très grande liaiſon ; mais qu'il l'ait épouſé, & qu'il
en ait eu des enfans, c'eſt ce que je ne crois pas, quoique pluſieurs
perſonnes l'ayent prétendu." *Sir John Rereſby's Memoirs*, p. 4.

P. 81. *Le Chevalier de Berkeley.*] Ce Chevalier Berkeley était
Charles Berkeley, ſecond fils du Chevalier ——— Berkeley de Bruton
dans la province de Glouceſter, & fut le principal favori & le compagnon du Duc de York dans toutes ſes campagnes. Il fut créé
Baron Berkeley de Rathdown, & Vicomte Fitzharding en Irlande,
& Baron Bottetort, & Comte de Falmouth en Angleterre, le 17
Mars 1664. Il eut l'adreſſe de ſe mettre également bien dans l'eſprit des deux freres. Lord Clarendon qui ſemble avoir conçu, &
avec raiſon, de la prévention contre lui, l'appelle un grand ſcélérat, & dit " qu'il était un de ces hommes en qui peu de gens,
excepté le Roi, euſſent obſervé quelques vertus ou qualités qu'ils
euſſent ſouhaité ne pas rencontrer dans leurs meilleurs amis. Il
était jeune, d'une ambition inſatiable, & un peu plus d'expérience
lui aurait fait connaitre ce que pouvait ſes mauvaiſes qualités."
Clarendon's Life, p. 34—267. Le témoignage de l'Evêque Burnet

C

lui eft plus favorable: " Berkeley était généreux, & s'il eut furvécu
à la dépravation de fon fiecle & embraffé un genre de vie plus
calme, aurait fuggéré au Roi de nobles & vaftes projets." *Hiftory*,
vol. I, p. 137. Il perdit la vie à l'affaire de Southwold Bay, le 2
Juin 1665, d'un coup de canon qui tua, en même tems, Lord
Mufkerry & M. Boyle: le Duc d'York, qui était auprès d'eux
fur le pont, fut couvert de leur fang. " Lord Falmouth," comme
l'obferve le Roi Jacques, " mourut fans fortune, quoique peu dé-
penfier." *Macpherfon's ftate papers*, vol. I. " Il fut extrêmement
regretté du Roi, au grand étonnement de ceux qui l'avaient vu
infenfible à d'autres coups du fort." *Clarendon's Life*, p. 269.

P. 81. *Le Comte d'Arran.*] Richard Butler, Comte d'Arran,
cinquieme fils de Jacques Butler, premier Duc d'Ormond. Il
naquit le 16 Juin 1639, & fut élevé avec grand foin. Il reçut
une éducation conforme à fa naiffance & à l'affection que fes
parens avaient pour lui. A mefure qu'il avançait en age, il fe
diftinguait par d'heureufes difpofitions, qui le déterminerent au
métier des armes. Lorfque le Duc fon pere fut nommé Vice-Roi
d'Irlande, après la reftauration, le Roi le créa, par lettres patentes
datées du 13 Avril 1662, Lord Richard, Baron Butler de Clogh-
grenan, Vicomte Tullogh dans la province de Catherlough, le tout
reverfible à fon frere. Au mois de Septembre 1664, il époufa Lady
Marie Stuart, fille unique de Jacques Duc de Richmond & Len-
nox, par Marie, feule fille du grand Duc de Buckingham; elle
mourut au mois de Juillet 1667, à l'age de 18 ans, & fut enterrée
à Kilkenny. Il fe diftingua en réduifant les révoltés à Carrickfer-
gus, & fe conduifit avec courage dans le fameux combat naval
contre les Hollandais, en 1673. Au mois d'Août de la même
année, il fut créé Baron Butler de Wefton dans la province de Hun-
tingdon. Il avait époufé, au mois de Juin précédent, Dorothée,
fille de Jean Ferras de Tamworth Caftle, dans la province de Warwick, Efq.: il fut nommé Lord député d'Irlande au départ de fon

pere pour l'Angleterre, & exerça cet emploi jufqu'au mois d'Août 1684, que le Duc revint. Il mourut à Londres en 1686, & fut enterré à l'abbaye de Weftminfter, laiffant une fille unique, Charlotte, qui époufa Lord Cornwallis.

P. 82. *Le Comte d'Offory.*] Thomas, Comte d'Offory, fils ainé du premier, & pere du dernier Duc d'Ormond, naquit à Kilkenny, le 8 Juillet 1634. A l'age de 21 ans il s'était tellement diftingué, que le Chevalier Robert Southwell traça de lui le portrait fuivant : " Ce jeune homme a de beaux cheveux, une belle figure, un caractere doux et affable, il fait monter à cheval, jouer à la paume, danfer, & tirer des armes ; eft bon muficien, pince de la guitarre & du luth ; il parle très bien Français & Italien ; il connait l'hiftoire, & furtout les romans fi parfaitement, que fi on lui montrait une gallerie de tableaux & de deffins, il pourrait expliquer les différens fujets qui y feraient repréfentés. Il ferme fa porte à huit heures du foir, & étudie jufqu'à minuit ; il eft poli, honnête, & irréprochable dans fa conduite." Il mourut d'une fiévre, le 30 Juillet 1680, au grand regret de fa famille & du public.

P. 82. *L'Ainé des Hamiltons.*] Lord Orford, dans une note fur ce paffage, fait mention de George & d'Antoine Hamilton, l'auteur de ces mémoires, comme des perfonnes qu'on vouloit défigner : il a effayé de débrouiller la confufion repandue dans fon ouvrages faute d'avoir fu diftinguer clairement auquel de ces perfonnages appartiennent les diverfes avantures où fe trouvent leurs noms. Cependant, l'ainé Hamilton, dont il eft ici queftion, n'était ni George ni Antoine, mais bien Jacques Hamilton leur frere, fils ainé du Chevalier George Hamilton, quatrieme fils du Comte d'Abercorn, par Marie Butler, troifieme fœur de Jacques premier Duc d'Ormond. Ce Seigneur était un des favoris de Charles II, qui le fit gentilhomme de fa chambre & Colonel d'un régiment. Dans une affaire contre les Hollandais, il eut une jambe emportée d'un coup de canon. Il mourut de cette bleffure le 6

Juin 1673. Quelques tems après fa mort, fon corps fut tranfporté en Angleterre & enterré à l'Abbaye de Weftminfter. George
Hamilton fut enfuite créé Chevalier en Angleterre, Comte en
France, & Maréchal de Camp au même fervice. Il époufa Mademoifelle Jennings, dont il fera queftion ci-après; & mourut en
1667, laiffant trois filles.

P. 83. *Le beau Sydney.*] Robert Sydney, troifieme fils du
Comte de Leicefter, & frere du fameux Algernon Sydney qui fut
décapité. C'eft ce que prétend Lord Orford; quoique, fur une
moindre autorité, je ferois porté à croire qu'Henri Sydney fon jeune
frere, qui fut enfuite créé Comte de Rumney, & mourut le 8 Avril
1704, eft la perfonne dont il s'agit ici. Il y a plufieurs circonftances qui femblent le défigner particulierement. " C'était,"
dit Burnet, " un homme rempli de grâces & *il vécut longtems à la
Cour, où il eut quelques avantures qui devinrent très publiques.* Il
était affable, doux, bon, mais trop adonné aux plaifirs. En 1679,
il fut envoyé en Hollande, où il gagna tellement les bonnes grâces
du Prince, qu'il les poffédà exclufivement à tout autre Anglais."
Hiftory of his own Times, vol. II, p. 494.

Dans " l'Effai on Satire par Dryden & Howard," on en parle
en termes peu honorables.

> " And little Syd. for fimile renown'd,
> Pleafure has always fought, but never found:
> Though all his thoughts on wine and women fall,
> His are fo bad, fure he ne'er thinks at all.
> The flefh he lives upon is rank and ftrong:
> His meat and miftreffes are kept too long.
> But fure we all miftake this pious man,
> Who mortifies his perfon all he can:
> What we uncharitably take for fin,
> Are only rules of this odd capuchin;

For never hermit, under grave pretence,
Has liv'd more contrary to common fenfe.''
Robert Sydney mourut a Penſhurſt en 1674.

P. 83.—*Et que la Reine mere, ſa maitreſſe, ne faiſoit pas grand'*
chere en France.] On peut voir, par l'extrait fuivant tiré des mémoires du Cardinal de Retz, à quel miférable état elle étoit réduite. " Cinq ou fix jours avant que le Roi fortit de Paris, j'allai
chez la Reine d'Angleterre que je trouvai dans la chambre de
Mademoifelle ſa fille, qui a été depuis Madame d'Orleans, elle
me dit d'abord : " vous voyez, je viens tenir compagnie a Henriette. La pauvre enfant n'a pu ſe lever aujourd'hui, faute de
feu." Le vrai étoit qu'il y avoit fix mois que le Cardinal
n'avoit fait payer la reine de ſa penfion ; que les marchands ne lui
vouloient plus rien fournir, et qu'il n'y avoit pas un morceau de
bois dans la maifon. Vous me faites bien la juſtice d'être perfuadée
que Madame d'Angleterre ne demeura pas le lendemain au lit
faute d'un fagot, mais vous croyez bien que ce n'étoit pas ce que
Madame la Princeſſe de Condé vouloit dire dans ſon billet. Je
m'en reſſouvins au bout de quelque jours, j'exagérai la honte de
cet abandonnement ; et le parlement envoya 40,000 livres a la Reine
d'Angleterre. La poſtérité aura peine à croire qu'une Reine
d'Angleterre, petite fille de Henri le grand, ait manqué d'un fagot pour ſe lever au mois de Janvier, dans le louvre, et fous les
yeux d'une cour de France. Nous avons horreur, en lifant les hiftoires, de lachetés moins monſtrueuſes que celle-là, et le peu de
fentiments que je trouvai dans la plupart des efprits fur ce fait, m'a
obligé de faire, je crois, plus de mille fois cette réflexion, que *les*
exemples du paſſé touchent ſans comparaiſon plus les hommes que ceux
de leur ſiecle. Nous nous accoutumons à tout ce que nous voyons,
et je vous ai dit quelquefois que je ne fais fi le confulat du cheval
de Caligula nous auroit autant furpris que nous l'imaginons." *Me-*
moires du Card. de Retz. Vol. 1. p. 308: edit. de Geneve. 1777. 12.

P. 83. *Jermyn.*] Henry Jermyn le plus jeune des fils de Thomas frere ainé du Comte de St. Albans. Il fut crée Baron Dover en 1685, et mourut fans enfant à Cheverly, au mois d'avril 1708. Son corps fut tranfporté a Bruges en Flandres, et enterré dans le couvent des carmelites. St. Evremond qui vifita Mr. Jermyn a Cheverly dit, " nous y allâmes, et fûmes très bien reçus par un homme qui, renonçant à la cour, en avoit porté le bon gout et la civilité à la campagne. *Oeuvres de St. Evremond*, vol. 14. p. 223. edit. de 1753. 12mo.

P. 84. *La Princeffe Royale y fut prife toute la premiere.*] On foupçonnoit cette princeffe d'avoir eu avec le duc de Buckingham un engagement femblable a celui de la reine avec Jermyn, et c'eft ce qui fut caufe qu' elle ne voulut point voir le duc, lors de fon fecond voyage en Hollande en 1652.

P. 84. *La Comteffe de Caftelmaine.*] Cette dame qui tient un rang fi diftingué dans les annales de l'infamie, fe nommoit Barbe et étoit fille et héritiere de Guillaume Villiers, Lord Vicomte Grandifon en Irlande, qui mourut, en 1642, des fuites des bleffures qu'il reçut a la bataille d'Edge-hill. Elle époufa quelque temps avant la reftauration Roger Palmer, Efq. alors étudient au temple, & héritier d'une fortune confidérable. La treizieme année du regne de Charles II, il fut crée Comte de Caftelmaine en Irlande. Elle en eut une fille qui nâquit au mois de février 1661 ; mais peu de temps après, elle devint la maitreffe publique du roi, qui continua fes liaifons avec elle jufqu'en 1672, qu'elle accoucha d'une fille qu'on fuppofa être de Mr. Churchill, depuis duc de Marlborough, & que le roi défavoua. Ses galanteries ne fe bornaient pas à une ou deux, et elles n'étoient pas ignorées du roi. En 1670, elle fut crée Baronne de Nonfuch dans la province de Surry, Comteffe de Southampton, & Ducheffe de Cleveland pendant fa vie, avec reverfion après fa mort à Charles ou à George Fitzroy, fon premier et troifieme fils, & à leurs héritiers mâles. Au mois de

Harding Del.   Eng.d by: I. I. Van den Berghe.

ROGER PALMER, EARL of CASTLEMAINE.

Pub. by E. & S. Harding August.1. 1795.

Juillet 1705, fon mari mourut, et peu de temps après elle époufa un homme perdu de dettes, connu fous le nom de beau Fielding ; mais fes procédés infames envers elle l'obligerent d'avoir recours aux loix pour s'y fouftraire. Heureufement on découvrit que Fielding avoit déja une femme vivante; en confequence fon mariage fut declaré nul. Elle vécut encore deux ans & mourut d'une hydropifie le 9 Octobre, 1709, ageé de 69 ans. "C'étoit," dit l'eveque Burnet, "une femme de grande beauté, mais fans efprit extrémement corrompue & avide d'argent ; impérieufe, tourmentant à l'excès le roi, dont elle feignoit d'être jaloufe, quoiqu'elle fut toujours occupée d'intrigues avec d'autres hommes. La paffion du monarque pour elle, et l'étrange conduite de cette femme à fon égard le mettoient dans un tel défordre, que fouvent il n'étoit pas maitre de lui même, ni en état de penfer aux affaires, qui, dans un temps auffi critique, demandoient une grande application." *Hiftory of his own times*, vol. 1, p. 129.

P. 84. *Madame de Shrewfbury.*] Anne Marie, Comteffe de Shrewfbury, fille ainée de Robert Brudenel, Comte de Cardigan, et femme de François, Comte de Shrewfbury, qui fut tué en duel par George, duc de Buckingham, le 16 Mars 1667. Elle époufa en fecondes noces ——— Bridges, Efq. fecond fils du Chevalier Thomas Bridges, de Keynfham, dans la province de Somerfet, et mourut le 20 Avril, 1702. On a dit qu'elle coucha avec le Duc de Buckingham, le foir même que celui ci venoit de tuer fon Mari en duel, et que traveftie en page, elle avoit tenu la bride du cheval de fon amant pendant le combat.

P. 84. *Mefdemoifelles Brook.*] Une de ces demoifelles, dont il eft parlé dans la fuite, époufa le chevalier Jean Denham.

P. 84. *La nouvelle reine n'y ajouta guère d'éclat.*] Lord Clarendon confirme en quelque forte ce rapport : "on envoya de Portugal un grand nombre d'hommes & de femmes, dont le choix étoit le moins propre a former la reine aux ufages

néceſſaires à ſon état & à ſon bonheur futurs; les femmes, pour
la plupart, vieilles, laides, & orgueuilleuſes étoient incapables
de s'entretenir avec des perſonnes de qualité & d'une éducation
ſoignée. Elles firent tous leurs efforts & formerent même une
eſpèce de conſpiration pour s'emparer de l'eſprit de la reine, pour
l'empêcher d'apprendre la langue, ou d'adopter les manieres angloiſes, & pour lui faire conſerver les modes de ſa patrie. Cette re-
ſolution, diſoient elles, tenoit aux égards dus a la nation Portugaiſe
& determineroit promptement les dames Angloiſes a ſuivre l'exemple de ſa Majeſté. Cette idée avoit fait une telle impreſſion
ſur ſon eſprit que le taillleur, envoyé en Portugal pour faire
ſes habits, ne put jamais parvenir juſqu' à elle, ni en recevoir
aucun ordre. De même, lorſqu'à ſon arrivée à Portſmouth,
elle y trouva pluſieurs dames d'honneur & du premier rang qui
venoient remplir auprès d'elle les places auxquelles le Roi les
avoit nommées, elle ne voulut en recevoir aucune juſqu'à ce qu'il
fut arrivé lui même, et elle ne mit dans cette occaſion ni la
grâce ni l'honnéteté qu'elle devoit a leurs charges & a leur
qualité. On ne put lui perſuader de ſe parer avec les habits que le
roi lui avoit envoyé; elle continua de porter les ſiens juſqu'à ce qu'elle
s'apperçut que le Roi en étoit mécontent & vouloit être obéi. Alors
elle ſe conforma à ſa volonté, contre l'avis de ſes femmes qui per-
ſiſterent dans leur opiniatreté, ſans changer aucune partie de leur
coſtume; ce qui les rendit très odieuſes." *Clarendon's life*, p. 168.
Peu de temps après leur arrivée en Angleterre, elles reçurent
ordre de retourner en Portugal.

P. 85. *Catherine de Bragance n'avoit garde de briller dans la nou-*
velle cour où elle venoit regner; elle ne laiſſa pas d'y réuſſir
dans la ſuite.] " La Reine, " dit Lord Clarendon," avoit tout
l'eſprit et toute la beauté néceſſaire pour être aimée du Roi;
et il eſt très certain qu'à leur premiere rencontre et même long-
tems après elle lui plut beaucoup. Elle avoit tout l'eſprit qu'on
pouvoit déſirer, un caractere agréable et enjoué, mais peu d'expé-

rience pour fon age, parceque conformément à l'ufage de fon pays,
elle avoit été élevée dans un couvent, où elle n'avoit vu que les
Dames qui lui étoient attachées, et n'avoit fréquenté que les re-
ligieufes, dont elle auroit fans doute confenti volontiers à augmenter le nombre. C'eft de cet état de gêne et de contrainte qu'elle
fut appellée fur le trône, et deftinée à vivre au milieu de la licence
d'une cour qui, à cet egard, avoit befoin d'une réforme, et qu'on
voulait faire renoncer à des mœurs libres et diffolues pour y fubfti-
tuer l'ordre et la décence des anciens temps; bien que les hommes
et les femmes n'euffent pas plus d'inclination à fe foumettre à ce
changement que le Roi lui même n'en avoit à l'éxiger."   *Lord
Clarendon's life*, p. 167. Elle fe fentit d'abord de la répugnance
pour la conduite déréglée du Roi, mais à la fin, elle s'y accoutuma
et vécut fort bien avec lui, jufqu'à fa mort. Le 30 Mars, 1692,
elle quitta Somerfet Houfe, fa réfidence ordinaire, et retourna
à Lifbonne où elle mourut, le 31 Décembre, 1705. N. S.

P. 85. *Cette Princeffe.*] "La Ducheffe de York," dit l'Evêque Burnet, "étoit une femme très extraordinaire; elle avoit beaucoup de
connoiffances et de pénétration, elle fentit bientot tout ce qui étoit
du à fon rang, et peut être même fe comportait-elle avec trop de
fafte et de hauteur; elle écrivoit bien, elle avoit même commencé
la vie du Duc dont elle me fit voir un volume; c'étoit un extrait
du journal de ce Prince qui fe propofoit de m'engager à continuer. Elle avoit été elevée dans des principes de religion très
févères et alloit fécretement à confeffe.—Morley me dit qu'il étoit
fon confeffeur. Elle s'étoit mife fous fa direction dès l'age de 12
ans, et avoit continué jufqu'à ce qu'il fut renvoyé de la cour, lors
de la difgrace de fon pere. *Elle étoit genereufe et obligeante,
mais ennemi implacable.*" *Hiftory of his own Times*, Vol. I. p. 237.
Elle fut fiancée au Duc à Breda, le 24 Novembre, 1659, et mariée
à Worcefter Houfe, le 3 Septembre, 1660, entre onze et deux
heures de la nuit, par le Dr. Jofeph Crowther, chapelain du Duc,

D

fur la préfentation de Lord Offory. *Kennet's Regifter*, p. 246.
Elle mourut le 31 Mars, 1671, ayant auparavant declaré qu'elle
étoit Catholique Romaine.—Voyez auffi fon panegirique par l'E-
vêque Morley, *Kennet's Regifter*, p. 385, 390.

P. 86. *La Reine mere étoit de retour après le mariage de la Princeffe Royale.*] La Reine Henriette Marie arriva à Whitehall, le
2 Novembre, 1660, après une abfence de dix neuf ans. Elle fut
reçue avec de grandes acclamations et l'on fit même à cette occafion des feux de joie à Londres et à Weftminfter. Elle retourna en
France, le 2 Janvier, 1660-1, avec fa fille la Princeffe Henriette.
Elle arriva à Greenwich, le 28 Juillet, 1662; et continua à tenir
fa cour en Angleterre jufqu'au mois de Juillet, 1665, qu'elle s'embarqua pour la France, " et prit tant de chofes avec elle," dit
Lord Clarendon, " que beaucoup de perfonnes préfumèrent
qu'elle avoit intention de ne jamais revenir. Quelque fut alors
fon deffein, elle ne revit plus l'Angleterre, quoiqu'elle vécut plufieurs années après fon départ." *Continuation of Clarendon's Life,*
p. 263. Elle mourut à Colombe, près Paris, dans le mois d'Aouft,
1669; et fon fils le Duc de York fait fon éloge en ces termes:
" Elle avoit toutes les qualités qui conftituent une bonne époufe,
une bonne mere et une bonne Chrétienne." *Macpherfon's State
Papers*, Vol. I.

P. 87. *St. Evremond.*] Charles de St. Denis, Seigneur de St. Evremond, naquit à St. Denis le Guaft, en baffe Normandie, le 1 Avril,
1613. Il fut élevé à Paris, comme s'il eut été deftiné au barreau,
mais il abandonna bientot ce projet, pour aller à l'armée où il fe diftingua en plufieurs occafions. Lors du traité des Pyrénées, il écrivit
une lettre dans laquelle il critiquoit la conduite du Miniftre; ce
qui le fit bannir de France. Il fe refugia d'abord en Hollande; mais
en 1662 il vint en Angleterre où, à un petit intervalle près, il finit
le refte de fes jours. En 1675, la Ducheffe de Mazarin ayant choifi
le même azile, St. Evremond paffoit la plus grande partie de fon

temps avec elle ; il conferva fa fanté et fa gayeté jufqu'à un age très avancé, et mourut le 9 Septembre, 1703, agé de 90 ans. Mr. Defmaizeaux qui a écrit fa vie en fait le portrait fuivant : " Monfieur de St. Evremond avoit les yeux bleus, vifs et pleins de feu, le front large, les fourcils épais, la bouche bien faite et le foûrire malin, la phyfionomie agréable et fpirituelle. Vingt ans avant fa mort, il lui vint entre les deux yeux une loupe qui groffit beaucoup. Il avoit eu deffein de la faire couper ; mais comme elle ne l'incommodoit point, et que cette efpéce de difformité ne lui faifoit aucune peine, Mr. Le Fevre lui confeilla de la laiffer, de peur que cette opération n'eût des fuites facheufes dans une perfonne de fon age. Il fe railloit fouvent fur fa loupe, auffi bien que fur fa grande calotte et fur fes cheveux blancs qu'il avoit mieux aimé garder que de prendre péruque." St. Evremond étoit, en quelque forte, un philofophe Epicurien, et dans une lettre adreffée au Comte de Grammont, fit fon portrait fuivant : " C'eft un philofophe également éloigné du fuperftitieux et de l'impie ; un voluptueux qui n'a pas moins d'averfion pour la débauche, que d'inclination pour les plaifirs ; un homme qui n'a jamais fenti la neceffité, qui n'a jamais connu l'abundance. Il vit dans une condition méprifée de ceux qui ont tout, enviée de ceux qui n'ont rien, goutée de ceux qui font confifter leur bonheur dans leur raifon. Jeune, il a hai la diffipation, perfuadé qu'il falloit du bien pour les commodités d'une longue vie ; vieux, il a de la peine à fouffrir l'économie, croyant que la néceffité eft peu à craindre, quand on a peu de temps à être miférable, il fe loue de la nature, et ne fe plaint pas de la fortune. Il hait le crime, il fouffre les fautes, il plaint le malheur, il ne cherche point dans les hommes ce qu'ils ont de mauvais pour les décrier ; il trouve ce qu'ils ont de ridicule pour s'en réjouir ; il fe fait un plaifir fecret de le connoître ; il s'en feroit un plus grand de le découvrir aux autres, fi la difcrétion ne l'en empêchoit. La vie eft trop courte, à fon avis, pour lire toute

forte de livres et charger fa memoire d'une infinité de chofes au
dépens de fon jugement ; il ne s'attache point aux écrits les plus
favans pour acquérir la fcience; mais aux plus fenfés pour fortifier
fa raifon : tantot il cherche les plus délicats, pour donner de la
délicateffe à fon gout ; tantot les plus agréables, pour donner de
l'agrément à fon génie. Il me refte à vous le dépeindre tel qu'il
eft dans la religion et dans l'amitié. En l'amitié, plus conftant
qu'un philofophe, plus fincère qu'un jeune homme de bon naturel
fans expérience. A l'égard de la réligion :

> De juftice, de charité
> Beaucoup plus que de pénitence,
> Il compofe fa pieté :
> Mettant en Dieu fa confiance,
> Efpérant tout de fa bonté,
> Dans le fein de la providence,
> Il trouve fon repos et fa felicité !"

Il fut enterré dans l'Abbaye de Weftminfter.

P. 90. *D'Olonne.*] Mademoifelle de la Loupe, dont il eft fait
mention dans les Memoires du Cardinal de Retz, Vol. III. p. 177.
Elle époufa le Comte d'Olonne et fe rendit fameufe par fes aventures galantes dont le Comte de Buffy parle beaucoup dans fon
hiftoire amourcufe des Gaules. Elle s'appelloit Catherine Henriette d'Angennes, étoit fille de Charles d'Angennes, Seigneur
de la Loupe, Baron d'Amberville, et de Marie du Raynier. St.
Evremond l'a peinte fort au long dans fes ouvrages, Vol. II.
p. 36. Le même écrivain, parlant de la douleur que plufieurs dames
temoignerent à la mort du Duc de Candale, dit, " Mais fa véritable maitreffe, (la Comteffe d'Olonne) fe rendoit illuftre par fon
affliction ; heureufe fi elle ne fe fut jamais confolée ! une feule paffion fait honneur aux dames ; et je ne fai fi ce n'eft pas une chofe
plus avantageufe à leur réputation, que de n'avoir rien aimé."
St. Evremond, Vol. III. p. 180.

P. 90. *La Comteſſe de Fiefque.*] Cette dame paroit avoir été
l'époufe du Comte de Fiefque, dont parle St. Evremond, comme
d'un homme " fertile en viſions militaires," qui, " outre la
charge de Lieutenant général qu'il avoit eûe dès Paris, obtint une
commiſſion particuliere pour les enlevemens de quartier, et autres
exploits brufques et foudains, dont la réfolution fe peut prendre
en chantant un air de la Barre, et en danfant un pas de Balet."
St. Evremond, Vol. II. p. 9.

P. 92, *eſt le Comte de Ranelagh d'aujourd'hui, et s'appelloit Jones
en ce temps la.*] Richard, premier Comte de Ranelagh, étoit
membre de la chambre des communes du Parlement d'Angleterre,
et vice tréforier d'Irlande, en 1674. Il eut plufieurs charges fous
le Roi Guillaume et la Reine Anne. Il mourut le 5 Janvier, 1711.
" Lord Ranelagh," dit l'Eveque Burnet, " étoit un jeune homme,
qui réuniſſoit de grandes qualités à de grands défauts ; il avoit un certain agrément dans la converfation qui plut infiniment au Roi, et c'é-
toit un très habile homme." *Hiſtory of his own Times*, Vol. I. p. 373.

P. 91. *La Middleton.*] Madame Jeanne Middleton, felon
Mr. Granger, étoit une femme peu riche, mais très belle.—Son
portrait eſt dans la galerie de Windfor.

P. 92. *Il y avoit une fille d'honneur de la Reine qui s'appelloit
Warmeſtré.*] Lord Orford obferve qu'il y eût une famille du nom
de Warminfter établie à Worcefter, dont cinq font enterrés dans
la Cathédrale de cette ville. Un d'eux en fut doyen, et fon epitaphe fait mention de fon attachement à la famille Royale. Mademoifelle Warmeſtré, cependant, n'eſt qu'un nom fuppofé. Le
dernier Comte d'Arran, qui vécut peu après le temps où l'on croit
que ces faits ont du arriver, aſſura que la fille d'honneur, dont il eſt
ici queſtion, étoit Mademoifelle Marie Kirk, fœur de la Comteſſe
d'Oxford, qui, trois ans après qu'elle fut chaſſée de la cour,
époufa le Chevalier Thomas Vernon, fous le faux nom de veuve ;
c'étoit apparemment fous celui de Warminfter. Voici la liſte

des dames d'honneur en 1669. 1. Mde. Simon Carew. 2. Mde. Catherine Bainton. 3. Mde. Henriette Marie Price. 4. Mde. Wynifred Wells. Celle qui avoit la charge de gouvernante des dames étoit Lady Saunderfon. Voyez *Chamberlaynes Angliæ Notitia*, 1669, p. 301.

P. 93. *Mademoifelle Stewart.*] Françoife, Ducheffe de Richmond, fille de Walter Stewart, fils de Walter, Baron de Blantyre et époufe de Charles Stewart, Duc de Richmond et de Lenox. Elle étoit d'une rare beauté, fi toutesfois elle reffembloit à une efquiffe de Roettiere, graveur de la monnoie, qui avoit été faite dans la vue d'en frapper une médaille, reprefentant la plus belle figure qu'on eût peut-être jamais vue. Le Roi paffoit pour être éperducment amoureux d'elle, et l'on difoit ouvertement qu'il avoit intention de fe divorcer avec la Reine pour l'époufer. On crut que Lord Clarendon avoit propofé fon mariage avec le Duc de Richmond, pour faire échouer l'autre deffein qui, felon lui, auroit été une tache à la réputation du Roi, auroit dérangé fes affaires pour le moment et plongé la nation dans les maux d'une fucceffion conteftée. Qu'il favorifa effeétivement le mariage du Duc de Richmond, c'eft ce qui n'a pas été prouvé; mais il eft certain qu'il croyoit fi fermement que l'intention du Roi étoit de fe divorcer avec la Reine, que même, après fa difgrace, il étoit perfuadé que le Duc de Buckingham avoit entrepris de faire fanétioner ce divorce par le Parlement. Il eft auffi certain que le Roi regarda Lord Clarendon comme l'auteur de ce mariage, et qu'il en fut vivement affeété. La cérémonie fe fit clandeftinement, et le mariage ne fut declaré public qu'au mois d'Avril, 1667. D'après une lettre du Chevalier Robert Southwell, datée de Lifbonne, le $\frac{1}{14}$ Decembre, 1667, il paroit que le bruit du divorce de la Reine n'étoit pas alors tombé, *Hiftory of the Revolutions of Portugal*, 1740, p. 352. La Ducheffe devint veuve en 1672, et mourut le 15 Oétobre, 1702. Voyez *Burnet's Hiftory, Ludlow's Hiftory, and*

Carte's Life of the Duke of Ormond. On peut encore voir dans l'Abbaye de Weftminfter la figure en cire de cette Ducheffe.

P. 94. *Madame Hyde.*] Théodofie, fille d'Arthur, Lord Capel, premiere femme de Henry Hyde, fecond Comte de Clarendon.

P. 95. *Jacob Hall, fameux danfeur de corde.*] " Jacob Hall avoit la taille fi élégante et fi bien proportionnée, tant de vigueur et d'agilité, qu'il s'attiroit l'attention de toutes les dames qui le regardoient comme un compofé de la force d'Hercule et des graces d'Adonis. On dit que le cœur facile de la Ducheffe de Cleveland lui permettoit d'entretenir en même temps une liaifon intime avec ce danfeur et le Comédien Goodman. Le premier étoit aux gages de la Ducheffe." *Granger*, Vol. II. part II. p. 461. Relativement à la liaifon de la Ducheffe et du danfeur de corde, Mr. Pope introduit le paffage fuivant dans fon " Sober Advice from Horace."

" What pufh'd poor E——s on the imperial whore?
'Twas but to be where Charles had been before.
The fatal fteel unjuftly was apply'd,
When not his luft offended, but his pride:
Too hard a penance for defeated fin——
Himfelf fhut out, and Jacob Hall let in!"

P. 96. *Thomas Howard, frere du Comte de Carlifle.*] Thomas Howard, quatrième fils du Chevalier Guillaume Howard. Il époufa Marie, Ducheffe de Richmond et fille de George Villiers, Duc de Buckingham; il mourut en 1678. Voyez *Mad. Dunnois' Memoirs of the Englifh Court*, 8vo, 1708.

P. 96. *Spring Garden.*] Cette place, d'après la defcription de .fa fituation dans l'extrait fuivant, femble avoir été auprès de Charing Crofs, peut-être ou l'on a bâti les maifons qui en portent encore le nom. Un écrivain contemporain décrit ainfi les amufements qu'on y trouvoit. " C'eft la coutume, lorfque l'on revient (de Hyde Park) de defcendre à Spring Garden, ainfi appellé par rapport au parc, comme les Thuileries le font par rapport au cours. Ce jardin eft d'ailleurs agréable par le fombre majefteux des Bofquets, le ramage des oifeaux, et parcequ'il *communique avec les Vaftes promenades de St. James.* Mais le monde y marche fi vite que l'on croiroit que toutes les dames font autant d'Atalantes qui difputent le prix à leurs amants; et je vous avoue, my Lord, qu'il n'y avoit pas d'apparence que je devinffe leur Hippomene, car j'avois beaucoup de peine à les fuivre. On y trouve encore des jeunes gens à minuit. Les bofquets de ces jardins ne femblent inventés que pour favorifer la galanterie; ils prennent ordinairement une collation, à une taverne au milieu de ce Paradis dont les fruits défendus font des tartes légeres, des langues de veau, des mets exquis et du mauvais vin du Rhin. Les amants payent les frais comme cela fe pratique par toute l'Angleterre; et quoiqu'ils foient éxorbitamment rançonnés, ils regardent comme une économie au deffous d'eux de marchander. *Character of England,* 12mo, 1659, p. 56, écrit, dit on, par J. Evelyn, Efq. le Spring Garden eft le lieu de l'intrigue de plufieurs de nos Comédies du jour.

P. 98. *C'étoit Montagu.*] Ralph Montagu, fecond fils d'Edouard, Lord Montagu. Il étoit écuyer de la Reine et fut envoyé ambaffadeur extraordinaire en France en 1669. A fon retour en 1672, il fut admis au confeil privé. Enfuite il devint maitre de la grande Garde-robe et fut envoyé une feconde fois en France. Il prit un parti très décidé dans la pourfuite du complot des Papiftes en 1678; mais après le facrifice de fon ami Lord Ruffell, il fe retira à Montpellier, oú il refta jufqu'à la fin du regne du Roi Charles. Il joua un role dans la révolution, et fut créé bientot après Vicomte de Monthermer et Comte de Montagu. En 1705, il fut elevé au rang de Marquis de Monthermer et de Duke de Montagu. Il mourut le 7 Mars, 1709, agé de 73 ans, laiffant après lui la réputation de pere tendre, de bon maitre, d'ami fincère,

de noble protecteur des personnes de mérite, et de vrai défenseur
de la liberté Anglaise.

P. 99. *Mademoiselle d'Hamilton.*] Elizabeth, sœur de l'Auteur
de ces mémoires et fille du Chevalier George Hamilton quatrieme
fils de Jacques, premier Comte d'Abercorn, par Marie troisieme
fille de Thomas, Vicomte Thurles, fils ainé de Walter, onzieme
Comte d'Ormond et sœur de Jacques premier Duc d'Ormond. Elle
épousa Philibert, Comte de Grammont, le Héros de ces mémoires
dont elle eut deux filles, Claude Charlotte qui fut mariée, le 3
Avril, 1694, au Comte de Stafford, et une autre qui devint su-
périeure ou Abbesse de Chanoinesses en Lorraine.

P. 102. *Madame de Muskerry.*] Marguerite, fille unique d'U-
lick, cinquieme Comte de Clanricarde, par Anne Compton, fille
du Comte de Northampton. Elle fut mariée trois fois; 1. à
Charles, Vicomte de Muskerry, qui fut tué dans le grand combat naval contre les Hollandois le 3 Juin, 1665. 2. en 1676,
à Robert Villiers, appellé Vicomte de Purbeck, qui mourut en
1685. 3. à Robert Fielding, Esq. Elle mourut au mois d'Août,
1698. Lord Orford l'appelle, par méprise, Elizabeth, fille du
Comte de Kildare. (Voyez la note sur la page 257.)

P. 102. *Mademoiselle Blague.*] Il paroit par *Chamberlayne's
Angliæ Notitia*, 1669, que cette dame où plutôt sa sœur étoit à
cette époque une des filles d'honneur de la Duchesse. En voici la
liste telle qu'elle étoit alors. 1. Mlle. Arabella Churchill. 2.
Mlle. Dorothée Howard. 3. Mlle. Anne Ogle. 4. Mlle. Marie
Blague. La gouvernante des filles d'honneur étoit Mde. Lucie
Wyse. Mademoiselle Blague joua, à la cour en 1675, le role de Diane, dans la Calisto de Crown et étoit alors appellée ancienne fille
d'honneur de la *Reine*. Lord Orford l'appelle Henriette Marie,
fille du Col. Blague. Il paroit qu'elle épousa le Chevalier Thomas
Yarborough, de Snaith, dans la province de York. Elle étoit aussi,
dit il, sœur de la femme de Sydney, Lord Godolphin. Ce seigneur

E

époufa, felon Collins, dans fon *Peerage*, Marguerite, alors fille d'honneur de Catherine Reine d'Angleterre, quatrieme fille et co-héritiere de Thomas Blague, Efq. valet de chambre des Rois Charles I. et Charles II., Colonel d'un régiment d'infanterie, gouverneur de Wallingford pendant les guerres civiles, d'Yarmouth et du fort Landguard après la reftauration.

P. 106. *Le Prince Robert.*] Petit fils. de Jacques I. dont on connoit les actions pendant la guerre civile. Il naquit le 19 Dec. 1619, et mourut en fa maifon, Spring Garden, le 22 Nov. 1682. Lord Clarendon en parle ainfi : " Il étoit dur, paffionné, enne-mi de toute difcuffion ; il n'approuvoit les propofitions qui étoient faites qu'autant qu'il aimoit ceux qui les faifoit ; il avoit tant d'averfion pour Digby et Colepepper, les feules perfonnes pré-fentes au confeil de guerre avec les officiers, qu'il traverfoit tous leurs projets." *Hiftory of the Rebellion*, Vol. II. p. 554. On croit qu'il inventa l'art de graver à la maniere noire. (Voyez la note fur la page 258.)

P. 106. *Lord Thanet.*] C'étoit, fi je ne me trompe, Jean Tufton, fecond Comte de Thanet, qui mourut le 6 Mai, 1664. Lord Orford croit cependant que c'étoit Nicholas Tufton, troi-fieme Comte de Thanet, fon fils ainé qui mourut le 24 Nov. 1679. Ils furent tous deux victimes de leur attachement au Roi.

P. 107. *Yeux Marcaffins.*] Marcaffin eft le nom d'un jeune Sanglier. Les yeux de cet animal étant très petits et perçants, cela a donné lieu aux Francois de dire, " des yeux Marcaffins," pour fignifier des yeux petits quoique malins, comme nous difons *Pig's eyes.*

P. 109. *Mademoifelle Price, fille d'honneur de Madame la Du-cheffe.*] Ici la mémoire manque à notre auteur. Mademoifelle Price étoit dame d'honneur de la Reine. Mr. Granger dit : " il y avoit une demoifelle Price, belle femme, fille du Chevalier Thomas Warcup. On peut confulter Wood's Fafti Oxon. Vol. II. p. 184.

Son pere avoit la vanité de croire que Charles II. l'épouſeroît, quoiqu'il fût alors marié. Il rapporte dans pluſieurs de ſes lettres que ſa fille avoit paſſé telle nuit et telle autre avec le Roi, et qu'elle en avoit été très gracieuſement accueillie." *Hiſtory of England*, Vol. IV. p. 338.

P. 109. *Dongan.*] Lord Orford dit que les anciens Comtes de Limerick étoient de cette maiſon. (Voyez la note ſur la p. 204.)

P. 128. *Ducheſſe de Newcaſtle.*] Cette viſionnaire, comme l'appelle avec raiſon Lord Orford, étoit la plus jeune des filles du Chevalier Charles Lucas. Elle fut une des dames d'honneur de la Reine de Charles premier, qu'elle ſervoit lorſqu'elle fut obligée de quitter l'Angleterre. Elle épouſa à Paris le Duc de Newcaſtle et y demeura en éxil juſqu'à la reſtauration. Après ſon retour en Angleterre elle ſe livra toute entiere à l'étude des belles lettres, et publia pluſieurs volumes de comédies, de poéſies et de lettres. Elle mourut en 1673 et fut enterrée à Weſtminſter Abbey. Lord Orford dit qu'on voit à Welbeck ſon portrait peint en grand, et en habits de théatre qu'elle portoit, dit on, communément.

P. 116. *L'Oncle.*] Jean Ruſſell troiſieme fils de François, Comte de Bedford, et Colonel du premier régiment d'infanterie. Il mourut célibataire dans le mois de Nov. 1681.

P. 117. *Son neveu.*] Guillaume, fils ainé d'Edouard Ruſſell frere cadet de Jean Ruſſell dont nous venons de parler. Il étoit porte enſeigne de Charles II. et mourut ſans être marié en 1674. Il étoit frere ainé de Ruſſell, Comte d'Orford.

P. 119. *Henry Howard.*] C'étoit Henry Howard, frere de Thomas, Comte d'Arundel, qui, par un acte ſpécial du Parlement, recouvra les honneurs de ſa famille dont ſon ayeul avoit été dépouillé pour crime de lèſe Majeſté ſous le régne de la Reine Elizabeth. A la mort de ſon frere, en 1677, il devint Duc de Norfolk, et mourut le 11 Janvier, 1683-4, agé de 55 ans.

P. 120. *Toulongeon crevera, ſans que je l'aide.*] Le Comte de

E 2

Toulongeon frere ainé du Comte de Grammont, qui, par fa mort
en 1679, devint, felon St. Evremond, un des plus riches feigneurs
de la cour.

P. 120. *Semeat.*] Maifon de campagne appartenante à la famille des Grammonts.

P. 121. *Il étoit extrêmement bienfait.*] George Villiers, fecond
Duc de Buckingham, naquit le 30 Janvier, 1627. Lord Orford
fait les remarques fuivantes, " Lorfqu'on voit cet homme extraordinaire, avec la beauté et le génie d'Alcibiade, charmer et le pref-
bitérien Fairfax et le diffolu Charles, ridiculifer ce Roi fpirituel
et fon grave Chancélier, tramer la ruine de fa patrie av,ec une cabale de Miniftres pervers, defendre fa caufe à la tête de mauvais
patriotes, l'on regrette que de telles qualités ayent été denuées de
toute vertu : mais quand je vois Alcibiade devenir chymifte, et
avare vifionnaire, quand je vois que fon ambition n'eft que caprice
et que fes plus éxécrables deffeins n'ont qu'un but frivole ; alors
le mépris interdit toute réflection fur fon compte. Le portrait
de ce Duc a été fait par quatre habiles maitres : Burnet l'a gravé
avec fon lourd burin ; le Comte Hamilton l'a touché avec cette
légère délicateffe qui finit et perfectionne, lors même qu'elle ne
femble qu'ébaucher ; Dryden l'a reprefenté au naturel et Pope a
complété fon portrait hiftorique." *Royal Authors*, Vol. II. p. 78.

De ces quatre portraits, le fecond fe trouve dans ces mémoires,
les trois autres complétent le portrait de cet homme extraordinaire.
" C'étoit," dit l'Evêque Burnet, " un homme d'un port majeftueux,
vif, doué de beaucoup d'efprit et d'une facilité étonnante pour tourner tout en ridicule par des figures hardies et des defcriptions naturelles. Il n'avoit aucune connoiffance de la littérature ; il ne fe
livra qu'à la chimie, et crut, pendant plufieurs années, avoir trouvé
la pierre philofophale. Il n'avoit ni religion ni vertu ni amitié.
Il ne cherchoit que le plaifir et des amufements fantafques et extravagants. Il n'étoit fidele en rien, car il ne l'étoit pas à lui

même. Il n'avoit ni régularité ni conduite; il ne favoit garder aucun fecret ni éxécuter aucun deffein fans le gater. Il ne pouvoit fixer fes idées, ni gouverner fon revenu le plus confidérable alors de toute l'Angleterre. Il fut élevé auprès du Roi et eut pendant plufieurs années beaucoup d'afcendant fur lui, mais le mépris avec lequel il en parloit le defhonore à jamais. Enfin il fe ruina le corps et l'efprit, et perdit, tout à la fois, fa fortune et fa réputation. Il fut un example frappant de la folie du vice, puis qu'à la fin il devint pauvre, méprifable, valétudinaire et ruiné fous tous les rapports; de maniere qu'on fuyoìt fa converfation avec autant de foin qu'on la recherchoit auparavant." *Hiftory of his own Times*, Vol. I. p. 137. Voici fon caraƈtere fait par Dryden:

> " In the firft rank of thefe did Zimri ftand:
> A man fo various, that he feem'd to be
> Not one, but all mankind's epitome:
> Stiff in opinions, always in the wrong;
> Was every thing by ftarts, and nothing long;
> But, in the courfe of one revolving moon,
> Was chymift, fidler, ftatefman, and buffoon:
> Then all for women, painting, rhyming, drinking,
> Befides ten thoufand freaks that dy'd in thinking.
> Bleft madman, who could every hour employ,
> With fomething new to wifh, or to enjoy!
> Railing and praifing were his ufual themes,
> And both, to fhew his judgement, in extremes:
> So over violent, or over civil,
> That every man with him was god or devil.
> In fquandering wealth was his peculiar art;
> Nothing went unrewarded but defert.
> Beggar'd by fools, whom ftill he found too late;
> He had his jeft, and they had his eftate.

He laugh'd himfelf from court; then fought relief
By forming parties, but could ne'er be chief:
For, fpite of him, the weight of bufinefs fell
On Abfalom, and wife Achitophel;
Thus wicked but in will, of means bereft,
He left not faction, but of that was left."

Abfalom and Achitophel.

Pope décrit ainfi la derniere partie de la vie de ce feigneur;

" In the worft inn's worft room, with mat half hung,
The floors of plafter, and the walls of dung,
On once a flock-bed, but repair'd with ftraw,
With tape-ty'd curtains, never meant to draw,
The George and Garter dangling from that bed,
Where tawdry yellow ftrove with dirty red,
Great Villiers lies: alas! how chang'd from him,
That life of pleafure, and that foul of whim!
Gallant and gay, in Cliveden's proud alcove,
The bow'r of wanton Shrefbury and love;
Or juft as gay, at council in a ring
Of mimick'd ftatefmen, and their merry King.
No wit to flatter, left of all his ftore!
No fool to laugh at which he valued more.
There, victor of his health, of fortune, friends,
And fame, this lord of ufelefs thoufands ends."

Moral Effays, Epift. III. l. 299.

Il mourut le 16 Avril, 1688, à la maifon d'un fermier a Kirby
Moor Side près de Hemfly dans la province de York, agé de 61 ans et
fut enterré dans l'Abbaye de Weftminfter.

Quoique cette note foit déja longue, le lecteur me faura peut-être
gré d'y ajouter un autre portrait de cet homme extraordinaire,
écrit par le célèbre auteur de Hudibras. " *Le Duc de Bucks* eft
un être qui a étudié toute la maffe du vice. Ses parties ne font pas

proportionnées au tout ; femblable à un monftre il a des unes plus
qu'il ne devroit avoir et trop peu des autres. Il a détruit tout ce
que la nature avoit fait en lui, et s'eft formé d'après un modèle de
fa façon. Il a condamné toutes les lumieres que la nature créa
dans les plus belles vues du monde, et les remplaça par de petites
fenêtres obfcures, mettant le jour à la place de la nuit, et la nuit
à la place du jour. Son appétit pour les plaifirs devient et foible
et languiffant, comme l'envie d'une femme qui veut fe nourrir de
ce qui n'a jamais été fait pour être mangé, ou comme une fille qui,
dans une maladie critique, mange de la chaux et du mortier. Des
excès continuels de plaifir ont rempli fon efprit d'humeurs vi-
cieufes et corrompues, (auffi bien que fon corps d'une fource de
maux) qui lui font prendre des moyens nouveaux et extravagants,
parcequ'il eft fatigué et ennuyé des premiers ; le vin, les femmes,
la mufique mettent un prix faux à tout ce qui devient habituel, et
détruifent fon entendement au point qu'il ne conferve plus aucun
fens ni aucune connoiffance jufte des chofes. Comme la même
dofe de la même médecine fait peu d'effet fur ceux qui en font
un grand ufage, de même les plaifirs demandent plus d'excès et
de variété pour lui paroitre fenfibles. Il fe leve, mange et fe couche
par le calendrier de Jules Céfar, longtems après ceux qui fuivent
le nouveau ftyle, et veille les mêmes heures que les hiboux et
les antipodes.

Il eft ftrict obfervateur des coutumes Tartares, et ne fait aucun
repas jufqu'à ce que le grand Cham, après avoir diné, proclame
que tout le monde peut aller diner. Il ne réfide pas dans fa maifon, mais la fréquente, comme ces mauvais efprits qui font leur
apparition pendant la nuit pour troubler les hommes. Il eft
continuellement furpris de la nuit, change le cours de fa vie, et
perd fon temps, comme l'on perd fon chemin dans l'obfcurité ; il
fe laiffe gouverner par fes domeftiques ou ceux qui favent favorifer fes plaifirs, comme les aveugles font guidés par leurs chiens.

Il eft auffi inconftant que la lune fous laquelle il vit ; et quoique pendant le jour il ne faffe que prendre confeil de la nuit, il eft auffi étranger à lui même, qu'au refte du monde. Il s'amufe volontiers de toutes les idées qui lui viennent, mais comme des hôtes et des étrangers, elles font froidement reçues, fi leur féjour eft long ; ce qui le rend la dupe de tous les charlatans et impofteurs qui flattent fes caprices auffi longtemps qu'ils durent et difparoiffent enfuite. Ainfi, comme dit St. Paul, quoique dans un fens différent, il meurt tous les jours et ne vit que la nuit. Semblable aux Indiens qui mettent des anneaux à leurs lévres et à leurs nés, il enlaidit la nature en cherchant à l'embellir. Ses oreilles font continuellement écorchées par fon violon, et il a moins de patience pour fupporter le plaifir, que d'autres n'en ont pour fupporter leurs malheurs." *Butler's Pofthumous Works*, Vol. II. p. 72.

P. 122. *Milord Arlington.*] Henry Bennet, Comte d'Arlington, premier fécrétaire d'état et grand chambellan du Roi Charles II. La conduite de ce Seigneur a laiffé fa memoire expofée à plus d'un reproche. Mr. Macpherfon dit qu'il " fuppléoit au manque de grands talents par un emploi adroit de ceux qu'il poffédoit. Accomodant dans fes principes, et d'un abord agréable, il plaifoit lors même qu'on favoit qu'il trompoit, et fes manieres lui acquirent une efpéce d'influence où il ne pouvoit commander le refpect. Sa timidité naturelle le rendoit peu propre pour des méfures violentes : ce défaut lui donna une réputation de modération qui fut prife pour vertu. On oublioit fa facilité à adopter de nouvelles mefures par fa promptitude à reconnoitre les erreurs de celles qu'on avoit prifes. La décence de fa malhonneté faifoit pardonner fon manque d'integrité. Trop foible pour ne point être fuperftitieux, mais ayant trop de bon fens pour avouer fon adhérence à l'eglife de Rome, il vécut Proteftant quant à l'exterieur, et mourut Catholique. La timidité étoit la bafe de fon caractere ; il fe laiffoit même gouverner par des lâches. Il étoit l'homme de fon parti qui avoit le moins de génie, mais il avoit le plus d'expérience dans cette politique lente et conftante qui convient peut-être d'avantage aux affaires d'état, que les entreprifes de grands miniftres." *Original Papers*, Vol. I. Lord Arlington mourut le 28 Juillet, 1685. Voyez *fon Caractere dans les Oeuvres de Sheffield, Duc de Buckingham*.

P. 124. *Il envoya chercher une femme en Hollande.*] C'étoit Ifabelle, fille de Louis de Naffau, Seigneur de Beverwaert, fils de Maurice, Prince d'Orange et Comte de Naffau. Lord Arlington en eut une feule fille nommée Ifabelle qui époufa le 1 Aout, 1672, Henry, Comte d'Eufton, fils de Charles II. et de Barbe, Ducheffe de Cleveland, créé dans la fuite Duc de Grafton. Après fa mort elle époufa en fecondes noces le Chevalier Thomas Hanmer. Elle affifta au couronnement du Roi George I. comme Comteffe d'Arlington et mourut le 7 Fevrier, 1722—3.

P. 124. *Elle étoit fille du Duc d'Ormond,*] et feconde femme du Comte de Chefterfield. Elle furvécut peu de temps aux aventures dont il s'agit ici, et mourut dans le mois de Juillet, 1666, agée de 25 ans.

P. 125. *La Reine fut abandonnée des Médecins.*] Cela arriva dans le mois d'Octobre, 1663. Lord Arlington dans une lettre au Duc d'Ormond datée du 17 Dec. s'exprime ainfi : " L'état de la Reine eft pire, les médecins n'efpérent guères de pouvoir la guérir; par ma prochaine vous apprendrez qu'elle eft ou beaucoup mieux ou morte; demain eft le jour critique; que la volonté de Dieu fe faffe! Le Roi eft venu la voir ce matin. Elle lui dit qu'elle ne regrettoit que fa féparation d'avec lui, ce qui affecta beaucoup le Roi ainfi que toute la cour." *Brown's Mifcellanea Aulica*, 1702, p. 306.

P. 126. *La Tamife lave les bords du vafte et peu magnifique palais des Rois de la Grande Brétagne.*] C'étoit Whitehall qui fut brulé

F

le 4 Janvier, 1698, à l'exception de la partie appellée Banqueting
houfé. Voyez *Harleian Mifcellany*, Vol. VI. p. 367.

P. 128. *Mr. de Comminge.*] Etoit ambaffadeur de la cour de
France à Londres pendant les années 1663, 1664, 1665. Lord
Clarendon dit " qu'il étoit difficile de négocier avec lui, parce
qu'il étoit naturellement capricieux, jamais libre aux heures qu'il
avoit lui même données, hypocondriaque et dormant rarement fans
opium." *Clarendon's Life*, p. 263.

P. 128. *Hyde Park, comme l'on fait, eft le cours de Londres.*]
L'Auteur que nous avons déja cité fait la defcription fuivante de
cette promenade telle qu'elle exiftoit alors. " Pendant le printems, j'allai fouvent me promener avec Mylord N———— dans un
champ auprès de la ville, appellé Hyde Park. Cet endroit eft
affez agréable et reffemble à notre cours, mais l'on n'y voit point
autant d'ordre, d'équipages et de magnificence. C'eft un tel af-
femblage de méchantes haridelles et de fiacres que cela ne reffemble qu'à un régiment de charetiers. Il paroit que le feu Roi et
la nobleffe s'y promenoient pour y prendre l'air et jouir de la belle
vue. Maintenant, quoique ces promenades foient libres toute
autre part qu'en Angleterre, les voitures et les chevaux font obligés de payer (outre tous les autres droits) à la perfonne qui l'a
affermé, pour avoir la permiffion d'y entrer ; ce qui fait que l'entrée en eft gardée par des portiers et des barrieres." *A Charaêter
of England, lately prefented to a Nobleman of France,* 12mo, 1659,
p. 59.

P. 128. *Caroffes à Glace.*] Les Caroffes furent introduits en
Angleterre dans l'année 1564. Taylor le Water poet. (*Works*,
1630, p. 240) dit " qu'un Hollandois appellé Guillaume Boonen
fut le premier qui mit les Caroffes en ufage, et que le dit Boonen étoit cocher de la Reine Elizabeth ; alors une voiture étoit
une chofe très extraordinaire qui frappoit d'étonnement l'homme
et le cheval." Dr. Percy obferve qu'ils furent tirés d'abord par

deux chevaux. Ce fut le favori Buckingham qui le premier vers l'année 1619, eut le fien tiré par fix chevaux. Il introduifit vers le même temps l'ufage de la chaife à Porteur. *The ultimum Vale de John Carleton*, 4to, 1663, p. 23, déterminera en grande partie le temps où les Caroffes à glaffe furent mis en ufage. " Je fou- haiterois, dit il, que le magnifique Caroffe à glace, fuivant la nou- velle mode, de Marie Carleton, qu'elle dit que Mylord Taff avoit acheté pour elle, et qu'il lui avoit envoyé en Angleterre, ainfi que fes pages et fes laquais qui étoient en livrée de la même couleur, fuffent venus me chercher," &c.

P. 139. *Mr. le Prince affiégeoit Lerida.*] Ce fut en 1647. " On l'accufe (Condé) dans quelques livres, de fanfaronades, pour avoir ouvert la tranchée avec des violons. On ne favait pas que c'était l'ufage en Efpagne." *Voltaire, Siecle de Louis XIV*, ch. III.

P. 131. *Le Maréchal de Grammont.*] Anthoine, Maréchal de France. Il paroit s'être retiré du fervice en 1672. " Le Duc de la Feuillade eft Colonel du régiment des gardes, fur la démiffion volontaire du Maréchal de Grammont." *Hénault, Hiftoire de France.* Il mourut en 1678.

P. 139. *Voici ce que c'étoit que ce Mylord Chefterfield.*] Phi- lippe, fecond Comte de Chefterfield. Il fut créé en 1662 grand Chambellan de la Reine, et Colonel d'un régiment d'infanterie, le 13 Juin, 1667. Le 29 Novembre, 1679, il fut nommé gouver- neur et chef Juftice des forêts royales fur ce coté du Trent, et choifi un des membres du confeil privé le 26 Janvier, 1680. Le 26 Novembre, 1682, il fut fait Colonel du troifième régiment d'infanterie, dont il fe démit ainfi que de fes autres charges, lorf- que le Roi Jacques II. monta fur le trône. Il mourut le 28 Jan- vier, 1713, agé de plus de 80 ans.

P. 142. *Le mariage du Duc de York.*] Les principaux faits mentionnés dans ces mémoires font confirmés par Lord Clarendon.

F 2

Clarendon's Life, p. 33. On ne fauroit trop blamer la conduite des perfonnes impliquées dans ces procedés infâmes, quoique par une finguliere corruption de language, on les appelle *tous gens d'honneur.*

P. 148. *Madame de Carnegy.*] Anne, fille de Guillaume Duc d'Hamilton, et époufe de Richard Carnegy, Comte de Southefk.

P. 150. *Le traître Southefk fe mit à préparer une vengeance.*] L'Evêque Burnet dit, en repaffant en revue toutes les intrigues amoureufes du Duc de York : " Le Comte de Southefk qui époufa une des filles du Duc d'Hamilton, foupçonnant quelque fami- liarité entre fa femme et le Duc, prit de fures méfures pour avoir un mal qu'il communiqua à fon époufe et qui parvint par ce moyen jufqu'à la Ducheffe. Tel fut le bruit qui fe répandit par- tout et qui fut généralement cru.—Lord Southefk fut pendant plufieurs années, affez content de voir qu'on y ajouta foi. C'é- toit une efpèce de vengeance finguliere dont il paroiffoit être très fatisfait. Mais je fais qu'il a très fermement affuré le contraire.à plufieurs de fes amis." *Hiftory of his own Times*, Vol. I. p. 319.

P. 151. *Madame Robarts.*] Lord Orford dit que cette dame étoit Sara fille de Jean Bodville, du chateau de Bodville, dans la province de Caernarvon, époufe de Robert Robarts, qui mourut pendant la vie de fon pere, et fils ainé de Jean, Comte de Radnor. L'on peut cependant revoquer ceci en doute. Il n'y eût point de Comte de Radnor jufqu'à l'année 1679 ; ce qui étoit longtemps après la date de toutes les anecdotes mentionées dans cet ouvrage. Donc, il ne pouvoit éxifter d'autre perfonne appellée Lord Ro- barts, que Jean, fecond Lord de ce nom, créé Comte de Radnor, dont l'age, l'humeur capricieufe et les autres défauts qu'on lui donne dans ces mémoires, s'accordent parfaitement avec fon ca- ractere. Suppofant que cela foit ainfi, cette dame fera Ifabelle, fille du Chevalier Jean Smith, feconde époufe de Jean, Lord Ro- barts, dont nous venons de parler et dont Lord Clarendon fait le

portrait fuivant : " Quoique doué de beaucoup de bon fens, il
étoit d'un caractere fi revêche, qu'il étoit difficile de traiter d'aucune affaire avec lui. Sa pedanterie ne faifoit que corrompre davantage fon jugement ; il étoit naturellement fier et orgueilleux,
et l'éducation peu foignée qu'il avoit reçue augmentoit encore ces
mauvaifes qualités. Lorfqu'il étoit Viceroi d'Irlande, il recevoit
avec tant d'indifférence les renfeignemens que lui donnoient les
principaux perfonnages, et leurs répondoit avec tant de hauteur
qu'ils fupplierent fa majefté de vouloir bien les difpenfer de refter
auprès de lui. C'étoit un homme qu'il eût été dangéreux de dif-
gracier, car, quoiqu'il eût peu d'amis, il avoit beaucoup de partifans. Ceux qui le connoiffoient particulierement, fcavoient qu'il
étoit d'un caractere infupportable, ceux qui le connoiffoient peu,
le régardoient comme un homme très éclairé et prenoient fon humeur bourrue pour de la gravité." *Clarendon's Life*, p. 102.

P. 152. *Le Comte de Briftol.*] George Digby. Lord Clarendon confirme le récit de toutes les menées de ce Seigneur. Il obferve que " Lord Digby employa toutes fortes de moyens pour fe
mettre en crédit auprès du Roi. Dans tous fes difcours, dans
toutes fes actions, il ne fe propofoit d'autre but que de lui plaire,
et il donnoit les fêtes et les répas qu'il favoit lui être agréables."
Clarendon's Life, p. 208. Lord Orford dit que " fa vie fut une
contradiction perpetuelle ; il écrivit contre le Papifme, et il embraffa la réligion Catholique. Il s'oppofa fortement à la cour
dont il fut la victime, s'arreta avec raifon au milieu de fes perfé-
cutions contre Lord Strafford, et perfécuta fans raifon Lord Clarendon. Avec de grands talens, il fe fit beaucoup de tort tant à
lui même qu'à fes amis ; avec un courage romanefque, il fut toujours un général malheureux. Quoique Catholique, il feconda le
Teft act, et fe livra à l'aftrologie lors de la naiffance de la vraie
philofophie." *Catalogue of Royal and Noble Authors.* Vol. II. p.
25. Les hiftoires d'Angleterre font remplies des aventures de cet

homme inconféquent qui mourut en 1676, fans emporter les ré-
grets d'aucun parti.

P. 153. *Le Chevalier Denham.*] Tous les hiftoriens s'accordent
à dire que " le Chevalier Denham avoit paffé fa jeuneffe au milieu
de tous les plaifirs que fans fcrupule on fe permet à cet age."
Mais fi l'on peut s'en rapporter à notre auteur, Wood doit fe
tromper, lorfqu'il dit qu'il étoit né en 1615. Il n'étoit pas très
avancé en age quand il mourut, fi cette date eft exacte, et bien
loin d'avoir foixante et dix neuf ans lors de fon mariage avec
Mademoifelle Brook, il n'en avoit pas même 53 lorfqu'il mourut.
Je crois que Wood eft dans l'erreur, car il oublie de parler d'une
fille que le Chevalier Denham cût de fa premiere époufe. En 1667
il paroit avoir été lunatique foit qu'il le feignit ou qu'il le fut
réellement. Voici ce que Lord Lifle écrivit à ce fujet au Chevalier Guillaume Temple. Sa lettre eft datée du 26 Septembre.
" Le pauvre Denham fréquente auffi la compagnie des Dames.
Il fe trouve à beaucoup de diners, parle plus que jamais, et il eft
très content de ceux qui paroiffent difpofés à l'écouter. Auffi
loue-t-il beaucoup la Ducheffe de Monmouth et Madame Caven-
difh qui veulent bien avoir cette complaifance. Si on ne lui donnoit pas le nom de fou, je fuis perfuadé que dans beaucoup de
compagnies on lui croiroit plus d'efprit que jamais. Son extravagance ne confifte qu'à raconter les aventures de fa vie ; ce qu'il
eft toujours pret à faire. Plufieurs de fes connoiffances difent
que la vanité eft la caufe et l'effet de fa folie." *Temple's Works*,
Vol. I. p. 484. Dans *Butler's Pofthumous Works*, Vol. II. p. 155,
il y a une critique du Chevalier Denham intitulée Panegyrique fur
fa guérifon de la folie. Le Chevalier Denham mourut le 19 Mars,
1668, et fut enterré dans l'Abbaye de Weftminfter.

P. 171. *Rochefter.*] Jean Wilmot, Comte de Rochefter, " que
les mufes," comme l'obferve Lord Orford, " aimoient à infpirer
et qu'elles rougiffoient d'avouer," *Noble Authors*, Vol. II. p. 43,

naquit, felon Wood et Burnet, dans le mois d'Avril, 1648 ; mais Gadbury dans fon almanack pour l'année 1695, fixe l'époque de fa naiffance au 1 Avril, 1647, d'après les renfeignements que lui donna Lord Rochefter. Son pere étoit Henry, Comte de Rochef-ter, plus connu fous le nom de Lord Wilmot. Il fut élevé au College de Wadham à Oxford, et en 1665 s'embarqua avec Lord Sandwich. Il montra alors un courage qu'on ne lui vit jamais dans la fuite. L'Evêque Burnet dit qu'il " étoit naturellement modefte, mais que la cour le corrompit. Son efprit avoit un cer-tain brillant que l'on ne put jamais égaler. Il s'abandonna à toutes fortes d'excès, et fe livra à tous les caprices qu'un efprit libertin pouvoit imaginer. Il parcouroit les rues comme un men-diant et faifoit l'amour en crocheteur. Il s'établit même en qualité de médecin Italien. On le vit toujours ivre pendant plufieurs an-nées, et il ne ceffoit de faire du mal. Le Roi aimoit fa compagnie plus pour l'amufement qu'elle lui procuroit que pour Rochefter lui même. Il n'en fut pas la dupe, et fe vengea dans plufieurs libelles. Rochefter trouva un lacquais qui connoiffoit toute la cour, lui donna un habit rouge et un moufquet comme à une fen-tinelle, et pendant tout l'hyver le mit à la porte des Dames qu'il croyoit avoir des intrigues. A la cour on fait peu d'attention à une fentinelle que l'on croit pofée par le capitaine des gardes pour empêcher les duels. Cet homme vit ceux qui fe promenoient et faifoient des vifites à des heures indues. Par ce moyen Lord Ro-chefter fit beaucoup de découvertes ; quand il avoit une quantité fuffifante de matériaux, il fe rétiroit un mois ou deux à la cam-pagne pour écrire des pamphlets. Un jour qu'il étoit ivre, vou-lant préfenter au Roi un libelle qu'il avoit écrit contre plufieurs dames de la cour, il fe trompa et lui en donna un qu'il avoit com-pofé contre le Roi lui même. Il tomba dangéreufement malade, et dans les violents accès de fa maladie, il eût de grands remords, car il s'étoit rendu coupable de beaucoup d'impieté et de défordre.

Mais à mefure que fa fanté fe rétabliffoit, fes remords fe diffipe-
rent, et il reprit bientôt le même genre de vie. Pendant la derniere année de fa vie je paffai beaucoup de temps avec lui, et j'ai
publié un livre de ce qui fe paffa entre lui et moi. Je crois fermement qu'il étoit alors fi changé qu'il auroit éxecuté toutes fes
réfolutions." *Hiftory of his own Times*, Vol. I. p. 372. Dr.
Johnfon fait l'éloge de cet ouvrage en ces termes; " Le critique
doit le lire pour l'élégance, le philofophe pour les arguments, et
l'homme réligieux pour les fentiments de pieté." *Life of Rochefter*. Rochefter mourut le 26 Juillet, 1680.

P. 171. *Middlefex.*] Lionel, qui mourut en 1674, étoit alors
Comte de Middlefex. La perfonne que l'auteur de ces mémoires
a en vue, étoit Charles, alors Lord Buckhurft, qui fut depuis
Comte de Middlefex et Duc de Dorfet. Il naquit le 24 Janvier,
1637. " Il étoit," dit l'Evêque Burnet, généreux, doux et fi
phlegmatique qu'il parloit rarement avant d'être échauffé par le
vin; alors il étoit très enjoué. Jamais écrivain n'eût une plume
auffi mordante, et autant de bonté d'ame, car il ne vouloit pas
même qu'on punit les criminels; il étoit bienfaifant au point de
fe réduire lui même à l'étroit pour obliger, et fi charitable que
c'étoit chez lui un défaut. Il donnoit quelque fois tout ce
qu'il avoit, quand il rencontroit quelque objet qui excitoit fa
compaffion; mais il étoit fi indifférent que, quoique le Roi parut défirer de l'avoir pour favori, il ne voulut pas s'affujettir à la
gêne qu'éxige cette place. Haiffant la cour, et méprifant le Roi,
quand il vit qu'il n'étoit ni généreux ni fenfible." *Hiftory of his
own Times*, Vol. I. p. 370. Lord Orford dit " qu'il étoit le plus bel
homme de la cour voluptueufe de Charles II. et de celle du Roi
Guillaume. Avec autant d'efprit que fon premier maitre, ou que
fes contemporains Rochefter et Buckingham, il n'avoit ni l'infen-
fibilité du Roi, ni le défaut de principes du Duc, ni l'étour-
derie du Comte. Rochefter s'étonnoit que Lord Dorfet put tout

faire fans qu'on y trouva à redire. Sans être éxempt des foiblefles
de l'humanité, il en avoit toute la fenfibilité ; et cette fenfibilité
faifoit excufer celui que l'on aimoit. Il paroit même que la bonté
de fon ame fit oublier la méchanceté de fes vers." *Noble Authors*,
Vol. II. p. 96. Lord Dorfet mourut le 19 Janvier, 1705—6.

P. 171. *Sydley.*] Le Chevalier Charles Sydley nâquit vers
l'année 1639, et fut élevé au College de Wadham, à Oxford. Il
fe livra à tous les excés du fiecle dans lequel il vivoit. " Sydley,"
dit l'Evêque Burnet, " avoit beaucoup de cette imagination fertile et prompte qui fournit continuellement à la converfation.
Mais il n'étoit pas auffi correct que Lord Dorfet, ni auffi brillant
que Lord Rochefter." *Hiftory of his own Times*, Vol. I. p. 372.
Il joua dans la fuite un role plus férieux ; il s'oppofa à la famille
régnante lors de la révolution. Sa fille defhonorée et créée par le
Roi Jacques II. Comteffe de Dorchefter fut probablement la caufe
de fa conduite. Les vers de Lord Rochefter fur fes moyens de
féduction font généralement connus. Il mourut le 20 Août, 1701.

P. 171. *Etheridge.*] Le Chevalier George Etheridge, auteur
de trois comédies, nâquit vers l'année 1636. Il fut fous le regne
de Jacques II. employé dans les pays étrangers, premierement
comme envoyé à Hambourg, et enfuite comme Miniftre à Ratif-
bonne, où il mourut vers le temps de la révolution.

P. 173. *Lely.*] Le Chevalier Pierre Lely nâquit à Soeft en
Weftphalie en 1617, et vint s'établir en Angleterre en 1641. Lord
Orford obferve que " fi les portraits de Vandyck font fouvent
froids et inanimés, ils font du moins naturels, les draperies en
font jettées avec art et tous les plis font judicieufement placés.
Lely fuppléa au défaut de goût par du clinquant ; fes nimphes cou-
vertes d'étoffes d'or et de broderies, fe promenent à travers des
prairies et des ruiffeaux coulant avec un doux murmure. Vandick
habilloit fes portraits à la mode du tems ; les habits de Lely font
une efpéce d'habits fantafques, attachés avec une feule épingle.

G

Lely étoit le vrai peintre des dames ; et foit qu'il y eût alors un
plus grand nombre de beautés, ou qu'elles ayant été flattées d'a-
vantage, les femmes de Lely font beaucoup plus agréables que
celles de Vandyck. Elles plaifent d'autant plus qu'elles cherchoient
évidemment à plaire ; Lely faifit la mode regnante, et
—— On the animated canvas ftole
The fleepy eye that fpoke the melting foul.
Je ne fais même s'il n'a pas furpaffé fon prédéceffeur dans la frai-
cheur de la carnation. Les beautés qui font à Windfor forment
la cour de Paphos et devroient être gravées pour orner fon élégant
Hiftorien, le Comte de Hamilton. *Anecdotes of Painting*, Vol. III.
p. 27. Le Chevalier Pierre Lely mourut en 1680, et fut enterré
à St. Paul, Covent Garden.

P. 175. *La mort impitoyable l'enleva au milieu de fes plus beaux
jours.*] Les fatyres du jour, dont on trouve quelques unes dans
les œuvres d'André Marvel, font plus qu'infinuer qu'elle fut empoifonnée dans une taffe de chôcolat. La calomnie attribua même
fa mort à la jaloufie de la Ducheffe de York.

P. 182. *Il fut bien furpris de voir une très belle maifon fituée fur
le bord d'une riviere, au milieu d'une campagne la plus agréable et la
plus riante qu'on puiffe voir.*] C'étoit Bretby dans la province de
Derby. Un voyageur moderne fait les réflexions fuivantes fur cet
endroit : " A quelques milles de là, nous vimes avec peine les
triftes ruines et la deftruction de Bretby, l'ancien chateau des
Comtes de Chefterfield, autrefois l'honneur de ces riantes campagnes. A peine y voit-on quelques reftes de fon ancienne fplendeur,
de ces nobles ombrages et de ces fuperbes bois qui ornoient le
plus beau de tous les parcs ; la main deftructive du luxe a tout
ravagé avec la plus grande violence. Ce vénérable et majeftueux
édifice éxiftoit, il y a environ dix ans, et étaloit aux yeux une agréable magnificence ; les peintures de fes murs et de fes plafonds,
outre une ample collection de tableaux, charmoient les admirateurs

des anciens chef-d'œuvres de l'art. Tout l'enfemble étoit un mo-
nument qui affuroit à jamais la réputation et la gloire du propriétaire. Ah! plut au ciel que cet édifice exiftât encore! Vœux inutiles, tous fes ornemens jufqu'aux pierres mêmes ont été employés
à fatisfaire un fordide intéret." *Tour in* 1787 *from London to the
Highlands of Scotland,* 12mo, p. 29.

P. 184. *Marion de l'Orme.*] Marion de l'Orme, née à Châlons
en Champagne étoit regardée comme la plus belle femme de fon
temps. On croit qu'elle étoit fécretement mariée à l'infortuné
Mr. de Cinqmars. Elle fut, après fa mort, maitreffe du Cardinal de Richelieu, et .enfuite de Mr. d'Emery, fur-intendant des
finances.

P. 188. *Mr. de Flamarens.*] Les lettres de Sydney parlent
d'un Monfieur de Flamarin, qui vint en Angleterre longtemps
après la date mentionnée dans ces mémoires. Nous ne pouvons
pas affurer [que c'eft la même perfonne. " Mr. de Flamarin a
été reçu auffi férieufement que fi l'on eut cru que le mariage de la
Reine d'Efpagne ne pouvoit avoir lieu, avant que d'être approuvé
ici. Comme l'on obferva à fa réception les mêmes cérémonies
qu'avec les hommes d'affaires, il commence à croire qu'il en eft un.
Sydney's Letters., p. 94.

P. 188. *Comteffe de la Suze.*] Cette dame étoit fille de Gafpar
de Coligni, Maréchal de France, et fe rendit célèbre par fon efprit et fes élégies. Elle étoit du petit nombre des femmes avec
lefquelles la Reine Chriftine voulut bien fe lier. Quoiqu'élevée
dans le proteftantifme, elle embraffa la réligion Catholique, moins
par piété, que pour trouver un prétexte de fe féparer de fon époux,
qui étoit proteftant, et pour lequel elle avoit une averfion invincible. La Reine dit plaifamment à cette occafion, " la Comteffe
de la Suze eft devenue Catholique, pour ne point voir fon mari ni
dans ce monde ni dans l'autre." Voyez *Vie de la Reine Chriftine,
par Lacombe.* La Comteffe mourut en 1672.

P. 188. *Tambonneau.*] Je trouve qu'il eſt parlé de cette perſonne dans les *Mémoires de la Cour de France*, 8vo, 1792, Part II.
p. 42.

P. 190. *Talbot qu'on a vu depuis Duc de Tyrconnel.*] Richard
Talbot " cinquième fils d'une famille Irlandaiſe, Anglaiſe d'origine, qui s'étoit fixée dans la partie appellée le *Pale*; c'êtoit dans
le principe une colonie Anglaiſe. Ayant, pendant le cours de
pluſieurs ſiecles, dégénéré et adopté les mœurs des Irlandais, elle
ſe réunit à eux dans la derniere révolte. Il y avoit deux branches
de cette famille. Elles avoient toutes deux des revenus aſſez conſide-
rables, et tinrent pendant longtemps un rang diſtingué." Tel eſt
le récit de Lord Clarendon qui ajoute que Richard Talbot et ſes
" freres étoient tous fils ou petit fils d'un Juge d'Irlande, que l'on
regardoit comme un homme très éclairé." *Clarendon's Life.* Le
même écrivain paroit avoir eu, avec beaucoup de raiſon, une très
mauvaiſe opinion de la perſonne dont il s'agit ici. Dick Talbot,
c'eſt ainſi qu'on l'appelloit, fut conduit en Flandres, et préſenté
au Roi par Daniel O'Neil, comme un homme déterminé à aſſaſſi-
ner Cromwell. Peu de temps avant ſa mort il fit un voyage en
Angleterre dans cette intention. Il retourna enſuite en Flandres,
prêt à faire tout ce qu'on éxigeroit de lui. C'étoit un jeune
homme bien fait, et qui avoit, ſans contredit, un courage et une
fermeté inébranlables. C'en étoit aſſez pour lui gagner les bonnes
graces du Duc de York; il ſut ſe les concilier, en moins de tems
qu'on ne pouvoit l'eſpérer, et à un tel dégré qu'il fut nommé un
de ſes valets de chambre. Après le retour du Roi, il ſe méla, en
cette qualité, de toutes les affaires d'Irlande avec une hardieſſe ſi
extraordinaire et par contrats ſecrets avec des conditions ſi ſcan-
daleuſes, que le chancelier fut obligé de lui faire de ſévères
reprimandes en plein conſeil, et qu'il engagea ſouvent le Duc de
York à lui oter ſa confiance." *Clarendon's Life.* Il faut ſe rappeller qu'il étoit un de ces *gens d'honneur* dont nous avons parlé.

Lorfque le Roi Jacques monta fur le trône, il fut créé Comte de
Tyrconnel et placé à la tête de l'armée Irlandaife en qualité de
Lieutenant général. Sa conduite en cette occafion plut tellement
à fon fouverain, qu'il fut, en 1689, créé Duc de Tyrconnel. Il
fut dans la fuite employé au fervice du Roi en Irlande, où tous
fes efforts furent inutiles. Le Duc de Berwick dit que " Talbot
étoit d'une taille plus qu'ordinaire. Introduit de bonne heure
dans les meilleures compagnies, il avoit acquis une grande expérience du monde ; il poffédoit une place honorable dans la maifon
du Duc de York qui, à fon avénement au trône, l'éleva à la qualité de Comte. Convaincu de fon zèle et fon attachement à fa
perfonne, il le fit peu de temps après Viceroi d'Irlande. Il avoit
beaucoup de bon fens, étoit très obligeant, mais extrémément vain
et rufé. Quoiqu'il poffédât de grands biens, on ne pouvoit pas
dire qu'il les eût acquis par des moyens malhonnêtes, car on ne le
vit jamais montrer beaucoup d'amour pour l'argent. Il n'avoit
pas le génie militaire, mais beaucoup de courage. Lors de l'ufur-
pation du Prince d'Orange, fa fermeté préferva l'Irlande, et il
refufa généreufement toutes les offres qu'on lui fit pour l'engager
à fe foumettre ; après la bataille de la Boyne, il perdit tout fon
courage et toute fon activité." *Mémoires*, Vol. I. p. 94. Il mourut à Limerick le 5 Août, 1691.

P. 190. *De ces freres, l'un étoit aumonier de la Reine.*] C'étoit
Pierre Talbot. Le portrait qu'en fait Lord Clarendon, n'eft pas
plus avantageux que celui de fon frere. *Clarendon's Life*, p. 363.

P. 191. *L'autre étoit ce qu'on appelle un moine féculier.*] Thomas Talbot, cordelier, homme d'affez d'efprit, dit Lord Clarendon, " mais d'un libertinage fcandaleux." On peut voir dans le
même hiftorien plufieurs particularités de la vie de ce moine.
Clarendon's Life, p. 363.

P. 191. *Qui choquerent l'autorité du Duc d'Ormond.*] Lord Clarendon a donné un récit très exact de cette affaire. Il paroit que

Talbot fut mis à la tour pour avoir menacé d'affaffiner le Duc d'Ormond. *Clarendon's Life*, p. 362.

P. 193. *Mylord Cornwallis.*] Charles, troifième Lord Cornwallis, né en 1665. Il époufa le 27 Décembre, 1673, Elizabeth, fille ainée du Chevalier Etienne Fox, et en 1688, la veuve du Duc de Monmouth. Lord Cornwallis mourut le 29 Avril, 1698.

P. 192. *Fox.*] On dit que le Chevalier Etienne Fox étoit d'une bonne famille établie à Farley dans la province de Wilts. Il fut l'artifan de fa fortune. Lord Clarendon rapporte, dans fon hiftoire de la rebellion, qu'il fut employé à Paris vers l'année 1656, par Lord Percy, Grand Chambellan de la maifon du Roi, et qu'il continua d'être au fervice de fa Majefté jufqu'à la reftauration. Il fut alors commis de la caffette du Roi, et enfuite Tréforier général de l'état militaire. Il fut fait Chevalier le 1 Juillet, 1665, et nommé en 1680, un des Lords Intendants des Finances. A l'avénement du Roi Jacques au trône il fut continué premier commis de la caffette du Roi, et nommé une feconde fois un des Intendants des Finances. A la Revolution, il concourrut à déclarer le trône vacant, et le 19 Mars, 1689, il fut nommé pour la troifième fois Intendant des Finances. Il garda cette place jufqu'en 1707, où il fe retira des affaires publiques. Il eût en premieres noces fept garçons et trois filles, et de fa feconde femme qu'il époufa en 1703, à l'age de 76 ans, il eût deux fils qui furent créés Pairs, Etienne, Comte d'Ilchefter, Henry, Lord Holland, et deux filles. Il mourut en 1716, à Chifwick, agé de 89 ans.

P. 195. *Mylord Taaffe, fils ainé du Comte de Carlingford.*] Nicholas, troifième Vicomte Taaffe, et fecond Comte de Carlingford. Il étoit Membre du Confeil Privé du Roi Charles II. et en 1689 il fut envoyé en qualité d'ambaffadeur auprès de l'Empereur Léopold. Il fut tué le 1 Juillet de l'année fuivante à la bataille de la Boyne. Il commandoit alors un régiment d'infanterie,

Quoique ce Seigneur ait fuccedé à fon pere dans fes honneurs, il
n'étoit pourtant pas fon fils ainé. Le Roi Charles paroit avoir
beaucoup eftimé cette famille. Voici l'extrait d'une lettre de
Lord Arlington au Chevalier Richard Fanfhaw. Elle eft datée
du 21 Avril, 1664. " Le Colonel Luc Taaffe (frere de Mylord
Carlingford) a fervi plufieurs années fa Majefté Catholique dans
l'état de Milan où il commande un régiment. Il defire mainte-
tenant de le donner au Capitaine Nicholas Taaffe, Capitaine de ce
régiment, fils cadet de mylord Carlingford et neveu du Colonel.
L'affection que fa majefté a pour cette famille et les belles qualités de ce jeune homme l'ont engagé à m'ordonner de recom-
mander à votre excellence la négociation de cette affaire." *Arlington's Letters*, Vol. II. p. 21.

P. 195. *Duc de Richmond.*] Charles Stewart, Duc de Richmond et de Lenox. Il fut nommé ambaffadeur à la Cour de
Dannemark, le 12 Décembre, 1672. Burnet dit qu'il " fut
envoyé pour donner de l'éclat à une négociation qui fut principalement conduite par Mr. Henfhaw." *Hiftory of his own Times*,
Vol. I. p. 425.

P. 195. *De la Garde.*] Fille de Charles Peliot, Seigneur de la
Garde, dont la fille ainée époufa le Chevalier Thomas Bond, Controlleur de la maifon de la Reine-mere. Sir Thomas Bond avoit
des terres confidérables à Peckham, et fon fecond fils époufa la
nièce de Jermyn, un des héros de ces mémoires. Voyez *Collins's
Baronetage*, Vol. III. p. 4. Mademoifelle de la Garde époufa le
Chevalier Gabriel Sylvius, et mourut le 13 Octobre, 1730.

P. 196. *Un parent de Killigrew.*] Voyez la note fur la p. 92.

P. 200. *Sylvius.*] Qui fut dans la fuite le Chevalier Gabriel
Silvius. L'on voit par *Chamberlayne's Angliæ Notitia*, que Mr.
Gabriel de Sylvius étoit au nombre des écuyers tranchants de la
Reine, et que Madame de Sylvius étoit une des fix dames d'atour de
fa majefté. Il fut enfuite fait Chevalier, et nommé le 30 Février,

1680, ambaſſadeur à la cour des Princes de Brunſwic et de Lune-burg. Lord Orford dit qu'il étoit né à Orange et qu'il fut attaché à la Princeſſe Royale, et enſuite au Duc de York. Il fut auſſi, ajoute-t-il, ambaſſadeur en Dannemark.

P. 201. *Progers.*] Edward Progers, Eſq. étoit en 1669 un des valets de chambre du Roi. Il paroit par une lettre de Cowley à Mr. Henry Bennet, datée du 18 Novembre, 1680, que Mr. Progers étoit alors très zélé pour le ſervice de ſon maitre. *Brown's Miſcellanea Aulica*, 1702, p. 153, les Satyres et ſurtout celles qu'on trouve dans les œuvres d'André Marvel diſent que Mr. Progers étoit le confident des amours du Roi. Il fut nommé en 1660, dit Lord Orford, un des Chevaliers du chêne royal, ordre qu'on vouloit établir. Le Roi lui donna auſſi permiſſion de bâtir une maiſon dans le parc de Buſhy auprès de Hampton Court, à condition qu'après ſa mort elle reviendroit à la couronne. C'eſt la maiſon qu'a habité le feu Comte de Halifax. Mr. Progers " mourut le 31 Decembre ou 1 Janviers, 1713, agé de 96 ans, dit Le Neve, d'une inflammation cauſée par la douleur que lui occaſiona la pouſſé de quatre nouvelles dents." *Monumenta Anglicana*, 1717, p. 273.

P. 204. *Dongan.*] Il n'eſt parlé de la perſonne dont il s'agit ici, que dans une lettre du Chevalier Richard Fanſhaw, au Comte d'Arlington, datée du 4 Juin, 1664. " Je ne dois point terminer cette lettre ſans rendre juſtice à une honorable perſonne, et ſans avertir votre excellence que j'ai vu ce matin une lettre où l'on aſſure de la part de Mylord Dongan (maintenant à Heres) qu'il feroit parti pour Tangiers afin de rendre à ſa majeſté tous les ſervices dont il eſt capable, s'il avoit trouvé à Cadix un vaiſſeau frété pour ce port; il craint," dit il, " que cette garniſon n'ait grand beſoin de bons officiers." *Fanſhaw's Letters*, Vol. I. p. 104.

P. 204. *Durfort depuis Comte de Feverſham.*] Louis de Duras,

Comte de Feverfham, né en France, étoit fils du Duc de Duras, frere du dernier Duc de ce nom, et du Duc de Lorge. Sa mere étoit de l'illuftre maifon de Bouillon et fœur du célèbre Turenne. Après la reftauration du Roi, il vint en Angleterre où il fut naturalifé et montra beaucoup de courage dans le combat naval contre les Hollandois en 1665. Il portoit alors le nom de Durfort et avoit le titre de Marquis de Blancfort. Dans la 24ᵉ. année du regne de Charles II. il fut créé Baron Duras dans la province de Northampton; il époufa Marie, fille ainée et cohéritiere du Chevalier George Sondes de Lees Court dans la province de Kent, qui avoit été créé Comte Feverfham. Le même titre lui ayant été accordé, il y fuccéda après la mort de fon beau pere. Le Roi Charles lui donna en outre le commandement de la troifieme compagnie des gardes à cheval. Il l'éleva dans la fuite au rang de Capitaine de la feconde et de la premiere compagnie de ce régiment. En 1679, il fut fait grand écuyer de la Reine et grand Chambellan de fa majefté. Lorfque le Roi Jacques monta fur le trône, il fut nommé membre du Confeil Privé et commandant en chef de l'armée envoyée contre le Duc de Monmouth. Après la révolution, il continua d'être grand Chambellan de la Reine-douariere, et gouverneur du Collége royal de St. Catherine près la tour. Il mourut le 8 Avril, 1709, agé de 68 ans, et fut enterré dans la Savoy dans le Strand, à Londres, et tranfporté dans l'Abbaye de Weftminfter le 21 Mars, 1740.

P. 206. *Mademoifelle Bagot.*] Elizabeth, fille de Hervey Bagot, fecond fils du Chevalier Hervey Bagot. Elle époufa en premieres noces Charles Berkley, Comte de Falmouth, et devint après fa mort la femme de Charles, premier Duc de Dorfet. On ne peut gueres s'en rapporter à un écrivain fatyrique pour la vérité des faits. Dryden et Howard, dans " l'Effay on Satyre," ont fait un portrait peu avantageux de cette dame.

H

" Thus Dorfet, purring like a thoughtful cat,
Married, but wifer pufs ne'er thought of that;
And firft he worried her with railing rhyme,
Like Pembroke's maftiffs at his kindeft time;
Then for one night, fold all his flavifh life,
A teeming widow, but a barren wife;
Swell'd by contact of fuch a fulfome toad,
He lugg'd about the matrimonial load;
Till fortune, blindly kind as well as he,
Has ill reftor'd him to his liberty;
Which he would ufe in his old fneaking way,
Drinking all night, and dofing all the day;
Dull as Ned Howard, whom his brifker times,
Had fam'd for dullnefs in malicious rhymes."

P. 207, *Mademoifelle Jennings.*] Cette dame étoit une des
filles et cohéritierres de Richard Jennings, de Sunbridge, dans la
province de Hertford, Efq. et fœur ainée de la célèbre Ducheffe
de Marlborough. Elle s'appelloit Françoife. Elle fut mariée à
George Hamilton, dont il s'agit dans ces mémoires, et après fa
mort elle époufa en fecondes noces Richard Talbot, dont nous
avons parlé plus haut, créé Duc de Tyrconnel par Jacques II.
dont il fuivit la fortune. Lord Melfort, fécretaire de ce Prince,
paroit avoir eu mauvaife opinion de cette dame : car, dans une
lettre à fon maitre, datée du mois d'Octobre, 1689, il dit, " Il
nous refte une autre mefure à prendre qui feroit de la plus grande
utilité, fi l'on pouvoit l'éxécuter. Ce feroit d'engager la Ducheffe
de Tyrconnel à paffer en France pour fa fanté. Je ne fçavois pas
qu'on connût fi bien ici fon caractere, mais l'on dit, et je vais
vous le répéter, *qu'elle a l'ame la plus noire qui fe puiffe concevoir.*
Je crois pouvoir affurer que l'on parviendroit par là à maintenir là
paix qui vous eft fi néceffaire, et à prevenir les mauvais effets de
l'efprit de cabale." *Macpherfon's State Papers*, Vol. I. En 1699,

dans une lettre du Comte de Manchefter au Lord Jerfey, elle eft mife au nombre des indigents Jacobites de la cour du Roi Jacques, à qui l'on avoit diftribué 3000 écus qui faifoient une partie de la penfion de ce Prince. *Cole's State Papers*, p. 35. En 1705, elle étoit en Angleterre où elle eût une entrevue avec le Duc de Marlborough fon beau frere. Elle ne paroit pas avoir vecu en bonne intelligence avec fa famille. *Macpherfon*, Vol. I. Elle paffa la derniere partie de fa vie en Irlande, où elle mourut le 6 Mars, 1730—1, dans un age très avancé. Elle fut enterrée dans la Cathédrale de St. Patrick.

P. 207. *Mademoifelle Temple.*] Anne, fille de Thomas Temple, de Frankton dans la province de Warwick, par Rebecca, fille du Chevalier Nicholas Carew, de Beddington, dans la province de Surry. Elle devint dans la fuite la feconde femme du Chevalier Charles Lyttelton, dont elle eut cinq fils et huit filles. Elle étoit belle mere du premier Lord Lyttelton, et mourut le 27 Août, 1718. Son époux le Chevalier Charles Lyttelton vécut jufqu'à l'age de 86 ans, et mourut à Hagley le 2 Mai, 1716.

P. 211. *St. Albans.*] Cette ville eft près de Sunbridge où réfidoit la famille de Mademoifelle Jennings.

P. 211. *Le Comte d'Oxford devint amoureux d'une comédienne de la troupe du Duc, belle, gracieufe.*] C'étoit Aubery de Vere, dernier Comte d'Oxford de ce nom, et 20e. et dernier Comte de cette famille. Il étoit grand maitre des eaux et forêts, et fous le regne de Charles II. fut nommé feigneur de la chambre du Roi, Confeiller Privé, Colonel du regiment royal des gardes à cheval, Lord Lieutenant de la province d'Effex, Lieutenant général des forces du royaume fous le regne de Guillaume III. et Chevalier de la jarretiere. Il mourut le 12 Mars, 1702, agé de plus de quatre vingts ans, et fut enterré dans l'Abbaye de Weftminfter. L'auteur d'une hiftoire du théatre Anglois, publiée par Curl en 1741, 8vo, dit, " que Madame Marfhall, actrice célèbre, plus connue

fous le nom de Roxane dont elle jouoit le rôle, fut ainfi trompée
par le Comte d'Oxford.'' Les particularités de cette aventure,.
telles qu'elles y font rapportées, différent peu de ce qu'on lit dans.
ces mémoires. On trouve un récit plus detaillé de cette féduction
dans les Mémoires de la Cour d'Angleterre, par Madame Dunois,
part. II. p. 71. Madame Marfhall qui joua la premiere le rôle
de Roxane dans les reines rivales de Lee, appartenoit à la troupe
du Roi et non à celle du Duc. Lord Orford, je ne fais fur quelle
autorité, dit que c'étoit une demoifelle Barker, nom que je crois
tout-à-fait inconnu dans les annales dramatiques.

P. 218. *Le Chevalier Lyttelton.*] Le Chevalier Charles Lyttelton. Voyez la note fur la page 207.

P. 234. *Le public lui fut obligé de la plus jolie, mais de la plus*
mauvaife comédienne du royaume.] Quoique l'auteur n'ait point
nommé la perfonne dont il s'agit ici, il y a cependant tout lieu de
croire, d'après les circonftances rapportées dans cet ouvrage, que
c'étoit la célèbre Mademoifelle Barry. Lord Rochefter fit recevoir dans la troupe du Roi Mademoifelle Barry avec laquelle il
avoit eu une intrigue amoureufe. Il naquit de ce commerce une
fille qui vécut jufqu'à l'age de 13 ans, et que l'on trouve fouvent citée dans fes lettres d'amour addreffées à cette actrice et
imprimées dans la collection de fes ouvrages. Elle étoit d'une
bonne naiffance, et fille de Robert Barry, Efq. avocat, gentilhomme, d'une famille ancienne et riche, qui avoit dérangé fa fortune par fon attachement au Roi Charles I. pour le fervice duquel
il avoit levé un régiment à fes frais. Tony Afton, dans fon
'' Supplément à l'Apologie de Cibber,'' dit qu'elle étoit femme
de chambre de Madame Shelton, de Norfolk, qui paroit avoir
été attachée à la cour. Cependant Curl dit que Madame Davenant la prit fous fa protection lorfqu'elle étoit encore fort jeune.—
Ces deux récits peuvent être vrais ; elle ne débuta peut-être pas
avant 1671. Elle joua cette année dans Tom Effence ; elle pou-

voit avoir alors 19 ans. " Mademoifelle Barry," dit Dryden, dans fa preface à Cleomene, " toujours excellente, s'eft furpaffée dans cette tragédie et a élévé fa reputation au deffus de celle de toutes les actrices que j'aye jamais connues." Elle mourut le 7 Novembre, 1713, et fut enterrée à Acton. Son epitaphe annonce qu'elle étoit agée de 55 ans.

P. 234. *Mademoifelle Boynton.*] Fille de Matthieu Boynton, fecond fils du Chevalier Matthieu Boynton, de Barnfton, dans la province d'York. La fœur de Mlle. Boynton époufa le fameux Comte de Rofcommon.

P. 238. *Petite gueufe de comédienne.*] Peut-être Nell Gwyn. Voyez la note fur la p. 303.

P. 239. *Donneroit inceffamment le titre de Ducheffe.*] Les lettres patentes en furent expediées le 3 Août, 1670, dans la 22ᵉ année du regne de Charles II.

P. 243. *Qu'il étoit arrivé depuis quelques jours un médecin d'Allemagne.*] L'Evêque Burnet confirme cette aventure " un facheux accident ayant obligé Lord Rochefter de fe retirer de la cour, il fe traveftit de maniere que fes plus intimes amis mêmes n'auroient pu le reconnoitre. Il s'établit dans Tower Street en qualité de médecin Italien, et exerça avec fuccès la médecine pendant plufieurs femaines. Dans les dernieres années de fa vie, il lifoit beaucoup de livres d'hiftoire. Son plaifir étoit de fe déguifer en portefaix ou en mendiant, quelquefois même de fuivre quelques intrigues baffes qu'il recherchoit pour varier fes amufemens. Il aimoit auffi à paroitre fous un déguifement fingulier, et jouoit fi bien fon rôle, que ceux mêmes qui étoient du fecret n'appercevoient rien qui put le faire découvrir." *Burnet's Life of Rochefter,* Ed. 1774, p. 14.

P. 245. *Ce qu'elles imaginerent de mieux fut de s'habiller comme des filles qui vendent des oranges.*] Il paroit que les perfonnes de haut rang fe livroient alors à ces fortes d'amufemens. " Vers ce tems, (1688)," dit l'Evêque Burnet, " la cour tomba dans une autre extravagance, celle des mafcarades. Le Roi, la Reine et toute la cour fe promenoient mafqués, alloient incognito dans des maifons, y dançoient, et fefoient beaucoup d'autres folies. Ils fe deguifoient de maniere qu'il étoit impoffible de les re-connoitre fans être dans le fecret. Ils alloient en chaifes à por-teur de louage. Une fois les porteurs de la Reine fe retirérent fans l'attendre, ne fachant qui elle étoit. Elle étoit fort en peine de fe trouver ainfi feule et revint à Whitehall dans un fiacre: il y en a même qui affurent que ce fut dans une charrette." *Burnet's Hiftory*, Vol. I. p. 368.

P. 248. *Brounker.*] Gentilhomme de la chambre du Duc de York, et frere du Vicomte Brounker, Préfident de la Société Royale. Lord Clarendon l'accufe d'être caufe qu'on ne retira pas tous les avantages poffibles du grand combat naval de 1665. Il ajoute " ce ne fut que quelques années après que le Duc vint à en être informé, lorfque la mauvaife conduite et l'abominable ca-ractere de Mr. Brounker le rendirent fi odieux que le Parlement prit connoiffance de cette action. Après l'avoir mûrement confi-derée, il trouva que le fait étoit tel que nous venons de le rappor-ter. En confequence il fut chaffé comme infâme de la chambre des communes, dont il étoit membre, quoique fon ami Coventry prit fa defenfe et employat plufieurs moyens indirects pour le protéger. Il lui procura depuis plus de crédit auprès du Roi, qu'on ne croyoit qu'il meritât, ne s'étant jamais diftingué pendant toute fa vie que par fon extrême impudence et s'abaiffant jufqu'aux plus vils emplois. Il jouoit très bien aux échecs, cela contribua plus à augmenter fa faveur que n'auroient pu faire les plus belles qualités." *Clarendon's Life*, p. 370.

P. 248. *Il avoit, à quatre ou cinq milles de Londres, une petite maifon de campagne, toujours meublée de quelques grifettes.*]

" Brounker, Love's Squire, through all the field array'd,
No troop was better clad, nor fo well paid."
Andrew Marvell's Poems, Tom. II. p. 95.

P. 251. *Madame Wetenhall.*] Elizabeth, fille du Chevalier
Henry Bedingfield, et femme de Thomas Wetenhall, de Hextall
Court, auprès d'Eaft Peckham, dans la province de Kent. Voyez
Collins's Baronetage, p. 216. La famille de Wetenhall, ou de
Whetnall, poffédoit la terre de Hextall Courut depuis le regne
de Henry VIII. Il y a quelque temps qu'elle paffa de Henry
Wetenhall, Efq. à Jean Fane, Comte de Weftmoreland. Edward
Wetenhall, célèbre écrivain polémique, qui fut facré Evêque de
Corke et de Rofs en 1678, étoit de cette famille. Voyez *Wood's
Athenæ Oxonienfes*, Vol. II. p. 851, 998.

P. 252. *Peckham.*] " Peckham eft à près de dix milles de
Tunbridge Wells. Le Chevalier Guillaume Twyfden y poflede
un ancien chateau qui appartient à cette famille depuis longtems."
Burr's Hiftory of Tunbridge Wells, 8vo, 1766, p. 237. Mr. Haf-
ted dit, que le Chevalier Guillaume Twifden l'acheta de Henry
Wetenhall, Efq. *Hafted's Kent*, Vol. II. p. 274.

P. 255. *C'eft celui qu'on a vu fervir en France avec quelque
diftinction.*] Je foupçonne que c'eft le même George Hamilton
dont nous avons parlé et qui époufa Mademoifelle Jennings, et
non pas l'auteur de ces mémoires, comme Lord Orford le fuppofe. On lit dans une lettre du Comte d'Arlington au Chevalier Guillaume Godolphin, datée le 7 Septembre, 1671, " Le
Comte de Molina s'eft plaint de certaines lévées de troupes
que le Chevalier George Hamilton a faites en Irlánde. Le Roi
lui a toujours dit qu'il n'avoit pas de permiffion expreffe pour
les faire." *Arlington's Letters*, Vol. II. p. 332. On trouve
dans une lettre du même Seigneur au Comte de Sandwich, écrite
dans le mois d'Octobre, 1667, la raifon qui fit entrer le Chevalier George Hamilton au fervice du Roi de France. " Quant à
la reforme des gardes à cheval, fa majefté a jugé à propos de les

licencier conformément à la promeffe qu'il en fit au Parlement à
la derniere feffion.　On avoit fait des propofitions fecrettes à Mr.
Hamilton pour l'engager à paffer au fervice de France avec ceux
qui avoient été réformés.　Sa majefté ayant déclaré lors du licen-
ciement qu'ils auroient fa permiffion de fe retirer dans les pays
étrangers, partout où bon leurs fembleroit, ils acceptérent l'offre
de Mr. Hamilton et allerent en France."　*Arlington's Letters*, Vol. I. p. 185.　Lodge, dans fon " Peerage of Ireland,"
dit que le Chevalier George Hamilton mourut en 1671.　Ce qui
eft faux d'après l'extrait que nous venons de citer.　Il a confondu
le pere avec le fils.　Ce fut le pere qui mourut en 1667.

　　P. 256.　*La cour partit un mois après.*]　Ce fut en 1664 peut-
être auffitot que la Reine fut guérie de la maladie, dont il eft parlé
dans la note fur la page 125.　Voyez *Burr's Hiftory of Tunbridge
Wells*, p. 43.

　　P. 297.　*Mylord Mufkerry.*]　Fils ainé du Comte de Clancarty,
" Jeune homme," dit Lord Clarendon, " d'un courage extraordinaire, qui donnoit les plus grandes efpérances.　Il avoit été Colonel d'un régiment d'infanterie en Flandres, fous le Duc, et paffoit pour un excellent officier.　Il étoit gentilhomme de la chambre du Duc.　Le Comte de Falmouth et lui étoient fi près de S. A.
qu'elle fut toute couverte de leur fang.　Dans le même vaiffeau
et au même inftant, fut tué Mr. Richard Boyle, fecond fils de
Lord Burlington, jeune homme de grandes efpérances."　*Clarendon's Life*, p. 266.

　　P. 257.　*Summer Hill.*]　Lord Orford fuppofe que Lord Mufkerry hérita de cette terre de fon frere ainé.　Il fe trompe, car
elle lui appartenoit du chef de fa femme, fille unique de Lord
Clanrickard.　Cette maifon étoit à 5 milles des Wells.　Elle avoit
autrefois appartenu au Chevalier François Walfingham, qui y faifoit fa réfidence.　Elle paffa de lui à fa fille Fançoife, qui époufa
1, le Chevalier Philippe Sydney, 2, l'infortuné Robert Devereux,

Comte d'Effex, et 3, Richard de Burgh, Marquis de Clanrickard.
On lit dans l'hiftoire de l'independance, par Walker, " que les rébelles donnérent au fanguinaire Bradfhaw, Summer Hill, une jolie
terre qui rapportoit par an, 1,000 livres fterling, et qui appartenoit au Comte de St. Albans (auffi Marquis de Clanrickard); en
conféquence il donna avis à la Comteffe de Leicefter, qui la poffédoit auparavant, de declarer une dette de 3,000 livres, (dette quelle
a déja fait monter à quatre fois autant) contraftée envers elle par
le dit Comte, pour en être en poffeffion dimanche prochain." Il
paroit qu'à la reftauration elle retourna à fon premier propriétaire.
C'eft maintenant la réfidence de J. Woodgate, Efq. Mr. Hafted
dit que " Madame de Mufkerry ayant diffipé fa fortune par fon
extravagante conduite, vendit une grande partie des terres, fituées
au midi de South Frith, et qu'elle mourut dans la mifére vers
l'année 1698." *Hiftory of Kent*, Vol. II. p. 341.

P. 258. *Le Prince Robert.*] Le contrafte que fait Lord Orford
eft trop frappant pour ne pas l'inférer ici : " né avec le gout d'un
oncle que fon épée ne pût défendre, le Prince Robert aimoit paf-
fionnément les fciences qui charment et embelliffent les loifirs
d'un héros. Il favoit les allier avec fes amufemens fans leur con-
facrer tous les inftans de fa vie. Ce n'étoit point un de ces
hommes ordinaires qui, incapables de grandes vues, font une étude
férieufe de ce qui n'eft que l'occupation paffagère d'un génie. Si
la cour de Charles I. avoit été calme et tranquille, combien cette
conformité de gout n'auroit elle pas agréablement flatté l'oncle
et augmenté fon amitié pour fon neveu. Combien la mufe des
arts n'auroit elle pas reconnu fa proteftion, en lui préfentant le
Prince Robert comme fon premier artifte. Que ce même Prince
parut bien différemment dans la cour d'un Roi dont les inclinations étoient tout oppofées ! Le guerrier philofophe qui pouvoit
dans les moments de repos prétendre à être l'ornement d'une
cour épurée, étoit regardé comme un artifan groffier par des cour-

I

tifans qui n'étoient que de beaux efprits voluptueux. Je vais co-
pier ici le portrait du Prince Robert fait par un homme, qui fe
diftingua par fon efprit dans ce fiècle dont il n'avoit point la
groffiéreté, mais dont il adopta tellement les prejugés qu'il eut la
foibleffe de ridiculifer la vertu, le mérite, et les talents.—Hélas !
le Prince Robert étoit un amant de mauvais air." Lord Orford
ajoute le texte tel qu'il fe trouve dans ces mémoires. *Catalogue of
Engravers*, p. 135, 8vo édit.

P. 259. *Hughes.*] Mademoifelle Hughes étoit attachée à la
troupe du Roi, et une des premieres aĉtrices. Downes dit qu'elle
débuta après l'ouverture du Théatre de Drury Lane en 1663. Il
paroit que ce fut la premiere femme qui joua le role de Defde-
mona. Elle eut du Prince Robert une fille nommée Ruperta,
mariée au Lieutenant général Howe, qui mourut fort avancée en
age vers l'année 1740. Le Prince Robert acheta pour Mademoifelle Hughes la magnifique maifon de campagne du Chevalier Nicholas Crifpe à Hammerfmith, maintenant la réfidence du Mar-
grave de Brandenbourg, dont les batiments couterent 25,000 livres
fterling. Il paroit, par la lifte des aĉteurs de " Tom Effence,"
qui fut joué en 1674, que Mademoifelle Hughes étoit alors de la
troupe du Duc.

P. 262. *Celle du Duc de York s'étoit mife en campagne de l'autre
coté.*] On lit dans les mémoires du Chevalier Jean Rerefby, 8vo,
1735, p. 11, à la date de 1665, que " L. L. A. R. Le Duc et la
Ducheffe de York vinrent à York où l'on remarqua que Mr. Sydney, le plus beau jeune homme de fon temps et gentilhomme de la
chambre du Duc, étoit amoureux de la Ducheffe. Il étoit bien
excufable, car la Ducheffe fille du Chancelier Hyde étoit très
bien faite et avoit beaucoup d'efprit. La Ducheffe, de fon coté,
paroiffoit lui temoigner beaucoup de bonté, mais très innocemment. Il eut le malheur d'être dans la fuite banni de la cour ;
mais ce fut, dit on, pour quelqu'autre raifon." L'Evêque Bur-

net rapporte cette aventure, et prétend que la découverte de cette amourette fut caufe que la Ducheffe embraffa la religion Catholique Romaine. Voyez *Burnet's Hiftory of his own Times*, Vol. I. p. 318.

P. 264. *Churchill.*] Mademoifelle Arabella Churchill, fille du Chevalier Winfton Churchill, de Wolton Baffett, dans la province de Wilts, et fœur du célèbre Duc de Marlborough. Elle naquit en 1648. Elle eut du Duc de York plufieurs enfans, 1, Jacques, Duc de Berwick; 2, Henry Fitzjames, connu fous le nom de Grand Prieur, créé par fon pere, après la revolution, Duc d'Albemarle, qui mourut en 1702. 3. Henriette, née en 1670, qui fut mariée à Lord Waldegrave, et mourut en 1730. Mademoifelle Churchill époufa enfuite Charles Godfrey, Efq. Controlleur de la caffette du Roi, et intendant du Garde Meuble, dont elle eut deux filles. L'une étoit Charlotte mariée à Lord Falmouth, et l'autre Elizabeth qui époufa Edmond Dunch, Efq. Madame Godfrey mourut au mois de Mai, 1730, agée de 82 ans.

P. 271. *Le frere ainé de Montagu s'étant fait tuer fort à propos où il n'avoit que faire.*] Le frere ainé de Montagu fut tué devant Bergues, dans le mois d'Août, 1665. Voyez *Arlington's Letters*, Vol. II. p. 87. Il s'appelloit Edouard. Boyer dit qu'il fut banni de la cour pour avoir offenfé la Reine en lui ferrant la main. Il fut probablement difgracié pour quelque temps, et voyagea en conféquence dans les pays étrangers. Voyez *Clarendon's Life*, p. 292.

P. 283. *Madame*] Henriette, fille cadette de Charles I. née à Exeter le 16 Juin, 1644, fut conduite à Londres en 1646, d'où elle paffa peu de temps après en France, avec Madame Dalkeith fa gouvernante. A la reftauration du Roi, elle vint en Angleterre avec fa mere. Elle retourna fix mois après en France, où elle fut mariée à Philippe, Duc d'Orleans, frere unique de Louis XIV. Elle vint une feconde fois à Douvres dans le mois de Mai, 1670,

chargée, dit on, d'une miffion fecrette du Roi de France auprès
de fon frere dans laquelle elle réuffit. Elle mourut fubitement
peu de temps après fon retour en France; l'on foupçonna qu'elle
avoit été empoifonnée par fon époux.

P. 285. *Le Duc de Monmouth.*] Jacques, fils de Charles II.
par une Lucie Walters, naquit à Rotterdam le 9 Avril, 1649, et
porta le nom de Jacques Crofts jufqu'à la reftauration du Roi. Il
fut principalement élevé à Paris fous les yeux de la Reine mere et
fous la direction de Thomas Rofs, Efq. qui fut depuis fécretaire
de Mr. Coventry, ambaffadeur en Suede. A la reftauration, fon
pere le combla d'honneurs et de richeffes qui ne purent fatisfaire
fon ambition. Dans la vue d'exclure le Duc de York de la couronne, il ne ceffoit d'intriguer avec les ennemis du Gouvernement, et fut fouvent difgracié par fon maitre. Lorfque Jacques II.
monta fur le trône, il tenta inutilement d'exciter une révolte, fut
fait prifonnier, et eut la tête tranchée en Tower Hill le 15 Juillet,
1685. Voici le portrait que Mr. Macpherfon fait de ce Seigneur:
" Monmouth étoit l'inftrument dont fe fervoit Shaftefbury pour
l'éxécution de fes projets. Il avoit des graces qui prevenoient
tout le monde en fa faveur et une affabilité qui lui gagnoit les
cœurs de la multitude. Ami conftant, efclave de fa parole, naturellement fenfible, ennemi de toute féverité et de toute cruauté;
actif et robufte il excelloit dans tous les exercices militaires. Il
étoit brave et aimoit la pompe et les dangers de la guerre.—Mais
avec ces belles qualités, il étoit vain à l'excès, incertain dans fes
mefures et d'un efprit très borné. Il étoit ambitieux fans dignité, occupé fans affaire, cherchant toujours à tromper, mais
toujours trompé lui même. Ainfi, prenant les applaudiffements
de la multitude, comme une marque certaine de fon mérite, il fut
dupe de fon orgueil, et cette foibleffe caufa tous fes malheurs."
Hiftory of England, Vol. I. ch. 3.

P. 286. *Une héritiere de cent mille livres de rente en Ecoffe.*]

C'étoit Mademoifelle Anne Scot, fille et feule héritiere de François, Comte de Buccleugh, fils unique et héritier de Walter, Lord Scott, créé Comte de Buccleugh en 1619. Lors de ce mariage, le Duc de Monmouth prit le furnom de Scott, et fut créé par lettres patentes, datées du 20 Avril, 1673, Duc de Buccleugh, Comte de Dalkeith, Baron de Witchefter et d'Afhdale, en Ecoffe. Les mêmes titres furent accordés à fon époufe. Deux jours après il fut inftallé à Windfor en prefence de la Reine, du Duc de York, et de la plupart des feigneurs de la cour. Le lendemain jour de St. George, le Roi donna une fête aux Chevaliers compagnons dans St. George's Hall, dans le Chateau de Windfor. Le mariage ne paroit pas avoir été heureux, quoique le Duc en ait eu plufieurs enfans. Il s'étoit ouvertement attaché à Madame Henriette Wentworth, et déclara en mourant que devant Dieu il ne regardoit qu'elle comme fon époufe. La Ducheffe dans le mois de Mai, 1688, époufa en fecondes noces Charles, Lord Cornwallis. Elle mourut le 6 Fevrier, 1731—2, agée de 81 ans, et fut enterrée à Dalkeith en Ecoffe. La fortune de la Ducheffe étoit beaucoup plus confidérable que l'auteur de ces mémoires ne l'a indiqué.

P. 287. *Killegrew.*] Thomas Killegrew étoit un des fils du Chevalier Robert Killegrew, et naquit à Hanworth dans la province de Middlefex. Il paroit avoir été de bonne heure deftiné à la cour, et fon education fut calculée pour le faire réuffir. Il fut nommé page d'honneur du Roi Charles I. et fuivit fidellement la fortune de ce Prince jufqu'à la mort de fon maitre. Il accompagna enfuite dans fon éxil le fils dont fes qualités aimables lui gagnèrent les bonnes graces. Il époufa Mademoifelle Marie Crofts une des filles d'honneur de la Reine Henriette. En 1651 il fut envoyé à Venice en qualité de réfident dans cet état, quoique " Le Roi," dit Lord Clarendon, " en fut fortement diffuadé. Il ne lui accorda cette faveur que pour lui faciliter les moyens d'emprunter, pour fa fubfiftence, de l'argent des marchands Anglois établis dans cette ville. Il réuffit et ne fit point d'honneur à fon maitre ; il fut obligé de quitter la republique pour fa mauvaife conduite. L'ambaffadeur Venitien en fit depuis des plaintes à fa majefté, lorfqu'elle vint à Paris." A fon rétour de Venice le Chevalier Jean Denham fit une piéce de vers imprimée dans fes ouvrages, où il ridiculifoit les foibleffes de fon ami, qui, felon lui, étoit auffi peu fenfible que fon maitre aux malheurs de l'éxil. Conftamment attaché à Charles II. jufqu'à la reftauration, il fut alors nommé valet de chambre du Roi, et devint tellement fon favori qu'il venoit lui tenir compagnie avec la plus grande familiarité, pendant que fa majefté refufoit de donner audience aux miniftres, même dans les occafions les plus importantes. Il ne paroit pas avoir profité de fon crédit pour s'enrichir ou pour jouer un rôle dans l'état. Nous ne trouvons pas qu'il eut d'autres charges que celle d'intendant des menus plaifirs qu'il poffeda avec celle de valet de chambre. Oldys dit qu'il étoit auffi le Bouffon du Roi. Quoiqu'il ait amufé fa majefté en cette qualité, il y a tout lieu de croire que ce ne fut point en conféquence d'avoir été nommé à un tel emploi. Il mourut à Whitehall le 19 Mars, 1682, regretté, dit on, de fes amis et pleuré des pauvres.

P. 289. *Le Duc de Buckingham et la Shrewfbury furent longtemps heureux et tranquilles.*] Voici ce que dit André Marvel, dans une lettre datée du 9 Août, 1671 : " Le Duc de Buckingham fe ruine avec Madame de Shrewfbury, et croit avoir eu d'elle un fils dont le Roi fut parein. Il mourut dans fon enfance Comte de Coventry, et fut enterré dans le tombeau de fes ancêtres." *Andrew Marvell's Works,* Vol. I. p. 406. Le duel dans lequel le Comte de Shrewfbury fut tué par le Duc de Buckingham eut lieu le 16 Mars, 1667.

P. 290. *La Ducheffe de Buckingham.*] " Marie, Ducheffe de Buckingham, fille unique de Thomas, Lord Fairfax, et d'Anne,

fille d'Horace, Lord Vere, fe diftingua par fa vertu et fa piété dans
une cour corrompue. Si elle avoit quelque vanité, elle n'avoit
du moins aucun des vices de cette cour. Le Duc et elle vécurent
enfemble avec décence; elle fouffroit patiemment les défauts dont
elle ne pouvoit le corriger. Elle furvecut fon mari de plufieurs
années, mourut en 1705, près de St. James dans Weftminfter, et
fut enterrée dans le tombeau de la famille des Villiers, dans la
chapelle de Henry VII. Elle étoit agée de 66 ans." *Brian Fairfax's Life of the Duke of Buckingham*, 4to, 1758, p. 39. Elle fut
mariée à Nun Appleton le 6 Septembre, 1657. On lit dans les
Mémoires de la Cour d'Angleterre, par Madame Dunois, que
" la Ducheffe avoit beaucoup de vertu et de mérite; elle étoit
brune et maigre; mais eût elle été la plus belle et la plus aimable
perfonne de fon fexe, l'idée feule qu'elle étoit fa femme fuffifoit
pour lui infpirer du dégout pour elle. Quoiqu'elle fut que le
Duc étoit toujours en intrigue, elle ne lui en parloit jamais, elle
eut la complaifance de recevoir fes maitreffes, et même de les
loger chez elle. Elle fouffroit tout parce qu'elle l'aimoit."

P. 291. *Qu'il falloit l'envoyer* ——————, *aux bains qui font auprès de Briftol.*] Je crois que c'eft Bath, et non point Briftol
dont notre auteur veut parler. La Reine Catherine y alla vers la
fin du mois de Septembre, 1663, quelque temps avant que de fe
rendre à Tunbridge. Voyez *Wood's Defcription of Bath*, Vol. I.
p. 217. Je trouve que la Reine n'a été à Briftol que vers le temps
fpécifié dans l'extrait fuivant :

" 1663. Le Chevalier Jean Knight, Maire. Jean Broadway,
Richard Stremer, Shériffs.

" Le 5 Septembre, le Roi, *la Reine*, Jacques, Duc de York,
et la Ducheffe, le Prince Robert, &c. vinrent à Briftol et affifte-
rent à un magnifique repas que le Maire avoit fait préparer à cette
occafion. Ils retournerent à Bath à quatre heures, et l'on fit dans

le Marſh trois décharges de 150 pieces d'ordonnance. *Barrett's Hiſtory, &c. of Briſtol*, p. 692.

P. 297. *Une Campagne en Guinée.*] Cette expedition devoit avoir été faite en 1664. On peut voir dans *Clarendon's Life*, p. 225, un compte éxact de ce projet et les raiſons qui le firent aban-donner.

P. 299. *Le vieux Carlingford.*] Le Chevalier Theobald Taafe, ſecond Vicomte Taafe, crée Comte de Carlingford dans la pro-vince de Louth, ſous ſceau privé, le 17 Juin, 1661, et par lettres patentes le 26 Juin, 1662.

P. 299. *Ce fou de Crofts.*] Guillaume, Baron de Crofts, pre-mier gentilhomme de la chambre du Roi, gentilhomme de la chambre du Duc de York, capitaine du régiment des gardes de la Reine mere, et ambaſſadeur en Pologne. Il fut envoyé en France pour féliciter Louis XIV. ſur la naiſſance du Dauphin. Voyez *Biog. Brit. premiere édition*, Vol. IV. p. 2738, et *Clarendon's Life*, p. 294.

P. 302. *Elle vit le jeune Churchill.*] Depuis le célèbre Duc de Marlborough. Il naquit en 1650, et mourut le 16 Juin, 1722. L'Evêque Burnet parle de la découverte de cette intrigue. " La Ducheſſe de Cleveland ſe voyant abandonnée par le Roi, vecut dans un grand déréglement. Le Roi lui même, par l'adreſſe du Duc de Buckingham, découvrit une de ſes intrigues, et ſon amant fut obligé de ſauter par la fenêtre." *Hiſtory of his own Times*, Vol. I. p. 370. Ce fut en 1668. Madame Manley qui étoit at-tachée à la Ducheſſe de Cleveland dit, dans l'hiſtoire de ſa vie, qu'elle vit le Duc qui avoit reçu des milliers de guinées de la Du-cheſſe, avoir la malhonnetteté de lui en refuſer vingt pour jouer à la Baſſette. *The Hiſtory of the Rivella*, 4th edit. 1725, p. 33. Le portrait que Lord Cheſterfield a fait de ce ſeigneur, eſt trop frap-pant pour ne point l'inférer ici. " Il étoit toujours froid, on ne remarqua jamais le moindre changement ſur ſon viſage. Il ſçavoit refufer avec plus de grace que l'on n'accorde fouvent des faveurs. Ceux même qu'ils renvoyoient mécontents, étoient charmés et en quelque forte confolés par fa politeffe. Quoiqu'avec tant de grâces, perfonne ne connoiffoit fon rang mieux que lui, perfonne ne fçavoit mieux maintenir fa dignité." *Chefterfield's Letters*, Letter 136.

. P. 303. *La comédienne Nell Gwyn.*] Mr. Boyer le premier traducteur de cet ouvrage fait l'obfervation fuivante fur ce paffage : " L'auteur de ces mémoires s'eft ici trompé. Nell Gwyn étoit la maitreffe de mylord Dorfet, avant que le Roi devint amoureux d'elle. Feu Mr. Dryden me dit que le Roi voulant lui débaucher Nell Gwyn, l'envoya en France pour ne rien faire. Il y a tout lieu de croire que Nell Gwyn fut reconnoiffante envers fon premier amant." On ne connoit de la jeuneffe de cette actrice que ce qu'on lit dans les fatires du temps. On dit qu'elle étoit née dans un grenier, vendoit du poiffon dans les rues, qu'elle avoit une voix très agréable et qu'elle alloit de taverne en taverne où elle chantoit pour amufer les compagnies, qu'elle demeura enfuite chez Madame Rofs célèbre courtifanne, qu'elle fut reçue actrice, et devint la maitreffe de Hart et de Lacey, deux célèbres acteurs. D'autres difent qu'elle étoit née dans un grenier dans le Coal Yard en Drury Lane, et qu'elle fut remarquée dans la falle de comédie où elle vendoit des oranges. Elle étoit de la troupe du Roi, et débuta, felon Downes, en 1663, quelques années après l'ouverture de ce fpectacle. Son fils, le Duc de St. Albans, naquit le 8 Mai, 1670, peu de tems avant qu'elle quittat le théatre. L'Evêque Burnet parle d'elle en ces termes : " Gwyn la plus indifcrete et la plus extravagante perfonne qui parût jamais dans une cour, conferva un grand crédit jufqu'à la mort du Roi et étoit entretenue à grands frais. Le Duc de Buckingham me dit que, lorfqu'elle fut préfentée au Roi, elle ne lui demanda que 500 livres fterlings qu'il lui refufa. Mais environ quatre ans après, il me

K

déclara qu'elle avoit reçu de fa majefté plus de foixante millè
livres fterling. Elle jouoit fes rôles avec tant de vivacité, et
amufoit tellement le Roi qu'une nouvelle maitreffe même ne pût la
faire renvoyer. Mais il n'eut jamais pour elle les mêmes égards
que pour une maitreffe.'' *Hiftory of his own Times*, Vol. I. p. 369.
Madame de Sévigné, dans une de fes lettres, fait un portrait affez
flatteur de Nell Gwyn.—'' Keroualle (depuis Ducheffe de Portfmouth) n'a été trompée fur rien. Elle avoit envie d'être la maitreffe du Roi, elle l'eft ..... Elle a un fils qui vient d'être reconnu et à qui on a donné deux Duchés. Elle amaffe des tréfors,
et fe fait aimer et refpeéter de qui elle peut. Mais elle n'avoit pas
prévu trouver en chemin une jeune comédienne dont le Roi eft
enforcelé. Elle n'a pas le pouvoir de l'en détacher un moment.—
La comédienne eft auffi fiere que la Ducheffe de Portfmouth; elle
la morgue, lui dérobe fouvent le Roi, et fe vante de fes préfé-
rences. Elle eft jeune, folle, hardie, débauchée et plaifante:
elle chante, elle dance, et fait fon métier de bonnefoi: elle a un
fils, elle veut qu'il foit reconnu. Voici fon raifonnement. Cette
demoifelle, dit elle, fait la perfonne de qualité. Elle dit que
tout eft fon parent en France. Des qu'il meurt quelque grand,
elle prend le deuil. Hé bien! puis qu'elle eft de fi grande qualité, pourquoi s'eft elle faite une C——? Elle devroit mourir de
honte. Pour moi, c'eft mon métier. Je ne me pique pas d'autre
chofe. Le Roi m'entretient; je ne fuis qu'à lui préfentement. J'en
ai un fils, je pretens qu'il doit être reconnu, et il le reconnoitra,
car il m'aime autant que fa Portfmouth. Cette créature,'' conti-
nue Madame de Sévigné, '' tient le haut du pavé, et déconte-
nance et embaraffe extraordinairement la Ducheffe.'' Mr. Pen-
nant dit qu'elle '' demeuroit dans ce qu'on appelloit alors Pall Mall.
C'eft la premiere bonne maifon de St. James's Square, à main
gauche, en venant de Pall Mall. Plufieurs perfonnes fe rappel-
lent d'avoir vu la chambre, fur le derriere de l'appartement au

rez de chauffée, couverte de glaces; l'on dit même que le plafond
en étoit revétu. Son portrait étoit sur la cheminée et celui de sa
fœur dans la troisieme chambre. *London*, p. 101. Elle mourut
en 1691, et fut enterrée dans l'Eglise paroissiale de St. Martin in
the Fields. Dr. Tennison depuis Archevêque de Canterbury, qui
en étoit alors vicaire, fit son oraison funebre. " Je sçais de bonne
autorité," dit Cibber, " qu'elle temoigna à sa mort le repentir
d'une vraie Chrétienne.

P. 303. *Miss Davis.*] Mademoiselle Marie Davis étoit une
actrice de la troupe du Duc. Downes dit qu'elle étoit une des
quatre comédiennes qui demeurerent chez le Chevalier Guillaume
Davenant. Elle parut sur le théatre en 1664, et plut tellement à
sa majesté en chantant des chansons libres et badines qu'il la prit
dès lors en faveur. Il eut d'elle une fille nommée Marie Tudor,
mariée en Août, 1687, à François Ratcliffe, Comte de Derwent-
water. Burnet dit qu'elle ne posséda pas longtems le cœur de ce
monarque; on peut en douter, car sa fille naquit quatre ans après
qu'elle eut été connue du Roi.

P. 304. *Chiffinch.*] On trouve son nom souvent cité dans
l'histoire secrette de ce regne. Wood, en parlant des compagnons
de table aux soupers du Roi, dit qu'ils " se réunissoient soit chez
Louise, Duchesse de Portsmouth, soit chez —— Cheffing (Chiffinch), ou dans les appartemens d'Eleonore Quin (Gwyn), ou
dans ceux de Baptiste May. Le dernier ayant été disgracié,
—— Chiffing gagna la faveur du Roi." (*Athenæ Oxon.* Vol. II.
1038.) Telle étoit la confiance que ce Prince avoit en lui, qu'il
étoit le receveur des pensions secrettes payées par la Cour de
France au Roi d'Angleterre. Voyez *Duke of Leeds's Letters*,
1710, p. 9, 17, 33.

P. 306. *La Stewart un peu revenue de sa premiere surprise.*]
Voyez ce que rapporte l'Evêque Burnet au sujet du mariage de

K 2

Mademoifelle Stewart dans l'*Hiftory of his own Times*, Vol. I.
p. 353.

P. 310. *L'entreprife de Gigery.*] Gigery eft à près de 40
lieues d'Alger. Les François y eurent un comptoir jufqu'en 1664.
Ils voulurent alors bâtir fur le bord de la mer une forterefle pour
tenir en bride les Arabes, qui defcendirent des montagnes, les
chafferent de Gigery et démolirent le fort. Voici l'extrait d'une
lettre du Chevalier Richard Fanfhaw, datée le 2 Decembre, 1664,
N.S. au gouverneur en fecond de Tangiers; "nous venons de recevoir avis que les François ont abandonné Gigheria et tout ce qu'ils
y poffédoient. Leur flotte eft arrivée, un vaiffeau confidérable fe
perdit fur les rochers près de Marfeille." *Fanfhaw's Letters*,
Vol. I. p. 347.

P. 312. *Les Epitres d'Ovide.*] C'eft la traduction des Epitres
d'Ovide, par Mr. Dryden. La feconde édition de cet ouvrage fut
publiée en 1681.

P. 313. *Une Peque provinciale.*] Mademoifelle Gibbs, fille
d'un gentilhomme dans la province de Cambridge.

P. 313. *Une trifte Héritiere.*] Elizabeth, fille de Jean Mallet,
de Enmere, dans la province de Somerfet.

P. 313. *La languiffante Boynton.*] Après la mort de Mademoifelle Boynton et de George Hamilton, Talbot époufa Mademoifelle Jennings, et devint après Duc de Tyrconnel.

P. 313. *Se vit enfin poffeffeur de Mademoifelle d'Hamilton.*]
" L'on croit que le célèbre Comte de Grammont donna l'idée
du *mariage forcé*. Pendant fon féjour en Angleterre, il avoit fait
affidument fa cour à Mademoifelle d'Hamilton; mais il partit
de Londres fans remplir fes engagements. Les jeunes frères de
cette dame coururent fur fes pas, réfolus de fe battre, s'il refufoit
de remplir fa promeffe, atteignirent le Comte de Grammont près
de Douvres et lui demanderent s'il n'avoit rien oublié à Londres; *oui*, dit le Comte qui pénétra leur deffein, *j'ai oublié d'épou-*

fer votre fœur ; et il retourna à Londres pour faire ce mariage.   La
plaifanterie de cette réponfe me porte à obferver que c'eft le même
Chevalier de Grammont qui commandoit le fiége d'une place
dont le gouverneur fe rendit après peu de défence et obtint une
capitulation honorable.   Le gouverneur dit a Monfieur de Grammont ;   " je vais vous dire un fecret, le manque de poudre m'obligea de capituler ;"   " je vais vous dire auffi mon fecret," repliqua
le Chevalier de Grammont,   " je ne vous ai accordé une capitulation auffi honorable que parceque je manquois de balles."   *Biog.
Gallica,* Vol. I. p. 202.

" Le Comte de Grammont tomba dangéreufement malade en
1696.   Le Roi qui favoit que ce feigneur n'étoit pas fort dévot,
voulut bien lui envoyer le Marquis de Dangeau, pour le voir de fa
part et pour lui dire qu'il falloit fonger à dieu.   Mr. de Grammont
fe tourna alors vers fa femme, qui avoit toujours été très dévote, et lui
dit ;   " Comteffe, fi vous n'y prenez garde, Dangeau vous efcamotera
ma confeffion."

" Mademoifelle de l'Enclos ayant écrit, quelque temps après,
à St. Evremond, que Mr. de Grammont étoit guéri, et qu'il étoit
devenu dévot."   " J'ai appris avec beaucoup de plaifir," lui repon-
dit il, "que Monfieur le Comte de Grammont a recouvré fa premiere
fanté et acquis une nouvelle dévotion.   Jufqu'ici, je me fuis con-
tenté groffiérement d'être homme de bien : il faut faire quelque chofe
de plus, et je n'attens que votre exemple pour être dévot.   C'en
eft affez fur une matière où la converfion de Monfieur le Comte de
Grammont m'a engagé ; je la crois fincere et honnête.   Il fiéd bien
à un homme, qui n'eft pas jeune, d'oublier qu'il l'a été."   *Vie
de St. Evremond par Defmaizeaux,* p. 199.   *Œuvres de St. Evremond,* tom. VI. p. 122.

Le Comte de Grammont mourut le 10 Janvier, 1707, agé de 86
ans.   Nous avons parlé de fes enfans dans la note fur la p. 99.

TABLE DES NOMS.

TABLE DES NOMS.

Avis au relieur pour placer les Figures.

www.ingramcontent.com/pod-product-compliance
Lightning Source LLC
Chambersburg PA
CBHW070351030726

47504CB00001B/143